## Das Buch

In einem leerstehenden Lagerhaus in Baltimore wird die halbverbrannte Leiche einer jungen Frau gefunden. Die zuständige Ermittlerin Kay Delaney steht vor einem Rätsel. Das Tatmuster erinnert sie an einen bestialischen Frauenmörder, mit dem sie selbst ein traumatisches Erlebnis verbindet: Bernd Eales, der seit über einem Jahr im Gefängnis sitzt, nachdem er von Kay und ihrem damaligen Kollegen Spencer überführt worden war. Spencer kam bei diesem Einsatz ums Leben, ein Verlust, den Kay noch immer nicht verwunden hat. Doch nun wird sie mit aller Macht von der Vergangenheit eingeholt: Wer kennt die bestialische Methode, mit der Eales seine Opfer quälte, und wendet diese nun wieder an? Als eine zweite Leiche gefunden wird, drängt sich die Frage auf: Sitzt der Falsche hinter Gittern? Und wie ist der gefährliche Täter zu stoppen?

## Die Autorin

Illona Haus wurde in Kanada geboren und arbeitete als renommierte Bildhauerin, bevor sie ihren ersten Roman schrieb. Als Setting für ihre Thrillerreihe um die junge Kay Delaney wählte sie die Stadt Baltimore, mit der sie eine langjährige Liebe verbindet.

Illona Haus

# Gnädiger Tod

Thriller

Aus dem Englischen von
Ursula Walther

Ullstein

Besuchen Sie uns im Internet:
www.ullstein-taschenbuch.de

Umwelthinweis:
Dieses Buch wurde auf chlor- und säurefreiem Papier gedruckt.

Deutsche Erstausgabe im Ullstein Taschenbuch
1. Auflage Mai 2006

Published by arrangement with Illona Haus
Titel der amerikanischen Originalausgabe: *Blue Mercy*
(Pocket Books, a division of Simon & Schuster, Inc., New York)
Umschlaggestaltung: Büro Hamburg
Titelabbildung: © Getty Images/Lauren Burke
Satz: Pinkuin Satz und Datentechnik, Berlin
Gesetzt aus der Sabon
Druck und Bindearbeiten: Ebner & Spiegel, Ulm
Printed in Germany
ISBN-13: 978-3-548-26407-3
ISBN-10: 3-548-26407-7

*Für Sparky*
*(Det. Sgt. im Ruhestand Steve »Sparky« Lehmann,*
*Morddezernat, Baltimore Police Department),*
*ohne ihn wäre dieses Buch*
*nicht möglich gewesen.*

*Und für Chris Brett-Perring*
*mit Dank für die Inspiration*
*und die außergewöhnliche Unterstützung.*

# 1

Sie kannte diesen Ort.

Der nasse Asphalt glänzte im Schein der Natriumdampflampen. Aufgeweichter Abfall verstopfte die Gullys und die Rinnsteine flossen über. Seit zehn Minuten schon warteten sie in dem Zivilfahrzeug und beobachteten das Eckhaus, als schließlich das bläuliche Licht eines Fernsehers hinter einem der Fenster im Erdgeschoss aufflackerte.

Unterstützung von Kollegen sei nicht nötig, sagte sie zu Spencer. Dies war ihr Fall. Ihre Mission.

Als sie die Sackgasse überquerte, empfand sie den Regen auf ihrer Haut als eine wahre Wohltat in dieser heißen Julinacht. Irgendwo kläffte ein Hund, schrill und unbändig. Sie sah ihn vor sich, mit seinen blitzenden Augen hinter einem der dunklen Fenster im Nachbarhaus. Spence nickte ihr wortlos zu und lief dann zur Ostseite des Hauses. Die nächtliche Stille um sie herum schwoll geradezu an, während sie darauf wartete, dass Spence durch die Gasse zur Hintertür gelangte und dort in Stellung ging.

Dann eilte sie über den Weg im Vorgarten zum überdachten Eingang, stieg die drei Stufen hinauf und schob das Jackett zurück, um ihr Holster aufzuknöpfen. Sie atmete tief durch, wappnete sich und pochte mit der Faust an die Tür.

»He, Bernard! Polizei.«

Sie wartete. Nichts.

»Los, Bernard – aufmachen! Polizei.«

Die Nacht holte noch einmal schweigend Luft.

Und explodierte. Plötzlich war er da – Bernard Eales.

Der Einsneunzig-Mann füllte mit seiner massigen Gestalt den Türrahmen vollständig aus. Mit aller Wucht stieß er die Haustür auf und polterte schwerfällig auf die Veranda. Er stank nach Fusel.

Sie sah etwas in seinen Augen aufflackern. Etwas Wildes, Primitives. Die fleischigen Lippen teilten sich zu einem boshaften Lächeln und enthüllten seine schiefen, vorstehenden Zähne. Sie zog ihre Glock; das Lederhalfter der 9 mm blieb an Ort und Stelle, aber der mit Gummi beschichtete Griff rutschte ihr aus der feuchten Hand. »An die Wand zurück, Bernard.«

Doch ihre Stimme bebte.

Eales grinste. In einer Million Träume würde sie dieses teuflische Grinsen nicht vergessen. Oder den blitzschnellen Schlag, der ihr Handgelenk traf.

Sie fluchte. Sein nächster Hieb schmetterte ihr die Worte in den Mund zurück, sofort schmeckte sie warmes Blut. Sie holte aus und ihre Faust traf die weiche Kuhle an seiner Schläfe.

Erschrocken schrie er auf, sein stinkender Atem schlug ihr entgegen.

Aber dann fing die Prügelei erst richtig an. Ein Schlag folgte dem anderen. In dem engen Eingangsbereich konnte sie nicht mehr ausmachen, was eine Faust war und was ein Tritt mit schweren Lederstiefeln. Nach einem halben Dutzend Schläge, als das Blut sie in der Kehle würgte und sie Mühe hatte, Luft zu bekommen, hörte sie auf zu zählen.

Die Welt um sie herum verschwamm vor ihren Augen. Sie hämmerte auf Eales ein, in der Hoffnung, irgendeinen Schwachpunkt zu finden. Doch stattdessen traf sie ein Schwinger in der Magengrube, sie krümmte sich, und die Luft strömte mit einem Blutschwall aus ihr heraus, als sie die Stufen hinuntertaumelte.

Benommen suchte sie den dunklen Garten nach Spence ab.

Aber Eales war noch nicht fertig mit ihr. Er trampelte die Stufen hinunter und folgte ihr. Sie spannte ihre Muskeln an, rollte sich mit letzter Kraft auf den Boden und hakte ihr Bein um seines.

Eales schwankte. Eine Sekunde lang hatte sie das Bild vor sich, wie dieser mehr als zweihundert Pfund schwere Koloss sie unter sich begrub. Aber er fing sich ab. Eine fleischige Hand stützte sich nur wenige Zentimeter von ihrem Gesicht entfernt auf den Boden. Dann rutschte sie weg. Eales fluchte, richtete sich wieder auf, und diesmal hörte sie das laute Knirschen von Knochen, als sein Stiefel in ihre Seite stieß.

Der Asphalt an ihrer Wange fühlte sich kalt an. Aber ihr eigenes Blut wärmte ihn, während sie spürte, wie ihr Körper immer schwächer wurde. Und hier, auf diesem schmutzigen Weg und in der dunklen, klebrigen Blutlache war sie bereit zu kapitulieren. Die Augen zu schließen. Sich aufzugeben.

*Nicht noch einmal.*

Dieses Mal bekam sie die Glock zu fassen, als sie zum Holster an ihrer Hüfte griff. Sie zog schnell und mit einer flüssigen Bewegung.

Eales erfuhr nie, was ihn traf. Ein weiß-orangefarbener Blitz zuckte aus dem 9-mm-Lauf. Befriedigt spürte sie den Rückstoß der Waffe in ihren Händen. Erblickte die nach verbranntem Schießpulver riechende Rauchfahne. Und die Kugel, die aus dem Lauf katapultiert wurde, in Zeitlupe durch die Luft flog und in festes Fleisch drang. In dem fahlen Licht spritzte Blut aus der Austrittswunde.

Der zweite Schuss folgte der Bahn des ersten. Ein dunkler Fleck breitete sich auf Eales' Brust aus, bevor seine

Knie nachgaben. *Dieses Mal* lag Eales vor ihren Füßen, als Spencer um die Hausecke gerannt kam.

Es war nicht der albtraumhafte Schuss, der Kay Delaney seit kurzem aus dem Schlaf riss, sondern ein leiser Seufzer. Sie lag in den schweißdurchtränkten Laken und starrte an die Decke. Das Licht der Straßenlaterne sickerte durch das regennasse Fenster ihres Schlafzimmers im dritten Stock und tanzte über ihrem Kopf.

Sie atmete ein paar Mal tief durch, um ihren Herzschlag zu beruhigen. Wenn sich die Ereignisse in der verhängnisvollen Nacht vor vierzehn Monaten doch nur so abgespielt hätten wie jetzt in ihren Träumen, und Eales statt Spence in dem Vorgarten verblutet wäre.

Sie schlug die Decke zurück, hievte sich an den Bettrand und schaute auf den Wecker. Ein Uhr. Ein leichter Schmerz pochte in ihren Schläfen. Kay fand das Fläschchen mit dem Aspirin in der Schublade ihres Nachtkästchens und schüttelte drei Tabletten heraus. Mit einem Schluck von dem warmen Bier, das sie abends mit ans Bett genommen hatte, spülte sie sie hinunter.

Als sie das Fläschchen zurück in die Schublade warf, klapperten die Pillen und der Plastikverschluss stieß gegen das Metall der Glock.

Die 9mm lag ganz hinten in der Schublade. Kay wusste, dass sie dort war, und konnte vermutlich nur deshalb die Umrisse der schweren in Österreich angefertigten Handfeuerwaffe ausmachen. Sie war nicht geladen. Aber sie bewahrte sie auch nicht zu ihrem Schutz in der Nähe des Bettes auf. Dafür hatte sie den .38er, der im Halfter am Bettpfosten hing. Sie hatte sich den Chief's Special – einen massiven stupsnasigen Revolver mit Pachmayr-Griff und glattem, sauberem Abzugshahn – vor einigen Monaten angeschafft und postierte ihn seither dicht an ihrem Bett. Ein Resultat der Angst, die Eales ihr eingepflanzt hatte.

Kay hasste dieses Gefühl, mit dem sie seitdem lebte. Und es machte sie wütend, dass sich Eales dauerhaft in ihrem Kopf eingenistet zu haben schien.

Sie schob die Schublade zu. Nein, die 9 mm lag nur aus einem einzigen Grund da drin. Damit sie sich erinnerte.

Daran, wie Spencer um das Haus gelaufen war, an sein ungläubiges Gesicht, als ihn die Kugel getroffen hatte, an den Moment in dieser schwülen Nacht, in dem er in der Schwebe zu verharren schien und den Mund im Rhythmus seines verlangsamten Herzschlags bewegte wie ein Fisch ohne Wasser, bevor er in das nasse Gras sank. Und an seine Augen. Er hatte sie bis zu seinem letzten Atemzug und darüber hinaus angestarrt.

Die Glock in ihrem Nachtkästchen erhielt diese Bilder am Leben. *Ihre* Glock. Die Waffe, die ihr Eales in der Sekunde aus der Hand geschlagen hatte, in der er aus dem Haus gekommen war. Die Waffe, mit der er Spencer erschossen hatte.

Sie musste an die feine Staubschicht auf der einst so glänzend polierten Pistole denken. Seit die Ballistiker mit ihren Untersuchungen fertig waren, hatte Kay sie nicht mehr berührt. Der Techniker hatte sie ihr über den Tisch zugeschoben, und Kay entsann sich, wie seltsam sie sich in ihrer Hand angefühlt hatte. Sie hatte diese Waffe nie wieder ins Halfter gesteckt, sondern als private Schusswaffe, zu deren Besitz sie berechtigt war, behalten. Die Waffenbesitzkarte lag ebenfalls in der Schublade.

Kay trat zum Fenster, dessen mobile untere Hälfte nach oben geschoben und von ihrem Schlagstock abgestützt war. Die Nachtluft saugte an den Vorhängen, zog sie nach außen und bauschte sie wieder in den Raum hinein. Der dünne Stoff liebkoste und umschmeichelte ihre nackte, mit Schweiß bedeckte Haut.

Unter ihr verlief die Hamburg Street, bis sie oben am

Federal Hill endete. Abgesehen von ein paar parkenden Autos lag sie still und verlassen da. Hinter dem Dach des Nachbarhauses konnte sie die Kuppe des Federal Hill erkennen und rechts davon die Lichter der Stadt jenseits des Inner Harbor. Die Bässe eines voll aufgedrehten Autoradios dröhnten laut durch die feuchten Straßen. Dann heulte in der Ferne eine Sirene.

Kay fröstelte, rührte sich aber nicht von der Stelle. Sie war erleichtert über das Körnchen Realität, das dieses Schaudern ihr bot, und überlegte, was ihre Seelenklempnerin Constance O'Donell wohl von der neuesten Variante ihres ständig wiederkehrenden Traums halten würde.

Kay zuckte erschrocken zusammen, als das Telefon plötzlich klingelte.

»Delaney.«

»Kay? Hier ist Sarge. Tut mir Leid, dass ich dich wecke.« Sergeant Ed Gunderson räusperte sich, um den Raucherschleim aus dem Hals zu befördern. »Aber wir haben hier etwas, und ich glaube, du solltest dir das anschauen.«

Störgeräusche ließen die Leitung knistern.

»Kay, bist du noch dran?«

»Ja.« Sie ließ sich auf dem Bett nieder. »Worum geht's?«

»Um einen Mord hier unten in Canton. Block zwölfhundert Luther Street. Die Leiche ist ziemlich schlimm verbrannt und wurde in einem stillgelegten Lagerhaus gefunden. Noch haben wir sie nicht eindeutig identifizieren können, aber ...« Wieder knisternde Geräusche, doch diesmal klang es, als würde Sarge an seinem Handy herumfummeln. »Die Sache ist die – wir könnten wegen dieser Sache eins auf den Deckel kriegen. Von den Medien. Und von oben. Das ist hier ein richtig heißes Eisen.«

Kay trank einen Schluck von dem warmen Bier, um

ihre Kehle zu befeuchten. Erneut Störgeräusche, dann Stimmen im Hintergrund. Schließlich flüsterte Sarge: »Ich fürchte, es ist dein Mädchen, Kay. Deine Zeugin. Valerie Regester.«

## 2

Der Regen hatte die Septembernacht abgekühlt. Auf die verkohlten Überreste des ehemaligen Dutton-Mannequin-Lagerhauses in Canton hatte dies jedoch nur eine geringe Wirkung ausgeübt. Noch immer strahlte die Hitze von dem Betonboden, auf dem Asche und öliger Ruß in schmutzigen Löschwasserpfützen schwammen.

Detective Danny Finnerty umrundete eine verbrannte Schaufensterpuppe, deren ausgestreckte Arme der Ruß schwarz gefärbt hatte. Ihr Kopf war nur noch eine Masse aus geschmolzenem Fiberglas. Mit seinen Gummistiefeln watete Finnerty durch Schutt und Schlamm zum Lieferanteneingang. Draußen rollte ein Feuerwehrauto los – das Signal des Funkgeräts hallte in der ausgebrannten Halle wider. Die Sirene eines Streifenwagens heulte einmal auf, dann hörte man nur noch das Wasser, das von den Balken tropfte.

Ohne auf den beißenden Rauch zu achten, der ihm in den Augen brannte, richtete Finnerty den Blick wieder auf die Leiche. Die Brandermittler hatten sie beinahe übersehen und anfangs für eine der zerstörten Schaufensterpuppen gehalten.

Während die Beamten des Branddezernats das Lagerhaus durchstöberten, bewachte Ed Gunderson den Leichnam. Dreißig Jahre in diesem Job hatten ihren Tribut von dem großgewachsenen Mann in dem zerknitterten Trenchcoat gefordert; seine Schultern waren nach vorn gesackt, als müsste er die Last seiner ganzen Abteilung tragen, und sein Haaransatz schien fast proportional zu der Aufklärungsrate seiner Einheit zurückzuweichen.

Gunderson hielt eine Handtasche in der behandschuhten Rechten und wirkte damit so unbeholfen wie die Männer, die ihren Frauen beim Einkaufen gehorsam die Taschen hinterhertrugen. Er winkte einen der Jungs vom kriminaltechnischen Labor zu sich und gab die angesengte Tasche rasch an ihn weiter, bevor er sich Niles Fischer, dem Gerichtsmediziner, zuwandte.

Im grellen Licht der tragbaren Halogenlampen bildeten Fischers leuchtendweißer Kittel und sein helles Haar einen unheimlichen Kontrast zu der kohlschwarzen Umgebung. Missmutig kauerte er neben dem Brandopfer und hatte die in Latex gehüllten Hände fest auf die Knie gestützt, bis er zum dritten Mal auf seine Armbanduhr schaute.

Finn bahnte sich einen Weg zu ihnen und atmete flach. Drei Jahre im Branddezernat, die allerdings schon eine halbe Ewigkeit zurücklagen, hatten ihn ein paar Tricks gelehrt.

»Geben Sie ihr noch zehn Minuten«, wies Gunderson den Gerichtsmediziner an. »Sie ist auf dem Weg. Bis dahin wird hier nichts angerührt.« Seine Stimme klang gereizt, was, wie Finn vermutete, nicht nur auf den starken Kaffee zurückzuführen war, den sie sich auf der Fahrt zum Tatort zu Gemüte geführt hatten.

Fischer erhob sich, umrundete die Leiche und steuerte auf den Ausgang zu. »Ich warte draußen im Van und rauche eine.«

Als Gunderson den Blick auf ihn richtete, fiel Finn die

Erschöpfung in dem pockennarbigen Gesicht noch deutlicher ins Auge. Der Sergeant, der das Pensionierungsalter schon seit einer Weile überschritten hatte, war der Fels in seiner Einheit. Mordermittlungen waren sein Leben. Das, was er am besten konnte. Sich in den Ruhestand zurückzuziehen wäre, wie Finn glaubte, für ihn fast so, als würde er sich seinen eigenen Grabstein aussuchen und den Löffel abgeben.

»Danke, dass du mitgekommen bist, Finn«, sagte Gunderson. »Ich weiß, du warst schon fast auf dem Heimweg. Also, wenn du weg musst ...«

»Nein. Ich bleibe.« Tatsache war, dass er gar nicht nach Hause wollte, als der Anruf vor etwa einer Stunde im Präsidium eingegangen war. Am Ende der Spätschicht hatte er sich sein Jackett angezogen und schon einen Fuß vor die Tür gesetzt, aber nur, um O'Reillys Bar einen Besuch abzustatten – den letzten Ort, den ein trockener Alkoholiker eigentlich aufsuchen sollte. Aber wenn das Verlangen nach einem Drink zu stark wurde, half ihm eine vertraute Umgebung am ehesten über den kritischen Punkt hinweg, selbst wenn er dann nur ein Mineralwasser bestellte.

»Haben die Untersuchungen der Kollegen vom Branddezernat schon was ergeben?«, wollte Gunderson wissen.

»Die sind noch beschäftigt. Aber eines ist sicher – es war Brandstiftung. Der Täter hat den Benzinkanister weggeworfen, als er den Tatort verließ. Zum Glück gab es im Rest der Lagerhalle kaum etwas, was Feuer fangen konnte, sonst wäre wohl nicht mehr viel von dem Gebäude übrig.«

»Und sie ist der Grund.« Gunderson deutete mit einer Kopfbewegung auf die Leiche.

Finn folgte dem Blick des Sergeants. Egal, wie viele Feueropfer er in seiner Zeit beim Branddezernat gesehen hatte, der Anblick von mit Blasen übersäter, versengter Haut und mit dem Stoff der Kleidung verschmolzenem Fleisch war noch immer nicht leicht zu verkraften. Schlimmer jedoch war die grausige und leider vertraute Körperhaltung der Opfer: Durch die intensive Hitze zogen sich Sehnen und Muskeln zusammen, und die verbrannten Körper formten sich zu dem, was man »Kampfstellung« nannte. Finn fühlte sich immer an einen Boxer in Verteidigungshaltung erinnert, und es erschien ihm fast, als hätte das Opfer in der Feuersbrunst noch gelebt und versucht, die Flammen zu bekämpfen. Aber das kam so gut wie nie vor. Die Hitze und der Rauch brachten sie gewöhnlich vorher um.

»Also kommt Kay her?«, fragte er Gunderson.

Gunderson nickte, ohne den Leichnam in der schmutzigen Pfütze aus den Augen zu lassen.

»Weiß sie, dass das ihre Zeugin ist?«

»Ja.«

»Die im Eales-Fall aussagen sollte, stimmt's?«, erkundigte sich Finn.

»Mhm.«

*Bernard Eales.* Dieser Name war seit Monaten nicht mehr laut ausgesprochen worden. Kaum jemand im Büro wagte das – hauptsächlich aus Respekt vor Kay, so nahm Finn jedenfalls an. Aber sicherlich auch, weil Eales den schlimmsten Albtraum jedes Cops verkörperte.

Dabei machten nicht nur Joe Spencers Tod oder die Tatsache, dass Kay selbst nur um Haaresbreite mit dem Leben davongekommen war, den Vorfall von vor einem Jahr so grauenvoll. Obwohl sechs erfahrene Detectives seit einigen Monaten damit beschäftigt gewesen waren, die Morde an drei Prostituierten zu untersuchen, hatte niemand Eales' Potenzial als Verdächtiger erkannt. Und Finn hatte sich immer gefragt, wie Kay bloß auf ihn gekommen war.

Die Medien hatten sich auf die Story gestürzt wie Hunde auf frisches Blut und ausführlich über die Großfahndung berichtet, während sämtliche Beamte – uniformiert oder nicht – in den Straßen unterwegs gewesen waren. Finn hatte den Verdacht, dass der Druck der Presse und die verschärfte Fahndung Eales damals zwang, die Polizei anzurufen und sich zu stellen. Sie nahmen ihn im Haus eines Junkie-Freundes in seiner Nachbarschaft fest. Er hatte immer noch Kays 9 mm bei sich.

Kurz darauf wurde die Story landesweit bekannt, doch Kay hatte von den lokalen Medien den meisten Dreck abgekriegt. Und Finn konnte nur daneben stehen und ohnmächtig zusehen.

Es hatte ein kurzes Aufatmen gegeben, als Kay – eine Woche nach Entlassung aus der Klinik und noch immer nicht ganz erholt – Valerie Regester dazu überreden konnte, gegen Eales auszusagen und ihn als den Mann zu identifizieren, den sie dabei beobachtet hatte, wie er eine der Frauenleichen einen Abhang im Leakin Park hinunterrollen ließ.

»Willst du Kay die Ermittlungen übertragen?« Finn fragte sich gerade, ob Gunderson bewusst war, welch großes persönliches Interesse Kay an Valerie Regester entwickelt hatte, seit sich das Mädchen zu der Aussage bereit erklärt hatte. Wusste er, dass Kay Valerie dazu gebracht hatte, nicht mehr auf den Strich zu gehen?

»Ich bin mir noch nicht sicher«, antwortete Gunderson.

»Denkst du, dass sie wieder so weit ist, auf die Straße zu gehen?«

»Sie war schon draußen.«

Das war Finn neu. Er war seit ein paar Monaten nicht mehr auf dem Laufenden, was Kay betraf.

»Ich hab ihr ein paar Fälle übertragen. Wasserdichte

Fälle, bei denen von vornherein alles klar war. Aber dieser hier …« Gunderson sah an den Halogenscheinwerfern vorbei. »Ich denke, ich lasse Kay selbst entscheiden, ob sie bereit dazu ist. Sie verdient einen richtigen Fall. Wie wär's, wenn du mit ihr zusammenarbeiten würdest?«

»Ich?«

»Ich kann das mit deinem Sergeant klären. Dieser Fall erfordert einen erfahrenen Mann, Finn. Und Kay braucht einen Partner. Jemanden, der sie wirklich unterstützt.«

*Jemanden wie Joe Spencer.* Finn bildete sich ein, dass Gunderson das hinzufügen wollte.

Er hatte mitbekommen, wie viel Kay in jeden ihrer Fälle investierte; sie gab niemals auf, drehte jedes Steinchen um und schlug oft Richtungen ein, die andere nie in Betracht ziehen würden. Spencer hatte sie blendend ergänzt – ein Cop alter Schule, der sich stets an die Vorschriften hielt und die Ermittlungen mit nüchternem Blick betrachtete, während Kay ihrer Intuition freien Lauf ließ.

»Sie wird es sich nicht gefallen lassen, dass ihr jemand die Hand hält«, gab Finn zu bedenken.

»Ich weiß.« Gunderson deutete mit dem Kopf zur Tür. »Da ist sie.«

Die Autoscheinwerfer der draußen parkenden Streifenwagen strahlten sie von hinten an, als sie über den überall verstreuten Schutt kletterte. Trotzdem war sie deutlich zu erkennen. Und ebenso die Anspannung, die ihre Haltung veränderte, als einer der Uniformierten auf Finn und Gunderson wies.

Finn beobachtete, wie sie sich einen Weg rund um die öligen Lachen zu dem Lichtkreis suchte. Sie hatte sich das Haar kürzer schneiden lassen, und auf einmal wurde Finn bewusst, dass er sich nicht mehr daran erinnern konnte, wann er ihr zum letzten Mal begegnet war. Vor Wochen oder vor Monaten?

Die Frisur war wirklich kurz, eine von der Art, die einer Frau den Anschein von Selbstbewusstsein verliehen. Die meisten Männer fühlten sich davon abgeschreckt, aber Finn fand, dass Kay verdammt sexy damit aussah. Der Hosenanzug grenzte allerdings zu sehr ans Maskuline. Er hatte sie schon früher darin gesehen, aber heute wirkte er ganz anders. Der Stoff spannte um ihre Schultern, ansonsten hing er schlaff an ihrem dünnen Körper herunter. Und als sie schließlich Finns Blick begegnete, traf ihn die Sehnsucht nach ihr, die ihm ein ganzes Jahr lang zu schaffen gemacht hatte, wie eine Tonne Ziegelsteine.

»Tut mir Leid, dass ich dich aus dem Bett geholt habe, Kay.« Gunderson hielt ihr die Hand hin, als sie über den verkohlten Balken stieg, dann deutete er auf Finn. »Ich hab Finn gebeten mitzukommen. Ich dachte, er könnte uns hier vielleicht weiterhelfen. Schließlich kennt er sich aus mit Bränden.«

Kay nickte. Ihre kühlen grauen Augen richteten sich auf Finn und ihr flüchtiges Lächeln schien nicht mehr als professionelle Höflichkeit zu sein. Was hatte er erwartet?

»Ist es Valley?«, fragte sie.

»Wir haben ihre Handtasche gleich neben der Tür dort drüben gefunden. Die Tasche hat das Feuer besser überstanden als sie selbst und der Inhalt ist unversehrt – ihr Ausweis und ein Portemonnaie mit zweiunddreißig Dollar und etwas Kleingeld. Keine Fahrzeugpapiere, keine Versicherungskarte. Nicht einmal ein Führerschein.«

»Steht irgendein Fahrzeug draußen?«

»Nicht in der unmittelbaren Umgebung.«

»Also hat ihr Mörder sie hergebracht.«

»Wenn sie nicht zu Fuß gekommen ist.« Gunderson wies mit dem Kinn zu der von Halogenlampen angestrahlten Leiche. »Bist du bereit, sie dir anzusehen?«

»Ja.«

Sarge trat beiseite, damit Kay den verkrümmten Körper inspizieren konnte.

»Himmel«, flüsterte sie mit zittriger Stimme. »Bist du sicher, dass sie es ist?«

# 3

Der Geruch haute sie fast um. Es stank nach verbranntem Fleisch, gekochten Innereien und versengten Haaren.

Kay zwängte ihre Finger in ein Paar Handschuhe, während sie an Sarge vorbeiging. Sie hielt ihre Hand vor die Nase und war beinah erleichtert, als sie den sonst so unangenehmen Latex-Geruch wahrnahm.

Ihre festen Schuhe wühlten das Wasser ein wenig auf, und winzige Wellen schwappten gegen die schwarz verbrannten Überreste der Kleidung, die das Opfer getragen hatte. Kay kauerte sich nieder, schluckte schwer und atmete nur flach. Der beißende Gestank stieg ihr erneut in die Nase. Nur kurz blitzte vor ihrem geistigen Auge Valleys Lächeln auf. Sie hatte es so selten gezeigt.

»Sie lag halb unter diesem Balken.« Gunderson tippte mit der Schuhspitze gegen das Holz und verkohlte Stückchen lösten sich und rieselten in die Löschwasserpfütze. »Finn meint, dass der Täter ihn sozusagen als Brennmaterial benutzt hat. Altes, trockenes Holz fängt schneller Feuer als ein menschlicher Körper.«

Kay bewegte sich ein Stück zur Seite, um nicht im Licht der grellen Lampen zu stehen. Am Hals des Opfers war schwach das Muster einer Kette zu erkennen. Sie streckte die Hand danach aus, zupfte die Halskette aus dem versengten Fleisch und ließ die Finger bis zum Nacken gleiten. Suchend. Und sie entdeckte das, was sie inständig gehofft hatte, nicht vorfinden zu müssen.

An der von der Hitze geschwärzten Kette baumelte ein Medaillon. St. Michael, der Schutzheilige der Polizei. Ein Amulett, das den Träger vor Unheil schützen sollte.

Kay verspürte eine plötzliche Übelkeit. Sie ließ den Anhänger los. »Können wir sie umdrehen?«

Gundersons Handy klingelte, und er entfernte sich ein paar Schritte, um den Anruf entgegenzunehmen.

»Ich helfe dir«, bot Finn an.

Der bittere Geschmack nach Bier und Galle stieg Kay in die Kehle. Durch die dünnen Latexhandschuhe hindurch spürte sie die Restwärme, die das Brandopfer noch ausstrahlte. Die Wärme der Flammen, nicht des Lebens.

Ein leises schmatzendes Geräusch war zu hören, sobald sie die Leiche umdrehten. Als ob sich ein Luftkissen zwischen Körper und Beton gebildet hätte. Schwarzes Wasser wirbelte an den Platz, auf dem Valley gelegen hatte. Finn hatte noch die Hand auf einer verkohlten Schulter liegen und stützte sie.

»Erstaunlich, wie widerstandsfähig ein menschlicher Körper ist, nicht wahr?«, sagte er.

In dem grellen Licht leuchteten Valleys Hände weiß – sie waren von den Flammen verschont geblieben. Die Handgelenke waren mit einer gelben Schnur gefesselt. Einige Teile der Kleidung waren ebenfalls unversehrt – Stücke eines pinkfarbenen Lederrocks und einer hellen Bluse. Valley trug weder Ringe noch anderen Schmuck, aber ihre langen Fingernägel, von der Kosmetikerin sorgfältig gefeilt und poliert, waren mit glitzernder Folie beklebt.

»Die Hände sehen gut aus«, stellte Finn fest. »Da kann man Fingerabdrücke abnehmen und mit denen im Zentralregister vergleichen, in dem die Prostituierten erfasst werden.«

Kay kauerte auf ihren Fersen. »Sie ist es.«

»Woher weißt du das?«

»Die Nägel. Valley hat sie immer maniküren lassen. Sie wollte sie so lang wie möglich haben. Sie meinte, damit könne sie sich auf der Straße verteidigen.«

Verdammt gut, dass ihre Hände dann auf dem Rücken gefesselt waren, dachte Kay verbittert.

»Und dann ist da noch dies hier.« Sie nahm den heiligen Michael und drehte ihn so, dass Finn ihn sehen konnte.

»Das ist ihr Anhänger?«

»Ich habe ihn ihr geschenkt.«

Eine Weile herrschte Schweigen, dann sagte Finn: »Es tut mir Leid, Kay.«

Finns Unbehagen war fast so spürbar wie die Hitze, die Valleys Leichnam ausstrahlte. Kay hatte vergessen, wie verlegen es ihn machte, wenn er mit echten Gefühlen konfrontiert wurde.

Gunderson steckte sein Handy in die Jackentasche. »Ich muss los«, verkündete er. »Ihr beide kommt zurecht?«

Kay sprang auf, sobald Finn die Leiche losließ. »Was soll das heißen, ›ihr beide‹?«

»Ich übergebe dir diesen Fall, Kay. Aber wie ich bereits erwähnte, es ist ein heißes Eisen – deshalb wirst du mit Finn zusammenarbeiten.«

Kay bemerkte den Blick, den die beiden Männer wechselten, und wusste, dass jeglicher Widerspruch sinnlos war. Die Entscheidung war gefallen, noch bevor sie einen Fuß in diese Lagerhalle gesetzt hatte.

»Finde dich damit ab, Kay.«

Nach sechs Jahren Dienst unter Ed Gunderson hatte sie gelernt, wie weit sie bei dem Mann gehen konnte. Sie hatte bei Sarge meist immer etwas mehr Erfolg als ihre Kollegen, aber seit Spencers Tod war ihr Verhältnis getrübt. Obwohl sich Sarge schützend vor sie gestellt hatte, als alle Welt einen Sündenbock suchte, und sie gegen sämtliche Vorgesetzte verteidigt hatte, die an ihr ein Exempel statuieren wollten, würde Kay niemals die Enttäuschung in seinen Augen vergessen, als er an ihrem Krankenhausbett gestanden hatte.

»Ich habe einen guten Cop verloren, Delaney«, hatte er gesagt, als sie ihre Dienstmarke zurückgeben wollte. »Mach nicht zwei daraus.«

Kay überlegte oft, ob mehr hinter seiner Entschlossenheit, sie zu behalten, steckte. Ob sie vielleicht bei all dem abgestumpften Zynismus, den die Ermittlungen in Mordfällen mit sich brachten, Ed Gundersons letztes Bindeglied zur Menschlichkeit war.

Sie nickte.

»Also dann«, seufzte er und zerrte am Kragen seines Trenchcoats. »Wir sehen uns später in der Stadt.«

Während Kay zusah, wie er den Trümmern auswich, wurde sie sich bewusst, dass sie ihm dankbar sein müsste. Noch vor einem Monat hätte er sie nicht einmal in die Nähe dieses Falles gelassen.

Sie ertappte Finn dabei, wie er sie forschend musterte. »Gut, du bist der Brandexperte«, forderte sie ihn auf. »Erzähl mir etwas über dieses Feuer.« Sogleich verwünschte sie ihren Sarkasmus wieder und blickte angestrengt an den Scheinwerfern vorbei, um die verwüstete Halle zu betrachten.

»Nun, sie war vermutlich schon tot, bevor das Feuer gelegt wurde.«

»Und woran erkennst du das?«

»Der Tatort weist Anzeichen dafür auf, dass jemand versucht hat, Beweise und Spuren zu vernichten. Und du kannst es riechen.«

Sie holte tief Luft und bereute es sofort. »Was genau soll ich riechen können?«

»Benzin. Spuren davon sind hier fast überall. Er hat es als Brandbeschleuniger eingesetzt.« Finn kam auf sie zu und verringerte die beruhigende Distanz zwischen ihnen, dann deutete er auf die schwärzeren Stellen, die die Leiche umgaben. »Der Bursche hat das Benzin hier und über dem Balken ausgeschüttet. Aber das meiste hat der Körper abbekommen. Das Feuer hat sich von hier aus ausgebreitet. Man kann den Weg verfolgen. Von allen Punkten des Gebäudes aus kann ich dir zeigen, dass der Brand an diesem Fleck seinen Ursprung hatte. Siehst du die V-förmigen Muster?« Er deutete auf die Mauer neben Valleys Leiche. »Sie weisen auf den Brandherd hin. Und hier, wo die Verbrennungen am stärksten sind, kannst du fast die Spur des Benzins erkennen, das er ausgeschüttet hat. Die Brandermittler werden mit dem Besitzer des Gebäudes sprechen und herausfinden, ob hier üblicherweise Benzin gelagert wurde. Wenn nicht, dann können wir davon ausgehen, dass sich unser Täter exzellent vorbereitet hatte.«

»Ist es die Tat eines Profis?«

»Unwahrscheinlich. Der Bursche hat nicht einmal versucht, die Brandstiftung zu verschleiern. Aber das heißt natürlich nicht, dass er keine Ahnung hatte, was er tat. Dieser Kerl ist entweder wahnsinnig dumm und glaubt tatsächlich, man könne eine Leiche durch ein Feuer verschwinden lassen, oder er hatte ein ganz anderes Motiv dafür, einen Brand zu legen.« Finn ging weiter und inspizierte die dunkleren Winkel der ausgebrannten Halle. »Ich wette, er hat den Schuppen abgefackelt, um irgendwelche Beweise zu vernichten. Der Tatort einer Brandstiftung entspricht nicht dem, was du normalerweise vorfindest. Oft hat man nur minimale oder sogar gar keine Spuren. Dann die ungeheuerliche Hitze, die Flammen, der Rauch und einstürzende Trümmer. Und zudem trampeln noch überall die Feuerwehrleute herum. Nach alldem bleiben nicht mehr viele brauchbare Hinweise übrig. Ich schätze, unser Täter wusste das.«

»Aber warum hat er es uns dann nicht richtig schwer gemacht?«, fragte Kay. »Wieso hat dieser Hurensohn ihre Tasche hier zurückgelassen?«

»Weil er nicht *ihre* Identität mit dem Feuer verschleiern wollte, Kay, sondern seine eigene.«

# 4

Kay ließ den Blick wieder über die Verwüstung in der Halle schweifen. Finn hatte Recht. Dies war tatsächlich anders als alles, was sie bis jetzt an einem Tatort vorgefunden hatte. Hier war ihr alles fremd. Nichts sprach zu ihr. Nichts gab Antwort auf ihre Fragen.

Schließlich blickte sie zu Finn. Zum ersten Mal seit Monaten sah sie ihn wirklich an. Er machte einen zerzausten Eindruck – nicht nur, weil sein Anzug verknittert und voller Flecken war, für die ihn der Typ in der chemischen Reinigung am Broadway verfluchen würde, sollte er es wagen, ihn dort vorbeizubringen. Nein, seine Augen wirkten müde und er brauchte dringend eine Rasur. Mit seinem Latino-Aussehen und dem glatten schwarzen Haar, das er wie meistens zu einem Pferdeschwanz zusammengefasst hatte, glich er eher einem Schläger, der für ein kolumbianisches Drogenkartell arbeitete, als einem vierzig Jahre alten Kriminalbeamten aus Baltimore.

In diesem Moment wurde Kay klar, wie sehr sie es bedauerte, Finn aus ihrem Leben ausgeschlossen zu haben. Sie bereute, ihm nicht erlaubt zu haben, für sie da zu sein. Gerade Finn wusste, wie es war, jemanden zu verlieren und sich für diesen Tod noch dazu verantwortlich zu fühlen.

Kay wandte sich ab, als er ihrem Blick begegnete.

»Denkst du, dies hier könnte irgendwie mit Eales zusammenhängen?«, fragte er. »Mit seinem Prozess, der in zwei Wochen beginnt ...«

Kay schüttelte den Kopf. »Ich kann mir das einfach nicht vorstellen. Eales hat weder das Geld noch den Verstand, so etwas zu arrangieren.«

Kay betrachtete die Leiche. *Valley.* Vor einem knappen Jahr hatte sich das Mädchen endlich bereit erklärt, Kay zu treffen. In der Calvert Street, abseits der schmuddeligen Pracht des »Blocks«, wie das Viertel am Hafen genannt wurde, stand die junge Prostituierte zitternd vor Kälte und war recht dankbar, als Kay ihr ihren eigenen Schal und die Handschuhe anbot. Wie oft hatte Kay dem Mädchen beteuert, dass es richtig war, eine Aussage zu machen? Wie oft hatte sie ihr versichert, ihr würde nichts geschehen?

»Dann ist es vielleicht Zufall«, erwiderte Finn. »Möglicherweise ist sie wieder auf den Strich gegangen und vom falschen Freier aufgegabelt worden.«

Das wollte Kay nicht glauben.

»Wann hast du zum letzten Mal mit ihr gesprochen?«, wollte Finn wissen.

»Vor ungefähr zwei Monaten. Ich hab ihr einen Job im Büro der Staatsanwaltschaft besorgt. Sie musste die Ablage machen und Anrufe entgegennehmen.«

»Na ja, als Hure verdient man mehr.«

Kay hoffte, dass er sich irrte.

»Hat sie Familie?«

»Ihre Mutter hat sich schon früh aus dem Staub gemacht, und ihr Vater starb, als Valley sechs Jahre alt war.«

»Adoptiveltern?«

»Nein. Sie ist mehr oder weniger im Heim aufgewachsen.« Kay schüttelte den Kopf. »Verdammt, Finn, dieses Mädchen war dabei, ihr Leben in den Griff zu kriegen.«

»Detective Delaney – endlich!« Niles Fischer watete so schnell er konnte durch die Pfützen auf sie zu. Sein Assistent hatte eine Trage dabei. Mitten in dem Lichtkegel blieben die beiden stehen und Fischer bedachte Kay mit einem freudlosen Lächeln.

»Wie geht's Ihnen, Niles?«

»Es bringt ja nichts, wenn ich mich beklage. Haben Sie alles gesehen, was Sie sehen müssen?«

»So ziemlich. Können Sie mir etwas über sie erzählen?«

Der Gerichtsmediziner zuckte mit den Schultern. »Nicht viel. Das Opfer war vermutlich bereits tot, bevor das Feuer gelegt wurde. Aber ganz sicher bin ich mir dessen noch nicht.«

»Was könnte das sein?« Kay deutete auf eine zehn Zentimeter lange Wunde auf der rechten Schädelseite. Die dünne Fleischschicht glänzte rosa unter der verkohlten Haut. »Ist das eine Verletzung, die von einem Schlag herrühren könnte?«

»Vielleicht. Aber wahrscheinlicher ist, dass die Haut aufgrund der Hitze aufgeplatzt ist. Bei so hohen Temperaturen kommt es öfter vor, dass das Gewebe reißt – insbesondere knochennahes Gewebe.« Fischer legte die dicke Plastikplane neben die Leiche. »Die Röntgenaufnahmen werden zeigen, ob entsprechende Frakturen vorliegen. Aber sichere Angaben können wir erst machen, wenn wir sie in der Pathologie haben.«

»Gut, sie gehört Ihnen. Aber stülpen Sie Tüten über ihre Hände – die sind relativ unversehrt.« *Ich hoffe, du hast ein Stück von diesem Bastard mit dir genommen, Valley.* Kay wandte sich an Finn. »Gunderson meinte, ihre Handtasche wäre hier gefunden worden?«

»Ja, da drüben.«

Er führte sie durch einen verkohlten Türrahmen in die Haupthalle des Lagerhauses. Finn leuchtete mit seiner Taschenlampe den Betonboden ab, hielt inne, als das Licht auf eine geschwärzte Cola-Dose fiel und etwas aufblitzte, was wie Silberpapier von einem Kaugummi aussah. Kay staunte, dass einige Bereiche des Gebäudes offenbar fast unberührt von den Flammen geblieben waren.

»Genau hier.« Finn zeigte mit dem Finger auf die Stelle. »Wir haben die Tasche ins Labor geschickt. Scheinbar hat sie jemand durchwühlt. Vielleicht haben wir Glück und finden ein paar Fingerabdrücke.«

»Ja, und vielleicht gewinnst du morgen den großen Jackpot.« Sie hörten, wie der Gerichtsmediziner den Reißverschluss des Leichensacks zuzog. Kate hasste dieses Geräusch.

»Sieh den Tatsachen ins Auge, Kay. Hier müssen wir mit wenigem zufrieden sein.«

# 5

Nachdem die Löschfahrzeuge der Feuerwehr abgezogen waren, verstopften die Presseautos und diverse Ü-Wagen von Fernsehsendern die Luther Street. Kay versuchte, das Gedränge der Journalisten zu ignorieren. Einige Beamte überwachten die Grenze, die die Bänder der Polizei markieren sollten, insbesondere die Stelle, an der der Wind das Band bereits zerrissen hatte. Innerhalb der Absperrung suchten Uniformierte den Boden ab und arbeiteten sich systematisch die Seitenstraße hinauf bis zum rückwärtigen Teil des Gebäudes.

»Was gefunden?«, fragte Kay den Cop, der ihr am nächsten stand.

Er schüttelte den Kopf, ohne aufzusehen. Seine Zigarette glühte auf, als er daran zog.

»He, Mann.« Sie winkte ihn zu sich, riss ihm die Kippe aus dem Mundwinkel und schnippte sie über das gelbe Band. »An meinen Tatorten wird nicht geraucht, okay?«

»Ja, Ma'am. Detective.«

Als er den Mund öffnete, roch Kay das Nikotin. Vor einem Jahr hatte sie sich die letzte Zigarette angezündet – auch etwas, was sie Bernard Eales zu verdanken hatte. Er hatte sie für Wochen ins Krankenhaus gebracht, und während dieser Zeit war die Anstrengung, sich zum Aufzug zu schleppen, nach unten zu fahren und zum Rauchen ins Freie zu hinken, zu groß gewesen. Und später erschien es ihr unsinnig, wieder damit anzufangen.

Sie hatte dem Tod aus unmittelbarer Nähe ins Gesicht gesehen und seinen Atem gespürt – diese Erfahrung prägte einen Menschen. Ihre Psychotherapeutin hatte ihr erklärt, dass es nach einem solchen Erlebnis nur natürlich sei, etwas in seinem Leben ändern zu wollen. Und Kay hatte etwas geändert. Das Rauchen war nicht die einzige Gewohnheit, mit der sie seit der brutalen Auseinandersetzung mit Eales gebrochen hatte.

Sie sah Finn an, der die Schultern zum Schutz gegen den stetigen Nieselregen hochgezogen hatte. Sein Gesicht wirkte geradezu unheimlich in dem grellen, pulsierenden Schimmer eines Blaulichts. Kay fragte sich, wie es ihm in den letzten Monaten ergangen sein mochte. Der Anblick seines Körpers unter dem feuchten Jackett und der verknitterten Hose machte es schwer zu vergessen, was sie vor dem Albtraum in Eales' Vorgarten geteilt hatten – bevor Kay alle und ganz besonders Finn von sich weggestoßen hatte.

Er fehlte ihr, in vielerlei Hinsicht. Aber es war besser so. Sie wollte nicht, dass er sich je wieder auf sie verließ. Zum Glück hatte er es aufgegeben, Nachrichten auf ihrem Anrufbeantworter zu hinterlassen.

»Wir werden keine Augenzeugen finden«, seufzte Finn. »Hier unten ist nichts los.« Er deutete mit dem Kinn auf die dunklen Fenster der umliegenden Lagerhäuser. Viele Scheiben waren zerbrochen und einige Türen mit Brettern vernagelt.

Er hatte Recht. Die Luther war eine mit Schlaglöchern übersäte, schmale Seitenstraße, die nach Norden in Richtung Boston führte. Die Hauptverkehrsverbindung hingegen verlief durch Fells Point und an der östlichen Küste entlang. Dies hier war industrielles Ödland.

Finn folgte Kay, als sie sich unter der Absperrung hindurch duckte und die Straße überquerte. Direkt gegenüber befand sich ein mit rostigem Maschendraht eingezäunter Schrottplatz mit alten Wohnwagen und ausgeschlachteten Pick-ups, Alteisen und aufgeschichteten Metallplatten. Kay lief ein Schauer über den Rücken, während sie mit den Augen das Durcheinander absuchte. Und als sie hinten in einer dunklen Ecke eine Bewegung ausmachte, begann ihr Herz heftig zu pochen. Wahrscheinlich ein streunender Hund, beruhigte sie sich. Mehr nicht.

In letzter Zeit bereitete ihr die Dunkelheit Unbehagen und brachte Gedanken an die Oberfläche, die sich kein Cop auf der Straße leisten konnte. Früher war sie stets die Erste gewesen, hatte in jeder Situation die Tür aufgestoßen, aber heute war sie sich nicht mehr so sicher, ob sie das noch einmal fertig brachte. Vielleicht würde sie vor Angst erstarren. Sie hasste diese Ungewissheit, verwünschte ihre Unfähigkeit, sich selbst zu vertrauen. Am meisten aber verfluchte sie Bernard Eales, weil er ihr jeglichen Mut und ihre ganze Entschlossenheit geraubt hatte.

Sie drehte sich um und betrachtete das Dutton-Lagerhaus. Von hier aus konnte man erkennen, dass die Flammen durch die Fenster im Erdgeschoss gelodert, dann an der östlichen Mauer des dreistöckigen Gebäudes entlanggezüngelt waren und schließlich das Dach in Schwarz getaucht hatten.

»Warum hat er sich diesen Ort ausgesucht?«, überlegte sie laut. »Was macht ihn geeignet?«

»Das Gebäude ist ungenutzt und steht recht abgelegen.«

»Ja, genau wie die Hälfte aller anderen Lagerhäuser in dieser Gegend. Also warum hat er sich ausgerechnet für dieses entschieden?« Sie zeigte auf die Gasse neben dem Dutton-Gebäude. »Von der Straße aus sieht man den Seiteneingang nicht. Er muss gewusst haben, dass dort eine Tür ist und dass sie unverschlossen war.«

»Ein glücklicher Zufall?«

»Nein. Es hat etwas zu bedeuten, dass er sich dieses Haus ausgesucht hat. Er kennt sich hier aus.«

»Komm, Kay, wir werden nass bis auf die Knochen. Wir untersuchen das alles noch einmal gründlich bei Tageslicht. Rütteln an einigen Türen. Bis dahin werden die Brandermittler ein paar Ergebnisse haben. Wir können genauso gut mit dem Papierkram anfangen.«

Kay setzte sich in Bewegung, blieb jedoch abrupt wieder stehen. »Nein. Ich will erst in Valleys Apartment.«

»Jetzt gleich?«

»Ja. Du hast gesagt, dass ihre Handtasche durchwühlt wurde. Der Kerl kennt also ihre Adresse. Es wäre nicht das erste Mal, dass ein Verbrecher nach der Tat einen Hausbesuch macht. Außerdem müssen wir die Wohnung ohnehin unter die Lupe nehmen.«

»Gut. Aber dann müssen wir uns durch diese Meute da kämpfen.« Er deutete auf die Presseleute, die sich in der Nähe des gelben Bandes drängelten und miteinander um die beste Position kämpften. Eine Frau löste sich aus der Menge. »Jane kommt direkt auf uns zu«, flüsterte Finn.

Jane Gallagher, Polizeireporterin bei WBAL, steuerte auf sie zu; der Kameramann hatte Mühe, mit ihr Schritt zu halten.

»Detective Delaney, können Sie uns etwas über die Identität des Opfers verraten?«

»Kein Kommentar.« Das rote Licht der Kamera leuchtete, und Kay verbiss sich das, was sie sonst noch hätte sagen wollen.

»Geht die Polizei von Mord aus?«

Das Mikrofon tanzte vor Kays Gesicht. »Kein Kommentar.«

»Was ist mit dem Feuer? Ziehen Sie eine Brandstiftung in Betracht?«

Es hatte eine Zeit gegeben, in der Kay höflich mit Gallagher umgegangen war. Sie sogar gemocht hatte. In ein paar Fällen hatte sie sich die Hilfe der Reporterin zunutze gemacht, aber vor vierzehn Monaten war ihre Sympathie erloschen. Die Sanitäter hatten Kays zerschundenen Körper in Eales' Vorgarten kaum aufgelesen, als sich Jane Gallagher bereits auf sie stürzte. Am nächsten Morgen und noch einige Tage danach flimmerte Kays blutiges, verschwollenes Gesicht während der Nachrichten von Channel 11 regelmäßig über den Bildschirm.

Doch das eigentlich Diffamierende waren Gallaghers laufende Kommentare über den Vorfall: Die Reporterin führte den brutalen Angriff auf die beiden Detectives auf mangelndes Urteilsvermögen, Missachtung von Vorschriften und schlechte Selbstverteidigungstaktiken zurück. Kay erfuhr nie, warum sich Gallagher so sehr in die Berichterstattung über diesen Fall verbiss, vermutete jedoch, dass Janes Gefühle für Spencer – trotz seines Eherings – ein rein berufliches Interesse weit übertrafen. Und Jane Gallagher machte wie viele andere Kay für seinen Tod verantwortlich.

»Detective Delaney, ermitteln Sie in dieser Sache? Ist das Ihr erster Fall seit …«

Bevor Gallagher sich versah, riss ihr Kay das Mikrofon weg und griff mit der anderen Hand nach der Linse der tragbaren Kamera. Die dünnen Lippen der Reporterin dehnten sich zu einem Lächeln; Kay verabscheute die Belustigung, die sich auf dem Gesicht der Frau malte.

»Halten Sie sich fern, Jane. Wagen Sie sich nicht einmal in die *Nähe*. Sie sind die *Letzte*, die Informationen in diesem Fall bekommt – haben wir uns verstanden?«

»Warten Sie – ist das die Haltung des Dezernats oder Ihre persönliche?«

»Ist es nötig, diese Frage zu stellen?«

»Ich mache nur meinen Job, Detective.«

»Ach ja? Dann lassen Sie mich meinen machen, sonst ramme ich Ihnen dieses Mikro so in den Hintern, dass Sie einen verdammten atomaren Einlauf brauchen, um es wieder herauszubekommen.« Kay warf ihr das Mikrofon zu und machte auf dem Absatz kehrt.

Gallagher murmelte etwas Unverständliches, dann hörte Kay Finns Stimme: »... keineswegs so, dass Sie das nicht verdient hätten, Janey. Außerdem kennen Sie das Prozedere. Wenden Sie sich an den Pressesprecher wie alle anderen auch.«

Mehr konnte Kay nicht mehr verstehen, aber als Finn sie einholte, war sein Schweigen äußerst beredt. Er hatte Schadensbegrenzung betreiben müssen und das gefiel ihm kein bisschen.

## 6

Valerie Regesters Wohnung befand sich in Hampden, einem Bezirk im Norden, in dem hauptsächlich Weiße aus der Arbeiterschicht wohnten. Hier sah man deutlich weniger Gitter an den Schaufenstern und Türen der Geschäfte, und der Müll lag ordentlich gestapelt am Straßenrand und wartete darauf, am nächsten Morgen abgeholt zu werden. Im Treppenhaus des vierstöckigen Gebäudes roch es nach gebratenen Zwiebeln und Katzenpisse; die schwüle Feuchtigkeit des Tages hing noch in der Luft. In der obersten Etage, vor der Tür zu Regesters Apartment, war es noch heißer.

Kay musste daran denken, wie aufgeregt Valley gewesen war, als sie zusammen herkamen, um die Wohnung zu besichtigen. Die Hoffnung in ihren Augen war eines der Bilder, die sich tief in Kays Gedächtnis eingebrannt hatten. Doch wenn sie jetzt an Valley dachte, hatte sie eine verkohlte Leiche vor Augen ... und Bernard Eales. War es möglich, dass er den Mord arrangiert hatte?

Kay beobachtete, wie Finn einen frischen Latexhandschuh überstreifte und versuchte, am Türknauf zu drehen.

»Abgeschlossen«, sagte er. »Sieht nicht so aus, als wäre unser Bursche hier gewesen. Hatte sie einen Mitbewohner?«

»Nein.«

»Sollen wir den Hausverwalter wecken?«

Kay brauchte keine Antwort zu geben. An der gegenüberliegenden Wohnungstür wurde die Kette abgenommen und ein Riegel zurückgeschoben. Als sich die Tür einen Spaltbreit öffnete, zeigte Kay der Bewohnerin ihre Dienstmarke.

»Es geht um Valerie, stimmt's?« Valleys Nachbarin war ungefähr Anfang zwanzig. Mit einer Hand hielt sie ihren seidenen Kimono zusammen und wickelte sich eine blonde Haarsträhne um den Zeigefinger der anderen. Kay konnte durch den Türspalt den Fernseher und das körnige Testbild eines Kanals erkennen, der bereits Sendeschluss hatte.

»Ich bin Detective Delaney. Und dies ist mein Kollege, Detective Finnerty.«

»Kathleen Koch.« Sie reichte Kay die schlanke, kühle Hand. »Sie sind doch diese Polizistin. Valeries Freundin, hab ich Recht? Ich habe Ihr Bild in der Zeitung gesehen.«

»Ja«, gab Kay kurz angebunden zurück. Dieses Foto hatten alle Bürger von Baltimore City und sämtliche Einwohner der dreiundzwanzig Counties zwischen Worcester und Gerrett gesehen. »Miss Koch, wissen Sie, ob heute Abend jemand hier war?«

»Nein. Das hätte ich gehört. Ich hab nämlich ganz genau aufgepasst, weil ich darauf gewartet habe, dass Valerie von ihrem Kurs zurückkommt.«

»Von ihrem Kurs?«

»Ja. Sie nimmt Zeichenunterricht im Notre Dame. Der Unterricht endet um zehn und sie sollte eigentlich schon seit einigen Stunden daheim sein. Schließlich muss sie morgen zur Arbeit.«

»Wurde sie abgeholt oder ist sie öffentlich gefahren?«

»Manchmal nimmt sie die Stadtbahn. Heute hatte sie allerdings mein Auto dabei.«

»Könnte es sein, dass sie einen Mitschüler nach Hause gebracht hat?«

»Nein.«

»Hat Valerie vielleicht einen Freund?«, hakte Kay nach.

»Nein. Nicht Valerie. Sie hatte die Nase voll von den Typen. Deshalb ist sie ja auch im Notre Dame.« Kathleen Koch meinte das College für Frauen.

»Haben Sie vielleicht einen Schlüssel zu ihrem Apartment, Kathy?«, fragte Finn.

»Klar.« Die junge Frau streckte ihre Hand zu der Wand hinter der Tür aus und beförderte einen Schlüsselring zutage.

»Können Sie uns sagen, welche Kleidung Valley heute Abend getragen hat?«, wollte Kay wissen.

»O Gott, was ist ihr denn passiert?« Die erste Woge von Panik erfasste plötzlich die Stimme des Mädchens, und ihre Fingerknöchel wurden weiß, so fest umklammerte sie den Schlüssel. »Sagen Sie mir, dass mit Valerie alles in Ordnung ist – bitte!«

Kay schüttelte den Kopf und sah Finn an. Im Team mit

Spencer war sie immer diejenige gewesen, die den Angehörigen der Opfer die schlimme Botschaft so schonend wie möglich beigebracht und ihnen Trost gespendet hatte. Wie oft hatte Spence ihr gesagt, wie gut sie darin war. Doch Kay war schon früh dahintergekommen, dass er sie nur lobte, um sich nicht selbst mit trauernden Müttern, weinenden Frauen oder hysterischen Familienmitgliedern und Freunden abgeben zu müssen.

»Sie hat sich meinen Leder-Minirock ausgeliehen.« Koch reichte Kay mit zitternder Hand den Schlüssel. »Er ist pinkfarben. Und ich glaube, sie trug dazu ein weißes Top. Was ist jetzt mit ihr?«

Kay schloss Valleys Wohnungstür auf und trat in den Flur. Heute Nacht war sie einfach nicht imstande, die schlechte Nachricht zu überbringen. Nach allem, was sie in dem Lagerhaus gesehen hatte, konnte sie niemanden mehr trösten.

Sie hörte Finns gedämpfte Stimme hinter sich, dann Kathleen Kochs Schluchzer. In der Wohnung roch es nach Duftkerzen oder einem blumigen Luftverbesserer. Ein billiger Ventilator in einem der Fenster wirbelte die schwüle Nachtluft durch das Apartment. Der Teppich war abgenutzt, aber Valerie hatte ihn gründlich gereinigt. Und die Wände gestrichen. Kay erinnerte sich noch gut an die vom Nikotin vergilbte Wandfarbe, die der Vormieter hinterlassen hatte.

Sie fand nichts, was auf einen Kampf oder einen unliebsamen Besucher hindeutete. Es gab keinerlei Anzeichen dafür, dass Valley gewaltsam aus ihrer Wohnung entführt worden war. Trotzdem nahm Kay die Handschuhe aus ihrer Jackentasche.

Sie ging ins Schlafzimmer und betätigte den Lichtschalter neben der Tür. Die kleine Nachttischlampe leuchtete auf. Ein verblasstes Tuch mit Florentiner Muster war über ihren Schirm drapiert und dämpfte das Licht. Das Bett war gemacht, die Kissen sorgfältig arrangiert. Ein zweiter Ventilator stand im Fenster, und der leichte Luftzug bewegte sacht die Blätter einer hängenden Zimmerpflanze und die an die Wand gehefteten Seiten aus Valleys Skizzenblock. Akte und Porträts mit breiten, kühnen Kohlestrichen. Auf einigen der Zeichnungen erkannte Kay Kathleen Koch.

In der Ecke stand eine Kommode mit windschiefen Schubladen, von der bereits der Lack abblätterte. Billiger Modeschmuck, eine Reihe von kleinen Parfumfläschchen und Nagellack aus dem Wal-Mart waren darauf arrangiert. Im Rahmen des trüben Spiegels steckte ein Foto von Valley und Kathleen. Beide Mädchen lachten.

Es gab keine anderen Aufnahmen. Keine Familienbilder. Keine auf Zelluloid gebannten Kindheitserinnerungen. Wieder hatte Kay das Geräusch des Reißverschlusses im Ohr, als Fischer Valeries Leichensack geschlossen hatte. *Wer würde das Mädchen beerdigen?*

Kay verdrängte die aufflackernden Emotionen. Sie konnte später trauern, *nachdem* sie Valleys Mörder gefasst hatte. Im Augenblick konnte sie es sich nicht leisten, über den Tod des Mädchens zu weinen.

Sie trat zum Bett und öffnete eine Schublade des Nachtkästchens: Ein zerfleddertes Buch mit Kurzgeschichten und ein angebrochenes Streichholzbriefchen von Donna's in Mount Vernon kamen zum Vorschein. Kay hatte Valley vor Monaten dorthin zum Essen eingeladen und dem Mädchen ihre neue Handynummer auf die Innenseite des Streichholzbriefchens gekritzelt. Eine Flasche NyQuil und zwei Medizinfläschchen klapperten in der Lade, als Kay sie noch ein Stück weiter aufzog. Sie nahm sie in die Hand und drehte die Etiketten zum Licht: Xanax und Doxycyclin.

Ein letzter Blick durch das Schlafzimmer versicherte Kay, dass Valley nicht mehr angeschafft hatte. Sie seufzte. Sie hätte das Vertrauen zu dem Mädchen nicht so schnell verlieren dürfen. Dies war das Apartment einer jungen Frau, die einen Neuanfang gewagt hatte, sich mit dem spärlichen Gehalt einer kleinen Angestellten durchschlug und dem Leben auf der Straße den Rücken gekehrt hatte. Sie hatte ihr Leben umgekrempelt, und sie dabei zu beobachten waren die wenigen menschlichen Augenblicke gewesen, die Kay seit der Nacht vor Eales' Haustür erlebt hatte. Es hatte ihr Hoffnung gegeben.

Kathleen Koch saß mittlerweile im Wohnzimmer. Finn sah riesig aus neben ihr auf der Couch. Eine Kleenex-Box stand auf seinem Schoß, während Kathleen sich wieder und wieder die Augen trocknete.

»Haben Sie eine Ahnung, warum Valley Xanax genommen hat?«, fragte Kay.

Koch sah mit verschwollenen Augen auf. »Sie hatte hin und wieder Panikattacken. Aber nur kleine.«

»Wegen des bevorstehenden Prozesses?«

Koch nickte. Sie schnäuzte sich. »Sie litt auch unter Albträumen.«

Das erklärte das NyQuil.

»Und wissen Sie auch, wogegen das Doxycyclin war?«

»Nein. Was soll das sein?«

Ein Blick von Finn verriet Kay, dass er bereits alles von dem Mädchen erfahren hatte, was er brauchte. Kay deutete zur Tür und Finn begleitete Kathleen durch den Flur ins Treppenhaus.

»Sie haben meine Nummer, falls Ihnen noch etwas einfällt, worüber Sie sprechen möchten«, sagte er und gab ihr Valleys Schlüssel zurück.

Das Mädchen schniefte. »Danke, Detective.«

»Da ist noch etwas, Kathleen«, hielt Kay sie auf, ehe

sie ihre Wohnungstür schließen konnte. »Sie erwähnten, dass Valley mit Ihrem Wagen unterwegs war.«

»Ja. Es ist ein Chevy Nova. Grau.« Sie nannte den beiden Beamten die Zulassungsnummer.

»Dann hatte Valley also einen Führerschein?«

»Natürlich. Wir waren erst letzte Woche bei der Zulassungsstelle, um ihr Foto erneuern zu lassen. Es war an ihrem Geburtstag.«

Kay trat sich insgeheim in den Hintern; das hätte sie nicht vergessen dürfen.

»Und sie hatte ihn bei sich, oder? Den Führerschein, meine ich.«

»Immer.«

»Danke, Kathleen. Und jetzt Kopf hoch, okay?«

Als Kay und Finn die Treppe hinunterstiegen, hörten sie, wie Kathleen den Riegel vorschob und dann die Kette einhakte. Wortlos verließen die Detectives das Gebäude und gingen über die Straße zu ihrem Dienstwagen. Finns derbe Straßenschuhe mit den harten Sohlen klickten bei jedem Schritt auf dem Asphalt und das Geräusch hallte in der schwülen Dunkelheit wider.

»Vielleicht haben wir mehr Glück mit der Brieftasche«, meinte Kay, als sie die Beifahrertür öffnete.

»Du denkst, der Killer hat Regesters Führerschein an sich genommen? Aber warum, wenn er nicht einmal ihr Geld haben wollte?«

»Weil Geld nur Geld ist.« Sie sah Finn über das Autodach hinweg in die Augen. »Auf dem Führerschein ist ein Foto von ihr.«

»Ja. Und?«

»Das ist sein Souvenir.«

# 7

Sie fanden Kathleen Kochs Chevy hinter der Fourier Hall auf dem Campus des Notre Dame College. Fünfzehn Meilen weiter östlich erhellten die ersten Sonnenstrahlen den Himmel über dem Cheasapeake, als Kay und Finn den gepflegten Campus betraten und auf dem leeren Parkplatz endlich auf den klapprigen Nova stießen.

Aus der Ferne konnten sie nichts Verdächtiges an dem kleinen Auto entdecken: kein platter Reifen, keine eingeschlagene Scheibe und selbstverständlich auch kein Zettel an der Windschutzscheibe mit der Bitte an die Parkwächter, den Wagen nicht abzuschleppen.

Die Laternen auf dem Platz brannten noch und die Regentropfen auf der Windschutzscheibe glitzerten in dem gelben Licht.

»Beide Türen sind abgesperrt«, stellte Kay fest, als sie sich der Beifahrerseite näherte. »Ihre Sachen sind noch drin.« Auf dem Beifahrersitz bemerkten sie einen Skizzenblock und eine kleine hölzerne Schachtel mit dem aufgedruckten Namen eines Geschäfts für Künstlerbedarf. Eine rote Regenjacke lag auf der Rückbank.

»Vielleicht ist er nicht angesprungen«, mutmaßte Finn. »Könnte sein, dass sie zur Stadtbahn gegangen ist und er hat sie auf dem Weg dorthin geschnappt. Möglicherweise hat er sie auch erst in Hampden aufgegriffen, nachdem sie bereits von hier weg war.«

»Nein. Es war zehn Uhr abends. Sie hätte bestimmt ihre Freundin angerufen. Sie wäre zurückgegangen und hätte das Telefon im Collegegebäude benutzt.«

»Vielleicht war dort schon abgeschlossen.«

Kay umrundete das Auto. Der Lack war schon vor Jahren in der brennenden Sonne von Baltimore oxidiert.

Das Chrom blätterte von den Stoßstangen ab und die Nummernschilder hatten Roststellen. Der Wagen war in Maryland zugelassen. Als Kay die Fahrerseite erreichte, wusste sie, dass ihr ungutes Gefühl berechtigt gewesen war. Glas knirschte unter ihren Schuhsohlen.

Finn hörte das Geräusch. »Was, zum Teufel, ist das?«

Dicke Scherben waren überall auf dem Asphalt verstreut und funkelten wie Juwelen. Auf dem Wagendach lagen noch mehr davon.

Kay sah auf. »Der Hurensohn hat das Licht ausgemacht.«

Die Laternenschale etwa sechs Meter über ihren Köpfen war zerschmettert. Ein guter Schuss. Oder hatte er vielleicht mehrmals gezielt?

»Er hatte es auf sie abgesehen und wusste, was für einen Wagen sie fuhr und wo sie ihn abgestellt hatte«, überlegte Kay laut.

Aber wieso lag ihr Skizzenblock im Wagen? Hatte Finn doch Recht? War sie eingestiegen, aber der Motor war nicht angesprungen?

»Kannst du die Motorhaube ohne Zugang zum Wageninneren öffnen?«, fragte Kay.

Aber Finn hatte bereits Handschuhe übergestreift und tastete über den Kühlergrill. Ein leises Klicken ertönte und die Haube hob sich.

»Außenverriegelung«, sagte er, stützte die Motorhaube mit dem dafür vorgesehenen Stab ab und zeigte auf etwas. »Da. Das Zündkabel ist herausgezogen.«

Die Enden hingen nutzlos neben der Verteilerkappe.

»Dieser Scheißkerl.« Kay trat einen Schritt von dem ölverschmierten Motor zurück.

»Wenn sich das Mädchen auf der Straße so gut auskannte, wie du behauptest, Kay, wie hat er es dann fertig gebracht, dass sie zu ihm in den Wagen stieg?«

»Sie wäre nie mit einem Fremden mitgefahren. Er muss Gewalt angewendet haben. Oder ...« Kay sah sich erneut um und versuchte, sich ein Szenario vorzustellen, das sich irgendwie richtig anfühlte. »Oder sie kannte den Hurensohn. Besser, wir rufen die Spurensicherung, damit sie das Auto untersuchen können«, fuhr sie fort, obwohl sie leise Zweifel hegte, dass die Kriminaltechniker viel finden würden. Wenn Valleys Mörder die Entführung so sorgsam inszeniert hatte, wie es den Anschein hatte, dann hatte er wohl kaum brauchbare Spuren hinterlassen.

Kay und Finn hockten sich auf die Motorhaube ihres Lumina und warteten zwanzig lange Minuten auf die mobile Einheit. Zunächst versuchten sie sich noch in unbeholfenem Smalltalk, dann verfielen sie nach und nach in Schweigen. Schließlich beobachteten sie, wie der weiße Polizei-Van zweimal im Karree fuhr, ehe er auf den Parkplatz hinter der Fourier Hall zusteuerte. Die Detectives überließen es ihren Kollegen, den Nova nach Fingerabdrücken und anderen Hinweisen zu untersuchen, und machten sich auf den Weg in die Stadt. Kay ließ Finn ans Steuer und genoss den seltenen Luxus, durch die Straßen chauffiert zu werden, die sie sonst kaum wahrnahm.

Baltimore war nicht ihre Stadt. Von dem von Touristen überlaufenen Inner Harbor bis zu den verkommenen Vierteln, in denen Heroin und Kokain den Verfall noch beschleunigten, von mit Brettern vernagelten, verwahrlosten Reihenhäuern bis zu der Pracht von Guilford und Roland Park mit den Privatschulen und stattlichen Villen war Kay alles fremd.

Damals vor dreizehn Jahren hatte sie keinen triftigen Grund gehabt, hierher zu kommen. Es war kurz nach ihrem Collegeabschluss gewesen, und sie hatte einen Job gebraucht. Zu Hause, in Jonesport, Maine, hatte sie keine Chancen. Es gab kaum Arbeit. Deshalb war sie aus einer Laune heraus einer Freundin nach Maryland gefolgt – mit zweihundert Dollar in der Tasche und einem Koffer im Kofferraum ihres Honda. Sie meldete sich auf die Anzeige des Departments, das Berufsanfänger suchte. Das Gehalt und die Sondervergünstigungen erschienen ihr verlockender als alles andere, was sie zu der Zeit in Aussicht gehabt hatte.

Dreizehn Jahre ... noch weitere acht, und sie konnte der Polizei mit Pensionsansprüchen den Rücken kehren. Falls sie es bis dahin *schaffte*. Acht Jahre konnten einem wie lebenslänglich erscheinen, wenn man die Wochen und Monate gegen die Anzahl der ungeklärten Morde aufrechnete, gegen die endlos lange Liste der Opfer und die Verfahrensabsprachen, bei denen mildere Strafen ausgehandelt wurden, nur damit das System nicht ins Stocken geriet. Selbst zu den besten Zeiten waren Mordermittlungen ein undankbares Geschäft.

Trotzdem bewirkte sie etwas. Nicht viele bei der Truppe teilten diese Ansicht, aber Kay hatte all die Jahre an der Überzeugung festgehalten, dass sie mit ihrer Arbeit Menschen half, selbst wenn es letzten Endes nur eine Hand voll waren. Als Mitglied der Mordkommission war sie damit betraut, das schlimmstmögliche Verbrechen zu verfolgen – das Auslöschen eines menschlichen Lebens. Sie war Anwältin der Toten. Und der Überlebenden.

Dennoch würde sie Schluss machen, wenn sie ihre zwanzig Jahre voll hatte. Sie hatte sich geschworen, sich nicht auf Ausstiegsprogramme oder verlockende Gehaltsaufbesserungen einzulassen, die sie zum Bleiben bewegen sollten, natürlich mit der Aussicht auf eine ordentliche Prämie am Ende ihres Berufslebens. Sie würde nicht zulassen, dass der Stress das auffraß, was von ihrer Seele noch übrig war. Wenn ihre Zeit kam, dann dankte sie ab. Vielleicht würde sie dann nach Maine in die friedliche

Fischerdorf-Atmosphäre zurückkehren, die noch so unberührt von der Woge der Gewalt war, die in der Stadt durch die Drogen freigesetzt worden war. Weit weg von Crack-Spelunken, schäbigen Gassen und anderen Krisenherden, wo das Verbrechen zu gedeihen und sich auszubreiten schien wie eine tödliche Krankheit.

Kay betrachtete Finns Profil. Doch, es hatte einmal eine Zeit gegeben, in der ihr die Stadt nicht so düster und trostlos erschienen war.

»Und, hast du kürzlich mit Jimmy Carter zu Mittag gegessen?«, frotzelte er – wahrscheinlich weil er ihren Blick spürte.

»Nein. Du?«

Finn schüttelte lächelnd den Kopf.

Finn und Kay hatten zusammen bei der Organisation Habitat for Humanity gearbeitet und geholfen, leerstehende Reihenhäuser in Baltimore für Familien mit niedrigem Einkommen zu renovieren. Sie waren auch dabei gewesen, als die Fertigstellung einiger Projekte im Nordost-Distrikt bei einem Essen mit dem ehemaligen Präsidenten gefeiert wurde.

Kay vermisste die Kameradschaftlichkeit der Truppe und die harte Arbeit, doch am meisten fehlte ihr das gemeinsame Engagement mit Finn außerhalb des Jobs.

»Du kommst doch damit zurecht, oder?« Finn konzentrierte sich auf den Verkehr, der sich am Greenmount drängte. »Dass wir beide in diesem Fall Partner sind?«

»Klar. Und du?«

Er zuckte mit den Schultern. »Ich habe kein Problem damit. Solange du die Berichte tippst.«

Das wäre nicht das erste Mal, dass sich Finn auf Kays Geschick an der Schreibmaschine und am Computer verlassen würde. Vor Spencers Tod hatten sie abends oft noch im Büro der Mordkommission gesessen, obwohl sie verschiedene Schichten hatten, und gemeinsam Überstunden gemacht. In letzter Zeit achtete Kay jedoch nach Möglichkeit darauf, das Büro zu verlassen, bevor Finns Einheit ihren Dienst antrat. Alles nur, um ihm nicht über den Weg zu laufen. Offenbar hatte es Finn ebenso gehalten.

»Ich mache dir einen Vorschlag«, sagte sie. »Ich übernehme den Schreibkram, dafür spielst du während der Ermittlungen nicht meinen Babysitter.«

»Einverstanden.« Sein Tonfall verriet ihr, dass sie sich nicht geirrt hatte – Sarge hatte ihn tatsächlich mit ins Boot geholt, damit er auf sie aufpasste. Finn war für Sarge das Sicherheitsnetz, seine Garantie, dass sie nichts vermasselte und nicht wieder jemand ums Leben kam.

An der gelben Ampel auf der Biddle gab er mehr Gas. »Hör zu, okay – ich weiß nicht, wie du zu dem Mädchen gestanden hast, aber wenn du bei der Autopsie heute Morgen lieber nicht dabei sein willst ...«

»Ich werde da sein. Aber danke, dass du dir deswegen Gedanken machst«, gab sie zurück.

Als sie die Eager Street überquerten, spürte Kay die vertraute Anspannung im Rücken. Der Schmerz hatte schon vor zwei Blocks angefangen, aber jetzt, als sie das Staatsgefängnis von Maryland passierten, breitete er sich auch auf ihren leeren Magen aus.

Die roh behauenen Granitsteine des Gebäudes ragten bedrohlich hinter dem sechs Meter hohen, mit rasiermesserscharfen Blechbändern gekrönten Zaun auf. Kay fragte sich, ob andere Cops das Gefängnis auch so wahrnahmen, wenn sie daran entlangfuhren. Und ob sie ebenfalls an all die Männer dachten, die sie dort hineingebracht hatten.

Als der Lumina an dem Gebäudekomplex vorbeischoss, beherrschte jedoch nur ein Mann Kays Gedanken.

# 8

Tag 403.

Bernard Eales spürte seine Füße als Erstes. Die Sohlen drückten gegen die kalte Eisenstange am Fußende seiner niedrigen Koje. Die Pritsche war zu klein. Er hatte nicht genügend Platz, sich umzudrehen, und wachte meistens in derselben Stellung auf, die er am Abend zuvor, wenn das Licht im Block A ausging, eingenommen hatte. Das gestärkte Laken war noch immer bis zum Kinn hochgezogen.

Aus den anderen Zellentrakten drangen Pfiffe, Türenknallen und sogar erstickte Schreie zu ihm herüber. In der grauen Doppelzelle des Staatsgefängnisses konnte man nicht erkennen, ob der Tag bereits angebrochen war. Keine Sonne. Keine Weckrufe. Aber Bernard erkannte immer an dem Druck auf der Blase und dem schlechten Geschmack im Mund, dass es Morgen war.

Mit Mühe hievte er sich von der Pritsche, schlurfte barfuß über den nackten Zementboden zu der Toilette aus rostfreiem Stahl, lockerte die Zugschnur seiner Häftlingshose und tastete nach seinem Schwanz.

Darnell Brown, der auf der oberen Pritsche lag, fing an zu wimmern. Seit einem Monat saß der knallharte Crack-Dealer schon hinter Gittern, rief aber immer noch heulend nach seiner Mama. Insbesondere in seinen Träumen.

Bernard wollte auf seine Uhr schauen, doch dann fiel ihm wieder ein, dass er sie letzte Woche gegen ein paar Glimmstängel eingetauscht hatte. Er hatte Patricia gebeten, ihm eine neue mitzubringen. Nichts Teures. Und ein paar Schachteln Marlboro dazu. Er hasste diese Tauschgeschäfte, immer war er dabei der Dumme.

Aber das spielt keine große Rolle, solange ich Patsy habe, dachte er, als er endlich seine Blase erleichtern konnte. Sie kümmerte sich um ihn. Besuchte ihn zweimal in der Woche und würde bestimmt öfter kommen, wenn sie sie lassen würden. Und sie brachte ihm jedes Mal eine Kleinigkeit mit. Er brauchte nur zu lächeln, hin und wieder zu nicken, wenn sie von ihren Katzen erzählte und ihm ein paar Luftküsschen durch die Plexiglasscheibe zuhauchte, bevor sie ging.

Patsy und ihre verdammten Katzen ... Wenn er jemals wieder rauskam, würde er als Erstes dafür sorgen, dass diese verfluchten Viecher verschwanden. Er trat mit dem Fuß gegen den Spülknopf der Toilette. Darnells Winseln stoppte.

Bernard trat zu dem kleinen Fenster in der dreifünfzig mal vier Meter großen Zelle. Wie alle hier war auch dieses zugeschweißt, der Rahmen mit leuchtend oranger Farbe gestrichen, damit die Wärter sofort feststellen konnten, ob jemand daran herumhantiert hatte. Neben dem Fenster hing ein Kalender, den sie mit Kreppband an die Wand geklebt hatten. Patsy hatte ihn aus der Autowerkstatt mitgebracht, in die ihr alter Herr einen der Leichenwagen gebracht hatte. Fotos von klassischen Autos. Nichts, was ihn anturnte. Nichts, was so niedlich war wie sein '59er StratoChief. Er fragte sich, wo der Strat jetzt wohl stand. Wahrscheinlich war er noch in Polizeigewahrsam. Der glänzende schwarze Lack von der Sonne getrübt. Die Weißwandreifen platt. Die Batterie leer. Diese Scheißkerle!

Darnell strich jeden vergangenen Tag auf dem Kalender mit einem dicken Rotstift aus. Bernard hatte nichts dagegen. Heute war Donnerstag. In seiner linkshändigen Krakelschrift hatte Bernard eine Notiz im Kalender gemacht, die ihn an das heutige Treffen mit Grogan erinnerte. Der

Prozess begann in zwei Wochen und sein Anwalt wollte unbedingt mit ihm über die Verteidigungsstrategie, die Auswahl der Geschworenen und die Zeugen sprechen.

Reine Zeitverschwendung. *Selbst wenn* es Grogan gelingen sollte, die Jury davon zu überzeugen, dass er den Cop aus Notwehr erschossen hatte und dass er die nächtlichen Besucher nicht als Polizisten erkannt und sein Heim nur gegen unliebsame Eindringlinge hatte verteidigen wollen – *selbst dann* würde ihn dieses scharfe, blonde Miststück von der Staatsanwaltschaft wegen der Nuttenmorde am Arsch kriegen.

Bernard schlurfte zu seiner Pritsche zurück und ließ sich auf das schweißnasse Laken fallen. Er trat gegen die obere Matratze, als Darnell wieder zu greinen anfing. Dann schloss er die Augen, bohrte Popel aus seiner Nase und schnippte sie quer durch die Zelle. In seinem Traum saß er hinter dem Steuer seines glänzend schwarzen Strato-Chief.

# 9

Nach einer halben Stunde in der Pathologie in der Penn Street 111 war Finn noch immer nicht immun gegen den Gestank, den Valerie Regesters sterbliche Überreste ausströmten. Weder der chemische Luftverbesserer noch die konstante Zufuhr von Frischluft durch das Lüftungssystem konnten dagegen etwas ausrichten. Kay allerdings schien ganz gut damit fertig zu werden. Die Gesichtsmaske aus Papier hing um ihren Hals und sie hatte sich ein wenig Menthol unter die Nase gerieben.

Regesters Leiche war zuvor hereingerollt, fotografiert, gewogen und schließlich in dem sterilen, gekachelten Raum auf einen der Tische aus rostfreiem Stahl gelegt worden. Die Reste der Kleidungsstücke wurden von ihrer verbrannten Haut entfernt und auf dem Tisch daneben ausgebreitet. Finn und Kay beobachteten, wie Eddie Jonesy an dem Leichnam arbeitete, die Organe entnahm und wog; seine behandschuhten Hände wurden glitschig von den Körperflüssigkeiten, während er seinem Assistenten mit eintöniger Stimme seine Beobachtungen diktierte. Louis Armstrong ertönte aus dem Ghettoblaster in der Ecke und der Gerichtsmediziner summte hinter seiner Maske die Melodie zu »What a Wonderful World« mit.

»Also, dann sind Sie endlich hinter Ihrem Schreibtisch hervorgekommen, wie, Kay?«, fragte Jonesy, als er Regesters Leber in eine Schale gleiten ließ.

Finn spähte über den Tisch und sah, dass Kay nickte.

»Ja. Mit Kaffee kochen konnte ich leider keine Punkte sammeln. Vermutlich sind meine Kollegen der Meinung, dass ich draußen auf der Straße eine weniger große Gefahr bin.«

Die Augenwinkel des Gerichtsmediziners kräuselten sich und deuteten ein Lächeln unter der Maske an.

Eddie Jonesy war mit seinen sechsunddreißig Jahren ein wenig jünger als Finn und ein bisschen älter als Kay, und man erkannte ihn stets an seiner sonnengebleichten Haarmähne, selbst wenn er Kittel und Mundschutz trug. Finn fand, dass er aussah wie ein Vogel, mit den nah beieinander stehenden Augen und der spitzen römischen Nase. Ein Albino-Geier, der über dem Aas und den Abfallhaufen der Stadt kreiste.

Von dem Augenblick an, in dem sie in die Pathologie gekommen waren, hatte Finn eine auffällige Ungezwungenheit und Vertrautheit zwischen Kay und dem Gerichtsmediziner gespürt. Finn hatte zwar noch nie zusammen mit Kay an einem Fall gearbeitet, aber er kannte sie gut genug, um zu wissen, dass sie sich im Job eher reserviert verhielt. Höflich, aber professionell. Kays gute Umgangsformen traten nur manchmal in den Hintergrund, wenn sie an einem schwierigen Fall arbeitete. Finn war nicht entgangen, dass einige Jungs aus ihrer Einheit dieses kühle Auftreten falsch verstanden. Und auch *er* hatte sich seinen Teil gedacht, bevor Joe Spencer ihn und Kay vor zwei Jahren miteinander bekannt machte.

Kay hatte damals in ihrer Schicht, die von sechzehn bis vierundzwanzig Uhr dauerte, einen neuen Fall übernommen und Finn trat um Mitternacht seinen Dienst an. Um drei Uhr nachts stand Kay mit Joe Spencer auf der Terrasse im siebten Stock des Polizeipräsidiums, betrachtete die Lichter der Stadt, die sich in der von den dampfenden Straßen aufsteigenden schwülen Luft spiegelten, und rauchte eine Zigarette. Spence stellte die beiden einander vor und verschwand kurz darauf, aber Finn und Kay blieben, rauchten noch ein halbes Dutzend Camel und unterhielten sich, während sie den Sonnenaufgang beobachteten.

In der Folge trafen sie sich öfter zum Rauchen, liefen sich zufällig und schließlich auch mit voller Absicht über den Weg. Und eines Abends landeten sie in einer Bar am Hafen. Finn konnte sich nicht mehr erinnern, in welcher. Sie betranken sich, gingen auf Finns Schiff, um weiterzutrinken, und Kay blieb über Nacht.

Am nächsten Morgen waren sie sich einig, dass sie einen Fehler gemacht hatten, aber schon in der darauffolgenden Nacht lag er in ihrem Bett. Und ebenso zahllose Nächte danach – fast ein Jahr lang.

Von Anfang an hatte Finn gewusst, dass seine Illusionen über diese Beziehung größer waren und seine Gefühle viel tiefer gingen als die von Kay. Trotzdem hatte er immer gehofft, dass sie sich irgendwann ganz auf ihn einlassen würde. Selbst noch nach dem Zwischenfall mit Bernard Eales, nachdem sie sich lange geweigert hatte, seine Anrufe entgegenzunehmen, und schmerzhaft deutlich geworden war, dass sie ihm auswich, hatte er auf Kay gewartet. Erst vor ein paar Monaten, als er in O'Reillys Bar gesessen und einen doppelten Bourbon angestarrt hatte, nahe dran, seinen ersten Drink nach einundzwanzig Monaten Abstinenz zu sich zu nehmen, hatte Finn Kay endlich aufgegeben.

Er vermisste sie. Aber es wurde allmählich erträglicher.

»Gut, Jungs und Mädels.« Jonesy richtete sich auf. »Bisher können wir Folgendes festhalten: Ganz offensichtlich haben wir es hier mit schweren Verbrennungen zu tun. Eine leicht entflammbare Flüssigkeit wurde auf ihre Kleider geschüttet – daher diese starken Verletzungen. Aber sie war bereits tot, als das Feuer angezündet wurde. Es gibt keinerlei Anzeichen dafür, dass sie Rauch eingeatmet hat, und auch keine Spuren von Kohlenmonoxid in ihrem Blut.«

»Können Sie sagen, ob sie vergewaltigt wurde?«

»Keine sichtbaren Hinweise auf gewaltsame sexuelle Handlungen. Aber es gibt Anzeichen dafür, dass sie erwürgt wurde. Punktförmige Einblutungen in der Schleimhaut an der Augeninnenseite. Und es scheint, als hätte sie sich auf die Zunge gebissen. Beides deutet auf Ersticken hin. Und dann …«, er zeigte auf den Nacken, wo ein kleiner Bereich vom Feuer verschont geblieben war, »… das hier – sieht aus, als wären hier Druckstellen. Die Abdrücke von Fingerspitzen.«

»Er hat sie erdrosselt?«

Jonesy nickte und legte die Hände um einen imaginären

Hals. »Von vorn. Ich habe ein gebrochenes Zungenbein, Einblutungen im Kehlkopf und den Nackenmuskeln sowie Verletzungen an der Schilddrüse und dem kreisförmigen Knorpel vorgefunden.«

»Einem Täter, der sein Opfer mit den Händen erwürgt, geht es normalerweise um Macht«, warf Kay ein. »Wut. Hass. Und wenn es ein Angriff von vorn war, dann wollte er ihr möglicherweise beim Sterben zusehen. Es sei denn, sie war bereits bewusstlos. Was ist mit Schleifspuren?«

»Nichts deutet darauf hin, dass sie über den Boden geschleift wurde. Keine Abschürfungen oder Quetschungen am Rücken. Auch der Schuh, den sie noch trug, war unversehrt.«

»Also hat er sie in das Lagerhaus getragen?«

»Er muss ein starker Bursche sein, wenn er sie aus dem Auto heben und durch all den Plunder schleppen konnte, der in dem Gebäude herumlag«, bemerkte Finn.

»Dann hat er sie vielleicht gezwungen, in dieses Lagerhaus zu gehen.« Kay ließ die sterblichen Überreste von Valerie Regester nicht aus den Augen. »Was ist mit den Händen? Haben Sie etwas unter ihren Nägeln gefunden?«

Jonesy schüttelte den Kopf und nahm die Maske vom Gesicht. »Nichts Sichtbares, aber wir nehmen noch Proben. Mal sehen.«

Finn betrachtete Kay über die geschwärzte Leiche auf dem Tisch hinweg, während Jonesy weiter dozierte. Sie sah nicht gut aus. Ihr Gesicht war bleich, und er fragte sich, ob sie sich übergeben wollte, aber sie blieb bei der Sache.

Er bewunderte ihre Entschlossenheit. Noch bevor er sie richtig kennen gelernt hatte, war ihm schon zu Ohren gekommen, dass sie ein wahrer Jagdhund sei. Nicht nur ein bewaffneter Detective im Anzug, sondern ein echter Cop der Mordkommission, mit der Nase ständig am Boden. In dem Jahr, in dem sie ein Liebespaar gewesen waren, hatte er mitbekommen, welche Auswirkungen die Ermittlungen auf Kay haben konnten. Und er hatte sich heimlich Sorgen gemacht, weil sie von jedem ihrer Fälle nahezu besessen war.

»Was ist Doxycyclin?«, fragte sie Jonesy. »Valley hatte das Medikament zu Hause stehen. Wogegen wird es verabreicht?«

Der Pathologe zuckte mit den Schultern. »Normalerweise wird es bei Chlamydien verordnet.«

»Also war sie sexuell aktiv?«

»Nicht notwendigerweise. Das Mädchen könnte sich die Infektion schon vor längerer Zeit eingefangen haben und sie wurde dann erst kürzlich bei einer Untersuchung diagnostiziert.« Jonesy trat vom Tisch zurück und schien sein Werk zu bewundern. »Oh, und da ist noch eine interessante Kleinigkeit. Euer Freund hatte ein Messer.«

»Ein Messer?«

Der Pathologe nickte und seine Augen hinter der Nickelbrille leuchteten auf. In der Gerichtsmedizin hieß es, dass man mit Tam Nguyen reden musste, wenn man einen Experten für Schussverletzungen brauchte, aber in puncto Stichwunden war Jonesy die absolute Koryphäe. Er sammelte sogar Messer.

»Offensichtlich haben wir es mit einer einschneidigen Klinge zu tun. Vermutlich so etwas wie ein Klappmesser. Gerade Klinge und verdammt scharf. Aber nicht sehr groß. Ein Messer, das in die Handfläche passt. Es hat einen schmalen Griff und meiner Schätzung nach eine Siebeneinhalb-Zentimeter-Klinge, nach einer der Stichwunden zu schließen, die nicht so gezielt war wie die anderen. Die Messerspitze ist auf dem Brustbein nach oben gerutscht und der Griff hat einen Abdruck auf dem Gewebe hinterlassen.«

»Eine Stichwunde am Brustbein?« Kay war noch blasser geworden.

»Ja. Genau genommen mehrere.« Jonesy schlug den dünnen Muskellappen mit der verkohlten Haut über Valleys Brustbein zurück und deutete auf ein halbes Dutzend Kerben in dem weißen Knochen.

»Können Sie uns erklären, wie diese Verletzungen zustande kamen?«, fragte Finn.

»Nicht wirklich. Ich kann nur feststellen, dass die scharfe Klinge nach unten zeigte und dass der Stoß von unten nach oben ging. Also nehme ich an, dass sie stand.«

»Und was dann? Hat er sie gequält? Oder war das Teil des Prozedere bei der Entführung?«

Jonesy zuckte mit den Achseln. »Ich wünschte, ich könnte euch in diesem Punkt weiterhelfen, aber bei den Verbrennungen kann ich nicht einmal mit Sicherheit sagen, ob ihr die Wunden vor oder nach Eintritt des Todes zugefügt wurden.«

Als Kay schließlich das Wort ergriff, klang ihre Stimme ganz dünn. »Ich brauche Fotos von diesen Stichverletzungen. Nahaufnahmen, auf denen man die Lage und Verteilung deutlich erkennt.«

»Kein Problem.« Jonesy deutete auf seinen Assistenten. »Ich schicke sie Ihnen zusammen mit dem Obduktionsbericht.«

»Ich brauche sie früher.« Kay wartete nicht auf eine Antwort. Sie zog den Papierkittel aus, den sie über dem Hosenanzug trug, und steuerte die Tür an. »Und ich möchte, dass das absolut unter uns bleibt. Danke, Jonesy.«

Finn lief ihr nach, zerrte sich die Maske vom Gesicht und fragte: »Was denkst du?«

Kay presste die Lippen zusammen und warf einen Blick

zurück auf die Leiche. Die Beine waren verkrümmt und die schwarz verbrannten Knie ragten spitz von dem blanken Stahltisch auf. In diesem Moment wirkte Kay verloren.

»Was hat es mit diesen Stichverletzungen auf sich?«, bohrte Finn nach.

Aber sie blieb ihm die Antwort schuldig. Ein Muskel an ihrer Wange zuckte, als sie die Schwingtür aufstieß und den Papierkittel in den Abfalleimer warf. »Ich muss ins Büro«, sagte sie.

»Du hast solche Stichwunden schon einmal gesehen, stimmt's?«

Ihr Blick wirkte abwesend, als sie nickte. »Ich muss mir ein paar Akten noch einmal vornehmen.«

»Welche?«

»Die von Bernard Eales.«

## 10

Obwohl der Gestank, der im Obduktionssaal geherrscht hatte, noch an ihnen haftete, überredete Finn Kay, irgendwo in Fells Point ein Frühstück zu besorgen und sich mit ihm auf eine Bank auf der anderen Seite der Thames Street zu setzen. Unten am Wasser, umgeben von Touristenfallen und Souvenirläden, Schülerbars und dem Broadway Market, konnte Finn für kurze Zeit vergessen, was sie heute Morgen erlebt hatten. Und mit Kay an seiner Seite, die ihr übliches Roggenbrot mit Ei auswickelte, war es ihm auch beinahe möglich, die vierzehn Monate, die sie trennten, aus seinen Gedanken zu verbannen.

»Also, wie geht es dir?« Er musste es zumindest versuchen.

»Gut.«

»Sarge meint, du hast schon wieder ein paar Fälle übernommen?«

»Nur bombensichere.« Groll schwang in ihrer Stimme mit. Sie biss in ihr Sandwich. »Ich bekomme die Sachen, die von vornherein klar sind. Sarge schickt mich mit einem der Jungs raus, und wenn eine Reihe von Augenzeugen und die Mordwaffe am Tatort auf uns warten, ist es plötzlich mein Fall. Familiendramen. Straßenkämpfe. Raubüberfälle.«

Er wollte etwas erwidern wie, dass sie sich noch Zeit lassen sollte, dass manche Cops nach einer so gewaltsamen Erfahrung *nie wieder* in ihrem Job arbeiten konnten. Und er wollte ihr erklären, dass sie nicht die Einzige war, die gelitten hatte; alle in der Mordkommission waren betroffen. Das Vertrauen zueinander musste wieder wachsen. Neu aufgebaut werden. Aber das alles wusste Kay selbst, sie erlebte es ja täglich.

»Du siehst jedenfalls gut aus«, sagte er stattdessen. »Dein Haarschnitt gefällt mir.« Aus den Augenwinkeln nahm er ihren raschen Seitenblick wahr und auch einen leisen Argwohn. »Was? Darf ich dir kein Kompliment machen, ohne dass du es für eine Anmache hältst?«

Kays Schweigen bestätigte, dass seine Vermutung zutraf.

»Nur weil ich etwas Nettes sage, heißt das noch lange nicht, dass ich es darauf abgesehen habe, dich ins Bett zu bekommen.«

»Bedeutet das etwa, du willst mich gar nicht ins Bett bekommen?«, fragte sie. Finn gefiel es, wie die Belustigung ihre Züge aufhellte und sanfter wirken ließ.

»Das habe ich nicht gesagt.«

Mehr Schweigen, und Kay wandte sich ab. »Danke«, antwortete sie schließlich. »Für das Kompliment.«

Er folgte ihrem Blick hinaus über die Bucht. Das Sonnenlicht brach sich in der Kielwelle eines Wassertaxis, das Touristen vom Inner Harbor nach Fells Point schipperte.

»Also, was weiß ich noch nicht über den Eales-Fall?«, fragte er. »Ich habe bis jetzt nie etwas über diese Stichwunden in der Brust gehört.«

»Das haben wir damals auch unter Verschluss gehalten«, erwiderte Kay. »Diese Verletzungen sollten unser Trumpf in der Hinterhand sein, denn sie erschienen uns einfach zu bizarr.«

»Und sie wurden bei allen drei vorherigen Opfern festgestellt?«

Kay nickte. »Auf diese Weise konnten wir schließlich meinen Harris-Fall mit den anderen beiden in Verbindung bringen.«

Finn erinnerte sich an die Tatortfotos von Annie Harris, die sie ihm einmal gezeigt hatte. Er hatte noch nie eine Leiche in einem so fortgeschrittenen Verwesungszustand gesehen. Nach den toxikologischen Untersuchungen waren Kay und Spencer ursprünglich davon ausgegangen, dass Harris an einer Überdosis gestorben und nur deshalb in das leerstehende Reihenhaus gegangen war, um sich den goldenen Schuss zu setzen. Kay hatte Finn von dem Fall erzählt und geschildert, wie sie und Spence auf der Straße plötzlich Eales' Namen aufgeschnappt hatten. Die Leute hatten ausgesagt, dass er ein Bekannter von Annie Harris sei und ab und zu zusammen mit ihr Drogen genommen habe. Sie und Spence waren dann schnurstracks zu diesem Hurensohn gegangen, um ihn als Zeugen zu vernehmen und herauszufinden, ob er etwas über die letzten Tage von Harris wusste.

»Bei dem Verwesungszustand waren die Stichverletzungen zuerst nicht zu erkennen gewesen, aber als der Pathologe Kerben auf dem Brustbein entdeckte, waren wir uns sicher, dass es eine Verbindung zu Jimmy Holewinskis toter Prostituierter gibt, die im Leakin Park abgelegt worden war, und ebenso zu Varcoes ›Jane Doe‹ – ihr echter Name ist uns bis heute unbekannt –, die man einen Monat später auffand.«

In diesem Augenblick strömten Touristen am Henderson's Wharf aus dem Wassertaxi und verteilten sich auf den Fußwegen.

»Aber Harris war doch Eales' erstes Opfer, oder?«, fragte Finn.

»Der fortgeschrittene Verwesungszustand hatte den Gerichtsmediziner dazu veranlasst, den Todeszeitpunkt vor dem der anderen beiden anzunehmen. Ja, sie war wohl das erste Opfer. Zumindest haben wir keinerlei Informationen darüber, ob es schon vorher welche gegeben hat.«

Kay verfiel in Schweigen, rührte ihr Sandwich nicht mehr an, trank ihren Kaffee und starrte aufs Wasser. Finn spürte, dass sie in Gedanken wieder vor Eales' Haustür stand.

Er wartete. Das Wassertaxi legte vom Pier ab, der Motor lief auf Hochtouren, bevor es durch den Hafen brauste.

»Und die Stichverletzungen waren dieselben wie bei Regester?«, fragte er schließlich.

»Ich glaube schon. Bei allen Opfern waren die Wunden jedoch weder tief noch tödlich. Wir konnten uns einfach keinen Reim darauf machen.«

»Willst du damit sagen, dass bis auf die Verbrennungen alles so ist wie bei Eales' Opfern?«

»Nein. Es gibt noch eine Abweichung. Eales' Opfer

erweckten auf den ersten Blick den Anschein von Selbstmord.«

»Wegen des Heroins?«

»Nicht nur deswegen. Ihre Pulsadern waren aufgeschlitzt«, entgegnete Kay. »Sie sind alle verblutet.«

»Und wie hatte sich Eales dazu geäußert?«

»Gar nicht. Laut den Vernehmungsprotokollen erinnert er sich an gar nichts.«

Finn knüllte das Wachspapier von seinem Sandwich zusammen. »Es gibt noch einen gravierenden Unterschied zwischen Valley und den anderen Opfern«, verkündete er. »Valley wurde definitiv nicht von Bernard Eales aufgegriffen.«

## 11

Vicki DiGrazzio, die stellvertretende Staatsanwältin, erwartete die beiden Detectives bereits im Präsidium. Sie schritt auf ihren roten Pumps vor den Aufzügen auf und ab und hielt ihren ledernen Aktenkoffer fest an sich gedrückt.

»Sarge hat mich soeben angerufen und mir die Neuigkeiten berichtet«, sagte sie und schleuderte mit der Hand eine lose blonde Locke über die Schulter – eine Geste, die, wie Kay wusste, die Phantasie einiger Männer im Morddezernat deutlich anstachelte. Sie bezweifelte, dass Finn immun dagegen war. »Ich kann es immer noch nicht glauben.«

Der Aufzug brachte sie in den fünften Stock. In dem verzerrten Spiegelbild der Stahltüren bemerkte Kay Vickis müdes, besorgtes Gesicht. DiGrazzio war ein Arbeitstier und hatte regelmäßig ein Dutzend schwierigster Mordanklagen auf dem Schreibtisch, aber Kay vermutete, dass die Staatsanwältin trotz allem in den meisten Nächten ihren Schlaf fand und nicht von Gespenstern heimgesucht wurde wie sie selbst. Als Vertreterin der Anklage war sie eben nie so nah dran an den Opfern wie Kay.

Aber bei Valley war das etwas anderes. Vicki hatte Kay geholfen, dem Mädchen einen Job zu verschaffen. Tippen. Ablage. In der Mittagspause Telefonanrufe entgegennehmen. Und obschon Valley ihren Charme für nur wenige aufgespart hatte, war Vicki dem Mädchen sehr zugetan gewesen.

Kay und Finn setzten sie über die ersten Ergebnisse der Obduktion in Kenntnis, bewahrten sich jedoch die Stichwunden auf dem Brustbein für eine etwas privatere Atmosphäre auf. Als der Lift zum Stehen kam und die Türen bebend aufglitten, hörte Kay bereits das schrille Klingeln der Telefone im Morddezernat.

Im Flur mit den schmutzig grünen Wänden und den vergilbten Bodenfliesen vor den Büros war die Luft zum Schneiden – es roch wie immer nach schalem Kaffee, Essen und Aftershave.

In den letzten Monaten hatte jedoch ein neuer Geruch im fünften Stock Einzug gehalten: modrige Klimaanlagenluft. Da in der sechsten und siebten Etage umfangreiche Renovierungsarbeiten vorgenommen wurden, waren tragbare Air-Condition-Einheiten installiert worden, um das Belüftungssystem aufrechtzuerhalten. In dem Büro nebenan, hinter der verglasten Wand, war eine dieser riesigen Anlagen an den Fenstern zur Westseite aufgebaut worden. Kabel und Drähte führten in flexiblen Röhren von der Decke zu dem ratternden Apparat, der aussah wie eine überdimensionale Herz-Lungen-Maschine.

Sie geleiteten Vicki durch das Labyrinth der hellgrauen Schreibtische. Kleine Ventilatoren, die auf den Aktenschränken standen, rührten die dicke Luft durch, als wäre sie Suppe. Kays Schreibtisch stand ganz hinten in der Ecke und sie verteidigte ihn vehement gegen den Schmutz und das Durcheinander des von Männern dominierten Dezernats. Hier, Wand an Wand mit der ratternden Klimaanlage, hatte sie zumindest ein wenig Privatsphäre und einen schönen Ausblick auf die City Hall zwei Blocks weiter.

Kay rollte ihren Stuhl für Vicki vor den Schreibtisch. »Wir müssen noch zwei Monate in diesem Chaos überstehen«, sagte sie und machte eine Ecke ihres Schreibtisches frei, »dann können wir endlich unsere neuen Büros im sechsten Stock beziehen, zumindest hat man uns das versprochen.«

»Während du Vicki auf den neuesten Stand bringst, suche ich Eales' Akten heraus«, warf Finn ein.

»Eales?«, fragte Vicki noch, aber Finn hatte sich schon auf den Weg gemacht. »Was will er mit Eales' Akten? Was ist eigentlich los?«

»Nun ja, da ist noch etwas«, antwortete Kay. Sie war ganz froh, dass das laute Brummen der Klimaanlage ihre Stimmen übertönte. »Etwas, was bei der Autopsie ans Licht gekommen ist. Valleys Mörder hat ein Messer benutzt.«

»Aber du hast doch gesagt, dass sie erwürgt wurde!«

»Das stimmt auch. Die Stichwunden waren nicht tödlich. Genau wie bei Eales' Opfern.«

Vickis Gesicht versteinerte. »Moment mal. Wie ist das möglich? Wir haben das doch damals für uns behalten. Es wurde nicht einmal in den internen Berichten erwähnt.«

»Jemand muss davon erfahren haben. Irgendwie. Vielleicht haben wir hier im Department ein Leck oder Eales selbst hat darüber gesprochen.« Kay hockte sich auf die Schreibtischecke. »Wie auch immer, Vicki. Valleys Mörder war offenbar ein Nachahmer – oder …«

»Nein, Kay.« Vicki hob beide Hände, als wollte sie die zweite Möglichkeit abwehren. »Nein. Wir haben den richtigen Mistkerl hinter Gitter gebracht. Alle Beweise sind da. Das ist ein wasserdichter Fall.«

»Nicht mehr.«

Vicki schwieg eine Weile. Es war nicht zu übersehen, dass sie diese Neuigkeit erst verdauen musste. »Verdammt noch mal«, fluchte sie schließlich. »Ist dir klar, welch leichtes Spiel Eales' Anwalt mit der Verteidigung hat, wenn er Wind von dieser Sache bekommt? Du weißt, wie James Grogan arbeitet. Mehr braucht er nicht, um genügend Zweifel bei den Geschworenen zu säen und sie glauben zu machen, dass der Prostituiertenmörder noch frei herumläuft.«

Vicki starrte an Kay vorbei aus dem Fenster, aber Kay bezweifelte, ob sie überhaupt etwas wahrnahm. Der Gedanke, dass die monatelange Arbeit umsonst gewesen sein und die Morde an den Frauen ungesühnt bleiben könnten, stand förmlich auf ihrer Stirn geschrieben. Und Kay kannte Vicki DiGrazzio gut genug, um zu wissen, dass sie nicht so leicht damit fertig wurde.

»Es ist ein Trittbrettfahrer, Kay. Die Information muss durchgesickert sein, und ich möchte wissen, wo die undichte Stelle ist. Was hast du sonst noch?«

»Wir müssen noch abwarten, ob die Brandermittler etwas Neues haben und ob die Spurensicherung Fingerabdrücke an dem Auto gefunden hat, das Valerie gestern gefahren hat.«

»Ein oder zwei Zeugen könnten hilfreich sein.«

»Wir hören uns noch einmal auf dem Campus und in der Nachbarschaft des Lagerhauses um.«

»Es ist ganz und gar unmöglich, dass Eales nicht der Mörder dieser Frauen war.«

»Irgendwas wird schon ans Licht kommen.« Doch Kay sah Vicki an, dass sie keineswegs so zuversichtlich war.

»Und was ist mit dir und Finn? Alles in Ordnung?«

»Klar.« Kay überlegte, ob Vicki die Lüge durchschaute. Abgesehen von ihrer Therapeutin war Vicki der einzige Mensch, den Kay wegen ihrer früheren Beziehung mit Finn ins Vertrauen gezogen hatte.

»Gut, aber falls du mit jemandem reden willst …« Vicki stand auf, strich ihr feuerwehrrotes Kleid glatt und rückte den Schulterriemen ihres Aktenkoffers zurecht.

»Danke.«

»Ruf mich an, sobald du etwas Neues hast«, sagte Vicki noch, ehe sie sich einen Weg durch das überfüllte Büro bahnte. Kay fragte sich, ob die Staatsanwältin die Blicke der Männer überhaupt jemals wahrnahm.

Sie rollte ihren Stuhl wieder an seinen Platz, hängte ihr Jackett über die Lehne, nahm das Frühstückssandwich aus der Tasche und warf es in den Papierkorb. Ihr war flau im Magen. Daran war die Hitze schuld und die Erinnerung an das, was sie heute Morgen in der Pathologie erlebt hatte. Zu beobachten, wie das Mädchen aufgeschnitten wurde, das Heulen der Knochensäge zu hören, als die Schädeldecke abgenommen wurde, zuzusehen, wie man ihr ein Organ nach dem anderen entnahm …

»He, Delaney. Leitung vier. Pathologie.«

Kay grub das Telefon aus, das unter Akten und Berichten versteckt war. »Hi, Jonesy. Was gibt's?«

»Vielleicht nichts Wichtiges. Aber wir haben noch ein paar Kratzer an eurem Mädchen gefunden.« Eddie Jonesy hatte zu viele Polizeiserien gesehen und zu viele Krimis gelesen. Sie hasste es, wenn er redete wie die Cops im Fernsehen. »Ich bin nicht hundertprozentig sicher, ich möchte, dass sich Becky die Sache noch mal anschaut.« Er sprach von einer seiner Assistentinnen. »Sie hatte schon öfter mit so was zu tun.«

»Worum geht's?«

»Um zwei kleine, kreisrunde Druckstellen im Nacken im Abstand von einem halben Zentimeter. Für mich sehen sie aus wie Male von einem Elektroschocker. Falls ich mich irre, gebe ich dir Bescheid.«

»Danke, Jonesy.« Kay legte auf. Neben dem Telefon ganz oben in der Ablageschale lag ein unbeschrifteter brauner Umschlag mit einem kompletten Satz Tatort-Fotos.

Kay öffnete den Umschlag und ließ den Fotostapel herausgleiten. Sie lagen genau in der Reihenfolge, in der sie aufgenommen wurden. Totalaufnahmen vom Lagerhaus, von der Seitengasse, von den rußgeschwärzten Fensteröffnungen. Sie konnte sich vorstellen, wie das alles ausgesehen hatte, bevor die Flammen die Verwüstung angerichtet hatten, und auf einmal tauchte der Parkplatz von Notre Dame vor ihrem geistigen Auge auf.

Er hatte im Dunkeln gewartet, nachdem er die Laterne ausgeschossen hatte. Dann hatte er ihr den Elektroschocker in den Nacken gedrückt. Kay sah Valley auf dem Obduktionstisch. Sah die gelbe Schnur.

*Du hast sie gefesselt, weil du nicht sicher sein konntest, wie lange der Elektroschock wirken würde. War sie auf dem Rücksitz? Oder hast du sie vorne neben dich gesetzt und die ganze Zeit die Hand auf ihrem Knie gehabt?*

*Als du sie im Lagerhaus hattest, hast du ihr die Hände um den Hals gelegt. Hat sie sich gewehrt? Hat sie dir das Gefühl gegeben, mächtig zu sein?*

Kay atmete aus und versuchte, die Wut loszulassen, die ihre Gesichtsmuskeln verkrampfte. Sie blätterte die Fotos durch: der rote Benzinkanister, Ruß und Schutt, der Arm einer Schaufensterpuppe.

*Du hast sie verbrannt, weil du keine Spuren von dir hinterlassen wolltest. Was für Spuren? Haare? Fasern?*

Jonesy sagte, es gäbe keine Anhaltspunkte für ein Sexualverbrechen.

*Aber es hat dich angemacht, sie zu töten, stimmt's? Das hat dich scharf gemacht. Hast du auf sie masturbiert, du Hurensohn? Du hast deine DNS auf ihr verteilt, deshalb musstest du sie verbrennen. Hast du zugesehen, wie sie gebrannt hat? Haben dir die Flammen gefallen? Hast du es genossen, als das menschliche Fleisch in der Hitze zischte?*

Aber was war mit dem Messer? Was war mit dem gottverdammten Messer?

Kay sah sich die restlichen Aufnahmen an und hielt inne, als sie eine von Finn fand. Es war nichts Ungewöhnliches, dass ein Detective verlangte, am Tatort fotografiert zu werden. Meistens für die Nachwelt. Aber Kay glaubte kaum, dass Finn darum gebeten hatte. Offenbar war er versehentlich vor die Linse geraten oder der Fotograf hatte eine kleine Schwäche für ihn.

Finn stand neben Valleys Leiche; er hatte sein Jackett zurückgeschoben und die Hände in die Hüften gestemmt. Der Blitz der Kamera war grell und Finn war offensichtlich sehr müde. Trotzdem sah er gut aus. Jetzt wurde ihr bewusst, dass er für sie immer attraktiv geblieben war.

Zum ersten Mal fragte sich Kay, ob er eine neue Freundin hatte.

# 12

»Nach einem Alarm in den frühen Morgenstunden rückte die Feuerwehr zu einem Einsatz in Canton aus. Hier in diesem leerstehenden Lagerhaus nördlich der Boston Street, das zuletzt zu Dutton Mannequin gehörte, war ein Feuer ausgebrochen. Die Brandexperten haben zwar noch nichts über die Ursache verlauten lassen, aber bisher wird Brandstiftung nicht ausgeschlossen.«

Die Kamera schwenkte über die Vorderseite des Lagerhauses und die unzähligen Feuerwehr-, Polizei- und Notarztautos, deren Lichter die Nacht erhellten. Es war ein schönes Bild. Wie eine Szene aus einem Film.

Aber die Farbeinstellung des Fernsehers, der in einer Ecke des Schankraums stand, war miserabel. Das Gesicht des Reporters von Channel 11 schimmerte grün.

Er nahm den letzten Schluck Kaffee aus dem fleckigen Becher, dann schob er ihn über den Plastiktisch neben den angeschlagenen Teller. Er hatte seine Eier mit Speck nicht aufgegessen; das Fett war bereits erstarrt. Eine Fliege landete auf dem dreieckig geschnittenen Toast. Er beobachtete, wie sie an der kalten Butter saugte, dann wanderte sein Blick wieder zum Fernseher.

»Die Beamten der Mordkommission trafen kurz nach eins am Ort des Geschehens ein. Der Pressesprecher der Polizei, Sergeant Richard Contel, bestätigte im Verlauf des Vormittags, dass eine junge Frau dem Feuer zum Opfer gefallen ist. Weitere Einzelheiten wurden nicht bekannt …«

Die Fernsehbilder von letzter Nacht zeigten zwei Männer in weißen Overalls, die mit einer Trage das Gebäude verließen. Der schwarze Leichensack glänzte im Regen.

*Valerie Regester.* Es war nicht schwer gewesen, das

Mädchen zu finden. Und ein Kinderspiel, sie zu schnappen. Alles war wie am Schnürchen gelaufen.

*Es ist ein Job*, hatte er sich gestern Nacht gesagt, als er hinter dem Steuer seines Buick gesessen und beobachtet hatte, wie sie über den Parkplatz kam. *Du knüpfst nur lose Enden zusammen.* Er hatte nicht mit dem Nervenkitzel gerechnet, der ihn erfasste, als sie den Motor anlassen wollte. Und sobald sie aus ihrer Rostkarre stieg und er aus seinem Buick, fühlte er sich zum ersten Mal seit Monaten wieder richtig lebendig. Sie drehte sich zu ihm um und sah ihn an. Er liebte es, wie sie argwöhnisch die Augen zusammenkniff. Aber sein Lächeln zerstreute ihre Bedenken. Das war immer so.

Dann die Fahrt durch die Stadt – nervenzermürbend, aber auch erheiternd. Ihr leises Wimmern vom Rücksitz weckte ein altes Verlangen. Der Drang entfaltete sich wie eine Kakerlake, die aus ihrer alten Hülle kriecht, um zu einem stärkeren, unverwüstlicheren Wesen zu mutieren. Die letzte Metamorphose.

Aber erst als er endlich die Hände um ihren Hals legte, den Lebenspuls – stark und verzweifelt – unter seinen Handflächen spürte, kam die heftige Erektion, völlig unerwartet. Er hatte gedacht, dass das verdammte Zoloft all das abgetötet hätte. Er hätte gern mehr Zeit mit ihr verbracht. Zu schade, dass er keine entsprechenden Vorkehrungen getroffen hatte.

Immerhin war Zeit genug gewesen, zum Auto zurückzugehen und das Messer zu holen. Und jetzt, als er sich die Hände an der Papierserviette abwischte, wärmte ihn die Erinnerung an diese Lust, an das Blut, das in seinen Ohren rauschte, und sein hämmerndes Herz, als er sich auf ihr verströmte.

Die Fernsehkamera folgte nun den beiden Detectives – ein Mann und eine Frau, deren ausgebeulte Jacketts kaum die 9 mm in den Gürtelhalftern verbargen. Die Kamera zoomte näher. Sein Herz flatterte.

Sie sah anders aus als auf dem körnigen Schwarzweißfoto in der *Sun*, das aufgenommen worden war, nachdem Bernard sie gerade in der Mangel gehabt hatte. Er hatte das Bild ausgeschnitten und aufgehoben. Es zeigte ihr Gesicht, geschwollen und blutig. Ihre Züge waren kaum zu erkennen. Aber sie war es.

Detective Kay Delaney.

# 13

Hinter der Windschutzscheibe und durch den flirrenden Dunst der Nachmittagshitze ragten die wuchtigen Türme des Staatsgefängnisses hoch über dem Eingang an der Madison Street empor. Der Schmutz von mehr als einem Jahrhundert hatte die Granitsteine schwarz gefärbt. Es war die zweitälteste Haftanstalt des Landes und ein unübersehbares Wahrzeichen am Ostufer der Jones Falls. Eine Festung aus dem neunzehnten Jahrhundert, die man schon von weitem für ein Gefängnis hielt.

Und Eales saß dort ein – irgendwo hinter diesen mit Stacheldraht und scharfen Eisenbändern gesicherten steinernen Mauern.

Kay hatte schon den ganzen Tag mit dem Gedanken gespielt und vor einer Stunde – zu Hause unter der Dusche – endlich einen Entschluss gefasst: Sie wollte mit der einzigen Person sprechen, die von Valleys Tod profitierte. Aber jetzt, als ihr Auto keine fünfzig Meter weit weg vom Eingang stand, verließ sie der Mut, und die Fragen, die sie sich sorgfältig zurechtgelegt hatte, waren ihr plötzlich entfallen.

Die Erschöpfung tat ihr Übriges. Sie hatte einen langen Nachmittag mit Finn hinter sich. Ein Rundgang durch das ausgebrannte Lagerhaus hatte keine neuen Erkenntnisse ergeben. Und Valleys Zeichenlehrer im Notre Dame war erschüttert und entsetzt über die Todesnachricht, konnte ihnen jedoch auch nicht weiterhelfen, außer ihnen die Nummer des Sicherheitsdienstes zu nennen, der auf dem Campus nach dem Rechten sah. Vor zwei Stunden hatte Finn frustriert aufgegeben und war heimgegangen, um zu duschen und ein wenig zu schlafen; Eales' Akte nahm er mit. Aber Kay hatte ihre eigene Kopie zu Hause und in diesen Unterlagen fand sie schließlich eine Verbindung zu Dutton Mannequin.

Irgendwann während seiner Vernehmungen hatte Eales seine bisherigen zwei Dutzend Arbeitsstellen aufgezählt und Dutton war eine davon. Mit sechsundzwanzig hatte er den Job angenommen und war zehn Monate geblieben.

Kay erreichte Vicki auf ihrem Handy irgendwo auf dem Weg zwischen ihrem Büro und dem Gericht, doch das Gespräch wurde immer wieder durch statische Geräusche unterbrochen. *Achte darauf, dass du ihm nur Fragen stellst, die mit dem neuen Mord zusammenhängen*, warnte Vicki. *Keine Anspielung auf Spence und den bevorstehenden Prozess.* Und wie es das Protokoll verlangte, empfahl ihr Vicki, Finn mitzunehmen, auch wenn sie zugeben musste, dass Kay allein wahrscheinlich mehr aus Eales herausbekommen würde.

Jetzt saß sie hier in ihrem Dienstwagen – und der Beifahrersitz war leer.

Der Geruch nach alten Zigaretten hing noch in den fleckigen Veloursitzen nach all den Jahren, in denen Spence und sie ihrer Nikotinsucht gefrönt hatten. Sie hatte den Aschenbecher schon vor Monaten gründlich ausgewaschen und das Wageninnere geputzt. Der verblasste Lufterbesserer, der an einem Lüftungsschalter baumelte, hatte den Kampf verloren.

Kays Lust auf eine Zigarette erwachte. Sie tastete nach dem halb leeren Camel-Päckchen in ihrer Tasche. Ihr Notfall-Vorrat. Es hatte sie einige Mühe gekostet, ihn aus dem Durcheinander im obersten Fach ihres Schrankes auszugraben, aber genau das war ja auch Sinn der Sache. Und jetzt brachte sie Eales ihre letzten Kippen mit. Der Preis für seine Informationen.

Kay schloss die Augen, stellte sich vor, wie sie eine der filterlosen Zigaretten aus dem Päckchen schüttelte, sie anzündete, der Rauch in ihre Lunge drang und ihre Nerven beruhigte. Sie widerstand und fasste nach dem Türgriff.

In dem von Glas umschlossenen Eingangsbereich und der Aufnahmestation war es kühl. Steril. Am Empfang erhielt Kay einen Besucherpass und wurde zur Verwaltung geschickt. Dort erhielt sie Zugang zu den Gefängnisberichten und Eales' Besucherliste.

Sie war nicht sicher, wonach sie eigentlich suchte. Nach einem Namen. Nach jemandem, der Eales regelmäßig besuchte oder vor kurzem bei ihm war. Der ihm den Gefallen getan hatte, Valley umzubringen. Aber abgesehen von seinem Verteidiger war nur eine Besucherin verzeichnet – Patricia Hagen.

Eine Angestellte von Grogan? Eine Referendarin? Vielleicht hatte Eales eine fanatische Freundin. Eine, die sich für harte Jungs im Knast begeisterte, vermutete Kay, als sie feststellte, wie oft Hagen herkam. *Was für eine Frau verbringt so viel Zeit mit einem mürrischen, cholerischen Idioten, dem in Kürze der Prozess wegen mehrfachen*

*Mordes gemacht wird?* Nun, sie könnte alle möglichen Gründe dafür haben.

Kay wurde durch ein kahles, blaugraues Labyrinth von Korridoren zu einem dreieinhalb mal viereinhalb Meter großen Eisenkäfig geführt.

»Gehen Sie da rein.« Der Wärter winkte sie in die kleine Besucherzelle. Sie war auf zwei Seiten mit Gittern vom Gang abgeschirmt, die anderen beiden Wände bestanden aus solidem Stein. In der Mitte stand ein Metalltisch mit zwei Stühlen.

Kays Anspannung wuchs, als ihr plötzlich klar wurde, was sie hier machte. Ganz bestimmt hatte sie nicht damit gerechnet, Eales mit lediglich einem Meter schaler Gefängnisluft dazwischen gegenüberzusitzen. Als sie sich zu Hause dazu durchgerungen hatte herzukommen, hatte sie sich eine dieser Kabinen mit einer Trennwand aus Plexiglas und einer Sprechanlage vorgestellt.

Irgendwo im Inneren des Gebäudes knallten Tore zu und ein Schreikonzert begann, brach jedoch sofort abrupt ab. Allein in den Blocks A und B im Westflügel waren fünfhundertvierzig viel zu heiße Zellen, die meisten mit zwei Häftlingen belegt. Tausend gewaltbereite Männer zusammengepfercht in einem Glutofen. Und einer von ihnen war Bernard Eales.

»Hören Sie«, wandte sie sich an den Wärter, »ich hatte keine Zelle angefordert.«

»Die vom Empfang haben gesagt, dass Sie ein Verhör führen. Ich dachte, Sie wollen ein wenig Privatsphäre.«

»Das ist nicht nötig.«

»Also, Sie haben diese Zelle jetzt bekommen, okay? Es ist alles bereit. Außerdem bringen meine Kollegen Eales gerade her.«

Zuerst hörte Sie die Ketten rasseln, dann schlug eine Stahltür zu.

Und schließlich sah sie in dem konvexen Spiegel, der hoch oben in der Ecke des Korridors angebracht war, zwei uniformierte Wärter und eine große, massige Gestalt in einem orangefarbenen Overall.

Eales.

# 14

Er war riesig.

An Händen und Füßen gefesselt, schlurfte er zwischen den beiden Wärtern den Flur hinunter. Der unverwechselbare Häftlingsgang. Während er sich schwerfällig an dem Gitter der Besucherzelle entlangschleppte, war sein Blick stur geradeaus gerichtet, als weigerte er sich, Kays Anwesenheit zur Kenntnis zu nehmen.

Nur seine Größe ist beeindruckend, versuchte sich Kay zu beruhigen. Eales ist ein minderbemittelter Hinterwäldler, nicht das verkörperte Böse.

*Netter Versuch, Delaney. Er hat den Abzug deiner Dienstwaffe betätigt und deinen Partner erschossen.*

Kay holte tief Luft. Ihr Atem zitterte förmlich, als er ihren Körper verließ. Bis zu der Begegnung mit Bernard Eales hatte Kay echten Hass nicht gekannt.

Die Wärter hielten ihn am Eingang zurück. Erst dann sah Eales sie an. Ausdruckslos. Er hatte zugenommen. Eine Menge. War wabbelig und teigig geworden. *Ein hässlicher Scheißkerl.*

Dichte Brauen überschatteten seine Augen, aber Kay kannte sie aus ihren Albträumen, sie waren fischblau und leblos. Seine Mundwinkel hingen stark nach unten und die schmalen Lippen waren von einem schlampig geschnittenen Bärtchen umrahmt. Er hatte sich den Kopf rasiert. Die nachwachsenden Stoppeln markierten den hohen Haaransatz. Eine zweieinhalb Zentimeter lange, gezackte rote Narbe zierte seine rechte Wange. Sie sah relativ frisch aus. Kay rätselte, ob er sich die Verletzung im Gefängnis geholt hatte oder ob sie selbst vor vierzehn Monaten die Verursacherin gewesen war. Sie hoffte auf Letzteres.

»Sollen wir ihm die Fesseln abnehmen?«, wollte einer der Wärter von ihr wissen.

Eales musterte sie bedächtig. Sie glaubte, einen Funken des Erkennens bemerkt zu haben, ehe sein Blick dreister wurde. Er forderte sie heraus.

*Zur Hölle mit ihm.* »Lassen Sie sie dran. Es dauert nicht lange.«

Sie drehte ihm den Rücken zu, um ihre Abscheu und ihre Angst in den Griff zu bekommen. Wie viele Vernehmungen hatte sie schon geführt? Hunderte? Tausende?

*Mehr ist es nicht – nur ein ganz normales Verhör.*

Eales schlurfte zum Tisch. Sie spürte seine Nähe, als sie die Zigaretten und ein Streichholzbriefchen auf den Tisch legte. Spürte die Präsenz des Mannes, der sie beinahe totgeprügelt hatte. Fast wünschte sie, Finn wäre bei ihr. Aber es war besser so.

Kay zog den Stuhl hervor, der weiter entfernt von der Tür stand. Die Beine schabten über den Betonboden. »Setzen Sie sich, Bernard.«

Schon auf der Fahrt hatte sie sich entschieden, ihn mit Vornamen anzureden. Cool zu bleiben. Professionell, aber lässig.

»Erinnern Sie sich an mich, Bernard?«

»Klar.« Eales' massige Gestalt quoll über die Ränder der Sitzfläche. Die Fesseln klirrten gegen Tisch und Stuhlbeine. Er stützte die Ellbogen auf, faltete die Hände zusammen, senkte das Kinn auf die Daumen und beugte sich ein wenig vor.

Kay trat auf die andere Tischseite, blieb aber stehen.

Frische Schürfwunden markierten drei seiner Fingerknöchel und er hatte Schmutzränder unter den Nägeln. Abgesehen von der Narbe auf der Wange und den blutigen Knöcheln machte er nicht den Eindruck, als hätte er eine sonderlich harte Zeit im Knast. Sie hatte geglaubt, ein Dummkopf wie er müsste mehr Prügel und Häme einstecken. Aber vielleicht wollte sich niemand mit einem so großen Kerl anlegen.

Kay nahm ein Formular aus ihrer Aktentasche. »Sie kennen die Formalitäten, Bernard?«

Er nahm den Stift, den sie ihm hinhielt, in seine dicken Finger und zeichnete jeden Punkt, den sie ihm vorlas, ab.

»Ist Ihnen klar, dass Sie nicht gezwungen sind, heute mit mir zu reden?«, fragte sie, als sie am Ende der Liste angelangt waren.

Er nickte und zuckte gleichzeitig mit den Schultern.

»Ist das ein Ja?«

»Ja.«

»Und Sie haben auch verstanden, dass Sie die Anwesenheit eines Anwalts verlangen können? Dass das sogar ratsam wäre?«

Wieder ein Achselzucken und ein Nicken.

»Und Sie sind freiwillig hergekommen, ist das korrekt?«

Diesmal wurde das Achselzucken von einem Grunzen begleitet, das eine Spur von Humor zu beinhalten schien. Er legte den Stift weg und hielt die Hände hoch, um ihr die Handfesseln zu zeigen, die ihm in die fleischigen Handgelenke schnitten. »Freiwillig. Klar.«

»Also schön.« Sie hatte die Hände in den Jackentaschen zu Fäusten geballt. Schweißtropfen rannen ihr über den Rücken, und sie fragte sich, ob Eales riechen konnte, dass sie im eigenen Saft schmorte.

»Und, Detective, wie geht's?«, fragte er gedehnt.

Kay umrundete den Tisch, ohne den Blick von Eales' Kopf zu wenden – diesem hässlichen, geschorenen Schädel voller Beulen und Dellen. Sie schauderte, als sie an das Böse dachte, das hinter dieser missgestalteten Schädeldecke lauerte.

»Valerie Regester ist tot«, verkündete sie, als sie wieder auf ihrem Ausgangspunkt stand.

»Keine Ahnung, von wem Sie sprechen.« Seine Stimme klang tief und träge, und er sprach die Worte undeutlich aus.

Als sich Kay über den Tisch beugte, stiegen ihr der Moschusgeruch, den sein Körper verströmte, und sein säuerlicher Atem in die Nase.

»Halten Sie mich nicht zum Narren, Bernard. Valerie Regester war die Zeugin, die gegen Sie aussagen sollte.«

»Oh, richtig. Das Miststück, das gesehen haben will, wie ich die Leiche einer Nutte in den Leakin Park geworfen habe.«

»Ja, genau die.«

»Und sie ist also tot, oder was?« Er beäugte das Camel-Päckchen.

»Das scheint Sie nicht zu überraschen.«

»Mich überrascht nicht mehr viel, Detective.«

»Ich weiß, dass Grogan heute bei Ihnen war. Wollen Sie behaupten, er hätte Ihnen nicht erzählt, dass die Zeugin der Anklage ermordet aufgefunden wurde?«

Die heruntergezogenen Mundwinkel zuckten. Kay hatte den Verdacht, dass ihn irgendein Gedanke belustigte.

»Nee«, gab er dann zurück. »Der Typ hat nicht die

Nerven für solche Sachen. Komisch, wo er doch Strafverteidiger ist. Also, wie genau wurde sie umgebracht?«

»Das wissen Sie nicht?«

»Woher, zum Teufel, sollte ich?«

»Sie wurde erwürgt. Dann hat jemand die Leiche in Brand gesetzt. Nicht gerade Ihr Stil, nicht wahr?«

»Was? Sie glauben, *ich* hätte was damit zu tun? Wie sollte das gehen? Ich breche hier aus, mach die verlogene Schnepfe kalt, dann breche ich hier ein und setz mich wieder in meine Zelle, oder wie? Eines kann ich Ihnen sagen, Schätzchen, so gut ist das Essen hier drin wirklich nicht.«

Er legte die gefalteten Hände auf den Tisch. Die rechte Hand verdeckte halb die tätowierte Schlange, die sich um seinen Unterarm schlängelte und deren Kopf auf dem linken Handrücken hervorkroch. Das Tattoo war alt, die Tinte mit den Jahren grünlich geworden, und die Schuppen der Schlange hatten sich ausgedehnt, weil Eales Fett angesetzt hatte.

»Vielleicht haben Sie jemanden dazu gebracht, Ihnen einen Gefallen zu tun – wie klingt das, Bernard?«

Er antwortete nicht und beinahe wäre Kay Patricia Hagens Name herausgerutscht.

»Das Eigenartige ist«, fuhr sie fort, stützte die Hände auf die Stuhllehne und beugte sich zu Eales, »sie wurde in einem Lagerhaus unten in Canton verbrannt. Im Block zwölfhundert, Luther Street. Klingelt da etwas bei Ihnen?«

Er schüttelte den Kopf.

»Das sollte es aber. Sie haben mal dort gearbeitet. Dutton Mannequin.«

»Ist das nicht ein komischer Zufall?«

»Genau das dachte ich auch. Also, was wissen Sie über den Mord an Valerie Regester?«

»Nix. Ich höre gerade zum ersten Mal davon.«

Kays Lügen-Radar war normalerweise idiotensicher, aber aus Eales wurde sie einfach nicht schlau. Sie vermutete, dass ihr Urteilsvermögen durch das, was sie mit diesem Mistkerl erlebt hatte, getrübt wurde.

Sie zog den freien Stuhl unter dem Tisch hervor und setzte sich, dann nahm sie zwei Tatortfotos aus der Aktentasche und knallte sie auf den Tisch.

Dann forschte sie in Eales' Gesicht nach einer Reaktion.

»O Mann, jemand hat die Kleine richtig abgefackelt, was? Er muss sie wirklich gehasst haben.«

»Jemand wie Sie vielleicht?«

»He, ich kenne das Mädchen nicht mal.«

»Sie kannten sie gut genug, um sie ein Miststück zu nennen.«

»Ja, ein *verlogenes* Miststück. Und eine Nutte. Und ich würde ihr auch ins Gesicht sagen, dass sie ein verdammtes Lügenmaul ist, wenn sie nicht schon tot wäre.«

»Inwiefern hat sie denn gelogen, Bernard? Als sie behauptete, sie hätte Sie in dem Park erkannt?«

»Nein. Ich war dort. Das hab ich der Polizei bereits erzählt. Dass sie beobachtet hat, wie ich eine Leiche dort deponiert habe – das war eine Lüge. Da war keine Leiche. Das steht alles in den Akten.« Er hielt ihrem Blick ein paar Sekunden stand und sah sie aus schmalen Augen an. Dann dehnten sich seine Lippen zu einem trägen Lächeln. »Aber vielleicht haben Sie die Akten gar nicht gelesen, was? Sie haben Sie von dem Fall abgezogen, stimmt's? Ich hab Ihnen die Scheiße aus dem Leib geprügelt, und jetzt hocken Sie nur noch am Schreibtisch, hab ich Recht? Haben Sie in letzter Zeit viel Papier sortiert, Anrufe entgegengenommen, Kaffee gekocht? Ich schätze, das ist besser, als gefeuert zu werden.«

»Was haben Sie in der Nacht im Park aus dem Wagen geworfen, Bernard?«

Er war sichtlich enttäuscht, weil sie den Köder nicht geschluckt hatte. »Müll. Ich hab meinen Abfall weggeschmissen, mehr nicht.« Jetzt erst streckte er die Hand nach den Zigaretten aus – unaufgefordert. Die Ketten klirrten auf dem Metalltisch. Er schüttelte eine Camel aus dem Päckchen und steckte sie zwischen die trockenen Lippen, dann riss er, behindert durch die Handfesseln, ein Streichholz an.

Kay hielt die Luft an, als er den Rauch ausblies. Es war schon schlimm genug, dieselbe Luft wie er einatmen zu müssen, aber sie wollte auf keinen Fall auch noch seinen Qualm mit ihm teilen. »Also hielten Sie es nicht für nötig, Valerie Regester auszuschalten?«, fragte sie.

»Selbst wenn, wie, zur Hölle, hätte ich das machen sollen?« Er beugte den Kopf zur Zigarette. Die Handschellen drückten in seine Handgelenke, während er einen langen Zug nahm. »Ich bin ja schließlich nur ein kleiner Gauner und Schläger, stimmt's?«

Eines musste man ihm lassen: Illusionen hatte er keine. Er atmete wieder eine Rauchwolke aus und starrte Kay an. Sein Blick glitt nach unten zu dem V-förmigen Ausschnitt ihrer Bluse und schließlich zu ihren Brüsten. Kay fühlte sich beschmutzt, als hätten diese großen, hässlichen Hände diese Wanderung gemacht und nicht seine gierigen Augen.

»Sie sehen anders aus, Detective. Mehr wie ein Kerl. Eine neue Frisur?«

Kay blieb standhaft, auch als er ihr wieder in die Augen blickte.

»Sie sind doch keine Lesbe, oder? Wär auch egal, schätze ich. Aber dann hätten wir was gemeinsam – wären beide auf Pussys scharf. Ich dachte nur, Sie wären irgendwie mit dem Cop verbandelt, den ich erschossen hab. So wie Sie geheult haben, als er zusammenbrach und so.«

Kay schluckte ihren Zorn hinunter.

»Also, schlafen Sie nachts, Detective?«

»Ich schlafe prima, Bernard.« Sie fühlte, wie sich ihre Gesichtsmuskeln wieder anspannten. Nur kurz. Aber er musste es bemerkt haben.

»Sie haben Angst vor mir, nicht wahr?« Seine Lippen kräuselten sich zu einem höhnischen Grinsen, als sie ihm keine Antwort gab. »Sie haben Angst. Detective Delaney in ihrem feinen Hosenanzug hat Schiss vor dem kleinen, alten Bernie.«

Sie atmete durch. »Ja, Bernard. Stimmt genau. Ich habe eine solche Scheißangst vor Ihnen, dass ich mir gerade in meinen feinen Hosenanzug pisse, während Sie ... Sie armseliger, trauriger Scheißkerl an einer jahrealten Camel nuckeln. Sie werden nach den kurzen Ausflügen ins Gericht, wo Sie wegen Mordes verdonnert werden, nie wieder hier rauskommen.«

Bernard zuckte nicht einmal mit der Wimper.

Sie beugte sich näher zu ihm. »Aber wir werden sehen, wer wirklich Schiss hat, wenn man Sie auf den Tisch schnallt und Ihnen die Giftspritze in den Arm steckt, was, Bernie? Wir werden sehen, wer sich in die Hosen macht, wenn der Countdown beginnt.«

Schweigen senkte sich über die Zelle. Sie hörte, wie sein Atem in der gebrochenen Nase pfiff, dann beobachtete sie, wie sich seine Pupillen weiteten.

»Wer ist Patricia Hagen?«, fragte sie.

Er nahm noch einen langen Zug von der Zigarette.

»Ich weiß, dass sie Ihnen hier Besuche macht, Bernard. Wollen Sie mir sagen, wer sie ist? Oder muss ich das selbst recherchieren?«

Als Kay bemerkte, wie er die Kippe zwischen den Lippen zerquetschte, verging ihr jede Lust, sich jemals wieder eine Zigarette anzuzünden.

»Haben Sie sich eine Freundin angelacht, Bernie?«

Sie beobachtete seine Augen, nachdem sich der Rauch verflüchtigt hatte.

»Es kostet mich nur wenige Minuten, das herauszufinden«, fuhr sie fort. »Ich kann ihre Adresse nachschlagen. Vielleicht statte ich ihr einen kleinen Besuch ab.«

»Ja, sie ist meine Freundin. Na und?« Plötzlich hatte seine Stimme einen defensiven Unterton.

»Was findet sie bloß an Ihnen, können Sie mir das erklären? Ich kann nämlich rein gar nichts entdecken. Wenn ich Sie so anschaue, sehe ich nur geistige Leere.«

Sie begegnete seinem Blick und hielt ihm stand, während sich das Schweigen in die Länge dehnte.

»Was?«, sagte er schließlich. »Sie denken wohl, ich bin ein Blödmann, der noch nie in ein Wörterbuch geschaut hat? Behandeln Sie mich nicht wie einen Hohlkopf. An mir ist mehr, als Sie denken, Detective.«

Unerschrocken rutschte Kay zur Stuhlkante und lehnte sich wieder über den Tisch. Sie war Eales nahe genug, um die Poren seiner öligen Haut zu erkennen. »Weiß Patricia, warum Sie hier sind, Bernard?«

»Klar.«

»Weiß sie alles? Weiß sie, dass Sie Ihre Frauen lieber *tot* haben? Dass Sie ihnen die Pulsadern aufschlitzen und mit ihnen herumspielen, wenn sie nicht mehr atmen? Was haben Sie mit ihnen gemacht, Bernard? Hatten Sie Sex mit ihnen? Vielleicht bekommen Sie ja keinen hoch, wenn sie noch am Leben sind. Haben Sie sie deswegen umgebracht?«

Schweigen.

»Und was würde Ihre Freundin tun, wenn sie das erfährt? Das interessiert mich ehrlich. Was würde sie denken, wenn ich ihr die Fotos von Ihrem kleinen Hobby zeige? Meinen Sie, sie kommt dann immer noch her?«

»Verpiss dich!« Er schob seinen Stuhl zurück, warf die zerquetschte Kippe auf den Boden und trat sie mit einem Schuh aus.

Kay hörte, wie die Wärter hinter ihr die Zellentür aufschoben. »Was ist mit Ihrem Bruder, Bernard?«

»Was soll mit ihm sein?«

»Sein Name steht nicht auf der Besucherliste. Kommt er nicht mal vorbei?«

»Er wohnt in Pittsburgh.«

»Und er kann keine vier Stunden fahren, um seinen Bruder zu besuchen?«

»Er hat sein eigenes Leben.«

»Nein, das ist es nicht. Wahrscheinlich machen Sie ihn krank. Er kann vermutlich nicht einmal an Sie denken, ohne dass ihm schlecht wird. Ihr eigener Bruder will Sie nicht sehen.«

Bernard schnappte sich die Zigaretten und steckte sie in den Ärmel seines Overalls. »Sind wir fertig?«

Sie hatte ihn verloren. Sie hatte zugelassen, dass ihre Wut die Oberhand gewann, und er machte jetzt dicht. »Klar, Bernard. Wir sind fertig.«

Die Ketten rasselten laut, als Bernard sich umständlich erhob. Kay schob ihren Stuhl zurück und folgte ihm.

An der Zellentür drehte sich Eales plötzlich um und Kay blieb abrupt stehen. Aber nicht abrupt genug.

Er war ihr viel zu nah. »Ich bin froh, dass das verlogene Miststück tot ist«, zischte er mit zusammengebissenen Zähnen.

»Dafür sehe ich keinen Grund«, erwiderte sie, ohne zurückzuschrecken. »Ich bin eine viel größere Bedrohung für Sie, als es Valerie Regester jemals war.« Sie spürte die Wärme, die von seinem massigen Körper ausging. »Für

Sie ist schon eine Zelle drüben im Supermax-Gefängnis reserviert. Sie sind auf dem direkten Weg in den Todestrakt, Bernard, weil Sie meinen Partner getötet haben. Und ich bin die stärkste Zeugin in diesem Fall. Ich bin diejenige, die Sie in die Todeszelle bringen wird.«

# 15

Es waren nicht die üblichen Leute in Rocky's Iron Pit an der Pratt Street versammelt – nicht die Muskelsüchtigen, die am späten Abend viel zu sehr in ihr eigenes Training vertieft waren, um auf sie zu achten. Normalerweise gönnte ihr niemand einen zweiten Blick, wenn sie ein bisschen mehr Gewicht auf die Beinpresse legte und zitterte, weil sie die zwölfte Wiederholung kaum noch schaffte, und dann doch noch einmal von vorn anfing.

Kay versuchte die Blicke zu ignorieren, die sie aus den verspiegelten Wänden anstarrten, und wünschte, sie hätte bis abends gewartet. Aber nach ihrem Besuch im Staatsgefängnis hatte sie das Gefühl, als würden Eales' Ausdünstungen noch immer auf ihrer Haut kribbeln, und sie hatte das unbezwingbare Bedürfnis, sich richtig zu verausgaben und den Ekel auszuschwitzen.

Ihre Muskeln brannten und ihre Arme bebten, als sie die Gewichte auf das Gestell zurücklegte. Trotzdem gelang es ihr nicht, das Bild von Eales in ihrem Kopf auszulöschen. Oder das von Valleys verbrannter Leiche auf dem Boden des Lagerhauses. Schließlich wanderten ihre Gedanken zu Spence.

Sie drehte die Stellschraube noch eine Idee weiter, legte

mehr Gewicht auf und fühlte erneut die Blicke, als sie ihre letzte Serie begann.

Sie schloss die Augen. Stellte sich Spence vor. Aber irgendwie wollte es heute nicht gelingen. Sie hasste die plötzliche Erkenntnis, dass Eales' Gesicht leichter heraufzubeschwören war als das von Spence. Und dass nur das eine Bild ihres Partners immer wieder auftauchte: Spence, wie er in diesem schäbigen Viertel von Baltimore lag und das Leben aus ihm heraussickerte. Sie versuchte, sich an sein Lächeln und sein fröhliches Lachen zu erinnern, an die endlose Geduld, mit der er ihr sämtliche Tricks beigebracht hatte. Aber all das verblasste.

Als sie diesmal die Gewichte ablegte, konnte sie sich zu keiner weiteren Übung mehr aufraffen. Sie hatte definitiv keine Kraft mehr. Mit ihrem Handtuch wischte sie den Schweiß von der Vinyl-Bank und ging in die Umkleidekabine. Die Dusche sparte sie sich und zog die Hose über ihre Shorts und ein frisches T-Shirt an, ehe sie das Gebäude verließ.

Sie dachte an Finn. Anders als sie hatte er gestern eine ganze Tagesschicht gearbeitet und noch Überstunden gemacht, bevor er in das Lagerhaus in Canton gekommen war. Als er heute Nachmittag das Büro verlassen hatte, war ihm die Erschöpfung deutlich anzusehen gewesen. Während Kay Richtung Süden zur Light Street fuhr, fragte sie sich, ob er wohl gerade über den Akten brütete, die er mit nach Hause genommen hatte, oder ob er sich endlich ein wenig Schlaf gönnte. Noch zehn Minuten, und sie wäre an der Marina und könnte über den Steg zu seinem Boot laufen. Die Ampel auf der Pratt zeigte Rot und Kay spielte ein wenig mit diesem Gedanken.

Ihr wurde klar, dass sie ihn nicht nur wegen des Falles aufsuchen wollte. Als sie heute Morgen zusammen auf der Bank am Wasser gesessen hatten, hätte sie ihn gern berührt. Dem simplen Drang nach Körperkontakt nachgegeben. Aber sie hatte sich zurückgehalten, weil sie wusste, dass es nichts mehr gab, was sie ihm anbieten konnte.

Also fuhr Kay auch jetzt direkt nach Hause.

Das umgebaute dreistöckige Reihenhaus war vornehmer als die meisten anderen am Federal Hill und hatte sogar einen Garten auf der Rückseite sowie eine sehr schöne Grünanlage auf dem Dach. Da Kay das oberste Stockwerk bewohnte, hatte sie, als sie vor sechs Jahren einzog, auch den bepflanzten und ordentlich gefliesten Dachgarten übernommen – jeder Zoll der eifrige und selbstbewusste Grünschnabel von der Mordkommission. Aber es hatte sich gelohnt. Auf ihrem Dach fand sie Ruhe und Frieden, buddelte in der Erde, setzte neue Pflanzen ein, schnitt die verblühten Blüten ab und freute sich über die Gesellschaft von Mr Drummonds Brieftauben, die auf dem Giebel des Nachbarhauses thronten.

Aber Kay hatte ihren Garten verkommen lassen. Im letzten Herbst hatte sie nicht die Energie gehabt, Blumenzwiebeln zu setzen, und im Frühjahr war sie nicht in der Verfassung gewesen, an Blumen zu denken.

In ihrer Wohnung brummte die Klimaanlage in einem der großen Fenster mit Ausblick auf den Federal Hill. Die Luft war kühl, aber leblos. Kay wich dem Zeitungsstapel aus, ließ ihre Tasche fallen und schaltete die Stereoanlage ein.

Das Geigensolo aus Tschaikowskys Symphonie Nr. 2 erfüllte das Apartment. Kay schloss die Augen, um sich von der Musik wegtragen zu lassen. Aber es war nicht dasselbe. Sie hatte die CD beim letzten gemeinsamen Konzertbesuch mit Vicki in der Joseph Meyerhoff Symphony Hall gekauft und irrtümlich angenommen, dass sie die Versunkenheit, die sie dort erlebt hatte, wiederfinden könnte. Doch die kleinen Lautsprecher ihrer Mini-Anlage konnten sich nicht mit der Akustik in der Meyerhoff messen.

Kay drehte die Musik trotzdem lauter und ging ins Bad. Sie musste die Erinnerung an Eales endlich von ihrer Haut spülen.

In der dampfenden Dusche verloren ihre Haare den Nikotingestank. Unwillkürlich trat ihr das Bild vor Augen, wie sich Eales' Lippen um die alte Camel schlossen. Kay unterdrückte ein Schaudern und schrubbte sich ab.

Sie versuchte, sich auf die Musik zu konzentrieren, aber der Hass kochte wieder hoch und sie schrubbte noch energischer. Das heiße Wasser rötete ihre Haut.

Vor nur achtzehn Stunden hatte sie sich durch die Feuerwehr- und Polizeiautos vor dem Dutton-Lagerhaus geschlängelt und neben Valleys Leiche gestanden. Achtzehn Stunden, und sie hatten immer noch keine Spur. *Die ersten vierundzwanzig Stunden sind bei einer Morduntersuchung die entscheidendsten.* Wie oft hatte Spence das gesagt? Aber bevor nicht die Untersuchungsergebnisse des Branddezernats vorlagen und sie herausgefunden hatte, wer diese Patricia Hagen war und wie Eales in das Szenario passte, gab es keine verwertbaren Hinweise. Die Müdigkeit gewann schließlich die Oberhand.

Kay drehte das Wasser ab, wickelte sich in einen Bademantel und tapste barfuß in die Küche. Harris, der graue Kater, der die Wohnung mit ihr teilte, saß auf dem letzten freien Eck auf der Arbeitsfläche und starrte sie an. Sein eines Augenlid war von einer früheren Verletzung beschädigt, und er hielt wie immer den Kopf ein wenig schief, um sie vorwurfsvoll anzusehen, als wüsste er, dass sie am Tod seines ehemaligen Besitzers schuld war.

Harris war nur für wenige Wochen Spencers Kater gewesen, und nach der Beerdigung hatte seine Frau Kay gebeten, das Tier zu sich zu nehmen. Grace hatte eine Katzenhaarallergie vorgeschützt, aber Kay wusste es besser. Der Kater hatte sich mit niemandem außer Spence angefreundet.

Der alte Streuner mit den zerfetzten Ohren und dem vernarbten Gesicht war am Fundort von Annie Harris' Leiche aufgetaucht und schon in dem Moment, in dem sie das leerstehende Haus betreten hatten, schnurrend um Spencers Beine gestrichen – wahrscheinlich weil er klar erkannt hatte, dass er bei ihm einen schönen Lebensabend genießen würde.

Es war sehr heiß gewesen an diesem Nachmittag vor vierzehn Monaten; die Julisonne brannte gnadenlos auf den rissigen Asphalt der Edmonson Avenue, doch in dem verwahrlosten Haus hatte eine noch größere Hitze geherrscht als draußen.

Der Gestank aus dem ersten Stock schlug Kay sofort entgegen, als sie durch die aufgebrochene Tür trat. Spence hatte auf der Fahrt dorthin eine Münze geworfen und so entschieden, wer die Führung in diesem Fall übernehmen sollte. Kay hatte zum letzten Mal Kopf gewählt.

Schon im Erdgeschoss entdeckten sie Maden. Hunderte von ihnen hatten sich von oben durch die Bodendielen gebohrt und waren an dem Stromkabel entlanggekrochen, ehe sie auf den mit Abfall übersäten Boden gefallen waren. Oben summten unzählige Fliegen herum, und hätte Spencer nicht die Bretter, mit denen das Fenster vernagelt worden war, mit einem Stemmeisen entfernt, hätte sich Kay mit hoher Wahrscheinlichkeit übergeben, genau wie der Uniformierte, der die Leiche aufgefunden hatte.

Das, was von Annie Harris' nacktem Körper noch übrig war, lag in einer Pfütze aus Verwesungsflüssigkeit und darin wimmelnden Maden. Der Gerichtsmediziner hatte anhand des Verwesungszustands grob geschätzt, dass die

Leiche seit mindestens acht Wochen in dem Haus gelegen haben musste. Die Tote konnte erst identifiziert werden, nachdem das kriminaltechnische Labor des FBI vorsichtig Abdrücke von den Händen genommen und nach Quantico geschickt hatte. Die Stichverletzungen an der Brust waren unsichtbar gewesen, bis sich der Pathologe noch einmal eingehend mit den Überresten beschäftigte.

Kay machte einen großen Bogen um den Kater, nahm ein Bier aus dem Kühlschrank und versuchte, die Gedanken an jenen schrecklichen Nachmittag zu verdrängen.

Sie drehte die Stereoanlage noch lauter und versuchte wieder, sich den Klängen zu unterwerfen, als sie zum Crescendo anschwollen. Im Konzertsaal war die Musik überwältigend gewesen; sie hatte ihren Körper durchdrungen, bis es nichts anderes mehr gab als Musik. Aber hier in ihrer Wohnung, inmitten der Realität, klang die Symphonie flach. Kay nahm die CD heraus und ging hinüber in ihr Arbeitszimmer, um den Computer einzuschalten. Sie trank ein paar Schlucke Bier, während sie darauf wartete, dass das Programm hochfuhr. Sie brauchte Schlaf, wusste jedoch, dass sie ohnehin kein Auge zutun würde. Nicht ehe sie die Antwort auf die Frage gefunden hatte, die ihr auf der Seele brannte, seit sie sich Eales' Besucherliste angesehen hatte: Wer war Patricia Hagen?

## 16

Finn kam sich wie ein Eindringling vor. Er hatte den Schlüssel ein gutes Jahr nicht mehr benützt. Trotzdem hatte er ihn behalten. Wunschdenken. Oder vielleicht nur ein Andenken. Wie auch immer – Kay hatte ihn nicht zurückverlangt.

Er steckte den Schlüssel ins Schloss, und als er spürte, wie der Riegel zurückschnappte, überlegte er, ob er nicht doch lieber zurück zum Wagen gehen und Kay von seinem Handy aus anrufen sollte. Aber sie war mit Sicherheit zu Hause. Der Dienstwagen stand in der Hamburg Street und ihr Geländefahrzeug parkte einen Block weiter. Finn hatte zunächst immer wieder an ihre Tür geklopft – ohne Erfolg – und mit jeder Minute ohne Reaktion war seine Angst um sie gewachsen.

Vor einer Stunde war er im Staatsgefängnis gewesen. Nachdem er auf seinem Boot ein wenig geschlafen, Eales' Akten studiert und einige Anrufe getätigt hatte, war er zu dem Schluss gekommen, dass Bernard Eales derjenige war, den man über den Mord an Valerie Regester befragen musste.

Unglücklicherweise hatte Kay lange vor ihm dieselbe Idee gehabt.

In der Verwaltung entdeckte er Kays Unterschrift im Besucherbuch und merkte, dass sich Ärger in ihm regte. Er sagte das Verhör wieder ab, und seine Wut steigerte sich noch, als er das Gefängnis verließ und zu Kays Wohnung fuhr. Erst als er sich dem Federal Hill näherte, erkannte er die Wurzel seines Unmuts. Er ärgerte sich nicht so sehr, weil Kay eigenmächtig gehandelt hatte, sondern vielmehr darüber, dass er sie nicht vor Eales abschirmen konnte. Genau wie im vergangenen Jahr hatte sich Kay geweigert, sich an ihn zu wenden und seine Hilfe in Anspruch zu nehmen.

An der Ampel in der Pratt Street war er kurz davor gewesen, nach Hause zu fahren und Kay anzurufen. Aber Kay konnte ihm viel vormachen, wenn er nur ihre Stimme am Telefon hörte, und Finn musste sich selbst davon überzeugen, ob es ihr nach dem Gespräch mit Eales gut ging. Er musste sie sehen.

Als er jetzt ihr Apartment betrat, dauerte es einen Moment, bis sich seine Augen an das Dunkel gewöhnt hatten. Im Flur lagen gebündelte Zeitungen und ein Paar schmutzige Laufschuhe. Finn ging ins Wohnzimmer. Der Couchtisch war übersät mit etlichen leeren Bierflaschen, einer Pizza-Schachtel, einem Tuch und einem Waffenreinigungs-Set.

Er hörte den Fernseher im Schlafzimmer und ging durch den Flur. Ein voller Wäschekorb stand dort, und Kleidungsstücke, die offenbar frisch aus der Reinigung gekommen waren, hingen an der Klinke der Badezimmertür. Er rief nach Kay, aber sie antwortete nicht.

Er fand sie im Bett inmitten von Laken und Aktenordnern. Er war nicht sicher, ob er noch einmal ihren Namen rief, als er das Zimmer durchquerte und sich neben ihr Bett stellte. Ihr Bademantel klaffte über der Brust auf, und obschon sich Finn vornahm, den Blick abzuwenden, er konnte es nicht.

Im flackernden Licht des Fernsehers bemerkte er die Tatortfotos vom Mordfall Annie Harris, die sie neben sich ausgebreitet hatte. Er erinnerte sich noch gut an den Tag, als Kay den Fall übernommen hatte – an eine Zeit vor Eales. Der Harris-Mord war praktisch der Anfang vom Ende seiner Beziehung zu Kay gewesen.

Er wusste nicht, was sie weckte. Er sah nicht einmal, dass sie die Augen aufschlug, aber im Bruchteil einer Sekunde hatte sich Kay blitzschnell auf die Seite gerollt und hielt plötzlich ihren .38er Special in der Hand.

»Lieber Himmel, Kay!« Er starrte in den Revolverlauf.

»Was, zum Teufel, hast du hier zu suchen?«, fragte sie und senkte die Waffe.

»Ich habe zehn Minuten lang an die Wohnungstür geklopft.« Er blickte zum Fernseher hinüber.

Der CNN-Nachrichtensprecher erzählte gerade von den neuesten Unruhen im Mittleren Osten.

Kay suchte die Fernbedienung und stellte den Ton ab. Als sie den Chief's Special zurück ins Halfter steckte, das am Bettpfosten hing, sprangen Finn ihre zitternden Hände ins Auge.

»Ich hätte dich erschießen können.« Sie nutzte ihren Ärger als Tarnung, als sie an ihm vorbeiging.

»Ich hatte nicht bedacht, dass du bewaffnet und gefährlich bist. Seit wann bewahrst du einen Revolver neben deinem Bett auf?« Doch Finn kannte die Antwort auf diese Frage.

Kay ging durch den Flur und knipste im Vorbeigehen die Lichter an. »Wie spät ist es?«

»Kurz vor zehn.«

In der Küche nahm sie ein Glas aus dem Schrank, drehte den Wasserhahn auf und füllte es bis zum Rand. Finns Blick fiel auf die leere Flasche Silent Sam.

»Also, du hast Eales heute verhört«, sagte er.

Sie wendete sich zu ihm um. Abwehr blitzte in ihren Augen auf. »Ich hätte dich schon auf den neuesten Stand gebracht – gleich morgen früh.«

»Darum geht es nicht, Kay.«

»Hör zu, ich hab das alles mit Vicki abgeklärt. Eales hat die Belehrung unterzeichnet. Außerdem war Vicki mit mir der Meinung, dass ich mehr aus Eales herausbekomme, wenn ich allein zu ihm gehe.«

»Und? Hast du etwas aus ihm herausbekommen?«

Sie sah Finn einen Moment lang in die Augen, und er hatte alle Mühe, seinen Blick nicht auf den Ausschnitt des Bademantels zu richten. »Nein«, antwortete sie.

»Ich hätte bei dir sein müssen«, beharrte er und stellte

sich vor, wie Kay allein mit diesem Scheißkerl im Verhörraum saß.

»Komm schon, Finn. Du hasst Eales so sehr, dass du die Befragung vermasselt hättest – das weißt du genau.«

Sie hatte natürlich Recht, aber er war nicht bereit, das zuzugeben.

Plötzlich runzelte Kay die Stirn. »Moment mal –«, sie stellte das Glas ein wenig zu heftig ab, »du bist nicht wegen meines Vorgehens sauer, stimmt's?«

»Vergiss es.« Er wich einen Schritt zurück; er musste Distanz zu Kay gewinnen – zu Kay und der Wahrheit. »Wer ist Patricia Hagen?«, wollte er wissen und machte sich auf den Weg ins Wohnzimmer. »Ihr Name taucht regelmäßig in Eales' Besucherliste auf.«

»Eales' Freundin.« Kay folgte ihm, dann ging sie voran ins Arbeitszimmer. »Ich habe mich von hier aus ins System des Departments eingeloggt, konnte aber nichts über sie finden. Keine Eintragung im Kriminalregister, kein Parkticket, sie hat nicht einmal einen in Maryland ausgestellten Führerschein.«

Sie knipste die grüne Schreibtischlampe an, und Finn begutachtete das Ausmaß der Obsession, die Kay seit einem Jahr beherrschte. Dutzende von Tatortfotos hingen an den Wänden: Annie Harris, Roma Chisney und die »Jane Doe«, die unidentifizierte Leiche aus dem Leakin Park. Nach über einem Jahr hatte das Mädchen immer noch keinen Namen.

Außerdem waren da noch Innenaufnahmen von Eales' Haus und Fotos von dem Vorgarten, in dem Joe Spencer mit einem Schuss in die Brust getötet worden war. Eine große Blutlache hatte sich in dem spärlichen Rasen und auf der Erde ausgebreitet. Und schließlich die Bilder von Kay selbst, wie sie blutig und zerschunden vor Eales' Eingang saß.

Eine feine Staubschicht bedeckte die Fotos und Kays Schreibtisch, und Finn wertete das hoffnungsvoll als Zeichen dafür, dass Kays Besessenheit langsam nachließ. Aber seine eigene Erinnerung an diese Nacht war keineswegs verblasst. Jede Einzelheit stand ihm noch so lebhaft vor Augen, als hätte er erst letzte Woche in dem gefliesten Korridor vor dem Operationssaal in der Schock- und Trauma-Station des Johns-Hopkins-Krankenhauses gestanden und gebetet, dass Kay wieder zu sich kommen möge. Schon einmal in seinem Leben hatte er sich so verzweifelt und hilflos gefühlt. Vor fünf Jahren war er in einem ganz ähnlichen Korridor auf und ab gegangen, aber damals hatte er um das Leben seines Sohnes gebangt. Und Toby war nicht wieder zu Bewusstsein gekommen.

Er hätte alles getan, um mit seinem Sohn tauschen, das Steuer nach rechts statt nach links drehen zu können, so dass die Fahrerseite und nicht die Beifahrerseite den Aufprall des Transporters abbekommen hätte. Für den Rest seines Lebens würde Finn den Unfall, der das Leben seines Sohnes gefordert hatte, immer und immer wieder durchleben, genau wie die Tage, in denen er Kay beinahe verloren hätte.

»Ich denke, wir sollten Patricia Hagen morgen einen Besuch abstatten«, sagte Kay. »Bis dahin ...«, sie schob die Schnellhefter beiseite und breitete vier Fotos auf dem frei geräumten Platz aus, »... komme ich ständig auf dies hier zurück.«

»Auf die Stichverletzungen?«

»Sie sind sich definitiv ähnlich«, erwiderte sie und deutete, während sie fortfuhr, nacheinander auf die Abbildungen: »Annie Harris – sieben Stiche. Roma Chisney – zehn. Die Jane Doe – mehr als anderthalb Dutzend. Und Valley – fünf. Und bei jeder werden die Schnitte tiefer, Finn. Er bohrt das Messer regelrecht ins Brustbein.«

»Aber es gibt kein Muster, Kay.«

»Ob gezielt oder zufällig – sie haben etwas zu bedeuten.«

»Sie könnten auch nur ein Nebenprodukt der Entführung sein, ein Mittel, die Opfer gefügig zu machen.«

»Nein. Bei Valleys Verbrennungen und wegen der fortgeschrittenen Verwesung von Annie Harris konnte der Pathologe nicht mit Gewissheit sagen, ob diese Wunden den Opfern vor oder nach Eintritt des Todes zugefügt wurden. Aber bei diesen anderen beiden hat er vor dem Todeszeitpunkt *und* danach zugestochen. Was macht er mit ihnen, wenn sie tot sind?«

»Mann, Kay! Was meinst du mit *ihnen*? Jemand hat Valerie Regester umgebracht. Singular, nicht Plural. Und Eales hat diese anderen Frauen ermordet.«

Kay sammelte die Fotos ein. »Es sind aber dieselben Verletzungen, Finn.«

»Wir haben den Richtigen geschnappt, ganz bestimmt. Du hast doch die Berichte gelesen. Ich *weiß*, dass du sie eine Million Mal durchgegangen bist. Wie kannst du dann jetzt an den Beweisen zweifeln?«

Kay schüttelte den Kopf und studierte noch einmal jede Aufnahme. Die Verwirrung stand ihr ins Gesicht geschrieben. Sie wünschte sich eine Erklärung, brauchte sie, und wusste doch, dass sie keine finden würde.

»Schau mal, du hast die Spuren und Hinweise nicht gesehen, Kay, du warst nicht in Eales' Haus, aber ich war dort. Ich war in diesem Höllenloch. Wir haben überall Blutspuren von den Frauen gefunden. Im Wohnzimmer, auf dem Flur, im Bad. Sogar in seinem Bett, um Himmels willen! Sie haben Haarproben gefunden, die sie der Jane Doe und dem Chisney-Mädchen zuweisen konnten, und Annie Harris' Unterwäsche lag in seiner verdammten Kommode – mit ihrem Blut darauf. Bernard hat diese

Frauen umgebracht, Kay. Ich weiß es – genau wie jeder andere Cop, der einen Fuß in dieses Haus gesetzt hat.«

»Und wie erklärst du dir dann diese Verletzungen?« Sie hielt das Foto von Regesters Brust hoch.

»Keine Ahnung. Wir haben es offenbar mit einem Trittbrettfahrer zu tun. Guter Gott, Kay, abgesehen von diesen Verletzungen ist die gesamte Vorgehensweise eine ganz andere.«

Kay schüttelte den Kopf und warf das Foto zu den anderen auf den Schreibtisch, ohne den Blick abzuwenden. »Ich möchte es nur verstehen, Finn. Ich will wissen, warum er mit dem Messer zugestochen hat.«

»Warum? Ich kann dir sagen, warum. Weil sich Eales daran aufgegeilt hat. Er liebt es, die Frauen zu quälen, dann fühlt er sich mächtig. Weil ihn in der Schule alle ausgelacht haben, als er im Turnunterricht zum ersten Mal in aller Öffentlichkeit einen Ständer hatte. Oder vielleicht weil ihn seine drogensüchtige Mutter ein Gummiband um seinen Dödel gespannt und ihn in den Schrank gesperrt hat, als er noch ein Junge war. Wer, zum Teufel, weiß das schon? Und was spielt es für eine Rolle? Wir haben ihn.«

Finn ging durch den Flur ins Wohnzimmer. Kay folgte ihm.

»Wir haben Eales«, wiederholte er noch einmal. »Und wir haben jede Menge Beweismaterial aus seinem Haus geschleppt, das die Anklage absolut wasserdicht macht. Und was den Fall Regester betrifft – gut, ich bin bereit, die Möglichkeit, dass dieser Mord irgendwie mit Eales zusammenhängt, in Betracht zu ziehen. Vielleicht wurde sie wegen ihrer bevorstehenden Zeugenaussage umgebracht. Vielleicht hatte sie auch mehr mit Eales zu tun, als sie zugegeben hat. Aber das ist ein neuer Mordfall, Kay.«

»Und was schlägst du vor? Wie sollen wir vorgehen?«

Als er sie in dem Bademantel, der ein klein wenig zu viel enthüllte, vor sich stehen sah, die Hände in die Hüften gestemmt, kamen ungebeten die Erinnerungen an die Oberfläche. Wie oft hatte er diese Bilder zum Teufel gewünscht und sich danach gesehnt, dass nie der Funke zwischen ihnen übergesprungen wäre und ein Feuer entfacht hätte, das so viel Asche zum Durchsieben für ihn hinterlassen hatte.

»Ich möchte mich ausführlich mit dieser Patsy Hagen unterhalten. Und mit jedem, der etwas mit Eales zu tun hat«, sagte er und riss sich endlich von ihrem Anblick los. »Auch mit dem Bruder dieses Blödmanns.«

»Mit William Coombs? Der kann dir gar nichts erzählen.«

»Er ist sein Bruder. Und *irgendjemand* bezahlt seinen Verteidiger.« James Grogan gehörte zu den Top-Anwälten von Baltimore. Der Mann hatte seit Jahren keinen Fall mehr verloren. So ein aalglatter Typ verlangte viel Geld. »Wenn Grogan die Verteidigung nicht ehrenamtlich übernommen hat, muss irgendjemand die Dollars zusammenkratzen.«

»Mag sein, dass Coombs den Anwalt bezahlt, aber er und Eales haben seit Jahren nicht mehr miteinander gesprochen.«

»Woher weißt du das?«

»Ich habe damals mit Coombs geredet. Am Telefon. Und Varcoe und Jimmi Holewinski hatten sich ebenfalls mit ihm in Verbindung gesetzt. Schon damals hatte Coombs seinen Bruder seit Jahren nicht gesehen. Er hatte noch nicht einmal etwas von Eales' Verhaftung erfahren, bis er in der Zeitung darüber las. *Und* er hat Eales bisher nicht ein einziges Mal im Gefängnis besucht. Er weiß gar nichts, Finn.«

»Nun, das kann er uns morgen alles selbst sagen. Ich habe ein Treffen mit ihm vereinbart.«

# 17

In dem Lokal südlich der Grenze von Maryland an der alten York Road verkehrten Fernfahrer, Einheimische und Durchreisende, die auf der I-83 unterwegs waren. Da es nur knappe zwei Meilen von der ehemaligen Strecke der North Central Railroad entfernt war, hatte sich jemand für ein Eisenbahnmotiv als Dekoration entschieden. Eine elektrische Lok mit Waggons ratterte über die Schienen, die etwa dreißig Zentimeter unterhalb der Decke angebracht waren und um den ganzen Schankraum herumführten. An den Wänden hingen eine ganze Reihe von Uhren im Lokomotiv-Design.

William Coombs – in ordentlich gebügeltem Anzug und Krawatte – wirkte in der Ecknische mit dem lackierten Ahorntisch ausgesprochen fehl am Platz. Er winkte ihnen zu, sobald sie die Schwelle überschritten hatten, und Kay stellte fest, dass sie und Finn viel zu leicht als Cops zu erkennen waren.

Die Verabredung, die Finn mit Eales' Halbbruder getroffen hatte, war dem Terminkalender des viel beschäftigten Autohändlers angepasst worden und hatte ihn lediglich dazu gezwungen, auf seiner Geschäftsreise nach Philly einen kleinen Umweg zu machen. Trotzdem schien er leicht verstimmt, was jedoch, wie Kay vermutete, sicherlich nichts mit der frühen Stunde oder dem Umweg zu tun hatte.

Seine Miene war recht verkiffen, als er seinen Frühstücksteller wegschob und aufstand, um die Detectives zu begrüßen. Kay registrierte die Anspannung in seinen schmalen Schultern. Ein Muskel an seiner Wange zuckte leicht.

Während sie sich zu ihm setzten, suchte Kay nach einem Zeichen des Erkennens, fand aber nichts dergleichen in Coombs' Gesicht. *Falls* er sie mit den Zeitungsfotos in Verbindung brachte oder sich an ihr Telefonat vor über einem Jahr erinnerte, so ließ er sich nichts anmerken.

Er war klein und dünn – der absolute Gegensatz zu Eales. Es war nicht zu übersehen, dass sie verschiedene Väter hatten. Sein Gesicht mit dem ordentlich gestutzten Bart, den feinen Zügen und dem Grübchen am Kinn war keineswegs abstoßend. Und wenn er sein gewinnendes Lächeln aufsetzte, das ihm zweifellos half, teure Autos zu verkaufen, sah man zwei Reihen perfekter Zähne. Das Einzige, was er mit Eales gemeinsam hatte, waren die Augen. Sie hatten dasselbe Blau.

»Es tut mir ehrlich Leid, dass mir der Name nicht bekannt vorkommt«, sagte er und lächelte der Kellnerin, die seinen Teller abräumte, charmant zu.

»Valerie Regester war eine Zeugin im Fall Ihres Bruders.«

Coombs nickte und tupfte sich sorgsam mit der Papierserviette die Mundwinkel ab, während der kleine Zug über ihren Tisch hinwegratterte. »Die junge Frau, die in den Zeitungen erwähnt wurde?«, fragte er. »Die erzählt hat, sie hätte ihn im Park gesehen?«

Finn nickte.

»Ja, jetzt erinnere ich mich. Und sie wurde also ermordet?«

»Vor zwei Tagen.«

»Aber Sie glauben doch nicht, dass mein Bruder etwas mit ihrem Tod zu tun hat, oder?«

»Es ist nur eine Möglichkeit, der wir nachgehen müssen«, erwiderte Finn. »*Wenn* es eine Verbindung gibt, dann versuchen wir herauszufinden, wer den Mord für ihn verübt haben könnte.«

»Nun, Detective Finnerty, ich bin nicht sicher, ob ich Ihnen da weiterhelfen kann. Ich kenne Bernards Bekanntenkreis wirklich nicht. Ich habe ihn seit Jahren nicht mehr gesehen.«

»Wann zum letzten Mal?«

Coombs senkte den Blick auf die Kaffeetasse, die er zwischen den Händen hielt, als müsste er sein Gedächtnis durchforsten. »Ich schätze, das muss vor sechs ... nein, eher vor sieben oder acht Jahren gewesen sein. Damals habe ich das Haus in der Gettings Street für ihn gekauft.«

»Das war aber sehr großzügig von Ihnen, einem Bruder, den Sie nie besuchen, ein Haus zu schenken«, bemerkte Finn.

»Ich verdanke Bernard sehr viel. Unsere Mutter starb, als ich acht Jahre alt war. Bernard hat mich großgezogen. Aber bevor Sie auf falsche Gedanken kommen, Detective, meine Dankbarkeit endete mit dem Hauskauf. Bernard hat schon damals Drogen genommen und viel getrunken. Ich wollte ihm helfen, aber ich war nicht bereit, seine Sucht zu unterstützen, deshalb habe ich ihm das Haus zur Verfügung gestellt und jede Verbindung zu ihm abgebrochen. Sie verstehen – ich bin verheiratet und habe jetzt auch eine kleine Tochter.«

»Glückwunsch«, gratulierte Finn aufrichtig.

»Haben Sie Kinder, Detective?«

Finn nickte. »Eine Tochter. Sie ist fünfzehn.«

Coombs lächelte. »Dann werden Sie verstehen, warum

es besser ist, wenn ich meinen Bruder aus meinem Leben ausschließe. Ich muss jetzt an meine Familie denken.«

»Und Sie haben nie wieder mit ihm gesprochen? Nie telefoniert?«

»Doch, Bernard hat bei mir angerufen, wenn er Geld brauchte. Aber vor ein paar Jahren hat das aufgehört. Ich glaube, meine Frau hat irgendwann Klartext mit ihm geredet.« Coombs wartete, bis die Kellnerin ihnen Kaffee nachgeschenkt hatte. »Wie ich den Detectives, die letztes Jahr anriefen, bereits sagte, kann ich wirklich nicht behilflich sein, wenn es um Bernard und seine Freunde oder Bekannten geht.«

»Kennen Sie eine Patricia Hagen?«

»Ja – die kenne ich.«

»Wissen Sie zufällig, wie Ihr Bruder ihre Bekanntschaft gemacht hat?«

»Ihr Vater hat Bernard vor Jahren in seinem Bestattungsinstitut eingestellt. Das Parkview Funeral Home an der Fort Avenue. Warum? Stehen Patricia und mein Bruder noch in Kontakt?«

Finn nickte. »Das scheint Sie zu überraschen.«

Coombs schüttelte den Kopf und blickte aus dem schmutzigen Fenster zum Parkplatz hinüber, wo gerade ein verrosteter Pick-up startete. »Was meinen Bruder angeht, kann mich mittlerweile kaum noch etwas überraschen.«

Kay rührte Zucker in ihren schwarzen Kaffee. Sie hatte heute noch nichts zu sich genommen außer dem scharf gebrannten Gebräu hier in der Kneipe, vier Excedrin und einem Pfefferminzbonbon. Sie überließ Finn das Reden. Es war seine Vernehmung. Sie hatte von vornherein gewusst, dass sie von Coombs nicht viel zu erwarten hatten. Im letzten Jahr war er für sie nicht mehr gewesen als eine Stimme am Telefon, doch trotz ihrer Hassgefühle für Eales hatte sie eine gewisse Sympathie für Coombs empfunden. Und jetzt, da sie dem Mann persönlich gegenübersaß, tat er ihr fast Leid.

Trotzdem hatte auch sie ein paar Fragen. Fragen, die vor einem Jahr, als der Fall Eales klar zu sein schien, nicht nötig gewesen waren.

»Können Sie sich vorstellen, aus welchem Grund Bernard diese Frauen umgebracht hat?«, erkundigte sie sich vorsichtig.

Coombs stieß den Atem aus, und sie glaubte, eine Spur von Traurigkeit in seinen Augen zu erkennen. »Keine Ahnung, was in den letzten Jahren in Bernard vorgegangen ist. Ich weiß nur das, was in den Zeitungen stand. Und dass er auf Drogen und Alkohol war. Ich würde gern alles auf die Drogen schieben. Ich meine, es ist schwer für mich zu glauben, dass mein eigener Bruder solche … Dinge fertig bringt.«

»Wahrscheinlich traut das niemand seinem Bruder zu«, entgegnete Kay.

»Bernard war immer schon aufbrausend.« Als Coombs Kay diesmal ansah, spürte sie, dass er ihr echtes Mitgefühl entgegenbrachte. »Aber das wissen Sie vermutlich schon. Sie sind die Polizistin, die er zusammengeschlagen hat, nicht wahr?«

Kay nickte.

Coombs' Blick blieb stetig. »Es tut mir Leid, dass er Ihnen das angetan hat.«

»Danke.«

Finn räusperte sich. »Mr Coombs, Sie haben demnach überhaupt keinen Kontakt zu Ihrem Bruder?«

»Nein. Wie ich schon sagte, ich musste die Verbindung zu ihm abbrechen. Meiner Familie zuliebe.«

»Und der Verteidiger Ihres Bruders? Wer bezahlt sein Honorar?«

Eine leichte Verwirrung zeichnete sich auf seinen schmalen Zügen ab. »Entschuldigen Sie. Ich ... ich dachte, das übernimmt der Staat. Hat man Bernard denn keinen Pflichtverteidiger zugewiesen?«

»Nein. James Grogan hat seinen Fall übernommen.«

»Muss ich den Namen kennen?«

»Er ist einer der besten Strafverteidiger der Stadt«, erklärte Finn. »Und er ist bestimmt nicht billig.«

Coombs zuckte mit den Schultern. »Das wusste ich nicht. Ehrlich, ich habe mich nicht darum gekümmert. Ich hoffe, Sie verstehen das.«

Er trank seinen Kaffee und sah dem elektrischen Zug nach, der seine Bahn um den Raum zog.

»Es war ein schwieriges Jahr«, seufzte er. »Meine Frau konnte Bernard ohnehin nicht leiden, und dann ... die Presse ... Man sollte meinen, dass uns der andere Nachname wenigstens ein bisschen Privatsphäre verschaffen würde. Aber wir wurden regelrecht belagert. Wenige Tage nach Bernards Verhaftung standen sie ständig vor unserem Haus. Inzwischen ist die Aufmerksamkeit Gott sei Dank abgeebbt. Wir können wieder ein normales Leben führen. Trotzdem wartet man immer noch irgendwie darauf, dass sie sich wieder auf einen stürzen.« Mit einem Mal blickte er Kay müde an. »Ich schätze, die Presse meldet sich wieder bei mir, jetzt nach dem Mord an dem Mädchen, oder?«

»Das ist durchaus möglich«, meinte Finn. »Falls Sie Probleme bekommen, rufen Sie uns an. Vielleicht können wir etwas für Sie tun.«

»Ich danke Ihnen, Detective. Aber ich bin mittlerweile ziemlich geschickt, wenn es gilt, ihnen aus dem Weg zu gehen. Wissen Sie, dass ich wegen dieser Sache sogar meinen Namen auf einer Website von irgendeinem Idioten gefunden habe? Ich musste dem Typen mit einer Anzeige drohen, sonst hätte er meinen Namen sicher nicht gelöscht.«

»Um welche Website handelt es sich?«, hakte Kay nach.

»So ein Kerl hat sie eingerichtet – er heißt Arsenault, glaube ich. Ja, Scott Arsenault. Seine Website befasst sich ausschließlich mit meinem Bruder und den Morden. Und wer weiß, was sonst noch. Ich habe mir nicht alles angeschaut und aufgehört zu lesen, als ich auf meinen Namen stieß.«

»Wissen Sie, ob es die Seite noch gibt?«

Coombs schüttelte den Kopf. »Keine Ahnung. Ich verfolge solche Sachen nicht, das verstehen Sie sicher.«

# 18

Auf BernardEales.com stand lauter Unsinn.

Auf der Rückfahrt nach Baltimore zum Präsidium hatte zwischen Finn und Kay dasselbe betretene Schweigen geherrscht wie auf dem Weg zu dem Treffen mit Coombs. Finn nahm jedoch an, dass Kay die ganze Zeit darüber nachdachte, was die Website enthalten könnte, die Coombs erwähnt hatte, und warum sich jemand bloß so viel Mühe machte. Wer war überhaupt dieser Scott Arsenault?

Sobald der Aufzug im fünften Stock gehalten hatte, war Kay schnurstracks zum letzten noch verfügbaren Computer im Büro gelaufen, und Finn hatte sich einen zweiten Stuhl herangezogen. Als sie jetzt eine Seite nach der anderen überflogen, spürte Finn, wie sich sein Zorn entfachte.

Die Website war der »Rettung« von Eales gewidmet. Ein rotes Spruchband auf der Hauptseite verkündete, dass Eales zu Unrecht verhaftet wurde. Anschließend wurde behauptet, die Polizei sei mit äußerster Brutalität vorgegangen, habe Beweise verfälscht und ihre Befugnisse missbraucht.

*Handelt jetzt, bevor dieser Unschuldige verurteilt wird!* Ein Foto zeigte Eales neben einem großen, schwarzen Oldtimer hinter seinem Haus in der Gettings Street. In der einen Hand hielt er einen Lappen, in der anderen eine Dose mit Autopolitur.

Kay klickte der Reihe nach die Links an, die zu Artikeln über die Prostituierten-Morde und Eales' Festnahme, zu einer Liste der Beweisstücke, zu diversen Gerichtsunterlagen und sogar zu Ausschnitten aus Gesetzbüchern führten. Ganz unten auf der Hauptseite lud ein weiterer Link dazu ein, das Eales-Message-Board zu besuchen.

»Das Arschloch hat tatsächlich seinen eigenen Fanclub«, stieß Finn mit zusammengebissenen Zähnen hervor.

»Sieh dir das an.« Kay deutete auf die leuchtend rote Laufschrift darunter. »Die Besucher werden sogar aufgefordert, für Eales' Verteidigung Geld zu spenden.« Sie scrollte weiter. »Sag, dass das nicht wahr ist.«

»Es ist wahr, verdammt noch mal. Und du bist die glückliche Besucherin Nummer zwölftausendundzwei«, antwortete Finn und zeigte auf den Zähler ganz unten am Bildschirm.

Kay klickte einen Verweis mit dem Titel *Die WAHRE Geschichte* an, und sie überflogen gemeinsam eine ausführliche Schilderung der Ereignisse, die sich vor vierzehn Monaten vor Eales' Haustür abgespielt hatten. Lauter Lügen.

Finns Laune wurde noch schlechter, als er las, dass sich

die Polizei nicht identifiziert hätte, als sie an Eales' Tür klopfte. Arsenault erklärte, jeder amerikanische Staatsbürger habe das Recht, eine Waffe zu besitzen, um sich selbst und sein Heim zu verteidigen. Finn war Kay so nahe, dass er ihre Anspannung fühlte, und er verspürte den Drang, ihr die Maus aus der Hand zu nehmen und die Seite zu schließen, damit sie die Propaganda nicht länger zu Gesicht bekam. Aber er wusste, dass nichts sie davon abhalten konnte, sich alles ganz genau anzuschauen.

Er las weiter. Was folgte, war eine übertriebene Beschreibung von Eales' Verhaftung und dem Verhör, wobei behauptet wurde, er sei »ununterbrochen mehr als zehn Stunden von der Polizei – ohne Toiletten- oder Essenspausen« vernommen worden und hätte nicht einmal Wasser zu trinken bekommen. Aber Finn war sich definitiv *sicher*, dass es nur sechs Stunden gewesen waren und dass er selbst Eales mindestens viermal zur Toilette begleitet hatte an diesem heißen Tag im Juli, als Kay noch im Krankenhaus lag. Seine Erinnerungen waren kristallklar. Er wusste noch ganz genau, wie Eales ihn jedes Mal, wenn er ihn aus dem Verhörraum führte, ansah, und entsann sich, wie groß sein Hass auf diesen Mann gewesen war, der Kay so übel zugerichtet hatte.

»Großer Gott«, flüsterte Kay, die Finn ein paar Zeilen voraus war. »Da steht mein Name. Mehrmals sogar.«

Sie kehrte zur Hauptseite zurück und klickte *Presseberichte* an. Da waren mehr als ein Dutzend Verweise auf die *Sun* und auf Videoausschnitte von Lokalsendern. Noch ein Mausklick, und Jane Gallaghers Stimme ertönte aus dem Lautsprecher. Der Film flimmerte stark und der krächzende Ton lief nicht synchron mit den Bildern. Kay drückte auf Stopp, sobald ihr eigenes blutverschmiertes Gesicht auf dem Bildschirm auftauchte.

Jetzt übernahm Finn die Maus. Kays Hand verweilte einen Moment unter seiner, dann ließ sie los.

»Das ist alles Bullshit«, sagte Finn und war versucht, die Seite zu schließen, aber ihm war klar, dass sie wohl oder übel den ganzen Unsinn untersuchen mussten.

Er scrollte durch mehrere Seiten und kam zu der Überschrift *Beweise*, als sich Ed Gunderson zu ihnen gesellte.

Der Sergeant baute sich hinter ihnen auf und verfolgte jeden Mausklick mit: die Liste aller Beweise und Spuren, Fotos von den aufgeschlitzten Handgelenken der Opfer, Ergebnisse der toxikologischen Untersuchungen, bei denen Heroin in den Körpern der Frauen nachgewiesen wurde. Der Hinweis, dass sie alle verblutet waren und sorgfältig gewaschen wurden, bevor sie in einem leerstehenden Gebäude oder im Leakin Park abgelegt wurden. Die Adresse des Hauses, in dem die Leiche von Annie Harris gefunden wurde, sowie die Erkenntnisse des Pathologen – alles war da. Alle Welt konnte es lesen.

»Was, zur Hölle, ist das?«, fragte Gunderson.

Kay erklärte es ihm mit bebender Stimme, während Finn weiterblätterte.

»Woher kommen all diese Informationen?«

»Das meiste davon stammt wohl aus der Presse«, sagte Kay. »Ich bin auf nichts gestoßen, was nicht öffentlich bekannt gemacht wurde.«

»Falsch«, warf Finn ein. Seine Hand umfasste die Maus fester, als der Text auf dem schwarzen Hintergrund erschien: *… etliche Stichwunden in der Brust eines jeden Opfers …*

»Woher, zum Teufel, hat er das?« Kay starrte auf den Hinweis und stieß ihren Stuhl zurück. »Das könnte jeder gelesen haben!«, rief sie und ging aufgeregt auf und ab.

»Das bedeutet, dass die Liste der Verdächtigen praktisch endlos ist«, bemerkte Gunderson knapp.

»Die Website wurde zwölftausendundzwei Mal abgerufen. In der Tat eine lange Liste.«

»Wer hat diese verdammte Site zusammengestellt?«, wollte Gunderson wissen.

»Irgendein Serienkiller-Junkie namens Scott Arsenault.«

»Haben wir ein Leck in der Mordkommission oder ist dieser Spinner ein Freund von Eales?«

Kay schüttelte den Kopf und presste die Lippen zusammen.

»Sucht dieses kleine Arschloch«, befahl Gunderson, »und findet heraus, wie er verdammt noch mal von diesen Stichverletzungen erfahren hat.«

# 19

Scott Arsenault wohnte in einem vornehmen Hochhaus in der President Street – eine ganze Welt entfernt von Eales' Müllkippe auf der anderen Seite des Hafens. Als sie in dem mit Marmor gefliesten Aufzug in die zwanzigste Etage fuhren, spürte Kay bereits Finns Zorn. Er war noch greifbarer, als Finn mit der Faust an die Wohnungstür des Web-Designers hämmerte.

Arsenault öffnete lächelnd die Tür. Er sah gut aus: schlank, aber muskulös unter dem gestärkten Oxford-Hemd mit dem Button-down-Kragen. Dazu trug er eine ordentlich gebügelte Leinenhose. Ohne den gepflegten Spitzbart hätte man ihn auf Mitte, Ende zwanzig schätzen können, obwohl er bereits in den Vierzigern war. Kay fand, dass er ein hübsches Gesicht hatte.

»Sind Sie Scott Arsenault?«, fragte Finn schroff, hielt ihm seine Dienstmarke vor die Nase und wartete auf ein Nicken. »Wir müssen mit Ihnen reden.«

»Kann das nicht warten, Detective? Ich habe gerade Besuch von einem Kunden.«

»Ein Kunde?«

Wie aufs Stichwort erschien ein großer, massiger Mann in der Diele. Sein Anzug war ihm ein paar Nummern zu klein, als hätte er ihn gekauft, bevor er Gewicht zugelegt hatte. »Gibt es ein Problem, Scott?«, wollte der Mann wissen.

Finn trat durch die Tür. »Und? Sind Sie auch ein Serienmörder?«

»Wie bitte?« Arsenaults Gesicht wurde finster. Das Lächeln war verschwunden. Als er versuchte, sich Finn in den Weg zu stellen, konterte Finn und gewann wieder einen halben Meter Boden. »Ich bin in einer Besprechung. Muss ich den Sicherheitsdienst rufen?«

»Nicht nötig, Scotty. Der Sicherheitsdienst weiß bereits, dass wir hier sind.« Finn wandte sich an den Mann im Anzug: »Sie können jetzt gehen, Sir. Die Besprechung ist zu Ende.«

Doch erst als Arsenault dem Mann knapp zunickte und sich entschuldigte, holte er seinen Aktenkoffer und suchte das Weite.

»Ich habe keine Ahnung, worum es geht, Detectives«, sagte Arsenault, als Finn ohne Einladung an ihm vorbei weiter in die Diele marschierte, »aber ich hoffe für Sie, dass Ihre Vorgesetzten von dieser Aktion wissen und Ihr Eindringen in meine Wohnung billigen.«

»Sie können ja unseren Sergeant anrufen, Scotty. Ich bin überzeugt, er wird Ihre Beschwerde sicher angemessen behandeln, insbesondere da er seit kurzem ein großes Interesse an Ihrer Website hat«, erwiderte Finn. Kay folgte ihm durch die Diele.

Der offene Wohnraum, der sich dahinter erstreckte, war makellos sauber und aufgeräumt. Die Sonne flutete durch die großen Fenster und spiegelte sich in poliertem Holz, Chrom, Glas und Spiegeln. Ein Bücherregal bedeckte die ganze Ostwand vom Boden bis zur Decke. Die Sitzgruppe davor bestand aus schwarzen Ledermöbeln. Hinter der Küchenbar sah Kay rostfreie Stahl-Armaturen und schneeweiße Kacheln. Sie brauchte eine Weile, bis sie dahinterkam, was in Scott Arsenaults Wohnung fehlte. Es gab keinen Hinweis darauf, dass jemand in diesen Räumen wirklich lebte.

»Tut mir Leid, ich habe Ihre Namen nicht verstanden.« Arsenault stand mit verschränkten Armen vor ihnen.

»Ich habe sie Ihnen auch nicht genannt.« Finn ließ den Web-Designer einfach stehen. »Finnerty und Delaney«, fügte er über die Schulter hinzu.

Arsenault musterte Kay genauer, ein gewinnendes Lächeln erhellte seine Züge. »Delaney? Von der Mordkommission?« Er streckte die Hand aus und Kay ergriff sie. Sie fühlte sich warm und trocken an. »Ich habe Sie gar nicht erkannt.« Sie dachte an das Foto aus der *Sun*, das er in seine Website aufgenommen hatte.

Arsenault hielt ihre Hand einen Moment zu lange fest. »Es ist mir eine aufrichtige Freude, Sie kennen zu lernen, Detective Delaney.«

Sie spürte, dass Finn sie beobachtete, als Arsenault sie unverhohlen von oben bis unten taxierte. Das Lächeln des Designers wurde noch breiter. Kay wusste nicht, ob sie sich geschmeichelt fühlen oder Anstoß an seiner Unverfrorenheit nehmen sollte.

»Womit verdienen Sie Ihren Lebensunterhalt, Mr Arsenault?«, fragte Finn, schlenderte lässig durch den Raum und blieb vor dem großen Bücherregal stehen.

Arsenault strich sich die blonde Mähne aus dem Gesicht. »Ich entwickle Software. Warum?«

»Das ist bestimmt gut bezahlt, wie?«

»Ich beschäftige mich sicherlich nicht aus reiner Abenteuerlust damit.« Sein Lächeln war nur für Kay bestimmt.

»Und warum all diese Bücher? Strafrecht. Forensik. Wahre Kriminalgeschichten.« Finnerty strich mit dem Finger über die Buchrücken, dann nahm er eines heraus, blätterte darin und stellte es wieder zurück, schob es aber ein Stück zu weit nach hinten.

»Ich interessiere mich eben für diese Dinge«, antwortete Arsenault. »Als Kind wollte ich Polizist werden.«

»Und was ist passiert?«

Arsenault lachte kurz. »Mir ist zu Ohren gekommen, dass die Bezahlung beschissen ist. Möchten Sie nicht Platz nehmen?«, fragte er Kay und führte sie zu der Sitzgruppe.

Sie ließ es geschehen und spürte einen flüchtigen Moment seine Hand auf ihrem Rücken. Als sie an den Fenstern mit Ausblick auf den Inner Harbor vorbeikam, hatte sie Mühe, Arsenaults Blick zu ignorieren. Stattdessen sah sie einem Schlepper zu, der tief unter ihr das Wasser durchpflügte.

»Kann ich Ihnen etwas anbieten, Detective Delaney?«

»Nein, danke.«

»Wir ermitteln in einem Mordfall«, erklärte Finn.

»Tatsächlich?« Arsenault streckte die Hand nach dem Buch aus, das Finn sich angesehen hatte, und zog es so weit heraus, dass der Rücken auf gleicher Höhe mit den anderen war. »Wie interessant. Für mich jedenfalls. Mordfälle und die polizeilichen Untersuchungen haben mich immer schon fasziniert.«

»Das wissen wir bereits.«

Auf dem gläsernen Couchtisch stand eine voll erblühte Orchidee, daneben lag im perfekten Winkel zur Tischkante ausgerichtet die *Sun* von gestern. Sie war so ordentlich gefaltet, dass man nicht erkennen konnte, ob Arsenault sie überhaupt gelesen hatte. Als Finn an Kay vorbeiging, streifte er die Zeitung, so dass sie verrutschte.

»Dem entnehme ich, dass Sie wegen meiner Websites hier sind. Und da sich Detective Delaney damit befasst, vermute ich, dass es um Eales' Site geht.«

»Gibt es noch andere?«

»Ich habe etliche aufgebaut.« Arsenault rückte die Zeitung zurecht und verfolgte aufmerksam Finns nächstes Manöver.

»Für wen noch?«

»Eales. Clarence Gossard. Eddie McCleester. Willy Tarleton.«

Kay kannte bis auf einen alle Namen.

»Das heißt also, Sie richten Websites für Mörder ein«, versuchte Finn klarzustellen.

»Ich entwickle Websites für Männer, die wegen Mordes verhaftet und verurteilt wurden.« Arsenault rückte einen Stapel Architekturzeitschriften zurecht, den Finn verschoben hatte. Die beiden Männer vollführten einen regelrechten Tanz: Arsenault folgte Finn durch sein Wohnzimmer und schob alles wieder gerade, was der unliebsame Besucher zuvor in Unordnung gebracht hatte. »Ich halte es für wichtig, dass die breite Masse die Möglichkeit hat, beide Seiten zu betrachten. Und eigene Schlüsse daraus ziehen kann.«

»Die Öffentlichkeit hat bereits über diese anderen Fälle entschieden, Mr Arsenault«, entgegnete Kay. »Die Geschworenen haben über sie geurteilt.«

»Verzeihen Sie mir, wenn ich kein grenzenloses Vertrauen in unser Rechtssystem habe. Und bitte, nennen Sie mich Scott, Detective Delaney.« Wieder dieses betörende Lächeln.

»Sie kennen Eales persönlich, Scotty?«, wollte Finn wissen.

»Nein.« Arsenault hatte es mittlerweile aufgegeben, Finn hinterherzuräumen. Er saß mit kerzengeradem Rücken auf dem Sofa, hatte die zu Fäusten geballten Hände auf dem Schoß und behielt den Detective im Auge. »Ich bin dem Mann nie begegnet.«

»Woher haben Sie dann die Informationen für Ihre Site?«, bohrte Finn weiter.

»Es sind alles allgemein zugängliche Informationen. Alles, was dort steht, wurde in den Medien schon veröffentlicht.«

»Ach, wirklich?« Finn drehte sich zu ihm um. »Sind Sie sich da ganz sicher?«

»Ja.« Aber Arsenaults überhebliche Selbstsicherheit geriet ein wenig ins Wanken.

»Und was haben Sie davon, wenn Sie solche Websites entwickeln, Scotty? Gibt's dafür Geld? Oder macht Sie so was einfach nur an?«

»Nun, ich erhalte eine bescheidene Entschädigung für meine Bemühungen.«

»Ah, der Spendenfonds für Eales' Verteidigung. Sind Sie der Nutznießer dieser Gelder?«

Arsenault stand auf – jetzt war er sichtlich nervös.

»Entschuldigen Sie«, mischte Kay sich ein. »Dürfte ich mal Ihr Badezimmer benutzen?« Finn warf ihr einen anerkennenden Blick zu. Es war nur von Vorteil, wenn sie Arsenault durcheinander brachten, ihn ständig auf Trab hielten. Und während Finn den bösen Cop spielte, konnte sie sich ein wenig in der Wohnung umsehen.

Arsenault deutete zum Flur. »Zweite Tür links.«

Während Kay sich auf den Weg machte, feuerte Finn weitere Fragen ab. »Und wie funktioniert das Ganze? Die Leute spenden in dem Glauben, einen Beitrag zur Verteidigung dieses Arschlochs zu leisten …«

Kay blieb vor der ersten, nur angelehnten Tür stehen und stieß sie ein Stück weiter auf. Mehrere Computer und Metallregale mit elektronischem Equipment waren zu sehen. Sie hörte das Rauschen der Computer-Belüftung und das Schaben eines Scanners, dann ertönte ein Signalton, der vermutlich den Eingang einer Mail verkündete. Oder war vielleicht etwas auf dem Eales-Message-Board angekommen?

Vorhin im Büro, als Finn Arsenaults Adresse heraussuchte, hatte sie begonnen, die unzähligen archivierten Nachrichten zu lesen. Etliche stammten von dem Designer selbst. Oft hatte er sich eingeschaltet, um jemanden über das Grundgesetz zu belehren oder Teilnehmer zu einem Link zu dirigieren, in dem die Vorgehensweise der Polizei angeprangert oder andere »fälschlicherweise verurteilte« Verbrecher aufgeführt wurden.

»Ich sagte, zweite Tür links«, ertönte Arsenaults Stimme hinter Kay. Erschrocken zuckte sie zusammen. Er stand am Ende des Flurs, und die Sonne, die durch die Fenster im Wohnraum schien, beleuchtete ihn von hinten, so dass sie sein Gesicht nicht richtig erkennen konnte.

»Entschuldigung.«

»Das Geld, Scotty, wohin fließt es?«, hörte sie Finn fragen.

»Die Spenden gehen an Bernards Verteidiger. Sie können ja selbst mit Mr Grogan reden.«

Kay fühlte Arsenaults bohrenden Blick im Rücken, als sie an zwei geschlossenen Türen zur Rechten vorbeiging und schließlich nach dem Lichtschalter im Badezimmer tastete.

Das Bad war so steril wie der Rest der Wohnung. Blütenweiße und rote Kacheln, blitzende Messingarmaturen und flauschige Handtücher, die an einem dafür vorgesehenen Gestell hingen. Und in einer Ecke ein großer Jacuzzi aus rotem Marmor.

Kay vermutete, dass Arsenault eine Haushälterin beschäftigte.

Sie schaute in die Schränke und Schubladen, öffnete das Medizinschränkchen über dem Waschbecken und studierte die Etiketten auf den Arzneimitteln, die sorgfältig im mittleren Fach aufgereiht waren – die Hälfte davon Psychopharmaka und Mittel gegen Angstzustände, mit unterschiedlichen Verschreibungsdaten. Genug, um eine kleine Apotheke zu gründen, aber nichts, was Kays Verdacht erregte.

Sie betätigte die Toilettenspülung und drehte den Wasserhahn auf, um den Eindruck zu erwecken, dass sie sich die Hände wusch, dann kehrte sie in den Wohnbereich zurück. Finn piesackte Arsenault noch immer wegen der Spendengelder.

»Kommen Sie, Scotty, wir sind nicht von der Finanzbehörde. Mir ist es scheißegal, ob Sie das Geld der Leute einstreichen und vergessen, dieses Einkommen in Ihrer Steuererklärung anzugeben. Jetzt reden Sie endlich. Wer steckt hinter Eales' verdammter Website?« Finn hatte sich direkt vor Arsenault aufgebaut und die Luft zwischen den beiden knisterte vor Spannung. »Wer hat Sie angeheuert?«

»Ich glaube nicht, dass ich meine Auftraggeber preisgeben muss, Detective.«

»Das stimmt. Aber wieso sollten Sie die Namen geheim halten, wenn Sie nichts zu verbergen haben?«

»Ich verberge gar nichts.«

»Nein?« Als Finn diesmal näher kam, wich Arsenault einen Schritt zurück. »Ach, kommen Sie schon, Scotty.

Sie fühlen sich doch nicht etwa von mir bedroht, oder? Das ist nämlich ganz bestimmt nicht meine Absicht. Ich versichere Ihnen, Sie würden merken, wenn ich Sie bedrohe.«

»Richtig. Und dann würde ich aussehen wie Bernard Eales, nachdem eure Jungs ihn festgenommen haben.«

Finn ignorierte die Bemerkung. »Woher haben Sie Ihre Informationen?«, fragte er noch einmal.

»Das habe ich Ihnen bereits gesagt – aus den Medien.«

»Ja, ja, ja. Und Sie haben auch behauptet, alles auf Ihrer Website sei allgemein zugänglich. Aber in diesem Punkt irren Sie sich, Scotty. Die Sache ist die – Sie haben da Dinge auf Ihrer Site, von denen *keiner* was weiß. Na ja, niemand außer uns und Eales. Aber Moment mal ... wie kann Eales davon wissen, wenn er, wie es auf Ihrer Site steht, diese Frauen *nicht* umgebracht hat?« Finn war richtig in Fahrt. Er schnitt Arsenault das Wort ab, noch ehe der den Mund aufmachen konnte. »Mann, Scotty, verstehen Sie, warum ich ein bisschen verwirrt bin? Wenn Eales die Frauen nicht getötet hat, wie der Text auf Ihrer beschissenen Site andeutet, dann konnte er einige Details über diese Morde, die Sie erwähnt haben, ja gar nicht kennen. Das bedeutet ... nun, Sie haben sicher begriffen, worauf ich hinauswill, oder? Ich frage mich ernsthaft, woher Sie diese Informationen haben.«

Arsenault wandte sich mit einem flehenden Blick an Kay, als wären sie plötzlich uralte Freunde und sie könnte ihm aus der Klemme helfen.

»Falls Sie sich weigern sollten, uns Ihre Quelle zu nennen«, fuhr Finn fort, »dann muss ich wohl oder übel davon ausgehen, dass Sie gar keine haben, verstehen Sie? Detective Delaney und ich werden ziemlich schnell unsere Schlüsse daraus ziehen, Scotty.«

Das war zu plump. Kay bemerkte, wie Arsenault die

Schultern straffte und wieder selbstsicherer wurde. »Es wird Zeit, dass Sie gehen, Detective.«

Die beiden Männer fochten ein letztes Blickduell aus. »Dann werden wir uns Patricia Hagen vorknöpfen müssen, nicht?«

Kay war sich nicht sicher, was sie in Arsenaults Gesicht aufflackern sah. Aber etwas war da. Etwas hatte sich verändert.

»Ich habe Ihnen nichts weiter zu sagen«, erklärte er Finn, dann wandte er sich an Kay. »Es war mir ein Vergnügen, Sie kennen zu lernen, Detective Delaney. Ich hoffe, wir sehen uns irgendwann wieder. Vielleicht unter weniger feindseligen Umständen.«

Ärger blitzte in Finns Augen auf, als er Arsenaults strahlendes Lächeln sah. Und er schäumte noch immer vor Wut, als sie schon längst die Wohnung verlassen hatten und mit dem Aufzug in die prachtvolle Lobby fuhren. Erst am Wagen ergriff Finn das Wort.

»Wenn dieser Hurensohn die Information nicht von Patricia Hagen hat, dann rücken wir ihm noch einmal auf die Pelle – aber dann mit einer richterlichen Vorladung.«

Kay erhob keinen Widerspruch.

»Was hältst du von dem Typen?« Finn war dabei, die Wagentür aufzuschließen.

Kay schüttelte den Kopf, sah zu dem Hochhaus auf und stellte sich vor, dass Scott Arsenault jetzt am Fenster stand und die beiden Detectives beobachtete. »Ich weiß nicht«, antwortete sie. »Aber eines finde ich sehr merkwürdig.«

»Was?«

»Er hat uns gar nicht gefragt, *welchen* Mordfall wir untersuchen.«

# 20

Bernard stand auf der Südseite des asphaltierten Hofs und nahm die letzte Camel aus dem Päckchen, das ihm dieses Miststück dagelassen hatte.

Delaney. Er hatte ihren Namen bis zu seiner Verhaftung nicht gekannt. Heute bekam er ihn nicht mehr aus dem Kopf.

Auf der anderen Seite des Hofs machte Dante Gallant mit seinen »Road Dogs« den üblichen Rundgang am Zaun entlang. Bernard beäugte das automatische Feuerzeug, das hinter dem hochgewachsenen schwarzen Mann an der Mauer befestigt war. Aber als Dante ihm ein höhnisches Grinsen zuwarf, steckte Bernard die Camel weg. Eine Kippe war den Ärger nicht wert.

*Delaney.* Er hatte sie gestern nicht sofort erkannt. Damals, in der Nacht in seinem Vorgarten, hatten ihm das Crystal Meth und der Fusel das Gehirn komplett vernebelt. Er erinnerte sich noch an das Klopfen an der Haustür, dann stand er draußen und sah die Waffe in der Hand der Frau. Alles andere war verschwommen; er wusste nur noch, dass er plötzlich drei Meter groß und unverwundbar gewesen war. Und von so einem Miststück mit Dienstmarke ließ er sich doch den Trip nicht verderben.

Aber sie hatte es geschafft. Und jetzt fing sie wieder an, ihm gewaltig auf die Nerven zu gehen. Sie wollte zu Patsy, und er hatte Schiss vor dem, was sie seiner Freundin erzählen könnte.

Bernard lehnte sich gegen den Maschendrahtzaun und schloss die Augen; kleine Schweißtropfen liefen ihm unter seinem feuchten Jogginganzug über den Rücken. Heute war sein Kopf klarer – ohne Alkohol und Drogen. Vor einem Jahr war das nicht der Fall gewesen. Er und Roach hatten sich oft zusammen zugedröhnt. Waren herumgekurvt, bis sie irgendwo Stoff bekamen. Dann fuhren sie nach Hause, um abzuhängen. Das Heroin brannten sie auf einem Stück Folie ab.

Annie Harris fiel ihm ein, er sah sie vor sich, wie sie gierig den sich kräuselnden Rauch einsog. Er musste sie ein paar Mal wegschubsen, weil er Angst hatte, dass ihnen das Zeug ausging. Sie nahm sich das, was sie brauchte, und dann ließ sie ihn nicht einmal an sich ran.

Er versuchte, sie zu küssen. Auf der Couch. Er knetete ihre großen, weichen Titten und fummelte an ihrem Reißverschluss herum. Dann an seinem eigenen. Und plötzlich stand sie über ihm und wies mit dem Finger auf seinen schlaffen, vom Heroin betäubten Schwanz. Lachte. Sie schleuderte ihr braunes Haar über die Schulter und johlte dabei, bis sie sich an ihrer eigenen Spucke verschluckte. »Und was willst du mit diesem Ding anfangen, Bernie?«

Er hatte nie zuvor eine Frau geschlagen. Nicht so fest. Sie taumelte zurück und ging zu Boden. Und er ließ sie einfach liegen.

Er war sich nicht mehr so sicher, was danach geschehen war. Erst in den frühen Morgenstunden fand er sie. Und drehte durch vor Schiss. Er hatte gedacht, sie wäre gegangen, nachdem er auf der Couch eingepennt war. Aber irgendwann musste er aufs Klo, und als er ins Bad kam, entdeckte er sie im Spiegel und pisste sich die Hose voll.

Er wusste sofort, dass sie tot war. Er hatte genügend Leichen im Bestattungsinstitut gesehen. Ihre Haut war gräulich weiß. Die starren Augen offen. Dann erst bemerkte er die verletzten Handgelenke und das Blut.

Das Wasser war durch den brüchigen Gummistöpsel aus der Badewanne gesickert und hatte blassrote Ringe am Wannenrand hinterlassen. Zuerst dachte er, sie hätte sich in die Wanne gelegt und die verdammten Pulsadern selbst aufgeschnitten. Er wollte verhindern, dass eine Horde Cops in seinem Haus herumschnüffelten, deshalb machte er sauber, wischte das Blut weg, das nicht durch den Abfluss geflossen war, und sammelte die Klamotten der Nutte auf, auch die Handtasche, deren Inhalt überall auf dem Boden verstreut war. Er kroch auf Händen und Knien herum und fischte gerade den Lippenstift hinter der Klomuschel hervor, als Roach hereinkam.

Roach zeigte ihm die Schachtel mit den Rasierklingen – sie lag auf dem Rand des Waschbeckens. Die Nutte konnte sich also gar nicht selbst umgebracht haben.

Aber Bernard erinnerte sich beim besten Willen nicht, es getan zu haben. Immer und immer wieder beteuerte er Roach, dass er überhaupt nichts mehr wusste. Aber Roach redete von einem Blackout und meinte, daran wäre der Alkohol schuld. Und Bernard bemühte sich nach Kräften, sich die Ereignisse der Nacht ins Gedächtnis zurückzurufen.

Roach blieb und half ihm beim Saubermachen. Bernard trug zwar Gummihandschuhe, spürte aber trotzdem, dass Annie schon ganz kalt war, als er sie aus der Wanne hob und nach unten schleppte, wo Roach eine Plane im Flur ausgebreitet hatte. Jetzt endlich bekam Bernard eine Erektion.

Roach ging hinaus auf die schmale Gasse hinter dem Haus und öffnete den Kofferraum des StratoChief. Bernard wollte, dass sie Roachs Auto nahmen und nicht seinen heiß geliebten Oldtimer, doch Roach stellte sich taub.

Bernard kontrollierte noch einmal die Plane, nachdem er die Tote in den Kofferraum gelegt hatte, und betete, dass der Stoff dicht war und nichts durchsickerte. Er konnte die Leiche nicht schnell genug loswerden. Roach versuchte ihn zu beruhigen und sagte ihm ständig, dass er nicht zu viel Gas geben sollte. Sie fuhren nach Westen zum Harlem Park. Sich dort nachts herumzutreiben war eigentlich reiner Selbstmord. Doch Bernard war das egal – er wollte die Schlampe so schnell wie möglich aus dem Strat haben. Und als er sie aus dem Kofferraum hievte und durch die aufgebrochene Hintertür in das leere Haus schaffte, schwor er sich, sich nie mehr so zuzudröhnen.

Aber es geschah wieder …

## 21

»Ich müsste die Scheiße eigentlich längst überwunden haben, oder?«

»Wieso glauben Sie das?«

»Es ist vierzehn Monate her.«

»Und das ist zu lange?«

»Ja, aber ich habe immer noch das Gefühl, als wäre es erst letzte Woche passiert.«

»Sie wussten von vornherein, dass es seine Zeit braucht, Kay.«

Kay hätte sich gern eine Zigarette angesteckt. Bei den Sitzungen mit ihrer Therapeutin vermisste sie ihre Glimmstängel am meisten.

»Der Heilungsprozess verläuft bei jedem anders.« Constance O'Donnells Stimme war wie immer sanft und gleichbleibend ruhig. Manchmal brachte diese Stimme Kay auf die Palme. Heute stachelte sie ihre Lust auf eine Kippe nur noch mehr an.

Kay erhob sich von dem Ledersofa und trat zum Fenster. Durch die schräg gestellten Lamellen der Jalousie konnte sie hinunter in den in der Sonne brütenden Innenhof des Towson Medical Centers schauen. Der Raum, in dem sie sich befand, war hingegen still und kühl. Constance schwieg. Kay hasste es, wenn die Therapeutin ihr Schweigen als Instrument einsetzte. Das war eine klassische Verhör-Technik, die Kay selbst schon unzählige Male eingesetzt hatte. Wenn man lange genug den Mund hielt, fühlten sich die Leute gezwungen, drauflosplappern, nur um die Stille zu vertreiben.

Aber bei Kay funktionierte das nicht. In den wöchentlichen Sitzungen, die sie mittlerweile bereits ein ganzes Jahr mitmachte, hatte sie oft lange Schweigephasen ausgehalten. Es war ein Spiel – eines, das Kay meistens gewann.

»Und was ist mit den Albträumen?«, wollte Constance wissen. »Sie haben schon eine Weile nicht mehr von ihnen gesprochen.«

»Sie werden besser.«

»Kommen sie nicht mehr so häufig?«

»Nein – ich habe sie nach wie vor regelmäßig. Sie sind nur besser geworden.«

»Was meinen Sie damit?«

»Jetzt bin *ich* diejenige, die schießt. Ich schieße auf Eales. Für mich ist das ein Fortschritt.«

Wieder Schweigen. Kay warf einen Blick über die Schulter und bemerkte, dass sich Constance Notizen machte. Oft wünschte sie, die Therapeutin würde mehr sagen und ihr Antworten anbieten.

»Also, *ich* finde es zumindest besser«, erklärte Kay nach einer Weile und ging zurück zum Sofa. »Ich habe ihn übrigens gesehen. Gestern.«

»Wen?«

»Eales. Ich habe ihn im Gefängnis vernommen.«

Falls Constance erstaunt war, merkte man es ihr jedenfalls nicht an. »Warum? Denken Sie, er hat etwas mit diesem neuen Fall zu tun, von dem Sie mir erzählt haben?«

»Sagen wir, ich glaube nicht an Zufälle.«

»Aber wäre ein Treffen mit ihm dann nicht ein Interessenskonflikt?«

»Theoretisch vielleicht. Es ist eine Grauzone.«

Wieder entstand eine Pause. Constance griff nach ihrer Teetasse. Vor einigen Monaten hatte sich Kay entschieden, die Therapeutin mit ihren fließenden Chanel-Hosenanzügen und Fendi-Schuhen zu mögen. Natürlich war Kay am Anfang, als ein psychologisches Gutachten erforderlich gewesen war, ehe sie wieder für arbeitsfähig erklärt werden konnte, die ganze Prozedur genauso zuwider wie Constance selbst. Sie hatte die Fahrt hierher gehasst und das Ganze für reine Zeitverschwendung gehalten, aber am meisten hatten sie die vielen Fragen gestört.

Inzwischen kam Kay zu den Sitzungen, weil sie es selbst wollte. Sie bezahlte sie aus eigener Tasche, damit in den Unterlagen ihrer Sozialversicherung nichts davon auftauchte und im Department nicht bekannt wurde, dass sie immer noch in psychologischer Behandlung war. Constance O'Donnells Praxis war zu einem Zufluchtsort geworden, wo sie ihre wöchentliche Dosis Realität erhielt: Hier konnte Kay mental ihren Schutzpanzer mitsamt der Waffe an der Tür abgeben und sie selbst sein. Dies war – abgesehen von dem Konzertsaal – der einzige Ort, wo sie den Job vergessen konnte und langsam ein wenig Hoffnung in ihr aufkeimte.

»Und wie war es, Eales wiederzusehen?«

»Gut.« Das hieß: Dieses Thema steht nicht zur Diskussion.

Constance verstand die Botschaft. »Und wie denkt Finn über dieses Zusammentreffen?«

»Ihm wäre es lieber gewesen, wenn ich nicht hingegangen wäre. Er wollte dabei sein.«

»Warum?«

»Dann hätte er mich beschützen können.«

»Klingt vernünftig.«

Constance kritzelte wieder etwas in ihre Aufzeichnungen. Auch das hasste Kay. Es erinnerte sie an die Notizen, die sie selbst in ihrem Job anfertigte, wenn sie Hinweise und Beweisstücke in einem Fall dokumentieren wollte. Hier allerdings war *sie* der Fall, und jedes Wort, das Constance schriftlich festhielt, war ein Hinweis auf Kays Gemütsverfassung.

Immer wieder musste sich Kay vor Augen halten, dass die offizielle Bewertung hinter ihr lag. Constance hatte ihr – ein echter Glücksfall – schon vor Monaten mentale Gesundheit bescheinigt, sonst würde sie heute noch am Schreibtisch Dienst tun.

Diese Sitzungen waren nur für sie und die Unterlagen würden niemals an ihre Vorgesetzten gehen. Es sei denn, sie rastete eines Tages richtig aus.

»Und wie geht es Ihnen mit Finn? Wie ist es, mit ihm zusammenzuarbeiten?«

»Er ist ein guter Partner«, antwortete Kay. Es hatte ihr regelrecht Spaß gemacht zuzusehen, wie er heute mit Arsenault umgesprungen war, und es gefiel ihr, dass sie und Finn ohne viele Worte wussten, was der andere dachte.

Kay spähte auf die Uhr; die letzten Sekunden verstrichen. Als der Timer leise surrte, bedankte sie sich bei Constance, nahm ihr Jackett und bestätigte den Termin für die nächste Sitzung, bevor sie durch den Hintereingang verschwand.

Sie hatte im Schatten geparkt, trotzdem war es in dem

Lumina so heiß wie in einem Glutofen. Kay startete den Motor und stellte die Klimaanlage an. Sie blieb eine Weile sitzen und atmete die abgestandene Luft ein. Sie brauchte die Zeit, um sich von dem inneren Druck zu befreien, den die Therapiestunden bei ihr hervorriefen.

Constances Worte spukten in ihrem Kopf herum. Dann dachte sie an Finn, erinnerte sich an Scott Arsenaults schmeichelndes Lächeln und an sein makelloses Badezimmer. Dann sah sie wieder Valleys Leichnam, das Lagerhaus und Eales vor sich – die Bilder blitzten wie ein Schnellfeuer hintereinander auf.

Auf dem Weg zurück durch die Stadt fiel Kay auf, welche Ironie es war, dass die Arbeit an einem Mordfall ihr das Gefühl gab, wieder lebendig zu sein.

## 22

Patricia Hagen verlangte zum zweiten Mal, dass sie sich auswiesen.

Als Finn am Straßenrand vor dem soliden Steingebäude in dem ruhigen Wohnviertel Mt. Washington hielt, dachte Kay im ersten Moment, er hätte sich die falsche Adresse notiert. Das ehrwürdige alte Wohnhaus hinter den zwei mächtigen Platanen machte einen gepflegten Eindruck, mit den üppigen Blumenkästen an den Fenstern und ordentlichen Beeten links und rechts von der Auffahrt.

Patricia Hagen inspizierte ihre Dienstmarken durch die vergitterte Glasscheibe in der schweren Holztür. »Woher soll ich wissen, ob Sie wirklich von der Polizei sind?«

Kay hielt verärgert ihren Ausweis vor das schmiedeeiserne Gitter. Die Frau gab sich mit einem verdammten Serienmörder ab und rechnete nicht damit, dass die Polizei an ihre Tür klopfte?

»Ich bin sicher, Scott Arsenault hat Sie längst angerufen«, sagte Kay. Sie drückte immer noch ihren Ausweis mit dem Foto an das Gitter.

Endlich hörten sie, wie die Riegel zurückgeschoben wurden.

Angenehm kühle Luft begrüßte sie und umwehte Patricia Hagen, die in der offenen Tür stand. Sie war vielleicht Mitte dreißig, hatte ein unbedarftes, aber freundliches Gesicht und trug eine starke Brille. Das modische Gestell täuschte nicht darüber hinweg, dass die Gläser fast so dick wie Flaschenböden waren und die Augen dahinter unnatürlich vergrößerten.

Blumenduft lag in der Luft, als Patricia Hagen sie mit steifen Gesten in die Diele und durchs Haus führte. Überall standen Kristallvasen mit Rosen darin und vom Wohnzimmer gelangte man direkt in den tadellos gepflegten Garten. Ein mit Steinen gepflasterter Pfad führte an einem Springbrunnen und einem Vogelbad vorbei zu den dichten Kletterrosen am Lattenzaun. Kay zählte vier Katzenkörbe auf der kleinen Terrasse.

Patricia Hagen war eine stämmige Frau mit breiten Hüften und flacher Brust. Ihr legerer Hosenanzug war von der Stange, offenbar eine Nummer zu groß, denn er saß nicht richtig. Ihre bloßen Füße steckten in Riemchensandalen und sahen aus, als wären sie geschwollen. Eine einfache Frau, die elegant erscheinen wollte. Es gelang ihr nicht wirklich.

Sie deutete auf eine Rattansitzgruppe. Als Kay Platz nahm, entdeckte sie ein gerahmtes Foto von Eales neben einer Blumenvase in der Ecke.

»Scott meinte, dass Sie ihm Fragen über die Website

gestellt haben. Gibt es irgendein Problem?«, erkundigte sie sich.

»Möglicherweise.« Finn zog sein Notizbuch aus der Tasche. »Wie gut kennen Sie Scott Arsenault?«

Kay überließ Finn die Führung. Zum einen würde er mit seiner geschliffenen Art mehr erreichen, zum anderen war klar, dass Patricia Hagen Kay sofort erkannt hatte. Verachtung und Misstrauen strahlten von der Frau aus.

»Meine einzige Verbindung zu ihm ist die Website.«

»Gut, und wie sind Sie auf ihn gestoßen? Lesen Sie die Websites, die er eingerichtet hat?«

»Nein. Scott hat sich bei mir gemeldet.«

»Er hat also *Sie* angerufen?«, hakte Finn nach.

Kay sah Hagen überrascht an. Sowohl sie als auch Finn waren davon ausgegangen, dass Patricia die Site initiiert und Arsenault um Hilfe gebeten hatte.

»Ja. Er erklärte mir, was er macht, und fragte, ob Bernard Interesse an einer Website hätte.«

»Und Sie fanden das nicht ein bisschen eigenartig?«

»Nein. Ich glaube, er beschäftigt sich mit dem Fall, weil Bernard von hier ist.«

»Haben Sie ihn gefragt, woher er Ihren Namen erfahren hat?«

»Er hat mit einer von Mr Grogans Angestellten gesprochen und sich erkundigt, ob Bernard Familienangehörige hat. Daraufhin hat sie ihm meinen Namen und meine Telefonnummer genannt.«

»Weil Sie das Anwaltshonorar bezahlen?«, mutmaßte Finn.

»Nein, Detective, weil ich Bernards Verlobte bin.«

Kays Blick wanderte zu Patricias Händen. Sie waren rau – abgebrochene Nägel und Flecken, bestimmt von der Gartenarbeit. Kay sprang der Diamantring ins Auge, ehe

Patricia – vielleicht unbewusst – ihre Hände im Schoß verschränkte.

»Als Scott zum ersten Mal anrief«, fuhr sie fort, »schlug er mir vor, die anderen Websites anzusehen. Er erzählte mir, dass seine Sites bereits die öffentliche Aufmerksamkeit für diese Fälle deutlich erhöht hätten und dass es sein Ziel sei, der Wahrheit zu ihrem Recht zu verhelfen.«

»Und woher haben Sie diese ganzen ›Wahrheiten‹?« Kay konnte nicht länger schweigen.

»Wie bitte?«

»Die Informationen auf der Site – woher stammen sie?«

Hagen zuckte mit den Achseln. »Das meiste stammt von Bernard und ich habe es an Scott weitergegeben.«

»Dann haben Sie mit Mr Eales über die Morde gesprochen?«, schaltete sich Finn wieder ein.

»Selbstverständlich nicht. Wie können wir über etwas sprechen, wovon Bernard nicht das Geringste weiß?«

Eine ordentliche Portion Selbsttäuschung ist vermutlich das Einzige, was diese Frau dazu antreibt, Eales regelmäßig zu besuchen, dachte Kay.

»Die Frauen wurden in Mr Eales' Haus umgebracht, Miss Hagen. Sie wissen doch über die Beweislage in diesem Fall Bescheid, oder?«

»Ich weiß, was die Presse der Öffentlichkeit als Wahrheit zu verkaufen versucht, und habe eine ganz gute Vorstellung davon, was die Polizei alles tut, um einen Fall zu den Akten legen zu können.«

»Demnach glauben Sie nicht, dass Mr Eales diese Frauen ermordet hat?«

»Ich glaube nur an Dinge, die ich sehe, Detective. Und in all den Jahren, die ich Bernard kenne, habe ich gesehen, was für ein sanftmütiger Mensch er ist. Jemand, der sich um andere kümmert und das Leben umarmt, nicht den Tod.«

Offensichtlich war Hagens Tunnelblick nicht nur der mangelnden Sehkraft zuzuschreiben.

»*Woher* kennt Mr Arsenault Einzelheiten dieser Mordfälle, wenn nicht von Ihnen?«, fragte Finn.

»Das müssen Sie ihn selbst fragen. Ich bin mir sicher, dass er irgendwo seine Quellen hat.«

»Gut. Das werden wir tun.« Finn warf Kay einen kurzen Blick zu, bevor er eine frische Seite in seinem Notizbuch aufschlug. »Und wie lange kennen Sie Bernard?«

»So an die zwanzig Jahre. Mein Vater hat die Beerdigung seiner Mutter arrangiert.«

»Und damals hat er Bernard eingestellt?«

»Kurz danach. Ja.«

»Was hat er für Ihren Vater getan?«

»Er hat Botengänge gemacht, geputzt und manchmal im Keller ausgeholfen.«

»Im Keller?«

»Dort werden die Leichen gewaschen und einbalsamiert. Wenn viel zu tun war, musste er die Toten für die Beisetzung herrichten.«

»Und wie lange hat er für Ihren Vater gearbeitet?«

»Das erste Mal etwa ein Jahr. Ich glaube, Bernard hätte es nicht länger verkraftet. Aber fünf Jahre später, als ich in Norfold an der Universität war, hat mein Vater ihn wieder eingestellt.«

»Und wie lange blieb er diesmal?«

»Kein ganzes Jahr.«

»Warum endete das Arbeitsverhältnis immer nach so kurzer Zeit? Gibt es dafür einen Grund?«, wollte Finn wissen.

»Bernard und mein Vater … sie hatten ein paar Auseinandersetzungen.«

»Welcher Art?«

Patricia Hagen rutschte auf dem Sessel hin und her,

so dass das Rattan knarrte. »Ich habe nie die ganze Geschichte erfahren, aber es kam zu gewissen Anschuldigungen.«

»Weswegen?«

Hagen kaute auf der Unterlippe. »Unregelmäßigkeiten«, erwiderte sie vage. »Aber deswegen hat Bernard nicht gekündigt. Die Wahrheit ist, dass Bernard nicht mit den vielen Toten fertig wurde.« Mittlerweile richtete sie das Wort nur noch an Finn und bemühte sich, Kays Anwesenheit zu ignorieren. »Wie ich schon sagte, er hat ein sanftes Gemüt.«

Währenddessen beobachtete Kay die Frau so unauffällig wie möglich: Ständig knetete sie ihre Hände im Schoß und ihr Mund wirkte verkniffen. Sie tickte offenbar nicht ganz richtig, war aber keineswegs dumm. Kay fragte sich, wie es Bernard gelungen war, sie für sich zu gewinnen. Als Teenager war Patricia vielleicht ganz hübsch, aber doch eher unscheinbar gewesen. Ein Mädchen mit Brille. Und die Tochter des Bestattungsunternehmers. Zweifellos hatte sie sich von den Mitschülern einiges anhören müssen. Und möglicherweise war dieser Hohlkopf Bernard der erste Junge gewesen, der Interesse an ihr gezeigt hatte.

Kay überlegte, was für ein Mädchen Patricia in der Highschool gewesen sein mochte – bestimmt hatte sie viel gelernt, um aufs College zu kommen. Vielleicht hatte sie sich auch nur deshalb um einen Studienplatz beworben, um nicht in Daddys Horrorkabinett mitarbeiten zu müssen. Kay konnte Patricia Hagen in gewisser Weise verstehen. Hatte sie damals nicht dasselbe getan? Sich in den Büchern vergraben, um dem Vater zu entkommen. Den bitterkalten Docks und den großen Netzen mit den toten Fischen darin, deren Eingeweide auf dem Schiffsdeck herumschwammen. Sie hatte nie in diese Welt gehören wollen. Deshalb blieb sie in ihrem Zimmer, machte die Hausaufgaben, las Bücher und lauschte, wenn ihre Mutter Geigenunterricht im Wohnzimmer gab.

Kay studierte Patricias Profil und dachte darüber nach, wie unterschiedlich sie und die Tochter des Bestattungsunternehmers wirklich waren.

»Trafen Sie sich mit Bernard, während er für Ihren Vater arbeitete?«, fragte Kay.

»Damals waren wir erst sechzehn.«

»Haben Sie mit ihm geschlafen?«

Hagens Blick fixierte Kay. Zornige, vorquellende Augen. Einen Moment lang glaubte Kay, dass sie das Gespräch beenden würde, aber dann wandte sie sich an Finn und sagte: »Ich glaube kaum, dass diese Fragen mit Ihren Ermittlungen zu tun haben.«

»Wir versuchen lediglich, Bernards Umfeld zu beleuchten, Miss Hagen. Sie waren ... *sind* offensichtlich die Person, die ihm am nächsten steht, aber wenn es Ihnen unangenehm ist, über Ihre Beziehung zu ihm zu reden ...«

Aber es war ihr nicht unangenehm. Kay erkannte in ihr eine einsame Frau, deren Lebensinhalt der Garten, die Katzen und Bernard waren. Es gab bestimmt nicht viele Menschen, die verstanden, warum sie sich mit einem solchen Typen abgab. Und sie schien richtig froh zu sein, Finn einige Details aus ihrem bizarren Leben zu erzählen.

»Bernard und ich waren ... eng befreundet. Aber der Kontakt brach ab, als ich von zu Hause wegging, um das College zu besuchen«, berichtete sie. »Als ich von seiner Verhaftung erfuhr, bot ich ihm sofort meine Hilfe an.«

»Und Sie helfen ihm, indem Sie seine Anwaltskosten übernehmen?«, bohrte Finn nach.

»Ja.« Als spürte sie seine Ablehnung, fügte sie hinzu: »Hören Sie, Detective, ich erwarte nicht, dass Sie oder andere Leute die Dinge so sehen wie ich. Ich *kenne* Bernard. Er ist ein Pazifist. Er ist schlicht und ergreifend nicht fähig, die Verbrechen zu begehen, die ihm zur Last gelegt werden.«

Kay konnte nicht länger den Mund halten. Sie deutete auf die *Sun*, die auf dem Tisch neben Hagens Sessel lag. »Lesen Sie Zeitung, Miss Hagen?«

»Ja.«

»Verfolgen Sie die Nachrichten im Fernsehen?«

»Natürlich.«

»Dann *können* Sie nicht verpasst haben, was Ihr angeblicher Pazifist meinem Partner und mir im letzten Jahr angetan hat.«

»Bernard hat aus Notwehr gehandelt.«

»Das, was er getan hat, war keine Notwehr. Und ich bin voller Überzeugung, dass Ihr Bernard durchaus fähig ist, Morde zu begehen.«

Hagen stand auf. Ihre Lippen sahen aus wie eine dünne rote Schnittwunde in dem blassen Gesicht. »Ich denke, es ist besser, wenn Sie jetzt gehen, Detectives.«

Sie folgten Hagen schweigend in die Diele. Finn bedankte sich noch bei ihr, als Kay bereits auf dem Weg zum Gartentor war.

»Ich hätte mehr aus ihr herausholen können«, meinte er verärgert, als sie den Wagen erreichten.

»Was zum Beispiel, Finn? Eales hat ihr überhaupt nichts erzählt. Warum, um alles in der Welt, sollte er auch? Sie frisst ihm aus der Hand und er will es sich ganz bestimmt nicht mit ihr verderben.« Sie riss die Autotür ein wenig zu vehement auf. »Wie, zur Hölle, konnte er eine Frau wie sie dazu überreden, ihn zu heiraten? Das passt alles nicht zusammen.«

»Sie ist einsam, Kay.«

»Ja, und die Ironie ist, dass sie wahrscheinlich ihr Leben lang auf ihren Prinzen gewartet hat, der sie aus Daddys Leichenkeller befreit. Und als der große Tag endlich gekommen war, stand sie mutterseelenallein in einem Juweliergeschäft und bezahlte den verdammten Verlobungsring aus eigener Tasche.« Kay stieg ein und knallte die Autotür zu, während sie aus dem Fahrerfenster auf das Haus blickte. »Irgendetwas stimmt da nicht mit ihr und Eales.«

Finn setzte sich auf den Beifahrersitz. »Ja. Und an ihrem Freund Arsenault ist auch etwas faul«, pflichtete er ihr bei. »Mit diesem kleinen Wichser bin ich noch nicht fertig. Er hat uns eine ganze Menge verschwiegen.«

Kay ließ den Motor an. »Keine Sorge – er wird reden. Und er wird sich bei uns melden, nicht umgekehrt.«

»Warum sollte er?«

»Weil er ein Mordfall-Junkie ist. Es macht ihn doch an, wenn er hautnah an den Ermittlungen dran ist. Aber vorerst sollten wir Mr Hagen die frohe Botschaft von der Verlobung seiner Tochter mitteilen. Ich habe das dumpfe Gefühl, dass er nicht die leiseste Ahnung davon hat. *Und,* wenn wir schon mal bei ihm sind, möchte ich auch wissen, welche Unregelmäßigkeiten in seinem Institut vorgekommen sind.«

## 23

Im Cyber-Café in der Charles Street wimmelte es vor Teenagern. Sie schlürften Latte macchiato mit Zimtaroma, hingen in Grüppchen herum und wechselten von einem PC zum nächsten. Die Jungs in ausgefransten

Jeans und die Mädchen mit Nabelpiercings und knappen T-Shirts.

Er saß an einem Computer in der hinteren Reihe und bemühte sich nach Kräften, die Umgebung auszublenden. Als ein Junge den Terminal neben dem seinen besetzte, warf er ihm nur einen flüchtigen Blick zu. Der Teenager bediente die Maus mit einer Hand und pulte mit der anderen an den Pickeln in seinem Gesicht herum.

Er versuchte, den Typen zu ignorieren und sich auf seinen Bildschirm zu konzentrieren. Auf den Message-Boards war viel los. Er suchte nach Beiträgen zu dem Regester-Fall, aber diese Trottel hatten noch nicht zwei und zwei zusammengezählt. Er spielte mit dem Gedanken, selbst den Zusammenhang herzustellen und darauf hinzuweisen, dass die Hauptzeugin der Anklage gegen Bernard jetzt selbst Gegenstand einer Morduntersuchung war. Und dass keine Geringere als Kay Delaney die Ermittlungen leitete.

Aber er nahm Abstand von dieser Idee. Es war besser, den Ball so flach wie möglich zu halten. Trotzdem musste er unter seinem Pseudonym auf einige Nachrichten antworten, sonst würden sich die anderen mit Sicherheit fragen, wo »Roach« abgeblieben war. Es ging darum, den Schein zu wahren. Nicht aufzufallen. Um Tarnung.

Aber in diesem Cyber-Café war das schwierig. Es war eben nicht mehr wie früher. Das Lokal lief besser, seit der Altersdurchschnitt immer weiter sank. Jetzt schlenderte ein Kumpel des Pickel-Pulers herbei, ließ den Rucksack von den Schultern gleiten und rempelte Roach dabei an.

»'tschuldigung, Mann.« Der Junge würdigte ihn kaum eines Blickes und Roach betrachtete seine Augen unter den halb geschlossenen Lidern. Er stellte sich vor, wie die Klinge seines Spyderco-Klappmessers in die kleine Delle an der blassen Schläfe drang. Ein schneller Aufwärtsstoß, dann eine kräftige Drehung. Er könnte dem kleinen Arschloch eine Lobotomie verpassen, die den leblosen Gesichtsausdruck rechtfertigen würde.

Roachs Hand umklammerte die Maus. Aus reiner Neugier gab er bei Google den Namen von Detective Delaney ein. Die Suchmaschine bot ihm die gespeicherten Artikel und die Fotos von der *Sun* an, die Delaney nach der Sonderbehandlung zeigten, die Bernard ihr in seinem Drogenrausch hatte angedeihen lassen. Das Bild löste etwas in Roach aus.

Gestern Nacht hatte er von Regester geträumt. Dann von Delaney.

Er gab Bernard die Schuld an diesen Träumen und an dem Verlangen, das stetig wuchs, seit er Regester umgebracht hatte.

Alles nur wegen Bernards Brief. Der Mann war ein Schisser: Vielleicht hatte das Miststück sie *beide* gesehen, als sie die tote Nutte im Leakin Park abgelegt hatten. Aber eigentlich zweifelte Roach daran. Er hatte Bernards viel zu großen Regenmantel angehabt, als sie im Dunkeln gemeinsam die Leiche aus dem Kofferraum hoben. Und wegen des strömenden Regens hatte er sich auch sofort wieder ins Auto gesetzt, während Bernard sie den Abhang hinunterrollen ließ.

In dem Moment vor vier Tagen, als er sich Valerie Regester auf dem College-Parkplatz näherte, da war ihm klar gewesen, dass sie ihn noch nie zuvor gesehen hatte. Da war keine Panik in ihren Augen. Er hätte einfach weggehen und sie mit ihrer kaputten Karre allein lassen können. Sie hatte keinen blassen Schimmer, wer er war. Aber er hatte sich das Ganze schon viel zu oft ausgemalt. Eine Phantasie in Technicolor. Es wäre *unmöglich* gewesen, den Plan nicht zu verwirklichen.

Und jetzt leistete ihm nicht nur der Traum von Regester Gesellschaft, sondern auch die Erinnerungen an frühere Ereignisse. An das erste Mal in dem kühlen, stillen Einbalsamierungsraum. Damals ging es nicht um Macht, sondern um Trost. Um Trost in den Armen des Todes. Es war, als wäre er endlich nach Hause gekommen.

Den Namen dieser Ersten hatte er nie erfahren. Aber sie war schön gewesen – trotz der Y-förmigen Obduktionsnarbe und den groben Stichen, die das runzlige Fleisch zusammenhielten. Die letzten Wunden, die nie verheilten.

Er hatte mit der Hand über die kalte, feste Haut gestrichen, über den Brustkorb, die runden Hüften und seitlich am Hintern entlang. Dann drückte er die Handfläche auf den Unterbauch und berührte mit den Fingerspitzen das Dreieck aus rotblondem Haar.

Er erinnerte sich, wie die Luft in dem Keller geschmeckt hatte: die Mischung aus Chemikalien und scharfem Reinigungsmittel, der feuchte Duft des Todes. Und in der kühlen, stillen Abgeschiedenheit berührte er sie, wie er noch nie zuvor einen Menschen berührt hatte.

Es war der Wendepunkt in seinem Leben. Für Roach war das der Tag, an dem er zum Mann geworden war.

# 24

Sie mussten warten, bis sie Alexander Hagen sprechen konnten. Er war auf einer Konferenz in Ocean City und Finn konnte erst für Montagmorgen einen Termin für ihren Besuch bei dem Bestattungsunternehmer vereinbaren.

Das Parkview Funeral Home war ein eindrucksvolles, terrakottafarbenes Gebäude an der Fort Avenue, nur etwa sechs Blocks von Eales' Haus entfernt. Das im Queen-Anne-Stil erbaute Haus mit den hoch aufragenden Schornsteinen und dem steilen Dach stand auf einem mit einem hohen schmiedeeisernen Zaun umgebenen Grundstück.

Finn spürte Kays Unbehagen, als sie das Gebäude betraten und ihnen die parfümierte Luft entgegenschlug. Das Wochenende schien Kay gut getan zu haben. Sie wirkte ausgeruht. Trotzdem war sie zappelig – die Auswirkung ihrer morgendlichen Dosis Koffein, oder Ausdruck der dauernden Anspannung, die dieser Fall mit sich brachte? Sie hatten in den Ledersesseln in Hagens Büro Platz genommen, und Finn versuchte nicht darauf zu achten, dass Kay ständig mit den Fingern auf ihrem Notizblock herumtrommelte. Stattdessen konzentrierte er sich auf Patricia Hagens Vater.

Hagen war ein großer, kantiger Mann mit langen, breiten Fingern und festem Händedruck. Das nach oben spitz zulaufende Gesicht wurde von einer Mittelglatze und je einem glatt zurückgekämmten Haarbüschel rechts und links gekrönt. Die Nase sah aus, als wäre sie einmal gebrochen gewesen, und tiefe Falten führten von den Nasenflügeln zu den Mundwinkeln herab. Dennoch strahlte er eine gewisse Ruhe aus. Es ist seine Stimme, stellte Finn fest. Sie war volltönend und beschwichtigend, und er artikulierte jedes Wort mit Sorgfalt. Finn fragte sich, ob man das in der Ausbildung zum Leichenbestatter lernte.

»Es ist ein Standortproblem«, erklärte Hagen, während er diverse Dinge in eine Umzugskiste packte. »Die Leute fühlen sich nicht mehr sicher, wenn sie herkommen, deshalb habe ich ein Gebäude in Overlea gekauft. Ich hoffe, dass ich den Umzug bis Ende des Monats komplett hinter mir habe.« Er verschloss die Kiste und hievte sie scheinbar mühelos auf die anderen, die bereits in der Ecke aufgestapelt waren. Finn stellte sich vor, wie der Mann mit den Toten im Keller herumhantierte, und fragte sich, ob Hagen die Arbeit noch selbst machte.

»Diese Valerie Regester«, erkundigte sich Hagen und stellte einen neuen Karton auf, »wurde also ermordet, und Sie ermitteln, wie Sie sagen, in diesem Fall. Wieso denken Sie, dass ich das Mädchen kannte?«

»Das tun wir eigentlich gar nicht. Aber wir haben Anhaltspunkte dafür, dass ihr Tod mit Bernard Eales in Zusammenhang steht«, erwiderte Finn.

Der Mann straffte den Rücken – eine flüchtige Reaktion, ehe er irgendwelche Papiere wegpackte. »Ich habe Bernard seit Jahren nicht gesehen.«

»Oh. Wir hatten angenommen, dass Sie zumindest hin und wieder Kontakt zu ihm haben, wo er doch eine Beziehung zu Ihrer Tochter unterhält.« Finn hatte das ganze Wochenende darauf gewartet, Hagens Gesicht zu sehen, wenn er die Neuigkeit hörte, die Patsy Hagen ihrem alten Herrn zweifellos vorenthalten hatte.

»Wie bitte?« Das letzte bisschen Farbe wich aus Hagens ohnehin leichenblassem Gesicht.

»Ihre Tochter ist mit Eales zusammen«, erläuterte Kay unbekümmert.

»Aber er sitzt im Gefängnis.«

»Das hält sie offensichtlich nicht davon ab, ihn zu besuchen. Zweimal in der Woche.«

Hagen schüttelte den Kopf. Als sein Blick zum Fenster und dem schattigen Garten dahinter wanderte, bemerkte Finn, dass der Puls des Mannes in die Höhe schoss. Die violette Ader, die sich über seine Schläfe zog, pochte wie verrückt.

»Genau genommen«, sagte Finn, »ist Ihre Tochter mit

Eales verlobt, wenn wir das richtig verstanden haben. Und sie übernimmt, wie es scheint, die Kosten für seine Verteidigung. Können Sie uns erklären, wo sie so viel Geld hernimmt?«

»Aus ihrem Erbe, nehme ich an.« Hagens Stimme klang jetzt brüchig. »Ihre Mutter hat ihr etwas hinterlassen.«

»Wissen Sie, ob Ihre Tochter Eales schon vor seiner Inhaftierung öfter getroffen hat?«, fragte Kay.

»Augenscheinlich bin ich nicht die geeignete Person, die Ihnen diese Frage beantworten kann.« Der Adamsapfel des alten Herrn hüpfte etliche Male auf und ab. »Was wollen Sie von mir, Detectives?«

»Wir versuchen, Eales' Hintergrund zu beleuchten, und da er für Sie gearbeitet hat ...«

»Das ist lange her, Detective.«

»Sie haben ihn entlassen, ist das richtig?«

»Das erste Mal hat er gekündigt. Und nachdem ich dumm genug gewesen war, ihn ein zweites Mal einzustellen, habe ich ihn gefeuert.«

»Aus welchem Grund?«, wollte Kay wissen.

»Darüber möchte ich lieber nicht sprechen.«

»Wir haben gehört, dass gewisse Beschuldigungen im Raum standen. Es soll zu Unregelmäßigkeiten gekommen sein«, setzte Finn hinzu.

»Unregelmäßigkeiten? Nicht in meinem Bestattungsinstitut.«

Finn erkannte an dem unsicheren Unterton und dem Aufblitzen in den milchig blauen Augen, dass Hagen log. »Also haben Sie Mr Eales niemals dabei erwischt, wie er, sagen wir, etwas gemacht hat?«

»Ich kann solche Andeutungen nicht dulden, Detective.« Hagen straffte die Schultern. »Dieses Unternehmen wird seit drei Generationen von meiner Familie geführt, und schon allein der Verdacht, dass sich hier etwas derart Ungeheuerliches ereignet haben könnte, ist eine Beleidigung.«

Finn hob beide Hände. »Das war nicht meine Absicht, Sir. Ich bitte um Entschuldigung.«

»Mr Hagen«, Kays Stimme war sanft, als sie nach vorn zur Sesselkante rutschte und ihr Notizbuch zuschlug, »wir brauchen eine Liste all Ihrer Angestellten.«

»Was? Warum?«

»Von den ehemaligen Angestellten, Sir. Insbesondere von denen, die zur selben Zeit wie Mr Eales hier gearbeitet haben. Das ist Teil unserer Nachforschungen über Mr Eales. Ich hoffe, Sie tun uns diesen Gefallen.«

»Ich glaube kaum, dass das möglich ist, Detective.« Hagen wies mit der Hand auf die gepackten Umzugskartons und die mit Klebeband verschlossenen Aktenschränke, die auf die Möbelpacker warteten. »Es kann Wochen dauern, bis das alles in Overlea ausgepackt ist.«

»Ich fürchte, wir brauchen die Namen schneller. Vielleicht könnten Sie uns die entsprechenden Kisten zeigen, dann ersparen wir Ihnen die Arbeit.«

»Dazu kann ich Sie nicht ermächtigen. Da drin befinden sich vertrauliche Informationen ...«

»Sir, wir brauchen diese Namen.« In Kays strengem Ton schwangen die Worte *richterlicher Durchsuchungsbeschluss* mit und Hagen entging das sicherlich nicht.

»Sie verlangen von mir die Namen von Mitarbeitern aus zwei Jahrzehnten.«

»Ich verstehe, und das Department wird Ihre Kooperation zu schätzen wissen.« Als Kay aufstand und ihm die Hand hinhielt, sah sich Hagen gezwungen, sie zu ergreifen.

Sie verabschiedeten sich und plötzlich wirkte der ehemals so aufrechte und stolze Mann gebrechlich. Finn fragte sich, wie lange es wohl dauern würde, bis Hagen seine Tochter anrief, und wie das Gespräch wohl verlaufen würde.

Doch nun musste Finn sich beeilen, um Kay auf dem mit Teppich ausgelegten Flur einzuholen, vorbei an den angrenzenden Ausstellungsräumen. Durch die offenen Türen erblickten sie lauter auf Hochglanz polierte Särge.

»Er verbirgt etwas«, meinte Kay, noch ehe sie die Stufen am Eingang hinuntergegangen waren.

»Das glaube ich auch«, erwiderte Finn.

»Wir könnten uns eine Durchsuchungserlaubnis für seine Geschäftsunterlagen besorgen.«

»Wenn es nötig wird, tun wir das. Aber wir sollten dem alten Herrn ein paar Tage Zeit lassen. Er muss erst einmal die Neuigkeiten verdauen, die wir ihm hingeworfen haben. Ich denke, er wird die Liste schon zusammenstellen. Bis dahin sollten wir uns noch einmal Eales' Akte vornehmen und überprüfen, ob es in den Unterlagen irgendwelche Eintragungen oder Anzeigen im Zusammenhang mit diesem Bestattungsinstitut gibt.«

Kay schüttelte den Kopf. »Ich habe diese Akten so oft durchgelesen, Finn, und bin nie auf den Namen Hagen gestoßen.«

»Dann wird's wahrscheinlich höchste Zeit, dass wir Mr Hagen ein bisschen genauer unter die Lupe nehmen. Immerhin hat uns seine Tochter nicht verraten, wer wem diese Unregelmäßigkeiten vorgeworfen hat, oder?«

# 25

Vom Parkview Funeral Home steuerte Kay Richtung Präsidium und stellte den Lumina auf den letzten freien Platz in der obersten Etage des Parkhauses. Dann eilten die beiden durch die Auspuffgase und den Gestank nach altem Schmieröl und kaltem Zigarettenrauch zu der verbeulten Stahltür, die direkt ins Präsidium führte. Trotzdem konnte Kay den Ekel nicht abschütteln, der ihr in Hagens Beerdigungsinstitut in jede Pore gedrungen war.

Die abgestandene, widerliche Luft und der parfümierte Verwesungsgeruch, der von den Ventilatoren aufgewirbelt worden war, hatten die Erinnerung an ihre Mutter wachgerufen, wie sie in ihrem billigen Sarg lag. Damals war Kay erst elf Jahre alt gewesen, und am stärksten war ihr im Gedächtnis geblieben, dass ihre Mutter ausgesehen hatte, als wäre sie aus Plastik.

Kay hasste diese ganze Verlogenheit, die Bestatter und ihre Kataloge mit den Särgen, die abgedroschenen Sprüche auf den Grabsteinen. Nichts davon hatte etwas mit der Realität des Todes zu tun.

Ed Gunderson erwartete sie bereits am Aufzug im fünften Stock. Seine Krawatte hing ihm lose um den Hals und Schweißflecken zierten sein Hemd.

»Euer hübscher Junge, dieser Arsenault, ist hier«, verkündete er und deutete mit dem Daumen auf Verhörraum I.

»Jetzt schon?«, rief Kay.

»Du hast ihn richtig eingeschätzt, Kay.« Finn hob das Papier an, das über das Fenster in der Tür zu dem kleinen Raum geklebt war, und gönnte sich einen Blick auf Arsenault.

»Wenn ihr mit ihm fertig seid, brauche ich einen Lagebericht von euch«, befahl Gunderson und machte kehrt. »Der Captain klebt mir am Arsch, was diesen Fall angeht. Tut wenigstens so, als ob ihr irgendetwas hättet«, fügte er hinzu und verschwand in seinem Büro.

Finn ließ das Blatt Papier los. »Er gehört dir, Kay. Du hast schließlich vorausgesagt, dass der Klugscheißer hier auftaucht. Wir ziehen das auf unsere Art durch.«

»Lass mich erst noch ein paar Akten holen.«

Als sie zurückkam, nickte sie Finn zu, zog ihr Jackett straff und öffnete die Tür.

Arsenault sah schick aus. Er trug eine knitterfreie Hose und ein gestärktes Hemd und wanderte in dem kleinen Raum auf und ab. Sein Jackett hing ordentlich über der Lehne eines der drei Vinylstühle. Er wirkte relativ gelassen, bis er Finn entdeckte.

»Hallo, Scotty. Schön, Sie zu sehen. Nehmen Sie Platz.« Finn deutete auf den Stuhl an der Wand.

Arsenault zögerte. Er sah von Finn zu dem Stuhl, als wüsste er über die psychologische Kriegführung bei Verhören Bescheid. Offenbar ahnte er, dass dieser Stuhl für Tatverdächtige vorgesehen war. Kay überraschte es nicht, dass er den Stuhl zum Tisch zog.

»Danke, dass Sie uns aufgesucht haben, Mr Arsenault«, begrüßte sie ihn und legte die Akten auf den Tisch.

»Scott – bitte.« Er lächelte nervös und Kay spürte seine Wachsamkeit.

»Und, was können wir heute für Sie tun?«, erkundigte sie sich und nahm ihm gegenüber auf dem Stuhl mit seinem Jackett Platz. Aus den Augenwinkeln registrierte sie das Armani-Etikett.

Arsenault hielt einen Moment die Luft an, und als er den Atem ausstieß, roch Kay Alkohol. Offenbar hatte er sich irgendwo in einer Bar Mut angetrunken, ehe er hergekommen war. »Ich habe die Zeitung gelesen«, sagte er.

»Sie haben mir nicht erzählt, dass Sie im Mordfall Valerie Regester ermitteln.«

»Kannten Sie sie?«

»Ich wusste lediglich, dass sie als Zeugin in Eales' Verhandlung aussagen sollte.«

»Sind Sie ihr persönlich begegnet?«, fragte Kay.

»Nein. Aber ich fürchte, Sie halten mich jetzt für einen Verdächtigen.«

»Und wie kommen Sie darauf?«

»Wegen meiner Website. Ich schätze, dass das nicht gut aussieht.«

»Es wäre schön, wenn Sie ein Alibi hätten«, schaltete sich Finn ein. Er stand an der Stirnseite des Tisches.

»Deshalb bin ich hier.« Arsenault fasste in seine Hemdtasche, holte zwei Visitenkarten heraus und schob sie über den Tisch. »Dies sind zwei Geschäftspartner, mit denen ich am Mittwoch aus war. In der Nacht, in der das Mädchen getötet wurde.«

Das war zu glatt. Kay sah den Argwohn in Finns Augen. »Überprüfen Sie das ruhig«, setze Arsenault hinzu und schob die Karten noch ein Stückchen weiter in Finns Richtung.

»Und diese Kumpel von Ihnen«, fragte Finn, »erwarten die schon meinen Anruf?«

»Ich habe ihnen mitgeteilt, dass Sie sich möglicherweise mit ihnen in Verbindung setzen, ja.« Arsenault wippte mit dem Fuß und sein Knie hüpfte auf und ab.

»Warum genau denken Sie, dass wir Sie verdächtigen, Scott?«, fragte Kay.

Er atmete tief durch und schien Optionen abzuwägen, die sie nur erahnen konnte. »Nun – wegen der Website eben. Und wegen der Informationen darauf.«

»Aber diese Informationen haben Sie doch von Patricia Hagen, oder?«

»Die meisten.«

Kay war nicht bereit, ihm richtig Druck zu machen. Noch nicht. Sie wollte ihn langsam in die Enge treiben. Ihn durcheinander bringen. »Wissen Sie etwas über Miss Hagens Vater?«

»Eigentlich nicht.«

»Patricia hat uns von einem Konflikt zwischen ihrem Dad und Eales erzählt. Davon hat sie nie etwas erwähnt?«

»Wäre möglich.«

»Hören Sie, Scotty«, warf Finn barsch ein, »Sie *wollen* uns helfen, glauben Sie mir.«

»Also schön, ja. Patsy hat mir anvertraut, dass es zu einem Streit kam, als Bernard für ihren Dad arbeitete.«

»Zu Beschuldigungen. Das wissen wir. Irgendeine Idee, worum es ging?«

»Anscheinend hat Bernard wegen Hagen die Polizei angerufen.«

Kay wechselte einen Blick mit Finn.

Arsenault fing ihn auf. »Was? Sie dachten, es wäre umgekehrt gewesen, stimmt's? Dass der alte Herr die Cops eingeschaltet hätte.« Er schüttelte den Kopf. »Patsy hat mir erzählt, dass Bernard ihrem Vater vorgeworfen hätte, irgendwelche Sachen mit den Leichen anzustellen. Aber es würde Bernard ähnlich sehen, wenn er das Ganze nur veranstaltet hätte, um dem alten Herrn das Leben schwer zu machen. Ich kenne Hagen nicht. Wer weiß, was für Spielchen der spielt?«

Arsenault zupfte einen Fussel von seinem Hosenbein, dann schien er plötzlich großes Interesse an seinen Fingernägeln zu haben. Das Wippen mit dem Fuß, die Konzentration auf die Nägel – das alles würde Kay normalerweise als Hinweise werten, dass der Verdächtige log. Doch bei Arsenault könnte es auch Teil seines obsessivzwanghaften Charakters sein.

»Und was halten Sie von Patsy und Bernard?«, fragte Finn.

»Inwiefern?«

»Kommen Sie, Scotty. Eine Frau wie Patsy mit jemandem wie Eales? Da stimmt doch was nicht, verstehen Sie, was ich meine?«

»Da stimme ich Ihnen zu, allerdings habe ich mir darüber noch keine Gedanken gemacht. Trotzdem habe ich manchmal das Gefühl, dass Eales vielleicht etwas über sie weiß.«

»Was zum Beispiel?«

»Keine Ahnung.« Arsenault sah auf seine Uhr, dann fiel sein Blick auf die Visitenkarten, die er auf den Tisch gelegt hatte. Es war kaum zu übersehen, wie wichtig es ihm war, dass sein Alibi überprüft wurde.

Kay nahm die Karten und überreichte sie ihrem Partner.

»Dann gehe ich mal und prüfe das nach«, verkündete Finn.

Kay wusste, dass Arsenault sie nicht aus den Augen ließ, sobald sich die Tür hinter Finn geschlossen hatte. Sie zog seelenruhig ihr Jackett aus und legte es auf das Tischende. Jetzt ging es um Körpersprache; sie musste ihm zeigen, dass sie ganz locker war. Zwanglos. Keine Feindseligkeiten.

Sein Tonfall war jetzt, da sie allein waren, ganz anders. Sanfter, entspannter. »Und wie geht es Ihnen, Detective? Ich meine, seit der Sache mit Bernard?«

»Gut, danke«, antwortete sie. Es erstaunte sie, dass sie in Arsenaults Gegenwart kein bisschen Unbehagen verspürte.

»Ich wette, eine Frau hat es nicht leicht bei der Polizei. Besonders bei der Mordkommission«, fuhr Arsenault fort. »Ich meine nicht nur in der von Kerlen dominierten

Truppe, sondern auch draußen auf der Straße. Wie groß sind Sie – eins fünfundsechzig? In manchen Situationen ist das sicher ein Handikap.«

»Ich komme ganz gut zurecht.«

»Trotzdem haben Sie mehr eingesteckt als die meisten. Nach allem, was in der Zeitung stand, hat Bernard Sie beinahe totgeprügelt.«

»Ich bin immer noch dabei.« Sie war sich nicht sicher, ob es etwas in Arsenaults Stimme oder in seinen Augen war, aber Kay hatte das Gefühl, dass er wirklich mit ihr fühlte.

Er musterte sie lange, dann lehnte er sich zurück. »Finnerty ist also Ihr neuer Partner, wie?«

»Wir arbeiten zusammen an diesem Fall, ja.«

»Er würde mir diese Sache gern anhängen, stimmt's?«, fragte Arsenault.

»Sie müssen zugeben, Scott, dass Sie ihm gute Gründe dafür geben.« Kay schlug Valleys Akte auf. Berichte, eine Auflistung der Beweise und Spuren, Jonesys Obduktionsbericht. Sie blätterte die Seiten durch und merkte, dass sich Arsenault ein wenig vorbeugte, um besser sehen zu können.

Bei den Ausdrucken von seiner Website, die sie der Akte beigefügt hatte, hielt sie inne: eine detaillierte Dokumentation des Falles, der Ermittlungen, eine Übersicht über das Beweismaterial und eine Chronik über Eales' elendes Leben. »Diese Angaben hier«, sagte sie, »sind sehr präzise.«

»Ich recherchiere gründlich. Wie gesagt, ich interessiere mich für diese Dinge. Das ist doch kein Verbrechen, oder?«

»Nein. Aber seien Sie ehrlich, Scott. Sie halten die Jungs, für die Sie diese Websites erstellt haben, doch nicht wirklich für unschuldig, oder?«

»In einigen Fällen muss ich, nachdem ich die Gerichtsprotokolle, Stellungnahmen und Zeugenaussagen studiert habe, etliche Aspekte der Ermittlungsmethoden und der Prozessführung in Frage stellen. Bei Clarence Gossard zum Beispiel. Und bei Eddie McCleester. Ich weiß nicht, wie vertraut Sie mit diesen Fällen sind, aber die Anwälte der beiden haben die Verteidigung während der Verhandlungen einfach vermasselt.«

»Also halten Sie sie für unschuldig, weil sie keinen fairen Prozess bekommen haben?«

»Nein. Im Fall McCleester gibt es lediglich Indizien, trotzdem bin ich überzeugt, dass er die Tat verübt hat. Gossard auch.«

Kay fragte sich, ob Arsenault nur versuchte, sie einzuwickeln.

»Und was ist mit Eales?«

Er zuckte lässig mit den Schultern, dennoch wählte er seine Worte sorgfältig. »Nach allem, was ich gehört habe, ist die Beweislage erdrückend. Und dagegen kann man nicht argumentieren.«

»Nun, es gibt eindeutige Beweise. Und der Rest ist Intuition.«

»Und was sagt Ihnen Ihre Intuition, Kay?«

Sie zuckte mit den Achseln. »Ich habe meine eigenen Theorien.«

Er schien zu begreifen, dass er nicht mehr von ihr erfahren würde. »Ich denke, dass man Bernards Charakter genauer beleuchten muss, dann würden begründete Zweifel an seiner Schuld aufkommen. Ich meine, man kann ihn kaum als genialen Serienmörder bezeichnen. Meiner Ansicht nach ist Bernard eher ein Opportunist. Er sieht etwas, was er will, und nimmt es sich einfach. Er ist kein Planer, dehalb muss man sich fragen, ob er überhaupt imstande wäre, diese Morde zu begehen. Andererseits könnte vielleicht mehr in Bernard stecken, als man auf den ersten Blick erkennt. Ich bin überzeugt, dass er immer unterschätzt wird. Selbst Sie haben das getan.«

Sie versuchte, sich nichts anmerken zu lassen, sah jedoch wieder einen Funken Mitgefühl in seinen Augen. Bedauern, weil er die schlimme Erinnerung in ihr wachgerufen hatte.

»Aber Sie haben wahrscheinlich selbst mit Bernard gesprochen«, fuhr Arsenault fort. »Was denken Sie?«

Sie hielt seinem Blick einen Moment zu lange stand und prompt huschte ein nervöses Lächeln über seine Lippen. Er wusste, dass er die Grenze überschritten hatte.

»Sehen Sie, Scott«, sie zog die Website-Ausdrucke aus der Akte und schob sie ihm zu, »wir haben hier ein großes Problem.«

Das Lächeln verschwand.

»Es geht um einige Punkte, die Sie hier aufgeführt haben. Da drin stehen Details, die wir nie veröffentlicht haben und die in den Medien auch nie erwähnt wurden. Um genau zu sein, wir haben sie bewusst zurückgehalten. Können Sie mir das erklären?«

Hinter Arsenaults Stirn arbeitete es heftig.

»Raus mit der Sprache, Scott. Wenn Sie schweigen, wird Ihr Leben ganz schnell zur Hölle, glauben Sie mir.«

Er sah auf die Seiten und tat so, als würde er sie überfliegen, Kay merkte jedoch, dass er nur bluffte. Scott Arsenault wusste ganz genau, welches Detail sie meinte.

»Es geht um die Stichwunden am Brustbein der Opfer, hab ich Recht?«, fragte er schließlich.

»Bingo.«

»O Gott.« Er schob seinen Stuhl zurück, stand auf und lief an der Wand auf und ab wie ein Versuchstier im Käfig.

»Hören Sie, Scott, Sie bekommen keine Schwierigkeiten, wenn Sie eine Quelle angeben können. Sagen Sie uns einfach, von wem Sie diese Information haben. Wie haben Sie von diesen Verletzungen erfahren? Sie meinten doch, Sie hätten nie mit Eales gesprochen, nicht wahr?«

Er schaute sie nicht an, und Kay fürchtete schon, dass er dichtmachte.

»Scott?«

Jetzt blieb er stehen und drehte sich zu ihr. Seine Miene war angespannt. »Moment mal. Das sind alte Fälle. Wenn es um die Verletzungen von Eales' Opfern geht ... Hatte Valerie Regester dieselben Stichwunden in der Brust?«

Ihr Schweigen gab ihm die Antwort.

»O Mann!«

»Kommen Sie, Scott, reden Sie mit mir. Niemand, außer den ermittelnden Beamten und dem Pathologen, der die Autopsien durchgeführt hat, wusste von diesen Wunden. Und der Mörder natürlich. Also wenn ...«

»Nein. Es gibt noch jemanden, der davon wusste.« Er nahm seine Wanderung wieder auf und schüttelte den Kopf. »Himmel!«

»Wer, Scott? Wir brauchen einen Namen.«

Kay ließ ihn nicht aus den Augen. Seine Hände waren zu Fäusten geballt, so fest, dass sich die Knöchel weiß färbten.

»Andy Reaume«, seufzte er nach einer Weile.

»Und wer ist das?«

»Sie ist eine Freundin.«

»Eine intime Freundin?«

»Nein, einfach nur eine Freundin.«

»Sie ist also Ihre Quelle. Und was macht sie? Ist sie Mitarbeiterin im kriminaltechnischen Labor?«

Wieder zögerte er, dann: »Sie arbeitet in der Gerichtsmedizin.«

*Natürlich.*

»Sie macht nach den Obduktionen sauber«, erklärte er. »Bereitet die Leichen für die Aufbahrung vor, stellt die persönlichen Habseligkeiten sicher und so weiter. Sie hat mir von den Stichwunden erzählt.«

»Da sie in der Gerichtsmedizin arbeitet, ist sie zu absolutem Stillschweigen verpflichtet. Wie alle anderen muss sie bei ihrer Einstellung ein entsprechendes Formular unterschrieben haben.«

»Deshalb wollte ich nichts sagen, als Sie am Freitag bei mir waren. Ich möchte nicht, dass Andy Ärger bekommt.«

»Nun, dafür ist es ein wenig zu spät.«

Als Finn hereinkam, erstarrte Arsenault sichtlich. »Setzen Sie sich, Scotty.« Finn trat gegen den Stuhl, deutete mit dem Finger darauf und warf die Visitenkarten auf den Tisch. »Ich fürchte, Ihr Alibi ist geplatzt.«

»Was soll das heißen?«, fragte Arsenault mit schriller Stimme, während er Platz nahm. »Haben Sie mit meinen Freunden gesprochen?«

»Klar. Sie bestätigen beide, dass Sie mit ihnen von neun Uhr abends bis ein Uhr nachts im Cosmo in Fells Point waren. Beide haben getan, worum Sie sie gebeten haben, und mich belogen.«

Ein Muskel in Arsenaults Wange spielte verrückt.

»Sie haben den Portier in Ihrem Apartmenthaus vergessen, Scotty.« Finn stützte eine Hand auf den Tisch und beugte sich ganz nah zu Arsenault. »Ich wollte die Aussagen Ihrer Kumpel nur überprüfen. Ich schätze, Sie haben den Portier nicht gesehen, als Sie sich um halb zehn aus Ihrer Wohnung geschlichen haben. Und er behauptet, nicht bemerkt zu haben, wie Sie zurückgekommen sind.«

»Ich *bin* zurückgekommen. Vielleicht war er nicht auf seinem Posten, als ich an seiner Loge vorbeiging.«

»Also haben Sie *gelogen.*«

Arsenault schnappte sich die Visitenkarten und drehte sie zwischen den Fingern. Kay sah den Schweißfilm auf seiner Stirn.

»Okay – ich war an dem Abend zu Hause«, gestand er. »Aber ich war allein – demnach habe ich kein Alibi vorzuweisen. Um halb zehn hab ich meine Wohnung verlassen, um mir was zu essen zum Mitnehmen zu besorgen. Das hat eine halbe Stunde gedauert. Um zehn war ich wieder daheim.«

Arsenault ahnte offensichtlich, dass ihm Finn das nicht abkaufte.

»Hören Sie, ich war eigentlich mit meinen Freunden in der Bar verabredet, aber ich fühlte mich nicht gut.«

»Deshalb haben Sie sich diese Lüge ausgedacht.«

»He, ist es mein Fehler, dass der Portier nicht auf seinem Posten war, als ich wieder nach Hause kam?«

Finn schüttelte den Kopf. »Es macht keinen guten Eindruck, wenn Sie lügen, Scotty.«

Arsenaults Stuhl schabte über den Linoleumboden, als er sich wieder erhob. Er wandte sich an Kay. »Hören Sie, ich hab Ihnen alles erzählt, was ich weiß.« Er streckte die Hand nach seinem Jackett aus. »Wenn Detective Finnerty nichts mehr einfällt, womit er mich schikanieren kann, dann gehe ich jetzt besser.«

»Schön, dann ...« Finn trat vom Tisch zurück und öffnete die Tür. »Bevor Sie gehen, Scotty, da ist noch jemand, der Ihnen hallo sagen möchte.«

»Wer?« Seine Nervosität wuchs.

»Maureen Greer. Sie erinnern sich doch an sie, oder? Sie ist Ermittlerin im Dezernat für Vergewaltigung.«

Scott Arsenault wurde aschfahl.

# 26

Mo Greer war seit zehn Jahren für Vergewaltigungsdelikte zuständig und im Laufe dieser Zeit hatte sie sich den wenig schmeichelhaften Spitznamen »Bulldogge« eingehandelt. Kay hatte nie erfahren, ob dieser Name auf Mos stämmige Figur zurückzuführen war oder auf ihre Angewohnheit, sich in etwas festzubeißen und nicht mehr loszulassen.

Als Mo den Verhörraum betrat, blieb Arsenault stehen. Sein Rücken war kerzengerade, das Gesicht verkniffen.

»Hi, Mr Kelly.« Mo war selbstbewusst und ließ sich von ihrer massigen Gestalt kein bisschen beeinträchtigen. Sie zog sich einen Stuhl zurecht, warf einen Aktenordner auf den Tisch und setzte sich. »Oder warten Sie ... Detective Finnerty hat mir erzählt, dass Sie sich jetzt Arsenault nennen, richtig? Wie geht's Ihnen? Warum nehmen Sie sich nicht einen Stuhl und machen es sich gemütlich?«

Kay blickte zu dem Web-Designer hinüber. Aber Arsenault rührte sich nicht von der Stelle.

»Wie lange ist es jetzt her?«, fragte Mo. »Sechs Jahre, oder? Sie kamen mir gleich so bekannt vor, als Sie vorhin aus dem Aufzug stiegen. Ihre Namensänderung hat mich allerdings ein bisschen durcheinander gebracht. Kein Wunder, dass Detective Finnerty nichts über Sie finden konnte. Arsenault. Das ist der Mädchenname Ihrer Mutter, stimmt's?«

»Sie haben ein gutes Gedächtnis, Detective Greer«, entgegnete er steif.

»Warum haben Sie den Namen gewechselt?«

»Meine Mutter ist gestorben und ich habe ihren Namen aus Respekt vor ihr angenommen. Ist das vielleicht ein Problem?«

Mo schüttelte den Kopf. »Nur wenn Sie es getan haben, um dem Vorwurf der Vergewaltigung zu entgehen.« Sie schob Kay den zerfledderten Schnellhefter zu.

»Die Anklage wurde damals fallen gelassen, sonst wäre es mir nicht möglich gewesen, meinen Namen zu ändern. Und diese Akte hätte längst vernichtet werden müssen.«

»Ah, ich weiß. Aber ich bin wie ein Hamster und hebe immer alles auf. Finnerty meint, Sie würden ihn und seine Kollegin bei dem Mordfall unterstützen. Selbstverständlich war er geschockt, als er von Ihrer Vorstrafe erfuhr.«

Kay schlug den Ordner auf und las die sechs Jahre alte Anzeige wegen schwerer Körperverletzung und Vergewaltigung durch. Ihr war klar, dass Arsenault sie beobachtete.

»Ich bin *nicht* vorbestraft«, setzte er sich zur Wehr.

Mo ignorierte ihn. »Mr Kelly hat nämlich ein Mädchen im College ziemlich rüde angefasst«, erklärte sie Kay. »Ein klassischer Fall von Aussage gegen Aussage. Sie berichtete, er habe sie vergewaltigt. Sie haben sie mit dem Messer bearbeitet, nicht, Mr Kelly? Aber Sie haben ja behauptet, das Mädchen hätte sich die Wunden selbst zugefügt, als Sie längst weg waren – um ihre eigene Story etwas glaubhafter zu machen. Wie haben Sie sich damals über die Kleine geäußert?« Mo streckte die Hand aus und blätterte für Kay die richtige Seite auf. »Richtig: ›Sie mochte es grob.‹ Sie sagten, *sie* wäre diejenige gewesen, die das Messer ins Spiel brachte, aber Sie hätten sich geweigert, es einzusetzen, und wären daraufhin gegangen.«

»Das stimmt«, versetzte Arsenault gereizt. »Und Sie haben keinerlei Beweise, dass es anders war.«

»Er hat Recht. Keine Fingerabdrücke auf dem Messer.

Nichts Konkretes. Nur Missy Neuwelts Aussage. Und die hat sie in letzter Minute widerrufen. Später habe ich erfahren, dass sie schwanger war. Was ist es denn geworden, Mr Kelly? Ein Junge oder ein Mädchen? Und wie hoch ist der Kindesunterhalt, den Sie ihr bezahlen, weil sie die Anzeige zurückgenommen hat?«

Mo zog sämtliche Register. Arsenault biss die Zähne fest zusammen, und seine Bewegungen wirkten brüsk, als er sein Jackett glatt strich.

»Ich wette, sie nimmt Sie ganz schön aus, was?«, meinte Finn, als er sich hinter Kay stellte, über ihre Schulter langte und ein paar Seiten in der Akte umblätterte. Bei den Farbfotos von Missy Neuwelt, die im Krankenhaus aufgenommen worden waren, machte er Halt: Nahaufnahmen von ihrem verschwollenen Auge, der verunstalteten Wange und der oberflächlichen Schnittwunde am Kiefer. Es waren noch weitere Schnittverletzungen dokumentiert – auf den Handflächen, an den Handgelenken und quer über dem Bauch. Beim letzten Foto, einer Nahaufnahme von Missy Neuwelts Brust, zog Finn die Hand zurück. Etliche rote Linien durchschnitten kreuz und quer die helle Haut zwischen den Brüsten.

Finn pfiff durch die Zähne. »Wow, Sie haben das Mädchen ja ganz schön in die Mangel genommen.«

»Nein, Detective, das hat sie sich selbst angetan. Die Frau ist unberechenbar, besonders wenn sie ihre Medikamente nicht genommen hat.«

»Wollen Sie damit sagen, dass sie sich dieses Veilchen selbst verpasst hat?«

»Nein. Das war ich, als sie mich angriff. Der Rest ist ihr eigenes Werk.«

»Sie haben wirklich eine nette Art, mit Frauen umzugehen«, stellte Finn fest.

Aber Arsenault war noch nicht fertig. »Falls Sie weitere

Fragen an mich haben, Detectives, würde ich vorher gern meinen Anwalt anrufen. Ansonsten mache ich mich jetzt auf den Weg.«

Kay erahnte die Enttäuschung hinter Finns falschem Lächeln, als er zurücktrat und mit einer großen Geste auf die Tür zeigte. »Gut«, sagte er. »Wir wissen ja, wo wir Sie finden können.«

Arsenaults harte Ledersohlen klickten auf dem Linoleum. Kay fühlte Finns Hand auf der Schulter und verstand sein Nicken. Aber sie brauchte seine Aufforderung nicht. Sie sprang auf und lief Arsenault nach.

An den Aufzügen holte sie ihn ein. »Hören Sie, Scott, das mit meinem Partner tut mir Leid.«

»Es ist nicht Ihre Schuld.«

Kay drückte den Liftknopf für ihn.

»Ich habe das Missy nicht angetan«, antwortete er und starrte die Lifttüren dabei an.

»Ich glaube Ihnen.« Aber das stimmte nicht. Nicht ganz. Nicht, bevor sie beide Seiten der Geschichte gehört hatte. Sie wartete, bis er sich zu ihr umdrehte, und für eine Sekunde empfand sie ein gewisses Mitgefühl. Es wäre nicht das erste Mal, dass irgendeinem armen Tropf eine Vergewaltigung angehängt wurde. Und Arsenault hatte erwähnt, dass das Mädchen Medikamente nahm.

»Wir werden nicht umhinkommen, mit ihr zu reden.« Kay sprach leise – sie musste in seinen Augen für ihn auf der guten Seite bleiben. Er sollte ihr vertrauen.

»Gut. Ich sehe nur nicht ein, wie es Ihnen dabei helfen kann, den Mörder von Valerie Regester zu fassen, wenn Sie eine alte getürkte Vergewaltigungs-Anzeige ausgraben.«

»Wahrscheinlich haben Sie Recht damit.«

Der Aufzug kam an, die Kabine war leer.

Kay hielt die Tür auf, während Arsenault hineinging.

»Hören Sie, wenn Ihnen noch etwas einfällt oder ... wenn Sie einfach nur reden wollen«, sie reichte ihm ihre Karte, »rufen Sie mich an.«

Arsenault nahm die Karte mit einem dünnen Lächeln entgegen. »Danke, das werde ich tun.«

## 27

Kay stellte ihren Geländewagen auf dem gekiesten Parkplatz der Bridge Marina ab, dann blieb sie in dem stillen Dunkel der Limousine sitzen und überlegte, warum sie eigentlich zugestimmt hatte, hierher zu kommen.

Der Mond hing über dem Wasser wie ein riesiger Ball, der von den Masten der Boote gehalten wurde, und tauchte die Fiberglas-Decks in ein unheimlich bleiches Licht. Die Betonbögen der Hanover Street Bridge dahinter sahen aus wie schwarze Höhlen.

Es fühlte sich seltsam an, wieder hier zu sein.

Sie stieg aus, schloss ihren Wagen ab und überquerte den Parkplatz. Ein Ziegenmelker stieß kreischend vom Himmel herab und die Luft pfiff durch sein Gefieder. Sie ging über den Ost-Pier zur *Blue Angel*. Finn gehörte zu den wenigen, die dauerhaft in der Marina lebten, und er bezahlte keine Hafengebühren, weil der Besitzer des Yachthafens nur zu gern einen Cop auf seinem Gelände hatte.

Finn hatte die *Blue Angel* nach Tobys Tod gekauft, als seine Ehe mit Angie in die Brüche ging und die Trauer und die Vorwürfe den letzten Rest Liebe, den es zwischen ihnen noch gegeben hatte, zerfraßen. Er war ausgezogen und hatte das Boot zu seinem ständigen Wohnsitz gemacht. Das Haus in Hunting Ridge hatte er Angie und ihrer gemeinsamen Tochter Maeve überlassen. Kay hatte die beiden nie kennen gelernt und vermutete, dass Finn es vorzog, diese zwei Welten strikt voneinander zu trennen. Soweit Kay wusste, war das Verhältnis zu seiner Ex angespannt, aber keineswegs feindselig. Sie fragte sich, ob es im letzten Jahr vielleicht zu einer Versöhnung zwischen den beiden gekommen war.

Die Lichter auf seinem dreiundvierzig Fuß langen Slocum-Kutter brannten noch. Saxophonklänge übertönten das Klirren der Takelage. Kay blieb vor der Gangway stehen. Sie wollte nicht hier sein. Wollte sich nicht den Erinnerungen stellen.

Finn musste das Schwanken des Bootes gespürt haben, als sie das Deck betrat. Er kam nur mit Shorts und fleckigen Leinenschuhen bekleidet die Kajütstreppe herauf, um sie zu begrüßen.

Drinnen nahm er zwei Dr. Peppers aus dem Kühlschrank und schob ihr eines über die Theke in der Kombüse zu. Er sieht wirklich gut aus, dachte Kay wieder. Sein Oberkörper war drahtig, da er regelmäßig trainierte, um dem Älterwerden ein Schnippchen zu schlagen.

Vermutlich spürte Finn ihre forschenden Blicke, denn er zog rasch ein T-Shirt mit dem verblassten Logo von Habitat for Humanity über. Die Laken des großen Bettes in der Achterkabine hinter ihm waren nur unzureichend glatt gezogen. Erinnerungen wurden wach. Auf dem Kutter hatte sich nichts verändert. Die Geräusche, die Gerüche und die Schwingungen, die Kay immer zwischen sich und Finn wahrgenommen hatte – alles war noch wie früher. Es war, als hätte die Zeit stillgestanden. Und plötzlich wurde ihr bewusst, wie sehr ihr das alles gefehlt hatte.

»Und? Wie ist es im Büro der Gerichtsmedizin gelaufen?«, fragte sie, wild entschlossen, sich nur auf den Fall zu konzentrieren.

»Shearmur und ich haben mit Arsenaults Freundin Andy Reaume gesprochen.«

»Und?«

»Das Mädchen hat zugegeben, mit Arsenault über die Fälle geredet zu haben. Sie hat ihm sogar die Fotos gezeigt. Alles fing an, als er sich Chisneys Leiche angeschaut hat.«

»Wie, zum Teufel, konnte denn das passieren?«

»Sie schwört, dass es nicht geplant war«, erklärte Finn; es schien beinahe, als hätte er Mitleid mit dem Mädchen. »Sie sagt, sie seien verabredet gewesen und Arsenault habe sie von der Pathologie abgeholt. Angeblich wollte er sich nur einmal kurz umsehen, aber danach entwickelte unser Scotty ein besonderes Interesse für den Fall.«

»Und die Website?«

»Sie kannte die Site, behauptet jedoch, sie sei sich nicht darüber im Klaren gewesen, dass er die Details der Obduktionsergebnisse veröffentlichen würde.«

»Was wird jetzt aus ihr?«, wollte Kay wissen, obschon sie keinen Zweifel hegte, dass der Chef der Gerichtsmedizin kurzen Prozess mit ihr gemacht und sie gefeuert hatte.

»Nach der Unterredung begleiteten Shearmur und ich sie hinaus.«

»Könnte sie uns mehr über Arsenaults Background verraten?«

»Wohl kaum. Das Mädchen hat nicht viel mitbekommen. Sie war nur zweimal mit ihm verabredet und hat seine Wohnung nie betreten.« Finn griff nach dem Päckchen Marlboro, das auf der Teakholz-Theke lag, schien es sich dann aber anders zu überlegen und warf die Zigaretten in eine Schublade. »Er ist ein Teil des Ganzen, Kay. Und damit meine ich nicht nur seine Website. Er hat definitiv etwas mit dem Fall zu tun.«

Kay trank einen großen Schluck Soda und die Kohlensäure trieb ihr die Tränen in die Augen. »Ich bin mir da nicht so sicher. Ich kenne seine Version der Geschichte nicht, aber ich glaube, du irrst dich, wenn du ihn für Valleys Mörder hältst.«

»Aber er war im Besitz von sämtlichen Informationen.«

»Ja, wie jeder, der seine Website gelesen hat.« Kay schüttelte den Kopf. »Sollte Arsenault Valley umgebracht haben, dann bestimmt nicht auf diese Art.«

»Was – stehst du diesem Kerl schon so nahe, dass du weißt, wie er tickt?«

Finns Aversion gegen Arsenault war nicht zu überhören. Nur war Kay sich nicht sicher, ob dieses Gefühl auf Scotts mögliche Verbindung zu dem Mord basierte oder eher persönliche Gründe eine Rolle spielten. Sie hatte Finns Blicke bemerkt, wenn Scott sich an sie wandte oder sie mit einem Lächeln bedachte.

»Nein«, entgegnete sie. »Aber ich glaube, Arsenaults Typ zu kennen. Er ist zu präzise, zu vorsichtig. Er hätte Valley nicht auf diese Weise abgefackelt. Der Kerl weiß, wie man eine Leiche loswird. Wenn er der Mörder wäre, hätten wir Valley erst nach Monaten gefunden, wenn überhaupt.«

»Vielleicht wollte er, dass sie gefunden wird – hast du daran schon mal gedacht? Könnte doch sein, dass er die Aufmerksamkeit braucht. Deine Aufmerksamkeit.«

»Oh, komm schon, Finn. Du solltest mich besser kennen. Du glaubst doch nicht im Ernst, dass ich auf seine Flirtversuche reinfalle?«

Finn drehte sich weg, zerdrückte die leere Soda-Dose mit einer Hand und warf sie in den Abfalleimer. »Vielleicht hast du dir die Fotos von Missy Neuwelt nach der Vergewaltigung nicht gründlich genug angesehen.«

»Nach der angeblichen Vergewaltigung, Finn. Wir haben keine Ahnung, wer von den beiden die Wahrheit über die Vorgänge von vor sechs Jahren sagt.«

»Na schön – was hast du also von ihr erfahren?«

Kay hatte dem Mädchen am Nachmittag einen Besuch abgestattet. Opfer von Vergewaltigungen öffneten sich selten einem männlichen Cop, deshalb hatte Finn keine Einwände erhoben, als Kay sich allein auf den Weg zu ihr gemacht hatte. »Sie hat im Großen und Ganzen das wiederholt, was sie auch damals bei der Polizei ausgesagt hat«, erzählte Kay. »Aber heute gibt sie zu, dass sie die Anzeige zurückgezogen hat, um mehr Kindesunterhalt bei Arsenault herauszuschlagen.«

»Glaubst du wirklich, sie hätte sich diese Schnittwunden selbst zufügen können?«

Kay dachte an die übertrieben aufgetakelte junge Frau, die ihr eine rosafarbene Limonade angeboten und sich ständig eine schlaffe Strähne ihres gefärbten Haars um den Finger gewickelt hatte, solange Kay bei ihr in dem muffigen Apartment gewesen war. Irgendetwas an ihr stimmte nicht, aber Kay war nicht imstande, den Finger auf die Wunde zu legen. »Nun, mein Gefühl sagt mir, dass sie zu so etwas durchaus fähig wäre.«

Finn sammelte seine Seekarten ein, die auf der Theke ausgebreitet waren, und streifte dabei Kays Arm. Sie waren sich zu nahe. Die Situation war zu intim.

Kay lehnte sich zurück, um sich mehr Platz zu verschaffen. »Ich habe eine VICAP-Suche durchgeführt«, fuhr sie fort.

Seine Augen waren kalt, als er sie anblickte. »Die Stichwunden in Valleys Brust waren kopiert. Dies ist nicht derselbe Täter.«

»Vielleicht nicht.« Kay hatte die Details in das Violent Criminal Apprehension Program des FBI eingegeben, in dem alle ungeklärten Gewaltverbrechen des Landes erfasst wurden. Eine ganze Reihe von Computern und Analysten in Quantico, Virginia, verglichen dann die Besonderheiten dieses Falles mit Verbrechen aus anderen Zuständigkeitsbereichen.

»Und, gibt es irgendwelche vergleichbare Fälle?«, fragte er.

»Nein.«

»Eales hat diese Frauen umgebracht, Kay. Wie wäre es denn sonst zu erklären, dass seit über einem Jahr keine Frau mehr auf diese Weise ermordet wurde? Bei einer so auffälligen Täter-Handschrift hättest du im VICAP auf irgendetwas stoßen müssen. Ein Serienmörder dieser Art hält nicht ein ganzes Jahr still – so was kommt einfach nicht vor.«

»Vielleicht ist er in Haft.«

»Ja, allerdings. Er sitzt im Knast – hier in unserem Staatsgefängnis. Das mit Valley ist etwas anderes, Kay. Ehre, wem Ehre gebührt – Eales hat die drei Frauen ermordet. Du brauchst dir nur die erdrückenden Beweise anzusehen. Und denk dran, was er dir angetan hat!«

Kay trank den Rest des Sodas aus. »Danke. Das würde ich lieber bleiben lassen.« Aber die Erinnerungen kamen trotzdem: Eales poltert durch die Haustür, der Blick in seinen Augen, dann die Schläge.

»Es war nicht dein Fehler, Kay.« Finn kam um die Theke herum und stellte sich neben sie. Er wollte ihr die Hand auf die Schulter legen, aber sie stand auf und versuchte, in dem beengten Raum herumzulaufen.

Als sie seinem Blick begegnete, sah sie unverhohlene Frustration.

»Ich hätte meine Waffe nicht ziehen dürfen«, seufzte sie. »Ich weiß, dass alle in der Truppe das denken.«

»Und was hättest du sonst tun sollen? Eine drohende Haltung annehmen, um Eales aufzuhalten?« Finn schüttelte den Kopf. »Der Hurensohn war voll mit Drogen und hielt sich wahrscheinlich für Superman. Du hattest keine Chance, also hör auf, darüber nachzugrübeln, was du anders hättest machen können.«

»Du meinst, es war richtig, die Waffe zu ziehen?«

Sein Zögern machte jede Überzeugung zunichte, die seine Worte vielleicht enthalten mochten. »Ich war nicht dabei, Kay.«

»Das klingt wie ein Nein.« Sie biss die Zähne zusammen.

»Alles, was ich sagen kann, ist: Wenn du deine Waffe ziehst, musst du auch bereit sein, sie zu benutzen.« Sein sanfter Ton milderte die Aussage nicht.

*Bleiben Sie stehen, Bernard. Wir wollen nur mit Ihnen reden.*

Eales' Augen waren träge und sein Lächeln schlaff und freudlos gewesen, als er sie taxiert hatte. Und trotzdem hatte sie nie einen Mann gesehen, der sich so schnell bewegen konnte. Der Gedanke, die Waffe tatsächlich einzusetzen, war ihr kaum durch den Kopf geschossen, als sie den ersten Schlag einstecken musste.

»*Du* warst in jener Nacht dort vor Eales' Haus, Kay, niemand anderes. Kein Mensch hat das Recht, über dein Vorgehen zu urteilen. Nicht einmal ich. Nur du kannst entscheiden, ob du das Richtige getan hast. Und dann musst du damit leben.«

»Nein, Finn, wir *alle* standen in dieser Nacht vor Eales' Haus. Jeder Uniformierte, alle Detectives. Es gibt keinen einzigen Cop in ganz Baltimore, der sich nicht im Geiste dorthin versetzt hat, nachdem ich zusammengeschlagen wurde. Aber in einem hast du Recht. *Ich* muss mit meiner Entscheidung leben. Und es gibt keinen Mann mehr in unserer Einheit, der es nach diesem Vorfall noch wagen würde, mein Partner zu sein.«

»Nun, ihnen wird nichts anderes übrig bleiben. Das ist die Politik des Departments. Du brauchst jemanden, der dir den Rücken deckt.«

»Das Problem ist, sie müssen mir zutrauen, dass ich ihnen den Rücken decke.«

»Ich traue es dir zu.« Das kam aus tiefstem Herzen. Und sie glaubte ihm.

»Das möchte ich nicht«, erwiderte sie und sah wieder Spencers Blut auf dem Rasen in Eales' Vorgarten vor sich. Sie umrundete die Theke und ging auf die Kajütstür zu. »Ich muss los.«

Aber Finn hielt ihren Arm fest. Sie wollte diese Konversation nicht. Es war zu gefährlich. Der letzte Platz, an dem sie landen wollte, war seine Achterkabine. Und es wäre zu einfach. Zu leicht, sich wieder in Emotionen und ein vertrautes Liebesspiel zu stürzen, Finns Mitgefühl anzunehmen und es in die Art von Sex zu verwandeln, die sie alles vergessen lassen würde.

»Es ist spät«, meinte sie.

Aber Finn hielt ihr Handgelenk fest. »Verdammt, Kay, sprich mit mir. Sag mir, was du durchmachst.«

Sie schüttelte den Kopf und versuchte, sich aus seinem Griff zu winden.

»Es ist Valerie Regester, oder? Du fühlst dich für ihren Tod verantwortlich. Es ist nicht deine Schuld.«

»*Ich* habe sie dazu gebracht, uns zu erzählen, was sie gesehen hat, Finn. *Ich* habe sie dazu überredet, vor Gericht auszusagen.«

»Du hast nur deinen Job gemacht.«

»Sie ist meinetwegen umgebracht worden.« Kay riss

sich los und diesmal schaffte sie es bis zur Treppe. Finn folgte ihr.

»Kay, was kann dir denn bloß helfen? Sag es mir.« Er wollte sie trösten, ihr die breite Schulter bieten, die sie sich ersehnte, aber Kay war noch nicht bereit dafür.

Valley war tot. Ihretwegen.

»Ich weiß es nicht.« Sie schüttelte den Kopf. »Vielleicht … vielleicht möchte ich Valley beerdigen.«

»Du hast doch gar nicht das Geld dafür.«

»Ich werde mir was einfallen lassen. Sie verdient ein anständiges Begräbnis.«

Er sah sie lange an. Kay stand am Fuß der Treppe und wurde nervös unter seinem forschenden Blick.

»Gut«, antwortete er schließlich. »Ich werde ein, zwei Anrufe tätigen. Ich kenne ein paar Leute.«

Mit einem Mal wünschte sie sich, dass er sie festhielt. Es wäre so leicht, sich gleich hier an der Treppe, wo eine leichte Brise vom Deck herunterwehte, in seine Umarmung zu flüchten. Sie könnten sich lieben. Sie würde sich wieder lebendig fühlen. Wenn auch nur für eine Nacht.

Alte Gewohnheiten …

Aber sie war sich nicht sicher, ob ihre Beweggründe die richtigen wären. Finn verdiente mehr.

»Danke«, flüsterte sie und ging die Treppe hinauf, bevor es zu spät war.

Finn reichte ihr die Hand, als sie über die Leine stieg.

»Wir sehen uns morgen«, sagte sie heiser.

Er hielt sie noch einmal auf, bevor sie das Ende der Gangway erreichte. »Kay?« Seine Stimme durchbrach die Stille, und als sie sich zu ihm umdrehte, war nur seine Silhouette vor dem Ruderhaus der *Blue Angel* zu erkennen. »Nur dass du es weißt – ich werde dir immer den Rücken decken.«

Sie war sich nicht sicher, ob er ihr Nicken bemerkte.

»Und ich weiß, dass du meinen deckst«, fügte er hinzu, als sie an Land ging.

# 28

Der Anruf kam um acht Uhr morgens herein, während die Müllwagen durch die Gassen hinter den Häusern krochen, um die Abfalltonnen zu leeren und die prallvollen Plastiktüten und gebündelten Zeitungen mitzunehmen. Finn und Kay wurden erst um neun benachrichtigt. Kay schwieg auf der Fahrt nach Woodberry im Nord-Distrikt, und Finn wusste nicht, ob sie wegen des Anrufs so angespannt war oder ob die Unterhaltung vom gestrigen Abend sie immer noch beschäftigte.

In der Rockrose Avenue herrschte bereits ein wirres Durcheinander; überall standen Polizeiautos, und da sich die Gebäude der Fernsehsender WBAL und WJZ praktisch nur einen Steinwurf entfernt auf dem Hügel befanden, tummelten sich auch schon die Nachrichtenteams auf dem Gehsteig.

Ein Maschendrahtzaun umgrenzte die Grundstücke, die unterhalb der hoch aufragenden Antennen der beiden Lokalsender lagen. TV Hill, wie die Anwohner den Hügel getauft hatten, war eine ruhige Gegend – auf der einen Seite hielt der Druid Hill Park, auf der anderen der Jones-Falls-Expressway die Kriminalität in Schach –, und so zog die hektische Polizeiarbeit die Schaulustigen geradezu magisch an.

Finn ließ den Wagen am Ende der Straße stehen und sie gingen zu Fuß in die schmale Gasse hinter der Häuserzeile.

Ein türkisfarbenes Müllauto stand vor den handtuchgroßen Hintergärten mit ihren altersschwachen Zäunen. Die Wäsche an den kurzen Leinen bewegte sich kaum in der schwülen Hitze und das Wasser in den von der Sonne ausgebleichten, aufblasbaren Kinderplanschbecken war zum größten Teil verdampft. Schon als er in die Gasse einbog, stieg Finn der Abfallgestank in die Nase, der von dem Lastwagen ausging.

»Ich dachte, ich sollte das hier an euch weiterleiten.« Fred Worden – ein Detective aus der anderen Schicht – sah zerzaust und müde aus nach seiner langen Nachttour. »Euer Sarge hat bereits Wind davon bekommen«, sagte er und führte sie die Gasse entlang. »Er ist auf dem Weg.«

Finn sah sie schon von weitem, die unbekleidete Leiche auf dem rissigen Asphalt, die Haut schimmerte weiß in der Morgensonne. Sie lag auf dem Rücken, mit ausgebreiteten Armen, und hatte tiefe Schnitte an den Innenseiten beider Unterarme.

»Die Müllmänner haben sie gefunden, als sie die oberen Säcke von dem Stapel nahmen.« Worden deutete auf einen schattigen Durchgang zwischen zwei Garagen, in dem die Anwohner ihren Müll deponiert hatten. »Sie muss zwischen den Tüten und Säcken eingeklemmt gewesen sein.«

Worden blieb zurück, als Finn zu der Leiche trat. Ein schwacher Verwesungsgeruch lag in der Luft. Das Mädchen sah aus wie Anfang zwanzig, hatte dunkles Haar und ein hübsches Gesicht. Die Augen waren bereits milchig geworden, und ein dünnes Rinnsal kam aus ihrem Mund und floss über die Wange. Ein Leckerbissen für ein halbes Dutzend grün schillernder Schmeißfliegen. Die Figur wirkte kindlich: kleine Brüste, vorstehende Hüftknochen und ein schmaler Brustkorb. Man konnte die Rippen unter der durchscheinenden Haut erkennen. Sie wies keine Einstichwunden an den Armen auf, aber das hieß gar nichts, sie könnte dennoch ein Junkie gewesen sein.

Finn spürte, dass Kay ihn streifte, als sie vorbeiging. Trotz des lauten Summens der Fliegen hörte er sie murmeln: »Das war er.«

Auch Finn waren die Wunden an der Brust sofort aufgefallen. Das freigelegte Muskelfleisch schimmerte rot neben der farblosen Haut. »Ist ihre Identität schon bekannt?«, fragte er Worden.

»Ja. Wir wissen, wer sie ist.« Worden zeigte mit dem Finger auf einen der Uniformierten. »Miller sagt, dass er sie kennt.«

Der Streifenpolizist war ein muskelbepackter Schrank – das Hemd spannte an den Schultern und über der breiten Brust. »Sie heißt B.J. Beggs«, berichtete er. »Bobby Joe. Sie ging unten auf der Wilkens Avenue auf den Strich. Ich hab sie ein paar Mal aufgegriffen, als ich im Südwest-Distrikt gearbeitet habe.«

»Gibt es eine Akte über sie?«

»Ja. Fotos und Fingerabdrücke. War aber im Grunde kein schlechtes Mädchen.« Der Muskelprotz schüttelte enttäuscht den Kopf. »Stammt aus Wisconsin, glaube ich.«

»Dann war sie ja weit weg von zu Hause«, stellte Finn fest. »Kennen Sie irgendwelche Mädchen, die mit ihr zusammen anschafften?«

»Ein paar.« Miller zuckte mit den Schultern.

»Könnten Sie heute Abend mit uns dorthin fahren? Um mit den Mädchen zu reden?«

»Kein Problem.«

»Und in der Zwischenzeit möchte ich, dass Sie und Ihre Jungs sich hier in der Nachbarschaft umtun. Finden Sie jemanden, der irgendwas hier draußen beobachtet hat.«

Finn sah zu, wie Kay die Leiche umrundete und anschließend die Häuserreihe betrachtete. Sie hatte schon im Wagen ihr Jackett ausgezogen. Das ärmellose Shirt schob sich unter ihrer Dienstwaffe zusammen. Man sah die lange Narbe auf ihrem linken Arm. Finn dachte an die zweistündige Operation, bei der die Ärzte nach Eales' Angriff den zertrümmerten Ellbogen wieder zusammengeflickt hatten. Das war nur eine von mehreren Operationen gewesen, bei denen er auf dem Krankenhausflur auf und ab gegangen war.

Hinter ihr standen die Müllmänner mit den auf die fleckigen Overalls aufgestickten Namen Larry, Curly und Moe. Sie lehnten an ihrem Truck und gafften. »Worden, ich möchte, dass Sie versuchen, alles aus den drei Typen rauszukriegen, was sie wissen. Danach schicken Sie sie weg, okay?«

Finn ging zu Kay. »Was denkst du?«

»Wir müssen diesen Bastard endlich kriegen.« Kay kauerte sich hin und inspizierte die Leiche aus der Nähe. »Zwei in einer Woche. Er hatte es offenbar eilig. Als ob ihn der Mord an Valley auf den Geschmack gebracht hätte. Und jetzt ist er gierig auf mehr.«

Sie hatte Latexhandschuhe übergezogen, nahm Beggs' Hand und drehte sie herum. »Sie liegt auf keinen Fall schon seit gestern hier draußen. Bei der Hitze wäre sie aufgebläht und der Verwesungszustand wäre schon weiter fortgeschritten.«

»Also hat er sie heute Nacht in dem Müllhaufen versteckt.«

»Das ist meine Vermutung«, sagte sie. »Er hat eine Weile mit ihr gespielt und sie weggeworfen, bevor sie anfing zu riechen.«

»Wie kommst du darauf?«

»Die Leichenstarre ist weg. Sie löst sich erst nach

sechsunddreißig Stunden, und es dauert weitere zwölf bis zwanzig Stunden, bis sie ganz weg ist. Dieses Mädchen ist seit mindestens achtundvierzig Stunden tot.«

»Das macht keinen Sinn. Dann müsste das Gewebe mehr zersetzt sein.«

»Nicht, wenn er sie kühl gehalten hat.« Kay stand auf. Die Anspannung fiel von ihr ab, als sie die Gasse entlangging. Finn bemerkte, wie sie stutzte, und folgte ihrem Blick zu der Straßenecke, wo Gunderson gerade Jane Gallagher abwimmelte und sich unter dem Absperrungsband hindurchduckte.

Der Sergeant kam auf sie zu, inspizierte ebenfalls die Leiche und entschied nach nur zehn Sekunden, Worden wegzuschicken. »Ich will, dass ihr beide das übernehmt.« Sein Blick blieb auf der Toten haften. »Du hast die Leitung in diesem Fall, Kay, aber Finn ist nach wie vor dein Partner. Irgendeine Ahnung, wer sie ist?«

»Eine Nutte von der Wilkens«, antwortete Finn.

»Gibt es eine Verbindung zu Eales?«

»Wir werden uns umhorchen und heute Abend mit ihren Kolleginnen auf der Straße sprechen.«

Gunderson räusperte sich, während er sich umsah. »Wir brauchen eine Verbindung zwischen diesem Mädchen und Eales. Denn wenn es keine gibt, dann haben wir es hier entweder mit einem gottverdammten Nachahmungstäter zu tun, der sich Tipps von der Website dieses Idioten holt, oder ...« Er schüttelte den Kopf.

»Oder wir haben den falschen Scheißkerl«, beendete Kay den Satz für ihn.

Aber Gunderson war zu müde, um über Theorien zu diskutieren. Er trat zurück und wischte sich mit dem Handrücken den Schweiß von seinem kahlen Schädel. »Erzählt mir später, was ihr über das Mädchen wisst.« Er deutete mit dem Kinn zu der Pressemeute hinter der

Absperrung und fügte hinzu: »Ich möchte diesen Hurensohn haben, bevor ihm die Wichser da drüben einen Namen geben, habt ihr verstanden?« Damit schlenderte er zurück, rückte seine Krawatte zurecht und stellte sich unerschrocken den Kameras.

»Jemand muss doch etwas hier draußen gehört haben«, überlegte Kay mit zweifelndem Unterton.

»Es ist eher anzunehmen, dass er sie mit dem Auto hergebracht hat.« Finn knöpfte seinen Hemdkragen auf. »Vermutlich hat er die Garagen als Deckung genutzt, ist rückwärts hier eingebogen, dann hat er sie aus dem Auto gehievt und unter diesen Müllsäcken versteckt.« Er deutete auf die Säcke. Einer war zerrissen, und Gemüsereste und eine Fischdose waren herausgequollen.

Kay winkte einen der kriminaltechnischen Mitarbeiter heran. »Untersuchen Sie die Müllsäcke«, befahl sie. »Die beiden hier.«

»Sie machen Witze, oder?«, murrte der Mann.

»Ja, klar, mir ist heute Morgen richtig nach Lachen zumute. Sie können sie gleich hier untersuchen oder mit ins Labor nehmen. Das ist mir egal. Ich möchte wissen, was für Fingerabdrücke da drauf sind.«

»Das ist ziemlich vage, Kay«, meinte Finn.

»Vielleicht sind vage Spuren das Einzige, was wir haben. Aber wenn wir den Kerl schnappen, dann will ich nachweisen, dass seine Fingerabdrücke auf den Säcken waren, damit wir ihn festnageln können.«

Sie ging ein Stück, dann deutete sie auf die Häuser.

»Er könnte da drin sein, Finn. Entweder hat er sich diesen Ort ausgesucht, weil er außerhalb seines Reviers liegt, oder der Scheißkerl hockt in einem dieser Häuser und beobachtet uns gerade in diesem Augenblick.«

# 29

Es war eine Nacht, in der Menschen mordeten. Schwule und Dealer mit Halbautomatik im Hosenbund verhökerten ihre Drogen an den Straßenecken. Und die Kids zogen mit Messern, Baseballschlägern, Schlagringen und allem möglichen anderen Zeug durch die Gegend. In der Sommerhitze konnte ein nächtlicher Streit schnell richtig böse enden. In den heißen Monaten stieg die Mordrate immer rasant an. Bis zu zwanzig Prozent.

Kay hatte das Wagenfenster heruntergekurbelt und steuerte den Lumina durch die Seitenstraßen nahe der Wilkens Avenue. Sie hielt nach Nutten Ausschau, die abseits des Hauptbetriebs ihrem Gewerbe nachgingen. Bei offenem Fenster hatte Kay eher das Gefühl, mittendrin zu sein; sie roch die Stadt und spürte ihren Puls.

Das neutrale Polizeiauto fiel in dieser Gegend auf und sie erntete mehr als nur einen grimmigen Blick von den Dealern. Die Banden, die gemeinsam loszogen, um Crack zu verkaufen, zerstreuten sich schnell, sobald sie den Lumina sahen, und Kay konnte im Rückspiegel verfolgen, wie sie sich wieder neu gruppierten, sobald sie vorbeigefahren war. Die Typen wussten ganz genau, dass sie nicht von der Drogenfahndung war.

Die Umfrage am TV Hill am Morgen hatte keine Ergebnisse gebracht. Die Anwohner, die noch nicht zur Arbeit gegangen waren, hatten nichts Auffälliges bemerkt. Kay und Finn hatten den Tatort gegen Mittag verlassen und vereinbart, dass sie am nächsten Tag wieder hinfahren würden, um an den Türen zu klingeln, die ihnen bei der ersten Befragung nicht geöffnet worden waren. Im Büro hatten sie sich B. J. Beggs' Akte vorgenommen. Es überraschte Kay nicht, dass sich das Mädchen aus zwei

Anzeigen wegen Prostitution herausgewunden hatte. Mit ihrem Aussehen hatte Beggs die Richter vom Bezirksgericht bestimmt mit Leichtigkeit um den kleinen Finger wickeln können.

Finn machte Beggs' Familie in Wausau, Wisconsin, ausfindig, rief die Kollegen dort an und bat sie, die Eltern des Mädchens zu benachrichtigen. Anschließend fuhren Kay und er zu dem Apartment der Toten. Ein Mitarbeiter des kriminaltechnischen Labors erwartete sie schon vor Ort. Es war jedoch reine Zeitverschwendung, dort nach Hinweisen zu suchen. Das Zimmer im Souterrain war zwar eine schäbige Absteige, aber nichts deutete auf ein Gewaltverbrechen hin. Sie drehten jeden Papierschnipsel in dem Apartment um und suchten nach einer Verbindung zu Eales, Hagen oder Arsenault. Nach drei erfolglosen Stunden brach Finn die Aktion ab. Sie versiegelten die Tür und machten sich auf den Weg in den Nord-Distrikt, um Miller aufzugabeln.

Zwei Stunden lang befragten sie die Nutten auf der Wilkens Avenue. Finn und der attraktive junge Beamte machten mit ihrer charmanten Art mächtig Eindruck auf die Mädchen, trotzdem bekamen die beiden nur eine vage Beschreibung des Autos, in das Beggs vor drei Tagen eingestiegen war. Ein großer, schwarzer, glänzender Schlitten. »Ganz neu, mit so 'nem schicken Kühlergrill und so«, erzählte eine namens Daisy. »Und der Fahrer war blond, sehr gepflegt und hatte ein strahlend weißes Lächeln.«

Kay bog nach Osten auf die Pratt Street ab. Finn war auf der Wilkens geblieben und versuchte, aus den übrigen Mädchen noch ein paar Informationen herauszulocken. Er hatte Kay nach Hause geschickt. »Du siehst halb tot aus«, meinte er und sie dankte ihm für das reizende Kompliment.

Kay träumte schon von einer Dusche und kühlen Bettlaken, als ihr Handy auf dem Beifahrersitz klingelte. Sie meldete sich beim zweiten Ton.

»Guten Abend, Detective Delaney.« Scott Arsenaults Stimme klang sanft und gelassen. »Ist der Zeitpunkt ungünstig?«

»Ich bin unterwegs, Scott. Was gibt's?«

»Es geht um die Tote, die heute Morgen gefunden wurde. Ich habe mich gefragt, ob wir vielleicht miteinander reden können.«

»Haben Sie denn etwas, was Sie mir mitteilen wollen?«

»Möglich. Können wir uns irgendwo treffen?«

»Klar. Kommen Sie morgen früh ins Präsidium.«

»Ich dachte eher an heute Abend.«

Kay blieb an der Ampel auf der Greene stehen. Es würde nur zehn Minuten dauern, umzukehren und Finn abzuholen.

Kay schaute in den Rückspiegel und war schon fast dabei zu wenden, als Scott fortfuhr: »Aber ohne Ihren Partner. Ich möchte ihn nicht dabeihaben – ihm habe ich nämlich nichts zu sagen.«

Als die Ampel auf Grün schaltete, stand Kay immer noch an der Kreuzung und überlegte. Sie würde auf keinen Fall in Arsenaults Wohnung gehen. Nicht allein. Dann hörte sie Stimmen und Musik im Hintergrund. »Wo sind Sie?«, fragte sie den Web-Designer.

»Im Cosmo in Fells Point.«

Sie kannte die Bar. »Gut. Ich treffe Sie dort.« Sie legte auf, ehe er Einwände erheben konnte.

Eine Viertelstunde später manövrierte Kay den Lumina in eine kleine Parklücke in der Fleet Street. Das Cosmo hatte früher den Namen O'Toole's gehabt und war ein viel besuchter Pub gewesen, in dem die Streifenpolizisten des West-Distrikts regelmäßig verkehrten, bevor er zu einer protzigen Retro-Bar umgebaut wurde. Heute zierten schicke Lampen in der Form riesiger Martini-Oliven, neonblaue Wände und kleine Halogenlämpchen die Bar, und sie zog jetzt eine weitaus hippere Klientel an: junge Akademiker und reiche College-Kids. Nur noch eine Hand voll Stammgäste hatten sich aus den rustikaleren Zeiten des Lokals hier gehalten.

Drei der Bier schlürfenden Übriggebliebenen saßen in der Nische neben Arsenault. Die grobschlächtigen Typen wirkten in dieser Umgebung völlig fehl am Platz. Kay bemerkte ihre lustlosen dumpfen Blicke, als sie sich zu Arsenault in die Nische setzte.

»Also, warum bin ich hier, Scott?«, fragte sie zur Begrüßung und zog ihr Jackett über der Dienstwaffe zurecht. Plötzlich kam sie sich so vor, als ob sie ein Date hätte.

»Möchten Sie einen Drink, Kay?« Er hob sein Cocktailglas hoch, als die Kellnerin vorbeikam.

»Nein, danke.«

»Noch mal dasselbe«, wandte er sich zu dem Mädchen. »Aber sagen Sie dem Barmixer, dass ich einen Gerührten bestellt habe. Der Gin war durchgeschüttelt.«

»Ich werd's ausrichten. Und für Sie?«, wollte das Mädchen von Kay wissen.

»Nur ein Soda-Wasser.«

Als die Kellnerin fort war, starrten die drei Typen nebenan wieder auf Arsenaults Rücken, tuschelten und kicherten – sie machten sich offensichtlich über ihn lustig. Kay vermutete, dass Arsenault etwas Unfreundliches zu ihnen gesagt hatte.

»Warum bin ich hier?«, wiederholte sie.

»Sie sollten die Muscheln bestellen. Oder die Calamari. Die Meeresfrüchte sind super hier.«

»Ich bin nicht zum Essen hergekommen«, gab sie schneidend zurück. Dann versuchte sie, sich zu mäßigen. »Worum geht's, Scott?«

Arsenault zog den gebrauchten Olivenspieß durch die Salzkörner, die jemand auf der schwarzen Tischplatte verstreut hatte, und malte ein abstraktes Muster. Dann sah er Kay mit einem Lächeln an. Wollte er mit ihr flirten? Ihr kamen Zweifel, ob sie wirklich wegen des Falles hierher gekommen war.

»Scott?«, drängte sie ihn. »Warum haben Sie mich angerufen?«

Er zuckte lässig mit den Schultern. »Ich habe nur nachgedacht.«

»Worüber?«

»Über Sie und mich, Kay.« Er musterte sie forschend, als wollte er ihre Reaktion auf seinen vertraulichen Ton und sein Geständnis nicht verpassen. »Wir beide sind uns nicht ganz unähnlich, wissen Sie das?«

»Was meinen Sie damit?«

»Nun, zum einen verbindet uns die Faszination an Morden und an der Psychopathologie.«

Kay nickte, obschon sich Scott Arsenault wahrscheinlich nicht vorstellen konnte, was sie tagtäglich zu sehen bekam. Es war eine Sache, sich Fotos von Leichen anzusehen, aber eine ganz andere, neben einer zu stehen. Sie musste an B. J. Beggs denken.

Aber wenn Arsenault ihr etwas mitzuteilen hatte … »Okay«, sagte sie, »lassen Sie uns darüber reden. Ihr Interesse an diesem Fall ist offensichtlich mehr als nur ein vorübergehender Zeitvertreib. Sie haben Ihre Hausaufgaben wirklich gründlich gemacht. Verdammt, ich wette, Sie wissen mehr über Eales, als ich jemals in Erfahrung bringen könnte.«

Das Kompliment ging Arsenault runter wie Öl.

»Warum verraten Sie mir nicht, wie Sie über diese letzten Morde denken?«, fügte Kay hinzu.

»Aha, dann habe ich also Recht. Das Mädchen im Müll hat etwas mit den anderen zu tun.« Er strahlte vor Stolz auf seinen Scharfsinn.

Kay wusste, dass sie sich in einem Minenfeld bewegte, auch wenn sie seine Schlussfolgerung nicht bestätigte. »Wie ist Ihre Meinung, Scott?«

Er verwischte das Muster im Salz und lehnte sich zurück. »Ach, kommen Sie, Kay, wie kann ich über Morde urteilen, von denen ich so wenig weiß?«

Er ließ sie nicht aus den Augen, und Kay hatte Schwierigkeiten, seine Miene zu deuten. Allerdings entging ihr nicht, dass Arsenault vorhatte, sie auszuhorchen, und sie wusste ganz genau, wie sie ihm im Gegenzug seine Ansichten über die neuen Verbrechen entlocken konnte, ohne zu weit zu gehen.

»Vergessen Sie die letzten Morde, Scott. Konzentrieren Sie sich auf die ersten drei. Auf die Frauen, die Bernard umgebracht hat«, antwortete sie, obwohl sie mittlerweile selbst Probleme hatte, Eales für den Täter zu halten.

»Demnach *haben* die neuen Morde etwas mit den anderen zu tun.«

»Das habe ich nicht gesagt.« Er verstand trotzdem.

»Also schön. Sie sollten mit dem Motiv anfangen. Schließlich müssen Sie den Täter verstehen. Begreifen, wie er denkt.«

»Okay. Was ist mit dem Motiv?«

»Es gibt zahlreiche Möglichkeiten. Angst. Geistesgestörtheit. Habgier. Verletztes Ehrgefühl. Eifersucht. Machtgier. Rache. Notwehr.«

Kay war sich bewusst, dass die drei Typen hinter ihm die Ohren spitzten. Sie senkte die Stimme. »Und welches Motiv hatte unser Täter?«

Arsenault dachte über die Frage nach. »Da er die Opfer gewaschen und einige Zeit bei sich behalten hat, denke ich –«, plötzlich wurde sein Ton ausdruckslos, »ich denke, er mag sie kalt.«

»Was meinen Sie damit?«

»Nekrophilie.«

Kay dachte an Alexander Hagen und die Anschuldigungen, die Bernard vor Jahren gegen ihn ausgesprochen hatte.

»Und warum lässt er sie ausbluten?«, hakte sie nach.

»Vielleicht wollte er den Verwesungsprozess hinauszögern.«

»Das verstehe ich nicht.«

»Die Organismen, die den Verfall verursachen, entwickeln sich im Blut weiter. Ein ausgebluteter Leichnam verwest nicht so schnell wie andere. Es entwickeln sich nicht so viele Gase, die den Körper aufblähen.«

»Das wissen Sie hoffentlich nur aus Büchern.«

»Natürlich, Kay.« Er lächelte.

Die Kellnerin brachte die Getränke; Arsenault kostete von seinem und spuckte den Schluck zurück ins Glas. »Haben Sie ihm nicht gesagt, dass ich ihn gerührt haben will?«, herrschte er das Mädchen an und reichte das Glas zurück.

Einer der drei Kerle am Nebentisch äffte Arsenault hinter seinem Rücken nach. Kay hörte das Wort Schwuchtel. Arsenault schien es auch vernommen zu haben, denn seine Gesichtsmuskeln spannten sich merklich an, obwohl er versuchte, Ruhe zu bewahren.

Kay wartete, bis die Bedienung mit Arsenaults zurückgewiesenem Drink abzog. »Werden in Ihren Büchern noch andere Gründe erwähnt, warum ein Mörder seine Opfer ausbluten lässt?«, fragte sie weiter. »Oder haben Sie etwas über die Methoden gelesen?«

»Die Methoden? Na ja, die Opfer müssen bewusstlos

sein, wenn er sie verbluten lässt. Tote bluten ja nicht. Sie sind auf der richtigen Spur, wenn Sie nach dem Warum fragen. Dieses Ausbluten verschafft Ihnen die Antworten. Sie müssen dahinterkommen, aus welchem Grund er das macht.«

»Irgendwelche Vorschläge? Abgesehen von dieser Verwesungstheorie?«

»Es könnte alles Mögliche sein. Ein bizarres Reinigungsritual beispielsweise. Vielleicht bewahrt er das Blut sogar auf.«

»Sie denken, er trinkt es?« Sie hatte schon von solchen Vorkommnissen gehört.

»Denkbar wär's. Ich habe mal von einem gestörten Maler gelesen, der seinen Farben menschliches Blut beimischte. Es gibt viele Möglichkeiten. Aber wenn Sie seine Gründe kennen, wenn Sie verstehen, warum er mordet, dann sind Sie ihm auf der Spur. Sie glauben also, dass Bernard diese Frauen nicht umgebracht hat, oder?«

Sie zuckte mit den Achseln und nippte an ihrem eisgekühlten Soda. »Was meinen Sie?«

»Wie ich schon einmal erwähnte, ist Bernard vermutlich fähig zu morden, aber könnte er so planvoll vorgehen? Sie müssen zugeben, dass Sie ihn nie geschnappt hätten, wenn er damals nicht auf Sie und Ihren Partner losgegangen wäre. Bis dahin hatten Sie nichts gegen ihn in der Hand.«

»Und wenn er Hilfe hatte?«

Arsenault schien über diesen neuen Gesichtspunkt nachzudenken. »Falls Bernard die Frauen umgebracht hat«, sagte er schließlich, »dann, ja – vielleicht gab es jemanden, der ihm geholfen hat, den Rest sauber zu erledigen. Jemanden mit Grips. Jemanden, der wusste, was er tat.«

»Nun«, erwiderte Kay und lehnte sich zurück, »mein Partner hält Sie für den Täter.«

»Mich?« Arsenault grinste. »Und was ist Ihre Meinung?«

Wieder speiste sie ihn mit einem Achselzucken ab. »Ich sollte Sie der Form halber fragen, wo Sie am Samstagabend waren.«

»Wurde das Mädchen am Samstagabend getötet?«

»Vermutlich.«

»Ich war zu Hause. Allein natürlich. Was meine Alibis betrifft, scheine ich kein Glück zu haben.«

»Offenbar nicht. Haben Sie eine Freundin, Scott?« Es war eine rein berufliche Frage, aber in der Sekunde, in der Kay sie stellte, wurde ihr bewusst, dass sie missverstanden werden konnte. Schließlich saß sie in einer Bar mit einem Mann, der offensichtliches Interesse an ihr bekundete. »Ich war nur neugierig, weil Ihnen jetzt schon zum zweiten Mal ein Alibi fehlt.«

Kays Bemühungen, sich herauszureden, zauberten ein Lächeln auf Arsenaults Gesicht. Er beugte sich wieder vor und streckte die Hand über den Tisch, wo ihre Finger das Wasserglas umschlossen.

»Ich arbeite bis spätabends«, entgegnete er. »Und ich liebe meine Arbeit. Aber das brauche ich Ihnen ja nicht zu erklären, oder? Ich bin überzeugt, Ihnen geht es ganz ähnlich. Wenn mir allerdings die Richtige über den Weg laufen würde, hätte ich keine Probleme, mir genügend Zeit zu nehmen.«

Als Kay seine Fingerspitzen an ihrem Handrücken spürte, hob sie das Glas und trank.

»Sind Sie liiert, Kay?«

Es blieb ihr erspart, darauf zu antworten. Die Kellnerin erschien erneut mit Arsenaults Martini. Bedauern zeichnete sich auf seinen Zügen ab, als er die Hand zurückzog, um Platz für das Glas zu machen.

Diesmal wartete das Mädchen die Kostprobe nicht ab.

Arsenault warf einen Blick auf den Barmixer, als er das dünnstielige Glas an die Lippen setzte.

Dann ging alles rasend schnell. Kay registrierte kaum, dass einer der Männer vom Nebentisch aufstand und an ihnen vorbeiging, gerade als Arsenault das Glas schwang.

»Oh, verdammt noch mal«, brüllte Arsenault, »haben Sie das Zeug etwa in den Mixer gesteckt?« Plötzlich kollidierte seine Hand mit den Weichteilen des Typen, der hinter ihm stand. Gin und Wermut spritzten auf die ausgebleichte Jeans, direkt in den Schritt.

»Du affektierte kleine Schwuchtel!«

Arsenault war im ersten Moment vollkommen perplex. »Wie haben Sie mich genannt?«

»Hast du doch gehört, du Wichser.«

Arsenault sprang auf und war so schnell aus der Nische, dass selbst der Typ baff war, Glas splitterte, und als Kay auf die Füße kam, sah sie, dass Arsenault den abgebrochenen Stiel des Glases in der Hand hielt und dem Kerl an den Hals drückte.

»Scott, lassen Sie ihn.«

Der Angegriffene hatte die Augen weit aufgerissen und warf den Kopf zurück, um dem scharfkantigen Glas zu entkommen. Kay beobachtete aus den Augenwinkeln, dass sich seine beiden Kumpel ebenfalls erhoben.

»Scott, er ist es nicht wert«, beschwor sie ihn. »Kommen Sie mit nach draußen.«

Aber Arsenault nahm in seiner Rage nichts mehr wahr; in seiner Wange zuckte es heftig, als er drohend flüsterte: »Ich könnte dich hier und jetzt aufschlitzen. Wie findest du das, du ignorantes Arschloch?« Er drückte die Scherbe fester ins Fleisch und ein Blutstropfen sickerte aus der Wunde.

Die Musik dudelte weiter, aber die Gäste waren still geworden. Die Blicke aller waren auf Arsenault gerichtet.

Arsenaults Gegner holte aus und versetzte ihm einen

Schwinger in die Leistengegend. Arsenault krümmte sich. Jetzt schritt Kay ein.

»Hört auf, Jungs, es ist vorbei.« Sie zwängte sich zwischen den Typen und Arsenault, wobei sie ihn beinahe zu Boden stieß. Der Rausschmeißer des Clubs näherte sich schon, aber der grobschlächtige Kerl fluchte und holte noch einmal aus.

Kay versuchte, ihn zurückzuhalten, merkte aber, dass sie ihm zu nah war. Sein Ellbogen stieß schmerzhaft gegen ihre Lippe. Im ersten Moment sah sie überall Sternchen, spürte, wie Endorphine sie durchströmten, und dann schmeckte sie Blut. Sie leckte es von ihrer Lippe, als sich der Rausschmeißer Platz verschaffte und die Jungs zurückdrängte. Unter derben Flüchen schob und schubste er die drei in Richtung Ausgang.

Arsenault rang noch immer nach Luft, als Kay ihn Richtung Ausgang schleppte. »Setzen Sie die Getränke auf seine Rechnung«, wies sie den Türsteher an.

»Was, zum Teufel, ist bloß in Sie gefahren?«, fragte sie, sobald sie auf der Straße standen. »Haben Sie allen Ernstes gedacht, Sie könnten es mit diesen drei Neandertalern aufnehmen?«

Er antwortete nicht.

»Ich hoffe, Sie machen so was nicht öfter«, setzte sie hinzu, »sonst werde ich eines Nachts neben Ihrer Leiche stehen.«

»Ich bin keine Schwuchtel«, stieß Arsenault hervor.

»Und wieso denken Sie, dass mich das auch nur einen Deut schert?« Kay wusste, wieso.

Er hustete etliche Male und spuckte den Schleim auf das Kopfsteinpflaster. In dem trüben Licht konnte Kay kein Blut erkennen.

»Kommen Sie.« Sie geleitete ihn in die Seitenstraße, die zur Fleet Street führte.

Er hustete wieder, deshalb hörte Kay die näher kommenden Schritte nicht. In einem Moment stand Arsenault noch neben ihr, im nächsten lag er auf der Straße.

Der Schläger, den Arsenault mit seinem Martini nass gespritzt hatte, trat mit seinen schweren Stiefeln zu und traf mindestens einmal, ehe seine Kumpel ihm beisprangen.

»He!« Kay tastete in der Innentasche nach ihrer Dienstmarke. »He!«, kreischte sie, packte die Schulter des Typen, der ihr am nächsten stand, und drehte ihn zu sich herum.

Aus seinem wilden Blick las sie, dass er nicht eine Sekunde überlegen würde, bevor er zuschlug, aber sie hielt ihm trotzdem ihre Marke vor die Nase.

»Hört auf mit dem Scheiß. Alle! Sofort!« Sie hatte eine Hand auf der Dienstwaffe. Die drei Brutalos wichen von dem würgenden Häuflein Elend Arsenault zurück.

»Sie sind ein verfluchter Cop?«, brummte der Erste – ein kleines Blutrinnsal war noch an seinem Hals zu sehen.

»Verdammt richtig. Und ihr Jungs könnt euch glücklich schätzen, dass ich euch nicht alle mit ins Präsidium nehme. Und jetzt verschwindet von hier.«

Noch ehe die drei die Straßenecke erreichten, lief Kay zu Arsenault und half ihm auf die Füße.

»Mir geht's gut.« Er wischte sich den Dreck von der ruinierten Hose und strich seine Haare glatt. »Ehrlich.«

Doch Kay wusste, dass die blauen Flecken und Schwellungen, die er am nächsten Morgen bestimmt spüren würde, seinem Ego nicht gut täten. Mit seinem Arm um ihren Schultern, sodass er sich auf sie stützen konnte, brachte sie ihn zu ihrem Dienstwagen. Im Schein der Straßenlaterne besah sie ihn sich genauer.

»Ich bin in Ordnung, Kay«, versicherte er wieder.

»Sie hatten verdammtes Glück. Die Kerle hätten Sie zu Brei schlagen können. Ich weiß wirklich nicht, welcher Teufel Sie da geritten hat«, schnaubte sie und dachte an den weißglühenden Zorn, der in seinen Augen gelodert hatte. Langsam glaubte sie, ihn durchschaut zu haben.

Sie schloss die Wagentür auf und nahm ein Papiertaschentuch von der Ablage, um es an ihre blutende Lippe zu drücken.

»Ich weiß, dass es ein Fehler war«, murmelte er. »Es ist nur, Kerle wie diese ... ich bin *nicht* schwul.«

»Das sagten Sie bereits.«

Sie begriff nicht, was ihn dann überkam. Im einen Moment starrte er sie an, im nächsten nahm er ihr das Tuch aus der Hand und tupfte ihre aufgeplatzte Lippe ab. Seine Dreistigkeit überrumpelte Kay.

Als er sich zu ihr beugte, eine Hand gegen das Autodach gestützt, und mit der anderen ihr Kinn ins Licht hob, als wollte er die Wunde inspizieren, war Kay sich nicht sicher, welche Absichten er verfolgte. Doch dann kam er noch näher, und sie wusste, dass er sie küssen wollte.

Sein Annäherungsversuch überraschte sie nicht. Was sie überraschte, war, dass sie selbst es irgendwie auch wollte. Es war lange her, seit sich ein Mann für sie interessiert hatte. Lange Zeit hatte sie niemanden an sich herankommen lassen. Und sie war schließlich auch nur ein Mensch.

In dem schwachen Licht sah sie das Verlangen in Arsenaults Augen, aber Finns Gesicht schob sich in ihrer Vorstellung dazwischen.

Abrupt schubste sie ihn zurück und duckte sich unter seinem Arm weg. Arsenault ächzte, und als sie sich wieder zu ihm umdrehte, bemerkte sie seine Enttäuschung.

»Kommen Sie.« Auf einmal spürte sie, dass sie zitterte. »Ich fahre Sie nach Hause.«

# 30

Die Sonne hatte den Tau von den Vorgärten der Reihenhäuser am TV Hill geleckt. Modergeruch lag in der Luft – ein Überbleibsel von dem Müll, der gestern hier am Straßenrand gestanden hatte, und für Kay eine Erinnerung an B. J. Beggs' Leiche zwischen den Garagen.

Zum sechzehnten Mal an diesem Morgen klopfte Kay an eine Haustür. Seit sieben Uhr machte sie ihre Runde durch die Nachbarschaft. Da sie keine Ahnung hatte, wie lange Finn am Abend noch auf der Wilkens unterwegs gewesen war, hatte sie ihn nicht geweckt, sondern eine Nachricht auf seinem Schreibtisch im Präsidium hinterlassen. Danach war sie zur Bezirksdienststelle in der Cold Spring gefahren und hatte sich zwei Streifenbeamte zuteilen lassen.

Um den Treppenabsatz vor dem Eingang herum führte ein schmiedeeisernes Geländer, an dem ein Blumenkasten aus Plastik hing. Die Pflanzen waren verdorrt. Etliche Ausgaben der *Sun* lagen in der verwitterten Recycle-Tonne daneben. Energisch rüttelte Kay an dem Fliegengitter – laut genug, um Tote aufzuwecken, ganz zu schweigen von den Lebenden, die noch nicht zur Arbeit gegangen waren. Die windschiefen Jalousien der Fenster im ersten Stock waren geschlossen.

Kay hatte das seltsame Gefühl, dasselbe schon einmal erlebt zu haben. Sie leckte sich über die noch empfindlichen Lippen, verdrängte die Erinnerungen und dachte stattdessen an Scott Arsenault.

Auf der kurzen Fahrt von der Bar zu seiner Wohnung war er ganz still gewesen, und als sie ihm eine gute Nacht gewünscht hatte, drehte er sich zu ihr. Und wieder fragte sie sich, ob er versuchen würde, sie zu küssen. Im Grunde schmeichelte ihr das Interesse des Web-Designers. Zum ersten Mal seit vielen Monaten spürte sie, dass sie lebendig war und Teil der realen Welt.

Sie hämmerte noch einmal gegen die Tür und sah sich die Flyer und Werbezettel in dem unförmigen Briefkasten an, der neben der Tür hing. Vielleicht war dieses Haus zu vermieten und stand zurzeit leer. Sie trat zum Erkerfenster, schirmte mit den Händen ihre Augen ab und spähte durch die Ritze im Vorhang.

Es war nur wenig zu erkennen. Die Umrisse spärlicher Möbel. Ein ovaler Spiegel an der Wand gegenüber reflektierte das bisschen Licht, das durch die Gardine drang.

Sie war drauf und dran, ein drittes Mal anzuklopfen, als plötzlich ihr Handy klingelte.

»Bist du noch am TV Hill?«, fragte Finn.

»Ja.« Sie ging die Außentreppe hinunter. »Was gibt's?«

»Ich bin in der Gerichtsmedizin. Jonesy hat schon damit begonnen, das Mädchen zu obduzieren. Ich dachte, du wärst vielleicht gern dabei.«

»Bin schon auf dem Weg.«

Kay überließ es den beiden Uniformierten, die restlichen Nachbarn zu befragen. Im dichten Berufsverkehr brauchte sie fast zwanzig Minuten und dann musste sie sich noch einen Parkplatz in der Penn Street suchen. Finn wartete bereits vor dem Gebäude und zertrat seine Zigarette auf dem Bürgersteig, als sie auf ihn zueilte.

»Ich dachte, Jonesy würde sich erst später an die Arbeit

machen«, sagte sie, als sie mit dem Lift hinunter zu den Obduktionssälen fuhren.

»Ich schätze, er will es schnell hinter sich bringen. Was ist mit deiner Lippe passiert?«, wollte Finn wissen.

»Das erzähle ich dir später.« Sie stieß die Stahltür auf und trat zu dem Tisch, an dem der Gerichtsmediziner stand. »Tut mir Leid, dass ich zu spät bin, Jonesy.«

»Wow, wer hat Sie denn vermöbelt?«, fragte der Pathologe neugierig.

»Das ist eine lange Geschichte. Also, was haben Sie bisher über das Mädchen rausgefunden?«

»Ketamin-Hydrochlorid.« Jonesy reichte ihr die Ergebnisse der toxikologischen Untersuchung. »Ein dissoziatives Narkosemittel. Hergestellt von Parke-Davis. Es ist unter dem Namen Ketalar auf dem Markt und mit Phencyclidin verwandt.«

»PCP?«, hakte Finn nach.

»Ja, aber Ketamin ist sicherer, es hat eine kürzere Wirkzeit. Ursprünglich war es für Kinder gedacht und diente im Vietnamkrieg als Narkosemittel. Wirkt halluzinogen. Die Patienten haben das Gefühl, von ihrem Körper losgelöst zu sein, so dass kleinere chirurgische Eingriffe vorgenommen werden können. In Entwicklungsländern wird es immer noch eingesetzt, aber hier bei uns findet es hauptsächlich in der Tiermedizin Verwendung.«

»Und wie kommt man an den Stoff?«, wollte Kay wissen.

»Man kann alles auf der Straße kaufen. Das illegale Ketamin, das die Dealer anbieten, ist meistens aus Tierkliniken gestohlen. Die Junkies spritzen es sich intramuskulär oder verkochen es zu Puder.«

Jonesy rollte die Leiche auf die Seite und deutete auf einen kreisrunden blauen Fleck an der Hüfte. In der Mitte war ein Einstich zu erkennen. »Die Injektionsstelle deutet darauf hin, dass sie sich die Spritze nicht selbst gesetzt hat.«

»Wenn Sie von einer kurzen Wirkzeit sprechen, welche Zeiträume muss ich mir da vorstellen?«, fragte Kay nach, als der Pathologe den Körper wieder auf den Rücken fallen ließ.

»Das hängt von der Dosis ab – vollkommen weg ist man etwa eine bis maximal vier Minuten, der ganze Trip dauert zwanzig oder dreißig Minuten. Die Nachwirkungen können dann durchaus eine Stunde oder länger anhalten.«

»Trip? Also spritzen sich die Leute das Zeug zur Entspannung?«

»Ja, schon seit den sechziger Jahren. Damals wurde es Vitamin K genannt. In den letzten Jahren tauchte es in der Raver-Szene unter dem Namen Special K wieder auf.«

»Und wie wirkt es sich aus?«

»Es blockiert die Nervenbahnen, unterdrückt die Motorik, simuliert oft eine Lähmung, ohne die Atmung oder den Blutkreislauf zu beeinträchtigen. Es ist auch als Vergewaltigungsdroge sehr beliebt.«

»Sie sagen, es lähmt die Opfer?« Kay spielte im Geiste alle Möglichkeiten durch.

»Es kommt auf die Dosierung an, ja.«

»Und wie viel konnten Sie bei unserem Mädchen nachweisen?«

»Das kann ich nicht mit Sicherheit bestimmen, da der Todeszeitpunkt nicht feststeht. Der Verwesungsprozess wurde vermutlich verzögert, weil die Leiche vorher ausgeblutet war. Das Blut dient sozusagen als Kanal bei der Ausbreitung der Fäulnisorganismen. Und ich denke, er hat sie zusätzlich kühl gehalten ...«

Kay hatte Arsenaults Worte im Ohr ... *Vielleicht will er*

*den Verwesungsprozess hinauszögern.* Offenbar hatte der Web-Designer ins Schwarze getroffen.

»Aber das Ketamin hat sie nicht umgebracht, oder?«, mischte Finn sich ein.

»Nein.« Jonesy hob einen Arm der Leiche hoch und deutete auf das aufgeschlitzte Handgelenk. »Sie ist verblutet. Die Schlagader an der Speiche wurde durchtrennt. Ein sauberer Schnitt. Der Mörder wusste, was er tat. Das Mädchen ist vollkommen ausgeblutet.«

»Das heißt, es war definitiv kein Selbstmord?«

»Nicht mit dem Ketamin in ihrem Körper. Ich bezweifle, dass sie überhaupt ein Messer festhalten konnte.« Der Gerichtsmediziner richtete sich auf und betrachtete sein morgendliches Werk. Er hatte die Leiche aufgeschnitten, ihr die Organe entnommen, einzeln untersucht und in roten Plastiktüten verpackt in die Bauchhöhle zurückgelegt. Jetzt mussten die Schnitte noch zugenäht werden.

»Was ist mit diesen blauen Flecken?« Kay deutete auf die Druckstellen an den Armen und Beinen. Heute waren sie deutlicher zu sehen als am Tag zuvor. »Wie alt sind sie?«

»Die meisten wurden ihr, meiner Einschätzung nach, kurz vor Eintritt des Todes beigefügt. Diese –«, er zeigte auf den Handrücken und die Arme, »sehen aus wie Handabdrücke. Er könnte sie an den Armen gepackt haben. Die restlichen sind wohl eher zufällig entstanden.«

»Dann hat sie sich also gewehrt?«

»Ich würde sagen, ja.«

Kay richtete den Blick wieder auf die Leiche, als wolle sie sie zwingen, ihr Antworten zu geben. Was hat er dir angetan?

»Sie wurde gewaschen«, fuhr Jonesy fort. »Mit einer handelsüblichen Seife. Es gibt kaum Spuren an ihr – keine Fasern oder Gewebereste.«

»Abdrücke?«

»Wir haben sie mit Zyanoacrylat eingesprüht und mit Laser untersucht. Nichts.«

»Und im Körper haben Sie auch nichts gefunden?«, fragte Kay.

»Spuren eines Sperma abtötenden Mittels. Aber keine Samenflüssigkeit. Sie hat dafür gesorgt, dass ihr Freier ein Kondom benutzte. Aber wer weiß, ob ihr letzter Freier auch der Mörder war?«

»Kein gewaltsames Eindringen?«

»Sieht nicht so aus.«

»Können Sie bestimmen, wann sie zum letzten Mal Verkehr hatte?«

»He, ich kann zwar ganz gut mit dem Skalpell umgehen, aber ich bin kein Hellseher, Kay.« Jonesy schenkte ihr ein Lächeln, doch es verblasste schnell wieder, weil sie es nicht erwiderte.

»Können Sie sich erklären, warum er sie ausbluten ließ?«, wollte sie wissen.

»Ich bin auch kein forensischer Psychologe.«

»Kommen Sie, Jonesy, Sie haben doch schon viel gesehen. Fällt Ihnen nichts dazu ein?«

»Ausbluten ... ich weiß nicht. Könnte Anthropophagie sein.«

»Was ist das?«, fragte Finn.

»Vampirismus. Er trinkt das Blut. Oder es handelt sich um einen Kult. Vielleicht rekonstruiert er auch irgendein Szenario.«

»In Bestattungsinstituten wird den Leichen auch das Blut entzogen«, warf Kay ein.

»Ja. Aber sie benutzen einen Apparat. Einen sogenannten Portiboy. Dabei wird eine auf Formaldehyd basierende Flüssigkeit in die Hauptschlagader gepumpt und das Blut aus der Jugularader oben am Hals gedrückt. Sie schneiden nicht die Handgelenke auf.« Jonesy entledigte sich seiner Latexhandschuhe. »Es wäre hilfreich, wenn Sie wüssten, worauf es der Täter abgesehen hatte. Auf die Leiche oder das Blut.«

»Es gibt einfachere Methoden, an Blut heranzukommen.« Finn knotete den Papierkittel auf, den er über dem Anzug trug.

»Dann ist er möglicherweise auf den Vorgang an sich aus.« Kay inspizierte noch einmal die Handgelenke der Leiche und betrachtete den weißen Knochen und die Sehnen unter dem Muskelfleisch. Das Leben war aus Beggs' Körper durch diese Schnitte entwichen, während sie bewusstlos war. *Ist es das? Wolltest du zusehen, wie das Blut aus der Schlagader spritzt und ihr Leben endet?*

»Ich wünschte, ich hätte mehr für euch«, meinte Jonesy. »Aber so sauber, wie sie ist, verrät sie uns leider nicht viel.«

Die beiden Detectives bedankten sich bei ihm und verließen den Obduktionssaal. Auf dem Korridor warfen sie die Kittel in den Abfalleimer.

»Und, willst du mir jetzt von deiner geschwollenen Lippe erzählen?«, fragte Finn.

»Bar-Schlägerei«, antwortete sie knapp. Sie bemerkte seinen argwöhnischen Blick. »Es ist nicht, was du denkst. Ich habe nichts getrunken. Ich war mit Arsenault in dieser Bar.«

»Gestern Abend?«

Kay nickte und drückte auf den Knopf für den Aufzug. »Er hat mich angerufen, als ich gestern Abend auf dem Weg von der Wilkens nach Hause war. Er wollte reden, also hab ich ihn im Cosmo getroffen.«

Finns Gesicht versteinerte. »Du hättest mich holen können.«

»Ja, aber er wollte nichts sagen, wenn du dabei bist.«

»Er ist ein Verdächtiger, Kay.«

Sie widersprach nicht, stimmte ihm aber auch nicht ausdrücklich zu.

»Es war ein öffentlicher Ort, Finn. Ich hatte die Situation unter Kontrolle.« Sie dachte daran, wie sich Arsenault am Wagen zu ihr geneigt hatte. »Es konnte gar nichts passieren.«

»Nur, dass dir die Lippe aufgeplatzt ist.«

»Das war ein Unfall. Ehrlich. Ein paar betrunkene Neandertaler haben Streit gesucht.«

»Aha.« Finn klang keineswegs überzeugt. »Hast du irgendwas von Arsenault erfahren?«

Sie stiegen im Erdgeschoss aus dem Lift, und Kay musste blinzeln, weil sich die grelle Sonne in der Marmorvertäfelung im Foyer spiegelte. »Ich weiß nicht, wie viel Bedeutung man dem beimessen kann, aber er hat vorgeschlagen, den Aspekt der Nekrophilie näher zu beleuchten.«

Finn schüttelte den Kopf, als hätte er über die Theorie nachgedacht und sie gleich verworfen, nur weil sie von Arsenault kam. »An dem Typen ist was faul, Kay. Lass dich von ihm nicht verarschen.«

»Er verarscht mich nicht, Finn.« Wieder wurde Finns Beschützerinstinkt bemerkbar, nur konnte sie sich nicht entscheiden, ob sie sich darüber freuen oder ärgern sollte.

»Er hat mit alldem zu tun, Kay. Irgendwie.«

»Ganz deiner Meinung, aber je mehr ich mit ihm rede, umso überzeugter bin ich, dass wir uns nicht speziell um ihn kümmern sollten.« Dennoch konnte Kay diesen Anfall von Jähzorn nicht vergessen, der Arsenault am Abend zuvor gepackt hatte. Sie hatte mit angesehen, wie der Brutalo, voller Angst, mit dem abgebrochenen Glasstiel aufgeschlitzt zu werden, den Kopf nach hinten streckte.

Und Arsenault *hatte* seine Haut aufgeritzt. Ein Verdacht stand im Raum, ein Misstrauen, das sich in ihren Gedanken festgesetzt hatte seit gestern Abend – die Möglichkeit, dass Scott Arsenault einen Mord begehen könnte.

# 31

Es war ein langer Tag gewesen, an dem sie Namen und Adressen ausfindig gemacht und B.J. Beggs' Umfeld überprüft hatten. Trotzdem standen die zwei Detectives mit leeren Händen da. Wer auch immer die junge Prostituierte vor drei Tagen aufgelesen hatte, verkehrte nicht regelmäßig auf der Wilkens Avenue. Niemand hatte die neue Limousine erkannt, niemand hatte sich auch nur einen Teil der Zulassungsnummer gemerkt oder erinnerte sich, den Wagen zuvor schon einmal gesehen zu haben. Finn und Kay rannten gegen eine Wand.

Es war schon spät, als Finn vor Kays Haustür hielt, und er war überrascht, dass sie ihn einlud, noch mit hinaufzukommen. Jetzt, als er das Rauschen der Dusche in ihrem Bad hörte, fragte er sich, ob sie nur mit ihm über den Fall reden wollte.

»Vielleicht sollten wir Scott Arsenault ausschließen«, rief Kay aus dem Badezimmer.

Finn ging in den Flur bis zur offenen Tür. Er sah ihre verschwommene Silhouette hinter der welligen Glasscheibe der Duschkabine und konnte den Blick nicht abwenden. »Wie könnten wir, wenn dieses Genie nicht einmal imstande ist, ein ordentliches Alibi aufzuweisen?«, gab er zurück.

»Was ist mit Fingerabdrücken? Die Spurensicherung hat jede Menge in Eales' Haus gefunden, richtig? Sollten wir sie nicht noch einmal mit denen von Arsenault vergleichen?«

»Du meinst, mit denen aus der Vergewaltigungsakte?«

»Genau. Die Anklage wurde zwar fallen gelassen, aber seine Fingerabrücke sind wahrscheinlich noch im Computer. Falls es eine Übereinstimmung gibt, wissen wir, dass er in Eales' Haus war.«

»Aber wenn es keine gibt, heißt das noch lange nicht, dass er nicht dort war.« Finn nippte an seinem Soda-Wasser, das Kay ihm eingeschenkt hatte. Es schmeckte schal. Er stieß sich vom Türrahmen ab und schlenderte ins Arbeitszimmer.

Kays Monitor leuchtete rot und weiß. Finn erkannte das Message-Board von Eales' Website. Ihm war sonnenklar, dass Kay jeden Abend die Nachrichten las und nach etwas suchte, was einer Spur ähnelte.

Er ging zurück zur Badezimmertür. »Und was ist mit seiner Website? Wie wär's, wenn wir den Wichser per Gerichtsbescheid auffordern, eine Liste von den Schwachköpfen zusammenzustellen, die bei diesem Chat mitmachen?«

»Meinetwegen, aber das hilft uns vermutlich auch nicht weiter. Ich hab ihn um eine Liste gebeten, als ich ihn gestern Abend zu Hause abgesetzt habe. Er sagte, die meisten von ihnen benutzen Pseudonyme und Adressen, die man nicht zurückverfolgen kann«, rief sie. »Aber er will's versuchen. Und ich habe ihn auch gebeten, einige Details von seiner Website zu entfernen.«

»Und?«

»Er war einverstanden.«

»Du hast offenbar bei ihm einen Stein im Brett, was?«

Sollte Kay diese Bemerkung verstanden und die Eifersucht in seiner Stimme gehört haben, entschied sie sich offenbar, nicht darauf einzugehen.

Finn blickte durch das milchige Glas und den Dampf, stellte sich vor, wie sie sich einseifte, und wünschte, er wäre nie mit in ihre Wohnung gekommen.

»Die Liste, die mich wirklich interessiert, ist die von Hagen.« Kay legte den Kopf zurück, um sich die Seife abzuspülen.

Alexander Hagen hatte sich nicht sehr kooperativ gezeigt. Sie hatten den Bestattungsunternehmer mittlerweile schon zweimal angerufen und die Aufstellung seiner Angestellten verlangt.

Außerdem hatten sie die fünfzehn Jahre alten Polizeiberichte von Eales' Anschuldigungen gegen Hagen ausgegraben. Nur Bullshit. Keine Beweise. Keine anderen Beschwerden. Nach nur wenigen Tagen hatten die Ermittler den Fall ad acta gelegt. Finn wurde jedoch das Gefühl nicht los, dass mehr hinter Eales' Behauptungen steckte als nur der Unmut eines hormongetriebenen Teenagers, dem der Zugang zu Hagens einziger Tochter verwehrt wurde.

Und dann war da noch Kays Theorie, die von Arsenault inspiriert war. Nekrophilie. Die Verbindung zum Parkview Funeral Home war zu offensichtlich, um sie außer Acht zu lassen.

»Also, wenn du mich fragst«, sagte Finn, ohne Kay aus den Augen zu lassen, »dann muss Hagen einen wahnsinnigen Hass auf Eales haben. Erst diese Vorwürfe – wenn das publik geworden wäre, hätte der alte Mann Konkurs anmelden können. Und dann betatscht Eales auch noch seine Tochter.«

»Was denkst du?«

»Wenn jemand Eales hinter Schloss und Riegel sehen möchte, dann wohl Alexander Hagen.«

»Du meinst, er hat Eales das alles angehängt?« Kay

drehte das Wasser ab und Finn kehrte ihr den Rücken zu. »Ich muss zugeben, dass die Hagens ziemlich seltsam sind. Der alte Mann hat eindeutig etwas zu verbergen. Aber jemandem Serienmorde in die Schuhe zu schieben … komm schon, das ist doch ein wenig an den Haaren herbeigezogen.«

»Wahrscheinlich.« Finn ging ins Wohnzimmer. »Ich finde, wir sollten noch mal mit Patsy reden«, rief er über die Schulter. »Sie ist auch in die Sache verwickelt. Ich kaufe ihr nicht ab, dass sie Eales nach seiner Verhaftung zu Hilfe gekommen ist. Kein Mensch, egal wie durchgeknallt er ist, tut so was. Ich glaube, sie war die ganze Zeit mit ihm verbandelt. Und ich bin sicher, dass sie mehr weiß, als sie zugibt.«

»Zum Beispiel, ob Eales einen Helfer hatte.«

Kay hatte Finn diese Theorie dargelegt und er hielt sie für plausibel.

Als sie aus dem Bad kam, trug sie einen Bademantel; der Gürtel war um ihre schmale Taille geknotet. »Patsy kennt zumindest seine Freunde. Derjenige, der ihm damals geholfen hat, die Leichen loszuwerden – falls es so war –, könnte eigene Phantasien entwickelt haben. Und Patricia Hagen kennt ihn vielleicht.«

»Oder … wir haben es tatsächlich mit einem verdammten Trittbrettfahrer zu tun«, erwiderte Finn und versuchte damit, zu den harten Fakten des Falles zurückzukehren, statt weiterhin wilde Spekulationen zu verfolgen. »Ich erkenne an dem Mord an Beggs nichts, was nicht auch auf Arsenaults Website steht. Nur das Ketamin ist neu.«

Kays Miene war ernst – sie schien genauso überwältigt von den erschlagend vielen Möglichkeiten zu sein wie Finn. Sie strich sich die nassen Haare aus dem Gesicht und schüttelte den Kopf. »Ich brauche einen Drink.«

Als sie ins Wohnzimmer zurückkam und sich zu ihm

auf die Couch setzte, hatte sie ihr Bier schon zur Hälfte getrunken.

»Warum hast du mich mit heraufgebeten, Kay?« Er musste das wissen.

Sie sprach einen Moment lang kein Wort, dann: »Ich wollte nicht allein sein.«

Ein unbehagliches Schweigen machte sich zwischen ihnen breit. Finn wollte ihr so vieles sagen, wusste aber nicht, wie er anfangen sollte. Er sah Kay an, und plötzlich traf ihn das eine Jahr, das er ohne sie verbracht hatte, mit voller Wucht – ein ganzes Jahr hatte er im Hintergrund gesessen und auf diesen Tag gewartet.

Und jetzt, da der ersehnte Moment gekommen war, fühlte sich Finn machtlos.

Kay erwiderte seinen Blick.

»Ich mache mir Sorgen um dich«, brach es aus ihm hervor; endlich konnte er die Wahrheit eingestehen.

»Das möchte ich nicht.«

Er spülte sein Lachen mit dem letzten Rest Soda hinunter. »Glaub mir, ich kann das nicht steuern. Ich hab's versucht.«

»Finn, du bist ein guter Freund. Der beste, den ich habe. Ich …«

»Weißt du was? Ich will nicht dein gottverdammter bester Freund sein.« Er stellte sein Glas ein wenig zu heftig auf dem Couchtisch ab, und als er aufstand, bemerkte er die Überraschung in ihrem Gesicht. »Ich gehe jetzt besser.«

»Finn, warte.« Kay holte ihn an der Tür ein.

Er hatte sie bereits geöffnet und stand mit einem Fuß draußen.

»Verdammt. Warte.« Ihre Hand schloss sich um sein Handgelenk.

Doch als er sich zu ihr umdrehte, sah sie ihn nur an. Er

erkannte an ihrem Blick, dass die Gefühle sie überwältigten, war jedoch nicht imstande, sie zu deuten.

»Brauchst du denn gar nichts, Kay?«, fragte er. »Brauchst du nie *irgendjemanden* in deinem Leben? Jemanden, der etwas für dich übrig hat?«

Sie kämpfte mit sich. Biss sich auf die Lippe. Suchte nach einer Antwort. »Doch.« Das Wort blieb ihr fast in der Kehle stecken. »Ja. Ja! Okay? Ich brauche jemanden. Komm, mach die Tür zu.«

Finn gehorchte.

»Es tut mir Leid, Finn«, murmelte sie. »Ich hätte dich nicht ausschließen dürfen.« Sie sah so klein und zerbrechlich aus in ihrem Bademantel, als sie dieses Geständnis ablegte. »Es war nicht fair von mir, Finn. Ich weiß das. Ich habe nur an mich gedacht. Ich bin einfach ... ich bin vollkommen durcheinander, okay? Und ...«

Er ließ sie nicht weiterreden. Als er sie an sich zog, spürte er, wie sie zitterte. Sein Kuss war wild. Verzweifelt. Angetrieben von einem Jahr voller Sehnsucht nach ihr.

Später wusste er nicht mehr, wer die Tür abgeschlossen hatte, hörte nur das Schloss einrasten und fühlte, wie sich ihr heißer Körper an ihn drückte. Er verschlang sie regelrecht und ließ es nicht zu, dass sie sich aus der Umarmung löste. Hätte sie in diesem Augenblick nein gesagt, Finn hätte nicht gewusst, ob es ihm gelungen wäre, von ihr zu lassen.

Aber Kay sagte nicht nein.

Der Weg zu ihrem Bett war schwierig. Sie stolperten und taumelten den Flur entlang, vorbei an ihrem Arbeitszimmer und den sichtbaren Erinnerungen an Bernard Eales und Joe Spencer. Sie zerrten an ihren Kleidern und konnten nicht voneinander lassen. Der längst vertraute Tanz. Nur sie beide. Kein Eales. Kein Spencer. Kein Job.

Finn schlug die Bettdecke zurück, nestelte an ihrem Gürtel und zog ihr den Bademantel aus. Dann strichen seine Hände über ihre feuchte Haut und über die Kurven und Flächen, die er so gut kannte. Ihre kleinen Brüste passten genau in seine Hände.

Sie öffnete den Reißverschluss seiner Hose und glitt mit der Hand hinein. Und sie hielt ihn, als ihr ein Stöhnen über die Lippen kam und die seinen streifte. Als er sie aufs Bett drückte, zog sie ihn mit. Wölbte sich ihm entgegen. Klammerte sich an ihn. Er wandte sich nur kurz ab, um die Nachttischschublade zu öffnen, in der sie die Kondome aufbewahrte. Er hörte ein leises Poltern und merkte, dass sich etwas Schweres in der Lade befand. Selbst in der Dunkelheit erkannte er ihre alte Glock. Er wusste, warum sie die Waffe hier aufbewahrte.

Kay versteifte sich, und er fürchtete schon, das Andenken würde sie veranlassen, sich wieder von ihm zurückzuziehen. Im blassen Schein der Straßenlaterne sah er die Verwirrung auf ihrem Gesicht.

»Ich weiß nicht mehr, was ich tue, Finn«, flüsterte sie aufrichtig und voller Unbehagen.

»Dann lass mich dich einfach lieben.«

Sie nickte, schlang die Beine um ihn und drängte ihn in ihren Rhythmus.

Es war zu lange her. Er wollte sie hart und schnell nehmen, so wie ihre stürmischen Liebesspiele oft gewesen waren. Ungestüm und alles verzehrend. Die Art von erschöpfender Körperlichkeit, die – wenn auch nur für Momente – den Job und alles, was sie täglich zu sehen bekamen, ausblendete.

Aber heute war es Leidenschaft. Und Finn betete, dass diese Leidenschaft gegenseitig sein möge. Diesmal musste es bedächtiger sein, länger andauern. Heute Nacht musste er sich auf Kays Bedürfnisse einstellen und sich Zeit lassen. Solange er sie liebte und ihr ganz nahe war, konnte er sich zumindest einbilden, dass sie wieder zusammen wären.

Aber Kay war ungeduldig. Ihre Hände, ihr Körper, ihre Hitze trieben ihn an. Drängten ihn zum Höhepunkt, den er so lange hinauszögerte, wie er konnte. Doch als sie kam und er die bebenden Spasmen spürte, konnte sich auch Finn nicht mehr zurückhalten. Er ergoss sich tief in ihr und kämpfte gegen die Enttäuschung an. Dies war alles, was er sich gewünscht, was er sich monatelang ausgemalt hatte. Und dennoch war es nicht genug.

Erst später, als der Verkehrslärm unten auf dem Key Highway abebbte und die Stadt langsam still wurde, wisperte Kay mit dünner Stimme: »Es tut mir Leid, Finn.«

»Was?«

Auf der Hamburg Street fuhr ein Auto vorbei. Eine leichte Brise blähte den dünnen Vorhang auf und saugte ihn wieder zurück.

»Alles«, antwortete sie.

Und Finn hielt sie noch fester.

# 32

»Also sind Sie wieder mit Finn zusammen?«

»Ich denke mal.«

»Na ja, Sie sagten, dass Sie mit ihm schlafen.«

»Ja, aber …«

»Aber was, Kay?«

»Es braucht mehr als nur eine Liebesnacht, um den Schaden zu reparieren, den ich der Beziehung zugefügt habe, oder?« Kay rutschte auf Constance O'Donnells Couch hin und her. Das Leder fühlte sich kalt an unter ihren Handflächen.

Der immer wiederkehrende alte Traum hatte sie nachts um zwei Uhr geweckt und die Erinnerung daran klebte an ihr wie ein dünner Schweißfilm. Sie hatte die Laken zurückgeschlagen, an die Decke gestarrt und Finns ruhigen Atemzügen gelauscht. Als er aufwachte, streckte er die Hand nach ihr aus, und sie verwandelte den Trost, den er ihr spenden wollte, in Sex. Nur diesmal ließ sie ihm die Zeit, die er sich nehmen wollte.

Schnell oder mit Bedacht – Finn war ein talentierter Liebhaber. Der beste, den sie jemals gehabt hatte. Als er zum Höhepunkt kam, spürte sie, dass sie gab und nicht nur nahm. Dass sie seine Geliebte war. Seine Partnerin.

Sex war für sie immer ein aufmerksames Geben und Nehmen gewesen. Aber in der letzten Nacht war es Kay hauptsächlich ums Nehmen gegangen. Selbstsüchtig hatte sie ihre eigenen Bedürfnisse über die von Finn gestellt. Sie hatte sich so sehr nach dem Gefühl gesehnt, vollkommen vereinnahmt zu werden, damit sie das süße Vergessen wiederfinden konnte.

Aber dieses Vergessen war nicht das, was sie sich mit Finn wünschte – nicht in letzter Konsequenz. Sie *wollte* geben, so wie sie es früher vermocht hatte. Sie wollte dieser bessere Mensch sein, den Finn verdient hatte.

»Und glauben Sie, dass Sie wieder für eine Beziehung bereit sind?«, fragte Constance. »Als Sie vor wenigen Wochen zugaben, Finn zu vermissen, hielten Sie es für keine gute Idee, wieder auf ihn zuzugehen. Sie sagten, dass Sie ihn nicht als Krücke missbrauchen wollten und ihre Wunden erst verheilen müssten. Denken Sie, dass Sie jetzt diesen Punkt erreicht haben?«

Kay nickte. »Ja.« Aber die Wahrheit war, sie *wusste es*

*nicht*, und sie bereute mittlerweile, dieses Thema überhaupt angeschnitten zu haben.

Sie warf einen Blick auf ihre lederne Aktentasche, die sie neben dem Couchtisch abgestellt hatte – in ihr befand sich der wahre Grund dafür, dass sie die Sitzung heute Morgen nicht abgesagt hatte.

»Ich brauche Ihre Hilfe«, erklärte Kay.

»Dafür bin ich da.«

»Es geht um einen Fall.« Kay deutete auf die untersten beiden Fächer des Bücherregals, das die Südwand des Zimmers dominierte. Bei ihrem zweiten Besuch vor einem Jahr waren ihr die Titel der einzelnen Bände aufgefallen. »Ich weiß, dass Sie sich für Psychopathologie interessieren. Sexuelle Abartigkeiten, Mord.«

»Das ist kein berufliches Interesse. Ich bin sicherlich nicht qualifiziert, bei polizeilichen Ermittlungen Ratschläge zu erteilen, falls Sie das von mir erwarten.«

»Wie wär's dann mit einer ganz unqualifizierten persönlichen Meinung? Ich darf doch bei diesen Sitzungen über alles sprechen, was mir am Herzen liegt, richtig?«

»Natürlich. Aber Sie sind sich im Klaren, dass meine Einlassungen vor keinem Gericht standhalten würden?«

Kay nickte. Darüber hatte sie bereits nachgedacht; sie wusste, dass sie alles, was Constance ihr gegenüber äußerte, mit höchster Vorsicht behandeln musste, da ein guter Strafverteidiger die Informationen wahrscheinlich mit Erfolg anfechten konnte. »Ich brauche einfach nur ein paar neue Ansatzpunkte.«

Kay hob ihre Aktentasche auf, nahm die Akten heraus und breitete die Fotos auf dem Couchtisch aus. Annie Harris. Roma Chisney. Die Jane Doe. Und Valley und Bobby Joe Beggs.

Constance studierte schweigend die Vergrößerungen,

dann deutete sie auf Beggs. »Wurde sie in dieser Stellung aufgefunden?«

»Nein. Sie fiel aus dem Müll.«

»Und was ist mit ihr?« Sie nahm das Foto von der noch immer unidentifizierten Jane Doe in die Hand, deren nackte Leiche im Leakin Park entdeckt worden war.

»Wir denken nicht, dass sie so hingelegt wurde. Es macht vielmehr den Eindruck, als hätte sie jemand den Abhang hinunterrollen lassen.« Kay schob Constance ein anderes Foto hin, auf dem die steile Böschung neben der Straße deutlich zu erkennen war. »Und wir fanden keine Spuren, die darauf hindeuteten, dass der Täter mit ihr dort unten war.«

»Aber sie ist völlig sauber. Gab es keinerlei Anhaftungen von Gras oder Schmutz? Wenn sie gerollt ist, müsste man doch etwas dergleichen finden.«

»In der Nacht hat es heftig geregnet.«

»Und keine der Leichen wurde irgendwie in Szene gesetzt?«

»Nein. Es wirkt eher so, als hätte er sie weggeworfen.«

Constance legte ihr Klemmbrett beiseite. Kay stachen die Notizen in der eleganten Handschrift der Therapeutin ins Auge. Wie oft hatte sie sich schon gefragt, was Constance bei ihren gemeinsamen Sitzungen über sie schrieb? Und jetzt, da sie die Zeilen hätte lesen können, war es ihr auf einmal egal.

Die Psychologin beugte sich vor, stützte die Ellbogen auf die Knie und sah sich auch die anderen Fotos an.

»Können Sie mir irgendwas über den Mörder erzählen?«, fragte Kay, als das Schweigen unerträglich wurde.

»Ich dachte, Sie hätten Bernard Eales diese Morde bereits nachgewiesen.«

»Diese beiden Leichen hier sind erst kürzlich aufgefunden worden. Wir versuchen im Moment herauszufinden, ob es sich um einen Nachahmungstäter handelt oder …«

»Ob Sie den Falschen eingebuchtet haben?«, beendete Constance den Satz für sie.

Kay nickte. »Ich brauche eine objektive Meinung. Sie kennen Eales nicht. Sie sind unvoreingenommen.«

»Also soll ich ein Täterprofil erstellen, und Sie beurteilen dann, ob es passt?«

Kay zuckte mit den Schultern. Genau das hatte sie sich erhofft. *Und ich möchte auf das stoßen, was ich übersehen habe.* Die Vorstellung, dass sie vor einem Jahr ein wichtiges Detail außer Acht gelassen haben könnte, war schwer zu verkraften.

»Kay, ich bin keine Expertin. Warum gehen Sie nicht mit all dem zum FBI? Die haben bestens ausgebildete Profiler.«

»Meiner Erfahrung nach kann mir ein Profiler nichts sagen, was Sie und ich nicht auch allein herausfinden können.«

Kay musste an den Randal-Hinch-Fall denken, an dem sie zu Beginn ihrer Karriere in der Mordkommission gearbeitet hatte; Hinch war ein Padöphiler gewesen, der eine ganze Reihe von Jungs erwürgte und in verlassenen Häusern zurückließ. Offenbar hatte der Fünfundzwanzigjährige beinahe sein Leben lang Stimmen gehört, die ihn dazu verführten, seine Opfer zu ermorden, statt ihnen nur eine Angst einzujagen, die sie ohnehin ihr ganzes Leben nicht mehr loswerden würden.

Voller Enthusiasmus hatte sich Kay dafür eingesetzt, einen Profiler zu Rate zu ziehen, obwohl Spencer keinen Hehl aus seiner Verachtung für eine solche Vorgehensweise machte. Drei Herren in Anzügen hatten sich zur Zuammenarbeit mit ihnen herabgelassen und einen Tag mit ihnen in einem heißen Besprechungszimmer gesessen, und am Ende waren sie und Spence kein bisschen schlauer als vorher. Das einzig Positive war, dass sie sich auf Kosten des FBI Krabben in der Cross Street leisten konnten. Schließlich war es Kays Intuition und Spencers Sturheit zu verdanken gewesen, dass der Fall aufgeklärt werden konnte.

»Also schön«, gab Constance nach. »Ich tue, was ich kann.«

Kay verbrachte die nächste halbe Stunde damit, sie über die fünf Fälle in Kenntnis zu setzen und endete mit Arsenaults Website und den dort aufgeführten Einzelheiten, die jeder, der Zugang zum Internet hatte, lesen konnte.

»Also, denken Sie, die Morde könnten von ein und derselben Person verübt worden sein?«, fragte Kay, nachdem Constance noch einmal die Fotos und die Autopsieberichte studiert hatte.

»Klar. Aber das ist, wie gesagt, eine völlig unprofessionelle Einschätzung.«

»Mit was für einem Menschen haben wir es zu tun? Wer zieht so etwas durch?«

»Möchten Sie, dass ich voraussetze, alle fünf Frauen wären von einem einzigen Täter umgebracht worden?«

Kay ging jetzt nur nach ihrem Bauchgefühl, auch wenn ihr nicht gefiel, was es ihr zuflüsterte. »Ja.«

»Gut. Ich muss vorausschicken, dass es sich hier um sehr geschickt inszenierte Verbrechen handelt. Alle Opfer wurden demnach gereinigt?«

»Sehr gründlich. Sogar ihre Haare wurden frisch gewaschen.«

»Und es gibt keine Augenzeugen für die Entführungen dieser Mädchen?«

»Alle bis auf eine waren Prostituierte. Leichte Beute sozusagen.«

»Trotzdem – es ist ihm gelungen, unbeobachtet zu bleiben. Und er hat diese letzte Tote einige Tage bei sich behalten. Er fällt definitiv in die Kategorie der organisierten Straftäter.«

Psychologische Theorien. Soziopath versus Psychopath. Diese Hypothesen kamen selten ins Spiel, wenn man Dienst in Baltimore City tat, wo hauptsächlich wegen Drogen oder Rivalitäten zwischen unterschiedlichen Straßengangs gemordet wurde. Kay hatte über den Unterschied zwischen organisierten und desorganisierten Triebtätern gelesen. Sie lauschte weiter Constances Version.

»Er plant diese Entführungen«, fuhr die Therapeutin nachdenklich fort. »Vermutlich nimmt er sich viel Zeit, seine Opfer auszuwählen. All diese Mädchen haben eine ähnliche Statur, sind in etwa im selben Alter und gehören ungefähr zum selben Typ. Höchstwahrscheinlich bestimmt er im Voraus ein Gebiet, in dem er sich nach einem geeigneten Opfer umsieht. Bei diesem Brandopfer, der Zeugin, scheint er die Entführung vom Campus ebenfalls sorgfältig geplant zu haben. Die Tatsache, dass sie verbrannt und nicht einige Tage irgendwo aufbewahrt wurde, deutet darauf hin, dass ihr Tod mehr als nur einem Zweck gedient hat. Ihre Aussage vor Gericht zu verhindern könnte sein eigentliches Ziel gewesen sein.

Aber auch all diese anderen Morde sind gründlich vorbereitet. Er folgt offenbar einem Muster. Einen *des*organisierten Täter erkennt man meistens an einer gewissen Form von Psychose. Das ist hier nicht der Fall. Hier gibt es keine blitzartigen Angriffe oder in Raserei verübte Taten. Nein, er hat einen Plan. Er stellt sich alles vorher genau in seinen Phantasien vor.« Constance nahm ein Foto von der Jane Doe zur Hand. »Er hat die Situation immer unter Kontrolle. Er transportiert die Leichen. Es gibt keine Tatwaffe und keine Spuren, also wurden die Opfer vom eigentlichen Tatort entfernt. Das sind alles

Anzeichen für einen logischen Verstand. Die Auswahl der Opfer deutet auch auf das Bedürfnis nach Kontrolle hin. Diese Frauen sind alle klein und zierlich. Er will nicht, dass sie sich wehren – im Gegenteil, er muss sie ständig im Griff haben, während er seine Phantasien auslebt.«

»Und deshalb setzt er sie unter Drogen?«

Constance nickte. »Das erklärt auch die Druckstellen von einem Elektroschocker bei der verbrannten Leiche und das Heroin bei den ersten drei Opfern. Alles dreht sich darum, die Oberhand zu behalten, um die Phantasie so präzise wie möglich durchspielen zu können. Phantasien und Rituale beherrschen die Vorgehensweise eines organisierten Täters. Man beobachtet oft ein obsessiv-zwanghaftes Verhalten bei diesen Menschen und erkennt es auch in ihren Tatort-Mustern.«

Kay hatte sofort Scott Arsenaults Medizinschrank vor Augen. Die Fläschchen, die so fein säuberlich aufgereiht waren. Sollte sie sich in Scott wirklich geirrt haben?

»In den Fallbeispielen, über die ich gelesen habe«, sagte Kay, »ist es gewöhnlich der *des*organisierte Täter, der die Leichen seiner Opfer behält.« Solche Spinner stopften abgetrennte Körperteile in die Kühltruhe und bewahrten sie dann jahrelang auf. Einige verbuddelten ihre Opfer, nur um sie bei Tauwetter im Frühling wieder auszugraben und sich an ihnen zu vergehen.

»Ihr Bursche ist anders«, erwiderte Constance. »Er behält sie unter kontrollierten Bedingungen, sonst wäre die Verwesung weiter fortgeschritten. Er tötet sie, benutzt sie dann und wird sie los, bevor die Verwesung einsetzt.«

»Sollten wir dann von Nekrophilie ausgehen?«

»Das wäre meine Vermutung.«

»Und die Stichwunden am Brustbein?«

»Wenn sie erst post mortem zustande gekommen sind, würde ich annehmen, dass diese Verstümmelungen eine

Ersatzhandlung für Sex sind oder eine Art Machtdemonstration gegenüber seinen Opfern. Möglicherweise sind sie auch Ausdruck einer tiefsitzenden Wut, die in seine Phantasie hineinspielt. Wurden in den Körperöffnungen dieser Frauen irgendwelche Gegenstände gefunden? Waren die Genitale verstümmelt?«

»Nein. Wollen Sie etwa damit andeuten, dass es sich um Sexualmorde handelt?«

»Definitiv. Es geht um Kontrolle und Sex.«

»Auch wenn es keinerlei Hinweise auf ein gewaltsames Eindringen gibt?«, hakte Kay nach.

»Nur weil es nicht zur Penetration gekommen ist, heißt das noch lange nicht, dass keine sexuelle Handlung an den Leichen verübt wurde. Er könnte masturbieren. Das Töten löst eine sexuelle Reaktion oder Phantasie aus, und wenn er sich in der Vergangenheit hauptsächlich selbst befriedigt oder gar Probleme hat, eine Beziehung zu einer Frau aufzubauen, dann wird er eher masturbieren, als den Geschlechtsverkehr zu vollziehen.«

»Selbst wenn das Opfer bereits tot ist?«

»*Gerade weil* es tot ist. Dann hat er die ultimative Kontrolle und fühlt sich allmächtig.«

»Und dann wäscht er sie, weil er auf sie ejakuliert hat?«

»Das ist eine Möglichkeit. Er vernichtet seine Spuren. Eventuell hat er auch Bücher über forensische Untersuchungen gelesen. Er weiß, dass man ihn anhand von Fasern, Fingerabdrücken, Gewebespuren und durch die DNS-Analyse von Spermaspuren identifizieren kann.« Constance zeigte auf die Fotos. »Dies alles sind Fundorte, aber nicht die eigentlichen Tatorte. Und ich bezweifle, dass Sie am eigentlichen Tatort viele Spuren finden würden. Der Typ ist wahrscheinlich ein Sauberkeitsfanatiker.«

Kay hatte noch viel mehr Fragen, aber ihre Zeit war um – das Surren des Timers markierte das Ende ihrer fünfzig Minuten mit Constance.

Kay sammelte die Aufnahmen ein. »Er tut also alles, um seine Spuren zu vernichten, und legt seine Opfer irgendwohin, wo sie früher oder später gefunden werden. Haben Sie den Eindruck, dass dieser Täter trotzdem geschnappt werden will?«

»Letztendlich wollen das alle Serientäter«, antwortete Constance. »Ich denke, die Handlungsweise dieses Mörders lässt auf den Wunsch schließen, entdeckt zu werden, insbesondere bei der letzten Leiche, die im Müll gefunden wurde. Andererseits scheint er es meiner Meinung nach nicht besonders eilig zu haben, erwischt zu werden.«

# 33

»Gerade wenn ich denke, alle tötungsreifen Menschen in Baltimore sind entweder über dem Jordan oder hinter Schloss und Riegel, bekommen wir einen neuen Mordfall auf den Tisch.« Kay hörte am Telefon, wie Vicki eine Getränkedose öffnete, und stellte sich dabei die Staatsanwältin hinter den turmhohen staubigen Aktenstapeln auf ihrem Schreibtisch vor.

»Sie fallen um wie die Fliegen«, fuhr Vicki mit erschöpfter Stimme fort. »All die kleinen Drogenjungs an den Straßenecken. Kaum hat man einen vom Asphalt gekratzt, nimmt ein anderer seinen Platz ein.«

»Ist Finn noch drüben im Gerichtsgebäude?«, fragte Kay.

»Ich hab ihn vorhin dort gesehen. Richter Reager hatte seine Sitzung noch nicht beendet, als ich zu meiner Verhandlung kam.«

Kay lehnte sich auf ihrem Stuhl zurück und blickte aus dem Fenster im fünften Stock des Präsidiums. Der Verkehr in der Innenstadt stockte. Solange Finn wegen eines anderen Falles bei Gericht zu tun hatte, war sie fast den ganzen Nachmittag am Schreibtisch beschäftigt gewesen, hatte Berichte durchgelesen und Beggs' Akte zusammengestellt.

»Rufst du an, um auf den neuesten Stand gebracht zu werden?«, wollte sie von Vicki wissen.

»Nein. Finn hat mich bereits informiert, als er die Bank vor Reagers Gerichtssaal angewärmt hat. Er hat mir erzählt, dass du die Fingerabdrücke von diesem Arsenault mit denen verglichen hast, die damals in Eales' Haus gefunden wurden. Er scheint sauer zu sein, dass es keine Übereinstimmung gibt. Finn hat diesen Typen echt auf dem Kieker und es juckt ihn in den Fingern, seine Wohnung gründlich auf den Kopf zu stellen. Was hältst du von Arsenault?«

»Ich bin mir noch nicht sicher.«

»Nun, wie ich Finn schon sagte – ich kann euch erst eine Durchsuchungserlaubnis beschaffen, wenn ihr triftige Verdachtsmomente habt.«

»Ich weiß.«

»Hör mal, wenn du Lust hast, mich am Samstag vor dem Konzert zu treffen, könnten wir beide den Fall ausführlicher besprechen. Vielleicht fällt uns etwas ein, wie wir an den Burschen herankommen können.«

»Gern, Vicki.« Aber wenn es eine Möglichkeit geben würde, Arsenault die Hölle heiß zu machen, dann hätte Finn sie längst gefunden, das wusste Kay.

Als sie aufhängte, überlegte sie, ob sie noch einmal mit

Arsenault reden sollte – diesmal in Finns Beisein. Nach dem inoffiziellen Täterprofil, das Constance vorhin entworfen hatte, stellte sich Kay die Frage, ob sie den Web-Designer nicht doch falsch eingeschätzt hatte. Vielleicht hatten ihre Zweifel aber auch einen anderen Ursprung.

Kays Blick fiel auf das Foto, das am Fenster lehnte. Sie hatte es nie geschafft, einen Rahmen für den Schnappschuss zu besorgen, und jetzt trübte eine feine Staubschicht die Farben. Ein Polizeifotograf hatte die Aufnahme von ihr und Spence – auf Spences Bitte hin – bei ihrer ersten Verhaftung als Mitglied der Mordkommission gemacht. Sie sah ernst aus – halb erschüttert, halb triumphierend –, nachdem die Schnelle Eingreiftruppe einige Türen aufgebrochen hatte, um den Verdächtigen aufzuscheuchen. Aber Spence lächelte, noch immer voll gepumpt mit Adrenalin nach der gelungenen Aktion. Er trug seine Kevlar-Weste und die Orioles-Kappe mit dem Schirm nach hinten.

*Das ist für dich, Spence. Ich schnappe diesen Hurensohn für dich.*

Was, zum Teufel, sah sie nicht?

Eine gute Ermittlung war zielgerichtet. Konzentriert. Sie jedoch hatten weder ein Ziel noch eine Richtung.

Im besten Fall verliefen polizeiliche Untersuchungen linear. Ursache und Wirkung. Ein Zeuge führte zum nächsten, bis sich ein Verdächtiger herauskristallisierte. Die Ermittler machten ganz schnell den Verdächtigen aus, sammelten dann genügend solides Beweismaterial, um den Verbrecher festnageln zu können, wenn der Fall vor Gericht kam. Aber hier … hier gab es keine Anhaltspunkte, auf die sie aufbauen konnten. Keine Antworten.

Nur Bäume, dachte Kay. Zu viele Bäume, so dass der verdammte Wald nicht zu erkennen war. Scott Arsenault.

Die Website. Patricia Hagen. Alexander Hagen. Das Bestattungsinstitut. Bernard Eales' Vorwürfe wegen Nekrophilie.

Kay schloss die Augen und schob im Geiste alles beiseite. »Wenn ein Fall festgefahren und kompliziert ist, muss man ganz zum Anfang zurückgehen«, würde Spence jetzt sagen. Zum allerersten Tatort, an dem alles anfing.

Eales' Haus.

Drei Frauen waren dort ums Leben gekommen. Das war unstrittig. Natürlich hatte er nie gestanden, die Morde begangen zu haben, obwohl die Beweise gegen ihn erdrückend waren. Kay rief sich die Abschriften des Verhörs in Erinnerung, das fünf Tage, nachdem Eales sie krankenhausreif geschlagen hatte, durchgeführt worden war. In der Zeit nach seiner Verhaftung hatten Ed Gunderson und Sergeant Lutz ihn wegen der Schüsse auf Spencer kräftig in die Mangel genommen.

Varcoe und Holewinski hatten Eales mit ihren Fragen zu den Morden an den Prostituierten in die Enge getrieben. Sie stellten ihm eine Falle nach der nächsten, um ihn zum Stolpern zu bringen. Vierzehn Stunden, und er hatte nichts Verwertbares von sich gegeben. Nun würde das Beweismaterial die Geschworenen überzeugen müssen.

Während des Verhörs hatte sich Eales immer wieder auf einen alkoholbedingten Blackout herausgeredet und behauptet, sich nicht erinnern zu können, wie die Frauen gestorben waren. Von dem Zeitpunkt an, in dem die Frauen in sein Haus gekommen waren, bis zu dem Augenblick, in dem er sie tot vorgefunden hatte, wusste er nichts mehr.

Er hatte immer wieder beteuert, dass sich die Opfer die Pulsadern selbst aufgeschlitzt haben mussten, auch wenn er sich den Umstand, dass sich gleich *drei* Frauen bei ihm das Leben genommen haben sollten, nicht erklären konnte. Nein, er habe sie nicht gewaschen, sagte er. Er habe sie in seiner Badewanne gefunden. Vermutlich hätten sie ein Bad genommen. Er habe sich lediglich der Leichen entledigt, weil er verhindern wollte, dass eine Horde Cops sein Haus auf den Kopf stellte.

Ja, das Haus.

Kay schob die Akten von sich weg und blätterte in ihrem Notizbuch nach der Telefonnummer. Sie wählte und lauschte dem Klingelton am anderen Ende, bis sich Billy Coombs meldete. Seine Stimme klang dünn und schwach.

»Und was wollen Sie genau von mir?«, fragte er, nachdem sie ihm den Grund für ihren Anruf genannt hatte.

»Die Erlaubnis, das Haus Ihres Bruders zu betreten«, entgegnete sie. »Wir könnten eine Durchsuchungserlaubnis erwirken, Mr Coombs, aber dafür sind jede Menge Formulare und etliche Unterschriften nötig. Ich hatte gehofft, dass Sie mir die Arbeit ersparen könnten. Ich nehme an, Sie sind der eingetragene Besitzer des Hauses?«

»Ja, das bin ich.«

»Ich möchte mich nur noch einmal kurz umsehen. Ich verspreche Ihnen, dass nichts entwendet oder durcheinander gebracht wird.«

Im Hintergrund vernahm sie eine Stimme über die Sprechanlage; vermutlich hatte sie Coombs in seinem Autosalon erwischt. Da er ihr nicht sofort antwortete, zog sie in Erwägung, ihm alle Lügen aufzutischen, die es brauchte, um seine Erlaubnis zu bekommen. Doch das war gar nicht nötig.

»Ja, natürlich«, erwiderte er. »Ich sehe keinen Grund, warum Sie das Haus nicht betreten sollten. Ich weiß allerdings nicht, ob jemand seit Bernards Verhaftung drin war. Würden Sie mich bitte wissen lassen, wenn Sie im Haus irgendwelche Schäden oder Anzeichen von Vandalismus feststellen?«

»Selbstverständlich.«

»Ich denke, ich sollte das Haus verkaufen, ich hatte nur noch nicht die Zeit hinzufahren und dafür zu sorgen, dass dort sauber gemacht wird. Sie kennen nicht zufällig ein Unternehmen, das solche Arbeiten übernimmt, Detective? Sie wissen schon, eine Firma, die Häuser putzt, in denen ...«

»Doch, ja, es gibt ein Unternehmen, das ich Ihnen empfehlen kann.« Sie suchte in ihrem Rolodex nach der Nummer der Firma, die des Öfteren Reinigungsarbeiten durchführte, wenn die Kriminaltechniker sämtliche Beweise an einem Tatort sichergestellt hatten. Doch nur Sekunden, nachdem sie Coombs die Nummer durchgegeben hatte, bereute sie die Entscheidung. Vielleicht war es zu früh zuzulassen, dass das Haus ausgeräumt wurde. Immerhin schien dort noch nicht alles untersucht worden zu sein.

»Sie werden möglicherweise mit Jerry Bates sprechen wollen«, sagte Coombs.

»Das ist der Nachbar Ihres Bruders, stimmt's?« Kay hatte den Namen in den Akten gelesen.

»Ja. Er wohnt ein paar Türen weiter, aber leider habe ich seine Telefonnummer nicht. Ich glaube, er hat einen Schlüssel. Er kann Sie ins Haus lassen. Dann brauchen Sie keine Schlösser aufzubrechen.«

»Danke, Mr Coombs. Übrigens – wie gut kennen Sie Mr Bates?«

»Überhaupt nicht.«

»Wissen Sie, ob er und Ihr Bruder befreundet waren?«

»Sie waren Nachbarn. Mehr weiß ich nicht.«

*Nachbarn*. Aber Eales hatte von Bates' Haus aus die Polizei angerufen und sich gestellt. Vielleicht waren die beiden doch *mehr* als Nachbarn.

Sie hätte früher an Jerry Bates denken müssen. Wenn sie nach jemandem suchten, der Bernard geholfen haben könnte ...

»Melden Sie sich, falls ich Ihnen sonst noch irgendwie behilflich sein kann, Detective«, fügte Coombs hinzu, während die Sprechanlage wieder zu dröhnen anfing.

»Hat sich eigentlich die Presse bei Ihnen gemeldet, Mr Coombs?«, erkundigte sie sich, ehe er auflegen konnte.

»Wie bitte?« Die Verbindung wurde schlecht.

»Die Presse«, wiederholte Kay. »Ich wollte wissen, ob sie versucht haben, Sie zu erreichen.«

»Nein. Warum? Gibt es etwas Neues?«

»Nein«, log Kay. »Ich dachte nur, ich sollte mich vergewissern, weil Sie neulich meinten, Sie hätten in der Vergangenheit Probleme gehabt.« Es konnte nicht mehr lange dauern, bis die Journalisten eins und eins zusammenzählten und wieder an Coombs' Tür klingelten.

»Bevor Sie auflegen, Detective ...« Er zögerte. »Haben Sie Bernard gesehen?«

»Ja.«

»Wie geht es ihm?«

Was sollte sie darauf antworten? »Gut, denke ich. In der nächsten Woche beginnt die Auswahl der Geschworenen für sein Verfahren. Wenn Sie möchten, kann ich Ihnen die Prozessdaten nennen ...«

»Ist schon gut, danke.«

»Soll ich ihm etwas von Ihnen ausrichten?«

Eine kleine Pause, dann: »Nein. Ich habe Bernard nichts zu sagen.«

Kay vernahm den traurigen Unterton in seiner Stimme. Oder vielleicht war es auch Resignation.

»Nein«, wiederholte er. »Soweit es mich betrifft, habe ich keinen Bruder mehr, Detective.«

# 34

Falls Kay den Verdacht gehegt hatte, dass Eales' Nachbar bei der sorgfältig geplanten Beseitigung der Leichen assistiert haben könnte, dann war er spätestens in der Sekunde zunichte, in der ihr Jerry Bates die Tür öffnete.

Bernard Eales' Freund war das, was die Kollegen einen »Skel« nannten – ein langjähriger Heroinabhängiger, der so abgemagert war, dass er an ein Skelett gemahnte. Bates' Haar stand nach allen Seiten ab, als wäre er in einen Sturm geraten. Seine schmale Brust war unbehaart und kalkweiß, und die Rippen standen sichtbar heraus. Er lief aufgeregt durch das heiße, unordentliche Reihenhaus, schnappte sich ein verknittertes T-Shirt mit einer aufgedruckten, schon verblassten Harley Davidson vom fleckigen Sofa und zog es über.

Im Wohnzimmer roch es säuerlich. Durch die offene Tür entdeckte Kay neben leeren Flaschen eine Reihe von Drogen-Utensilien auf dem Küchentisch. Bates' Leben drehte sich eindeutig darum, high zu werden, Morde zählten ganz bestimmt nicht zu seinen Beschäftigungen. Kay bezweifelte, dass der Mann jemals nüchtern genug war, um den Müll hinauszubringen – geschweige denn, irgendwelche Leichen ungesehen loszuwerden.

Bates' Bewegungen wirkten ruckhaft, fast spastisch, als er nach Eales' Hausschlüssel suchte. Trotz allem vermutete Kay, dass in diesen dünnen, bleichen Armen eine Kraft steckte, die man ihnen nicht zutraute. Es waren immer die Kleinen, Drahtigen, dachte sie, diejenigen, die aussahen, als würden sie nicht einmal ein Armdrücken mit ihren eigenen Müttern gewinnen, die die größten Schlägereien auf den Straßen ausfochten. Diese dürren Junkies konnten eine ungeahnte Stärke entwickeln, wenn es darauf ankam.

Als Bates ihr endlich den Schlüssel in die Hand drückte, erklärte er, dass er sich um das Haus kümmere und dass es mit Sicherheit niemand außer ihm betreten habe. Er wolle den Schlüssel wiederhaben, forderte er, als hätte er einen Anspruch darauf, und Kay fragte sich insgeheim, ob er Eales' Haus auf irgendeine Weise für seine Zwecke nutzte.

Das zweistöckige Eckhaus wirkte bei Tageslicht ganz anders – groß, mit spitzem Dach und eingesunkener Veranda auf der Vorderseite. Die Siedlung wurde Anfang des zwanzigsten Jahrhunderts für Dockarbeiter und Angestellte einer Konservenfabrik erbaut und hatte schon bessere Tage gesehen.

Kay blieb mitten auf dem Weg im Vorgarten stehen und konnte den Blick nicht von dem rissigen Treppenabsatz wenden, auf dem sie vor einem Jahr die Hölle auf Erden erlebt hatte. Sie spürte, dass Bates sie von seiner Behausung aus beobachtete, und schloss die Finger fest um den Schlüssel. Der gedrehte Draht, der als Schlüsselring diente, schnitt in ihre Handfläche.

*Reiß dich zusammen, Delaney. Es ist nur ein Haus.*

Auf einmal wünschte sie sich, Finn wäre bei ihr. Sie hatte ihn auf seinem Handy erreicht, während er auf dem Korridor vor dem Gerichtssaal gewartet hatte, und er war einverstanden gewesen, dass sie sich allein in dem Haus umsah. »Ich muss mir diese Müllkippe nicht noch einmal anschauen«, antwortete er auf ihre Frage, ob er mitkommen wolle. »Aber wenn du unbedingt willst, kann ich dich in einer Stunde dort treffen.«

Nein, es war besser ohne ihn. Sie brauchte niemanden, der ihr die Hand hielt. Außerdem bekam sie allein ein besseres Gefühl für das Haus und dafür, was in diesen vier Wänden geschehen war.

Kay holte tief Luft, dann ging sie die Stufen zu dem engen Treppenabsatz hinauf. Er war sogar noch kleiner, als sie ihn in Erinnerung hatte. Am Tag hätte sie niemals ihre Waffe gezogen. Es war nicht einmal genügend Platz, um den Schussarm auszustrecken und sich von jemandem, der aus der Tür kam, zu distanzieren. Am Tag hätte sie kühl überlegt und wäre einen Schritt zurückgetreten.

Aber es war nicht Tag gewesen.

Der Schlüssel ließ sich mühelos im Schloss drehen. Auf dem Boden lagen Werbezettel und Flyer verstreut. Kay rollte einen der Zettel zusammen und benutzte ihn, um die Spinnweben am Türrahmen zu beseitigen. Die Tür klemmte ein wenig, und sie musste zweimal mit der Schulter dagegenstoßen, um sie zu öffnen.

Der Gestank schlug ihr noch vor der Hitze entgegen. Mottenkugeln und süßliche abgestandene Luft, so als ob offene Bierflaschen lange in der Sonne gestanden hätten.

Im Flur war es düster, an der Treppe richtig dunkel. Kay legte den Lichtschalter um. Nichts. Sie hätte wissen müssen, dass der Strom abgeschaltet worden war.

Sie ließ die Haustür angelehnt und stieg über einen Berg von Postwurfsendungen. Das Haus fühlte sich tot an. Die lange Abwesenheit von Luft und Leben war deutlich spürbar. Immer unangenehmer wurde die Hitze, und sie fragte sich, wie viele Duschen sie brauchte, um den Ekel wieder loszuwerden, der ihr über die Haut kroch.

Im Wohnzimmer zog sie das vergilbte Laken weg, das

vor dem Fenster hing. Der Staub, der auf sie niederregnete, brachte sie zum Husten, und jede Menge Fliegen prallten gegen die grau verschmierten Scheiben. Dutzende andere lagen tot auf dem Fenstersims.
Motten tanzten im Licht, während sich Kay etliche Male in der Mitte des Zimmers im Kreis drehte, um die Umgebung in sich aufzunehmen. Es war alles so, wie sie es von den Fotos in der Akte kannte: das abgewetzte Sofa mit den durchgesessenen Polstern, der grüne Sessel, der furnierte Couchtisch, das schmuddelige Treppengeländer. Überall sah man noch das schwarze Pulver, mit dem die Spurensicherer die Fingerabdrücke sichtbar gemacht hatten. Zeitschriften waren aus einem Regal in der Ecke gefallen: Magazine über Oldtimer, Rennautos und Pornohefte.

Im hinteren Teil des Hauses befand sich die Küche. Licht strömte durch die Lamellen der Jalousie. Auch hier überall das schwarze Puder. In der Spüle stand noch mit Dreck verkrustetes Geschirr, und als sie näher kam, wimmelte es plötzlich in dem Unrat. Kakerlaken. Kay schauderte – wie viele Generationen von diesen Viechern hatten hier wohl schon ohne jeden menschlichen Kontakt überlebt?

Über dem Wandtelefon hing ein Kalender von einer Autowerkstatt aus Süd-Baltimore mit Bildern von alten Autos und großbusigen Blondinen. Er zeigte noch den Juli des letzten Jahres an. Kay starrte auf den einundzwanzigsten, als ob sie in der Zahl etwas finden könnte – irgendeinen Hinweis auf den Horror der Nacht. Doch da war nichts. In dem Kalender waren lediglich jede zweite Woche die Zahltage eingetragen und über dem zwanzigsten Juli stand das Wort *roach* – Kakerlake. Vom Zustand der Küche aus zu schließen, wunderte sich Kay kein bisschen, dass Eales auch schon vor seiner Verhaftung ein Problem mit Ungeziefer hatte.

»Der Typ ist wahrscheinlich ein Sauberkeitsfanatiker«, hatte Constance gesagt.

Es passte nicht zusammen.

Kay ging die Treppe hinauf. Das hintere Schlafzimmer diente als Rumpelkammer. Autoteile, Stücke von einem Armaturenbrett, sogar alte Vinyl-Sitze. In der Ecke stand ein Doppelbett mit einer abgewetzten Matratze.

Nach einem letzten Blick auf das Chaos durchquerte sie den Flur und öffnete die Tür zum Badezimmer. Hier war die Jalousie aus der Halterung gerissen, ansonsten schien alles relativ sauber zu sein. Der Linoleumboden jedoch war recht zerkratzt und hob sich an manchen Stellen, das Email der Wanne und des Waschbeckens war stumpf, der Toilettendeckel hochgeklappt und in der Schüssel zeigten rostbraune Ringe an, wo das Wasser gestanden hatte. Die meisten in der Akte dokumentierten Spuren hatte man hier gefunden. Aber nichts sprach zu Kay.

Das zweite Schlafzimmer zur Linken war größer als das andere. Und dunkler. Kay erkannte die Umrisse eines niedrigen Bettes, eines Stuhls und einer Kommode. Sie trat zum Fenster, von dem aus man die Straße überblicken konnte. Der schwere Rollladen setzte sich nur langsam in Bewegung; das Vinyl knackste, die Federn waren ausgeleiert. Auf halbem Weg nach oben stoppte er.

Kay hatte sich erst halb umgedreht, um den halbdunklen Raum zu inspizieren, als ihr Instinkt sie veranlasste, zu ihrer Dienstwaffe zu fassen. Erst fummelte sie am Sicherheitsriemen herum, dann kämpfte sie mit dem Saum ihres Blazers. Sie zog die Waffe und ging in die Hocke – erst als sie die 9mm sicher in der Hand hielt, verstand Kay, was sie gesehen hatte.

Ihr Herz klopfte noch bis zum Hals, während sie den Umriss in der Ecke betrachtete. Die Gestalt bewegte sich nicht. Und als sich Kay vom Fenster entfernte und Licht in den Raum fiel, stellte sie fest, dass es eine Schaufensterpuppe war.

Sie fluchte, durchquerte das Zimmer und kauerte sich vor die Fiberglaspuppe. Eine blonde Perücke saß schief auf dem kahlen Schädel und der fuchsienrote BH war mindestens zwei Nummern zu groß für die kecken Plastikbrüste. Kay erinnerte sich an Roma Chisneys roten Schlüpfer, der zu den Beweisstücken gehörte, und überlegte, ob dieser BH dazugehörte.

Ansonsten war die Puppe nackt bis auf die schwarzen Puderreste von der kriminaltechnischen Untersuchung. Ganz bestimmt hatten Eales' fleischige Hände Abdrücke auf dem Puppenkörper hinterlassen. Dieser Hurensohn liebte sicher seine Puppe. Wahrscheinlich hatte er sie vor Jahren bei Dutton gestohlen, bevor er aus der Firma geflogen war.

Kay erhob sich wieder und sah voller Abscheu auf die durchgelegene Matratze hinunter. Da war kein Laken und auf dem blassblauen Polyester sah sie einen Fleck neben dem anderen. Blut? Urin? Sperma?

*In diesem Bett hat er geschlafen. Der Mann, der dich um ein Haar mit bloßen Händen umgebracht hätte. Hier hat er seine Nächte verbracht. Vielleicht einige mit seiner Schaufensterpuppe und andere mit Annie Harris' Leichnam. Oder mit Chisneys.*

In der Ecke neben dem Bett lagen unter einer schirmlosen Lampe noch weitere Pornomagazine und zwischendrin stand ein voller Aschenbecher. Sie stellte sich vor, wie Eales im Bett lag und rauchte. Wenn er doch nur eines Nachts die alte Matratze in Brand gesetzt hätte und im Schlaf verkohlt wäre!

Sie dachte an Valleys verbrannten Körper. Eine glimmende Kippe in seinem Bett, und Valley wäre noch am Leben. Genau wie die anderen.

Kay ging über den rot-orangenen Teppich. Er war gesaugt worden, aber nicht von Eales. Die Kriminaltechniker hatten das ganze Haus mit dem 3M-Staubsauger bearbeitet, um alle Spuren, die das bloße Auge nicht wahrnehmen konnte, mitzunehmen.

Die Tapete – mit großen, üppigen Mohnblumen darauf – war verblasst, fleckig vom Nikotin und löste sich an den Rändern ab. Ein Oldtimer-Poster hing schief über der Kommode. Es war ein altes Werbeplakat – eine gemalte grün-weiße Limousine mit Weißwandreifen und schweren Chromstoßstangen –, das den 1959 in Kanada hergestellten 7100 StratoChief anpries. Darunter stand: »Pontiac's Beauty is Pontiac's Alone!« Kay vermutete, dass es dasselbe Modell war, das Eales besaß und das die Polizei abgeschleppt und noch immer in Gewahrsam hatte.

Offenbar hatte Eales seine Taschen abends immer ausgeleert und den Inhalt auf die Kommode gelegt. Kleingeld, angebrochene Streichholzbriefchen, Telefonmünzen und Kassenbons. Alles war mit Staub bedeckt.

Neben einer Kleenexschachtel lagen ein Herrenring und ein Kreuz an einer Kette. Kays Blick blieb an einem zerfledderten Exemplar von Webster's Wörterbuch haften.

»Sie denken wohl, ich bin ein Blödmann, der noch nie in ein Wörterbuch geschaut hat?«, hatte Eales sie gefragt. »An mir ist mehr, als Sie denken, Detective.«

Kay nahm das abgenutzte Buch in die Hand, blies den Staub weg und schlug es auf. Es überraschte sie nicht, den roten Stempel von der Francis Scott Key Middle School innen auf dem Buchdeckel zu lesen. Sie blätterte durch die Seiten und malte sich aus, wie Eales' träger Verstand die einzelnen Worte aufnahm. Dort, wo ein gefaltetes Papier zwischen den Seiten lag, hielt sie inne.

Langsam faltete sie das Papier auseinander und überflog im Halbdunkel die verstümmelten Worte, die mit unsicherer Hand geschrieben waren. Offensichtlich hatte Eales mit Formulierungen, der Grammatik und der Interpunktion gekämpft. Manche Worte hatte er wieder durchgestrichen, als er versucht hatte, den Brief aufzusetzen.

Aber der Inhalt war erschreckend klar. Und als Kays Handy, das sie an den Gürtel geklemmt hatte, klingelte, verspürte sie ein Prickeln auf der Haut – endlich, endlich war sie auf eine Antwort gestoßen.

# 35

Finn traf sie zehn Minuten nach seinem Anruf auf der Gettings Street vor Eales' Haus. Kay zitterte nach wie vor, als sie dem Junkie den Schlüssel zurückbrachte, und ihre Hände umklammerten fest das Lenkrad, während sie zum Parkview Funeral Home fuhr, das nur etwa sechs Blocks entfernt war.

Finn bog gleich hinter ihr auf das gepflegte Grundstück ein. Das Gebäude sah verlassen aus. Vor den Garagen parkte ein Leichenwagen, bei ihrem letzten Besuch waren es noch drei gewesen. Kay holte ein paar Mal tief Luft, um sich zu beruhigen. Hagen *musste* einfach hier sein.

Die Haustür war verschlossen, und der Bestattungsunternehmer brauchte lange, bis er auf das Klingeln reagierte. »Ich bin allein«, erklärte er, während er sie in sein Büro führte. »Ich habe übrigens diese Liste für Sie.«

Während sie ihm durch den mit Teppich ausgelegten Flur folgten, waren Kays Nerven zum Zerreißen gespannt.

»Das sind alle«, sagte Hagen, nahm ein Papier von seinem ansonsten leeren Schreibtisch und reichte es Kay. Einige wenige Kisten und größere Möbelstücke warteten noch darauf, abgeholt zu werden. »Ich hoffe, das stellt Sie zufrieden.«

»Genau genommen haben wir noch ein paar weitere Fragen an Sie, Mr Hagen«, erwiderte Finn, und Kay bemerkte, wie sich die Schultern des alten Mannes strafften.

»Dann müssen Sie mit mir hinuntergehen. Ich bin mitten in der Arbeit.«

Der Keller war der letzte Ort, den Kay freiwillig aufgesucht hätte. Trotzdem begleitete sie Hagen die schmale Treppe hinunter. Die Wände waren mit einer Samttapete behängt und der Geruch nach Formaldehyd war allgegenwärtig. Kay hörte das Summen eines Motors und entdeckte durch die offene Tür am Ende des Ganges einen blendend weiß gekachelten Raum.

Hagen war dabei, eine Leiche für die Bestattung vorzubereiten – eine Frau, die bereits auf dem Stahltisch lag. Wasser spülte Blut und Körperflüssigkeiten durch die Abflussrinne. Sie war jung, und wie alle Toten in Baltimore, denen kein Arzt einen Totenschein ausgestellt hatte, war auch sie von einem Gerichtsmediziner obduziert worden. Als ob die Autopsie den sterblichen Überresten nicht schon genug Gewalt angetan hätte, wurden sie jetzt auch noch Hagens Prozeduren ausgesetzt.

Zwei dicke Röhren steckten im Körper des Mädchens – durch eine wurde das tote Blut mit Hilfe der Pumpe, die in einer Ecke stand, in einen großen Glasbehälter transportiert. Kay vermutete, dass das der Portiboy war, den

Jonesy erwähnt hatte und der das Blut durch eine rosafarbene Formaldehydlösung ersetzen sollte.

Hagen band sich eine Gummischürze um, zog Handschuhe an und schaltete die Pumpe aus. Kay sah zu, wie er die Metallröhre entfernte und die Löcher mit gefrästen Plastikschrauben verschloss. In diesem Moment nahm sie sich vor, Finn einzuschärfen, dass sie auf jeden Fall verbrannt werden wollte.

Anders als der Rest des Hauses war der Einbalsamierungsraum nur teilweise ausgeräumt. Kay stand inmitten von Spülbecken und Arbeitstischen und betrachtete die verschiedenfarbigen Flüssigkeiten in den Glasbehältern und die Angst einflößenden Apparate auf den Regalen.

Hagen massierte die Arme des toten Mädchens. An dieser Behandlung war nichts Behutsames oder Ehrfürchtiges, und Kay stellte sich vor, wie dieser Mann bis spät in die Nacht in seinem Keller an den Leichen herumhantierte.

»Sie ist meine letzte«, verkündete er. »Nächste Woche arbeiten wir dann in dem neuen Gebäude, aber die Apparate sind im Moment noch nicht angeschlossen.«

»Und was machen Sie mit der ganzen Einrichtung hier?«, wollte Finn wissen.

»Die meisten alten Sachen verkaufe ich. Also, Detective, worum geht es?« Hagen hatte genug vom Smalltalk. Die Ungeduld war an seinen energischen Bewegungen förmlich abzulesen.

Kay biss sich auf die Zunge. Sie hatte sich einverstanden erklärt, Finn die Führung zu überlassen. Schließlich hatte er auch eine Tochter, und Kay war sich sicher, dass er mit seiner Abscheu vor dem, was Bernard in seinem Brief angedeutet hatte, bei der Befragung mehr erreichen würde als sie.

Finn holte den Brief aus seiner Tasche, faltete ihn jedoch nicht auseinander. »Wann genau ist Mrs Hagen verstorben?«, fragte er.

Hagen hielt einen Moment inne. »Meine Frau starb vor fünfundzwanzig Jahren.«

»Wie alt war Ihre Tochter damals?«

»Neun. Was soll das alles?«

Finn ignorierte die Gegenfrage. »Und zu diesem Zeitpunkt haben Sie begonnen, Patricia zu missbrauchen? Oder fing es schon früher an?«

Hagen erstarrte – sein Gesicht war so kalt wie das Fleisch des Mädchens, das er in den behandschuhten Händen hielt. »Was, *zur Hölle*, bilden Sie sich ein? Sie kommen hier herein mit solchen …«

Finn faltete den ausgefransten Brief auseinander und reichte ihn Hagen über den Tisch hinweg. Kay sah zu, wie die gelblichen Augen des Mannes über die Zeilen huschten und Bernards Anschuldigungen aufnahmen.

*Patsy hat mir alles erzählt,* hatte Bernard in dem an Alexander Hagen adressierten Brief geschrieben, und er bezeichnete ihn als: *bescheuertes, perverses Arschloch. Sie lässt sich das nicht mehr gefallen. Ich hab Ihnen schon einmal gesagt, dass ich alles unternehmen werde, was nötig ist, damit Sie Ihre dreckigen Finger von ihr lassen … Nur weil Sie mich gefeuert haben, heißt das noch lange nicht, dass ich Sie nicht drankriegen kann. Ich werde allen die Wahrheit über Sie sagen. Ich gehe zur Presse …*

Aber letzten Endes war Eales auf Geld aus gewesen. Doch er hatte sich wohl nicht so recht entscheiden können, wie viel er von Hagen erpressen wollte. Im letzten Absatz des Briefes verlangte er 10 000 Dollar, dann strich er den Betrag durch und kritzelte 20 000 daneben.

Hagen wich einen Schritt zurück. »Bernard würde alles tun, um zu Geld zu kommen. Das überrascht mich überhaupt nicht.« Er winkte abwehrend mit der Hand, als wäre dieser Brief nichts anderes als ein Strafzettel wegen Falschparkens. »Ich habe meine Tochter nie angerührt, Detective.«

Finn faltete den Brief wieder zusammen, dann wies er mit dem Kinn auf das tote Mädchen. »Schön, aber Tote reden nicht, stimmt's?«

»Ich würde niemals ...«

»Für mich sieht es so aus«, fuhr Finn fort, »als hätte Bernard Ihnen die Tochter weggenommen. Und da Sie sie nicht mehr haben konnten, haben Sie ein bisschen mit Ihren *Klienten* im Keller herumgespielt.«

»Bitte – noch mehr unbegründete Beschuldigungen von Bernard.«

»Beschuldigungen, die Sie ruiniert hätten«, betonte Kay.

Hagens Wut erreichte ihren Höhepunkt. Kay erkannte es an seinen Augen, obwohl sein Gesicht den ernsten, ruhigen Ausdruck des Bestattungsunternehmers nicht verlor. »Wollen Sie damit andeuten, dass Sie den Schwafeleien eines Mannes glauben, der im Gefängnis sitzt, weil er drei Frauen und einen Polizeibeamten umgebracht hat?«

»Dann hat Bernie diese Sachen also nur erfunden?«, fragte Finn zurück und wedelte mit dem Brief. »Also mir kommt er nicht gerade phantasievoll vor.«

»Selbstverständlich hat er das erfunden.«

»Und warum sollte er das tun, Mr Hagen?«

»Weil ich ihm verboten habe, meine Tochter zu treffen. Damals, als er bei mir arbeitete, war er ein aufbrausender, unbeherrschter Junge. Ein Schläger. Außerdem –«, Hagen zeigte auf den Brief, den Finn gerade wieder in die Tasche steckte, »ich sehe kein Datum auf dem Brief. Bernard könnte ihn auch vor fünfzehn Jahren geschrieben haben, nachdem ich ihn gefeuert und ihm klar gemacht hatte, dass er sich von Patricia fern halten soll.«

»Für mich klingt es so, als wollte er Sie nur dazu bringen, Ihre Tochter in Ruhe zu lassen.«

»Wie ich bereits sagte, Detective Finnerty, ich habe meine Tochter niemals angerührt. Warum fragen Sie sie nicht einfach? Zeigen Sie *ihr* diesen Brief, dann sieht sie selbst, mit was für einem verkommenen Subjekt sie sich eingelassen hat. Und wenn Sie mich jetzt bitte entschuldigen würden ...« Der alte Mann machte sich wieder an die Arbeit, massierte das gefärbte Formaldehyd durch die Adern der Toten und brachte so künstliche Farbe in das bleiche Fleisch.

Das Thema war erschöpft. Kay nahm die Liste der ehemaligen Angestellten zur Hand, die Hagen ihr gegeben hatte. Sie überflog die beinahe drei Dutzend Namen und machte bei einem Halt. »Warten Sie eine Sekunde, Jerry Bates hat für Sie gearbeitet?«

»Ja. Zwölf Jahre lang.«

»Der Jerry Bates, der in der Gettings Street wohnt?«

»Wenn er nicht umgezogen ist – ja«, erwiderte Hagen knapp und vermied dabei jeglichen Blickkontakt.

Kay studierte die Liste. »Er hat vor einem Jahr gekündigt?«

»Ich habe ihn im letzten August gehen lassen.«

»Warum?«, hakte Finn nach. »Ich meine – zwölf Jahre sind eine lange Zeit.«

Als Hagen diesmal aufsah, wirkte seine Miene ein wenig entspannter, so als wäre er erleichtert, nicht mehr Gegenstand der Befragung zu sein. »Jerry war drogensüchtig.«

»Wann genau hat Mr Bates angefangen, Drogen zu nehmen?«, wollte Kay wissen.

»Das müssen Sie ihn selbst fragen. Er war einer meiner besten Angestellten und mit einem Mal funktionierte es nicht mehr.«

»Und was hat er für Sie gemacht? Hat er Ihnen hier unten ausgeholfen?«

»Nein. Er war für die Buchführung verantwortlich, hat die Lagerbestände kontrolliert, Bestellungen aufgegeben und die Gehälter überwiesen. Früher war er sehr tüchtig und kompetent.«

»Wussten Sie, dass er mit Bernard Eales befreundet war?«

Hagen nahm sich die Beine der Toten vor und rieb kräftig die graue Haut. »Nein, das wusste ich nicht. Aber es erstaunt mich nicht. Wahrscheinlich hat Bernard ihn mit den Drogen in Kontakt gebracht.«

»Was können Sie uns sonst noch über Mr Bates erzählen?«

»Nichts. Wie bereits erwähnt, war er im Job sehr gut. Gescheit. Organisiert. Pünktlich. Wenn das nicht der Fall gewesen wäre, hätte ich ihn auch nicht zwölf Jahre behalten. Und jetzt, wenn es Ihnen nichts ausmacht, Detectives ...« Hagen drehte sich um und nahm eine lange Metallröhre in die Hand. Wenn der lange Silikonschlauch nicht daran befestigt gewesen wäre, hätte er ausgesehen wie ein Fechter, der sein Florett schwingt. »Ich habe zu tun.« Er legte einen Schalter an der Pumpe um und der Motor erwachte wieder zum Leben.

Er drückte die Öffnung der Röhre auf den Bauch der Toten, knapp unterhalb des Y-förmigen Schnitts des Pathologen, dann hielt er inne und blickte Kay an. »Ich denke, Sie finden den Weg hinaus allein.«

Als Kay und Finn den Einbalsamierungsraum verließen, war ein röchelndes Geräusch zu hören – der Portiboy nahm wieder seinen Dienst auf.

# 36

»Haben Sie eine Durchsuchungserlaubnis?« Bates funkelte die beiden Detectives böse an, nachdem er ihnen die Tür geöffnet hatte.

Hagens ehemaliger Buchhalter war offenbar kurz davor gewesen, sich einen Schuss zu setzen. Das Haar stand wirr vom Kopf ab und der Blick war hektisch, als er sich zwischen Tür und Rahmen quetschte. Finn fiel der frische Abdruck einer Aderpresse an seinem dürren rechten Oberarm auf. Darunter befand sich ein Tattoo, das ziemlich neu aussah – ein Pachuco-Kreuz, mit dem Süchtige die Einstichnarben kaschierten.

»Nein«, antwortete Kay. »Wir haben keine Durchsuchungserlaubnis.«

»Dann können Sie auch nicht hereinkommen. Ich kenne meine Rechte.« Er versuchte, die Tür zu schließen, aber Finn blockierte sie mit dem Fuß.

»Davon bin ich überzeugt, Jerry. Aber wir wollen nur mit Ihnen reden«, sagte Kay beschwichtigend.

»Worüber?«

»Über Bernard Eales.«

»Und dazu müssen Sie zu viert sein?« Bates blickte zu den beiden Uniformierten, die sich hinter den Detectives aufgebaut hatten. Da die Möglichkeit des gemeinschaftlichen Mordes mit Eales bestand und sie nicht wussten, was sie von dem Junkie zu erwarten hatten, waren sie sicherheitshalber mit Verstärkung angerückt.

»Ich lasse Sie nicht ins Haus«, erklärte Bates wieder.

»Schon gut, Jer.« Finn packte blitzschnell den knochigen Arm und zerrte Bates hinaus auf den Treppenabsatz. »Dann kommen Sie eben heraus, damit wir uns mit Ihnen unterhalten können.« Er nickte den Cops zu, und die beiden schlenderten zurück zu ihrem Streifenwagen, der auf der anderen Straßenseite parkte. Finn hatte Mühe, seinen Unmut zu verbergen.

Seine Laune war nicht gerade blendend, nachdem er gezwungenermaßen einen ganzen Tag im Gerichtsgebäude herumgelungert hatte. Viel lieber hätte er Kay beigestanden, als sie sich in Eales' Haus umgesehen hatte. Dass sie allein mit all dem fertig werden musste, machte ihn richtig sauer. Und jetzt das! Einem Junkie Honig um den Bart schmieren zu müssen war das Letzte, wofür Finn jetzt Geduld aufbrachte.

»Kommen Sie schon, Jer. Ruhig Blut.« Finn drückte Bates' Schulter ein bisschen zu fest. »Oder gibt es etwas, weswegen Sie nervös sein müssten?«

Bates' Blick huschte zu seiner Tür. Kay zog sie zu.

»Sehen Sie?«, furt Finn fort. »Uns interessiert es gar nicht, was Sie da drin treiben, okay? Aber wenn Sie nicht kooperieren, könnte sich das ganz schnell ändern.«

Nach ihrem Besuch im Beerdigungsinstitut waren Kay und Finn ins Präsidium gefahren, um Bates' Vorstrafenregister zu untersuchen. Es war keine große Überraschung gewesen, dass der Junkie zweimal wegen Drogenbesitzes festgenommen worden war, aber die Anzeige wegen Förderung der Prostitution hatte Finn dann doch in Erstaunen versetzt. Wenn Bates richtig an der Nadel hing, dann sollte Sex eigentlich das Letzte sein, was er im Sinn hatte.

»Was wollen Sie von mir?«, winselte Bates jetzt.

»Wir haben uns gefragt, was Sie mit Ihrer Zeit anfangen, seit Sie nicht mehr im Parkview Funeral Home arbeiten.«

Bates kaute aufgeregt an seiner Unterlippe. Finn folgte seinem Blick zu der Veranda des Nebenhauses. Eine Nachbarin saß in einem rostigen Liegestuhl und noch ein

Haus weiter stand eine andere am Fenster und fächelte sich Luft zu.

»Okay, hören Sie. Lassen Sie uns zu unserem Auto gehen, dort können wir in Ruhe reden, okay? Gesittet und ungestört.« Finn führte Bates entschlossen über die Straße und öffnete die hintere Tür des Lumina. Der Junkie bockte jedoch, als Finn ihn auf den Rücksitz schubsen wollte.

»Kommen Sie schon, Jer, machen Sie mich nicht wütend. Wir wollen Ihnen nur ein paar Fragen stellen.« Finn bemühte sich, seinen Widerwillen nicht zu zeigen. »Rutschen Sie ein Stück«, forderte er und setzte sich neben ihn.

Kay stieg vorn ein, schaltete den Polizeifunk ab und drehte sich so, dass sie Bates im Blick hatte. Schweigend überließ sie Finn das Verhör.

»Sie haben sich also vorzeitig in den Ruhestand versetzen lassen, Jer?«, begann Finn. »Hat Ihnen die Arbeit bei Hagen nicht mehr gefallen?«

»Vielleicht.«

»Sie waren lange bei ihm angestellt. Ist Ihnen irgendwann mal etwas Komisches dort aufgefallen?«

»Was meinen Sie damit?«

»Der alte Herr – hat er etwas Merkwürdiges gemacht?«

»Keine Ahnung, wovon Sie reden.«

»Ihr Kumpel Bernard hat vor Jahren mal die Cops gerufen wegen Hagen. Wissen Sie was darüber?«

»Nein. Das war, bevor ich dort anfing. Ich hab nur Gerüchte gehört. Und ehrlich, was der Alte in seinem Keller macht, geht mich nichts an, oder?« Bates zwinkerte.

»Was, zur Hölle, soll das heißen?«, fragte Finn und imitierte das Zwinkern.

»Nichts. Gar nichts. Vergessen Sie's.«

»Haben Sie jemals was bemerkt? Waren Sie hin und wieder im Keller?«

»Nein. Das ist nicht mein Ding.« Bates zog die Nase hoch, dann wischte er sich mit zitternder Hand über den Mund. Als er Kay einen kurzen Blick zuwarf, registrierte Finn die blutunterlaufenen Augäpfel, die Pupillen hingegen waren normal groß. Bates gierte nach Drogen, war aber im Moment nicht high.

»Was ist mit Hagen und seiner Tochter?«, bohrte Finn daraufhin weiter. »Ist da mal was gelaufen?«

»Ich weiß nicht, was Sie meinen.«

»Kommen Sie, Jer, eiern Sie nicht rum.«

»Das mach ich gar nicht, Mann. Ernsthaft, ich weiß nicht, was Sie hören wollen.« Die knochigen Knie unter der fleckigen Trainingshose hüpften auf und ab, und wieder zog Bates die Nase hoch.

»Wie gut kennen Sie Patricia Hagen?«, wollte Finn wissen.

Bates zeigte keine Reaktion, als er den Namen hörte. »Ich kenne sie nur durch die Arbeit. Aber sie war nicht oft da.«

»Wissen Sie, ob sie und Eales was miteinander hatten? Vor seiner Verhaftung?«

»Keine Ahnung. Bernard hat es zumindest abgestritten. Ich hab ihn mal vor langer Zeit gefragt, nachdem ich gesehen hatte, wie sie aus seinem Haus kam.«

»Also *hat* er sich damals mit ihr getroffen?«

»Ich weiß nicht. Ich hab nur zweimal mitbekommen, dass sie bei ihm war.«

»Ist sie über Nacht dort gewesen?«

»Woher soll ich das wissen?«

»Kommen Sie, Jer. Sie wohnen nur vier Türen weiter.«

»Ja, aber ich bin kein Spanner. Ich kümmere mich um meine eigenen Sachen.«

»Haben Sie eine Freundin, Jer?«

»Nein.«

»Und was machen Sie, um ein bisschen Spaß zu haben?«

»Keine Ahnung. Ich schaue NASCAR.«

»Na ja, am zehnten Mai im letzten Jahr haben Sie sich aber kein Autorennen angesehen«, rief ihm Finn ins Gedächtnis. »Erinnern Sie sich an den Abend?«

Bates schüttelte den Kopf und schielte zu seiner Haustür.

»Das war die Nacht, in der Sie aufgegriffen wurden, weil Sie nicht gerade nett mit einer Prostituierten umgesprungen sind. Wissen Sie nicht mehr? Und ich schätze, am achten September konnten Sie auch kein Rennen verfolgen, weil Sie da wieder geschnappt wurden.«

»Was hat das mit irgendwas zu tun?«

Finn zuckte mit den Schultern. »Haben Sie jemals zusammen mit Ihrem Freund Bernie Nutten aufgegabelt? Waren Sie bei ihm für einen flotten Dreier?«

»Nein. Bernie und ich haben uns manchmal gemeinsam zugedröhnt. Vielleicht fünf-, sechsmal. Das ist alles.«

»Was? Kommen Sie schon, Jer – haben Sie sich nie mit Ihrem besten Kumpel eine Nutte geteilt? Oder haben Sie sie lieber ganz für sich allein?«

»Mann, so was mach ich nicht.«

»Was?«

»Zu dritt. Hören Sie endlich auf, mich zu schikanieren – ich hab doch schon gesagt, dass wir uns zugeknallt haben. Das war's.«

»Und wenn ihr beide high wart, hat Bernie dann von den Morden erzählt?«

Bates schnippte ein paar Mal mit den Fingern und blickte so sehnsüchtig zu seiner Haustür, als wäre sie das

Tor zu einem ewigwährenden Drogenrausch, den er nicht schnell genug erreichen konnte.

»Nur noch ein paar Fragen, Mr Bates, dann können Sie nach Hause«, schaltete sich Kay ein. »Annie Harris. Kannten Sie sie?«

Sein Blick huschte wieder zu Finn, dann fuhr er sich mit der Hand durch die wirren Haare und kratzte sich am Kopf.

»Antworten Sie ihr, Jer.«

»Okay, okay. Das ist das Mädchen, das sie in diesem Reihenhaus am Harlem Park gefunden haben, stimmt's?«

»Ganz genau, Jer.« Finn fragte sich, ob Bates diesbezüglich überhaupt irgendwelche klaren Erinnerungen hatte, die von Bedeutung sein konnten.

»Hat Bernard mal über sie gesprochen?«, fragte Kay.

Bates zuckte mit den Achseln.

»Was hat er erzählt, Jerry?«

»Dass er sie kannte. Das war, nachdem das ganze Zeug über sie in der Zeitung stand.«

»Mehr nicht?«

Bates zögerte lange genug, um Finn zu verraten, dass das nicht alles war, aber der Junkie hatte dichtgemacht. Finn hasste es, Süchtige zu verhören. Sie hatten nichts anderes im Kopf als den nächsten Schuss und der war ihnen sogar wichtiger als jedweder Selbstschutz. Finn hatte schon genügend Junkies vernommen, um zu wissen, dass sie sagen würden, was nötig war, um endlich wieder an ihre Drogen zu kommen. Und drängte man sie zu sehr – insbesondere wenn sie den Schuss so dringend brauchten wie Bates heute Abend –, klinkten sie sich einfach aus. Aber Finn war mit seiner Geduld definitiv am Ende.

»Okay, Jerry –«, Finn machte Anstalten auszusteigen,

»wir können Sie auch mit ins Präsidium nehmen.« Er deutete mit dem Daumen auf den Streifenwagen hinter ihnen. »Ich bitte die Jungs, Sie in die Stadt zu fahren, während wir uns um die Durchsuchungserlaubnis für Ihr Haus kümmern. Wie viel Stoff finden wir wohl auf Ihrem Couchtisch – was meinen Sie?«

»Nein. Warten Sie. Scheiße, Mann, das können Sie doch nicht machen!«

»Dann geben Sie uns was in die Hand, Jer«, antwortete Finn. »Wir fragen Sie doch auch ganz höflich.«

»Okay, hören Sie. Ja, Bernie hat was gesagt, okay? Wir haben uns ungefähr eine Woche, bevor er verhaftet wurde, zugedröhnt. Er hat sich ganz komisch verhalten und mich gefragt, ob ich schon mal einen Toten gesehen hätte – woanders als bei Hagen im Keller. Dann hat er mich gefragt, ob ich mal zugeschaut hätte, wie jemand gestorben ist, wie es passiert und so. Und dann faselte er was davon, wie er Annie umgebracht hat. Himmel, ich hab dem Hurensohn kein Wort geglaubt. Ich dachte, er gibt nur an, macht Witze, verstehen Sie?«

»Machen Sie immer Witze über Mord, Mr Bates?«, fragte Kay.

»Nein. Aber ich hab nicht geglaubt, dass er sie getötet hat. Mehr weiß ich nicht, ehrlich.« Bates' Winselei wurde allmählich nervtötend.

»Wir wissen, dass Bernard bei Ihnen Unterschlupf gefunden hat, als wir nach ihm fahndeten«, sagte Kay. »Er hat uns von Ihrem Haus aus angerufen. Haben Sie ihm zugeredet, sich bei uns zu melden?«

Bates nickte.

»Dann müssen Sie ja einen großen Einfluss auf Bernard haben«, fuhr Kay fort, »wenn Sie ihn überzeugen konnten, sich einer Anklage wegen mehrfachen Mordes zu stellen.«

»Gut möglich.« Argwohn färbte Bates' weinerliche Stimme.

»Also, wo waren Sie am Samstagabend?«, wollte Kay wissen. Unvermittelt wechselte sie die Richtung der Befragung und brachte Bates damit absichtlich noch mehr aus dem Gleichgewicht.

»Keine Ahnung. Da muss ich in meinem Terminkalender nachschauen.«

»He, spielen Sie hier nicht den Klugscheißer, Jer«, warnte Finn.

»Ich bin fast jeden Abend daheim, okay? Also denke ich, dass ich am Samstag auch zu Hause war.«

»Kommen Sie, Jer. Wo waren Sie? Wenn Sie Detective Delaney kein gutes Alibi angeben können, dann müssen wir wohl oder übel Ihren dürren Hintern doch noch ins Präsidium schleppen.«

Bates sog scharf die Luft ein und setzte sich gerade hin. »Gut. Dann bringen Sie mich in das verdammte Präsidium.« Seine Stimme war plötzlich kräftiger – das Winseln war verschwunden. »Und dann will ich als Erstes meinen Anwalt anrufen.«

Finn gab nach. Das war die Sache nicht wert. Sie würden sich nur die ganze Nacht mit einem zweitklassigen Rechtsverdreher herumschlagen müssen. Zuerst brauchten sie mehr Anhaltspunkte.

»Vergessen Sie's.« Finn öffnete die Wagentür, stieg aus und scheuchte den Junkie hinaus. »Wir bleiben in Verbindung«, rief er Bates nach, der bereits über die Straße flitzte.

»Ich möchte eine Streife vor seinem Haus postieren«, meinte Finn zu Kay, als Bates in sein Haus verschwand.

Kay war mittlerweile auch ausgestiegen, lehnte am Wagen und starrte schweigend zur anderen Straßenseite hinüber.

»Dieser Kerl ist nicht so hilflos, wie er tut«, fuhr er fort. »Und er hatte Zugang zu Hagens Bestattungsinstitut. Wahrscheinlich besaß er sogar einen Schlüssel für den Lieferwagen des Unternehmens. Wenn du denkst, dass jemand Eales geholfen hat, die Leichen wegzuschaffen –«, er zeigte mit dem Daumen auf Bates' Haus, »dann ist er bisher der Kandidat, der am ehesten in Frage kommt.«

»Er ist ein Junkie, Finn. Glaubst du wirklich, er könnte so was durchziehen?«

»He, es klang nicht so, als ob es ihm besonders viel ausgemacht hätte, für Hagen zu arbeiten.«

»Aber was ist mit Valley und Beggs? Ich bin ja auch der Ansicht, dass er in die Sache verwickelt ist. Irgendwie. Aber –«, sie deutete mit dem Kopf auf das Haus, »kannst du dir allen Ernstes vorstellen, dass der Typ diese Morde begangen hat?«

Finn zuckte mit den Achseln. »Wer weiß? Zwischen einem Gelegenheitsfixer und einem Junkie, der richtig an der Nadel hängt, ist ein großer Unterschied. Ich glaube nicht, dass Jerry die Grenze schon überschritten hat. Meiner Meinung nach haben wir ihn in einem schlechten Moment erwischt. Wer weiß, wie er drauf ist, wenn er mal gerade nicht scharf auf den nächsten Schuss ist? Ich habe nicht das Gefühl, dass der Stoff und NASCAR seine einzigen Hobbys sind.«

Kay schüttelte den Kopf und ihr Blick wanderte von Bates' Haus zu dem von Eales.

»Was ist, Kay?«

»Es fühlt sich einfach nicht richtig an«, entgegnete sie, stieß sich von dem Auto ab und tigerte auf dem Gehsteig hin und her.

»Sollen wir etwa keinen Streifenwagen hier postieren?«

»Doch. Wir lassen Bates observieren.«

»Und was sagt dir dein Instinkt?«

Wieder schüttelte sie den Kopf, und Finn hatte den Eindruck, dass sie in Gedanken verschiedene Möglichkeiten durchging. »Ich weiß nicht«, antwortete sie schließlich. »Wir sollten mehr über Patricia und Eales herausfinden. Und wir müssen dahinterkommen, was sich wirklich in diesem Bestattungsinstitut abgespielt hat.«

## 37

Diesmal hatte sie ihm ein neues Päckchen mitgebracht.

Der Rauch, der von der Camel aufstieg, duftete verlockend. Als Eales die Asche auf den Betonboden schnippte, stellte sie sich vor, wie der Qualm sich in ihrer eigenen Lunge ausbreitete und ihre Nerven nach und nach beruhigte.

Sie war auch diesmal allein gekommen, um mit Eales zu reden. Finn hatte sich ihrem Wunsch gefügt und widerwillig eingeräumt, dass sie vermutlich mehr über Hagens Missbrauch an seiner Tochter aus Eales herausbekommen würde als er. Dieses Thema verlangte Feingefühl und eine gewisse Vertrautheit, die sie mittlerweile mit Eales aufgebaut zu haben hoffte.

Aber hauptsächlich wollte Kay Finn nicht dabeihaben, weil sie genau wusste, wie er zu Eales stand. Sie konnte es sich nicht leisten, dass Finns Zorn die Antworten verhinderte, die sie so dringend brauchten.

Wie vorauszusehen war, hatte Eales auch heute das Formular unterschrieben und damit auf James Grogans Anwesenheit verzichtet. Als er den Stift in die Hand nahm, huschte ein belustigtes Grinsen über sein hässliches Gesicht. Und während er Kay über den Tisch hinweg anstarrte, kamen ihr Zweifel, ob sie sich mit den Zigaretten wirklich Eales' Mithilfe erkaufen konnte. Vermutlich steckte ihm Patricia Hagen so viele Kippen zu, dass er den ganzen Zellenblock damit versorgen konnte.

Kay behielt Eales' Hände im Auge. Sie waren heute nicht gefesselt. In der Linken brannte die Camel bis zu seinen nikotinfleckigen Fingern herunter, die Rechte hielt er unter dem Tisch. Kay nahm eine leichte rhythmische Bewegung in dem rechten Unterarm wahr und hoffte, dass er sich nur am Sack kratzte. Er warf die Kippe auf den Boden und zertrat sie mit seinem Turnschuh. Sein Knöchel war geschwollen und rot angelaufen – die Adern traten wie dicke Stränge hervor.

Kay blickte ihm ins Gesicht. Ihr war klar, dass Eales ein besonderes Interesse an ihrer aufgeplatzten Lippe hatte, die noch immer nicht ganz verheilt war. Er war zwar neugierig, aber nicht dreist genug, um Fragen zu stellen.

»Das ist eine hübsche Uhr, Bernard«, sagte sie.

Er hatte die Hand wieder nach den Zigaretten ausgestreckt, hielt inne, sah nach der Zeit und nahm sich dann doch das Päckchen. Die Uhr musste teuer gewesen sein.

»Ein Geschenk von Patricia?«

»Vielleicht.«

Kay fragte sich, wie lange es noch dauern würde, bis er sie gegen Drogen eintauschte. »Sie kümmert sich rührend um Sie, stimmt's?«

Er ignorierte die Bemerkung und schüttelte eine Zigarette aus dem Päckchen. Sie rollte über den Tisch in Kays Richtung und wurde immer schneller. Erst als Kay sie aufhalten wollte, damit sie nicht vom Tisch fiel, wurde Eales aktiv.

Sie hatte vergessen, wie schnell dieser Bastard war.

Seine fleischige Hand zuckte vorwärts und sauste auf die Zigarette nieder. Um ein Haar hätte Kay die Finger dazwischen gehabt. Sie schreckte zurück, war aber nicht fix genug. Kay konnte beinahe die Hitze seiner Handfläche und die dicken Finger auf ihrer Haut spüren.

Er lächelte, steckte bedächtig die Zigarette zwischen die Lippen und zündete sie mit der Anmut einer feinen Dame an.

*Lass dich nicht einschüchtern, Delaney.*

»Ich wette, Patsy bringt Ihnen viele Dinge mit, was?«, fragte sie.

Er zuckte mit den Schultern und betrachtete die glimmende Spitze der Camel. »Immerhin ist sie Ihnen 'ne Menge schuldig, hab ich Recht, Bernard? Sie ist Ihnen bestimmt sehr dankbar.«

»Was meinen Sie damit?« Seine Augen wurden schmal.

»Ich hab den Brief gelesen.«

»Was für einen Brief?«

»Den, den Sie in Ihr Wörterbuch gesteckt haben.«

Als er sich mit einem Ruck nach vorn beugte, zuckte Kay zusammen, jedoch eher wegen des Rasselns der Fußketten als wegen der Bewegung. Für diese Reaktion hätte sie sich am liebsten in den Hintern getreten.

»Warum, zum Teufel, schnüffeln Sie in meinen Sachen herum?«, zischte er durch die schiefen Zähne. Sein säuerlicher Atem stieg ihr in die Nase.

»Ich versuche, Antworten zu finden. Ihr Bruder hat mir die Erlaubnis gegeben, mich in Ihrem Haus umzusehen.«

»Das hätte er nicht tun dürfen. Es ist nicht sein Haus.«

»Wir haben heute Morgen mit Patricia gesprochen. Ich habe ihr den Brief gezeigt.« Sie und Finn waren gerade vor Patricia Hagens Haus vorgefahren, als sie aus einem

Taxi sprang. Das war um zehn Uhr morgens gewesen. Die beiden Detectives waren ihr bis zur Haustür gefolgt, aber dieses Mal hatte Patsy sie nicht hereingebeten.

»Sie sagte, es wäre nie passiert.« Doch Kay entsann sich, wie sehr Patsys Hände gezittert hatten, als sie den Brief las. »Sie meint, ihr Vater hätte sie nie angefasst.«

Eales' Mund war ein roter Schlitz.

»Deshalb haben Sie den Brief nie abgeschickt, stimmt's, Bernard? Sie wussten, dass Patsy eine solche Sache niemals unterstützt hätte, selbst wenn ihr Vater seine Finger nicht bei sich behalten konnte. Aber sie ist Ihnen dankbar, nicht wahr? Weil Hagen Ihretwegen aufgehört hat, sie zu missbrauchen. So ist es doch?«

Eales starrte ins Leere, und Kay glaubte, dass er die Szene, wie er Hagen zur Rede stellte, noch einmal durchlebte. Sie konnte sich ausmalen, wie Eales die großen Hände um den Hals des alten Mannes legte.

»Ich finde es gut, dass Sie so gehandelt haben, Bernard. Was Hagen mit seiner Tochter gemacht hat, war einfach falsch. Kein Mann, der so was tut, sollte ungeschoren davonkommen. Und Sie haben sich für sie stark gemacht. Sie haben das kleine Mädchen gerettet, hab ich Recht?«

Sie hoffte, dass sich seine Miene entspannte. Aber da war nichts.

»Haben Sie deshalb die falschen Beschuldigungen gegen ihn erhoben?«, fragte Kay weiter.

»Sie meinen wegen der Leichenschändung? Das waren keine falschen Beschuldigungen. Die Cops konnten es ihm nur nicht nachweisen. Sie hatten keine Lust dazu.«

»Dann hat er also tatsächlich was mit den Toten gemacht?«

»Sagen Sie bloß, *Sie* wollen mir jetzt glauben.«

»Ja, Bernard, ich glaube Ihnen.«

»Toll. Und was werden Sie unternehmen?«

»Leider kann ich nicht viel tun. Nekrophilie ist in Maryland kein Verbrechen. Wir hätten ihn vielleicht wegen Missachtung der Totenruhe drankriegen können, aber das war vor fünfzehn Jahren, Bernard. Ich kann nachschlagen, wann so etwas verjährt, aber …«

»Vergessen Sie's. Sie werden sowieso nichts tun.«

»Natürlich würde ich das, Bernard. Wenn Sie mir helfen.«

Als er sie jetzt anschaute, blitzte Interesse in seinen blauen Augen auf. Das war die Verbindung, auf die sie gewartet hatte.

»Erzählen Sie mir, wer Ihnen geholfen hat, die Frauen zu beseitigen«, fuhr sie fort. »Wer war in der Nacht, in der Valley Regester Sie im Leakin Park gesehen hat, bei Ihnen?«

»Niemand.« Seine Stimme war flach. Der Funke verglomm so schnell, wie er aufgeflackert war. »Ich habe meinen Müll weggeworfen. Warum gehen Sie nicht in den Park und schauen nach? Kein Mensch entsorgt sonst seinen Abfall dort. Gehen Sie hin, statt sich hier den Hintern platt zu sitzen und meine Zeit zu verschwenden.«

»Bernard, wenn Sie eines haben, dann ist es Zeit. Ich glaube, Sie können bestimmt eine halbe Stunde erübrigen. Wir beide wissen, dass Sie Roma Chisneys Leiche im Park abgelegt haben. All diese Frauen wurden in Ihrem Haus getötet. Wer hat Ihnen geholfen, sie loszuwerden?«

»Ich habe niemanden getötet.«

»Oh. Richtig. Die Frauen begingen ja Selbstmord, Entschuldigung. Und wer hat Ihnen geholfen, die Selbstmordopfer wegzuschaffen?«

Die Zigarette glomm auf.

»War es Jerry Bates?«, fragte sie.

»Sie haben mit Jerry gesprochen?« Die Besorgnis in seiner Stimme war so flüchtig, dass Kay überlegte, ob sie

sie tatsächlich wahrgenommen hatte oder ob sie sich in ihrer Not, Antworten zu erhalten, nur gerade etwas vorgemacht hatte.

»Jerry ist ein guter Freund von Ihnen, oder? Sie haben viel Zeit miteinander verbracht. Saßen oft zusammen und haben sich zugedröhnt.«

»Und?«

»Haben Sie auch noch andere Sachen zusammen gemacht?«

Eales zeigte keine Reaktion.

»War Jerry in der Nacht, in der Sie Annie Harris mit nach Hause gebracht haben, bei Ihnen?«

»Wann?«

»Als sie gestorben ist.«

»Ich erinnere mich nicht.«

»Und Roma Chisney? Haben Sie die auch mit nach Hause genommen?«

»Keine Ahnung.«

»Vielleicht hat *er* diese Frauen umgebracht, was, Bernard?« Damit bot Kay ihm einen Ausweg.

»Ja, könnte sein.«

»Und vielleicht haben *Sie ihm* geholfen?«

Aber diesen Köder schluckte Eales nicht. Seine Lippen gaben ein schmatzendes Geräusch von sich, als er an der Camel zog.

»Haben Sie die Leichen gemeinsam mit Jerry aus dem Haus geschafft, Bernard?«

Er pulte mit dem kleinen Finger der Hand, in der er die Zigarette hielt, den Dreck unter den Nägeln der anderen Hand hervor, dann riss er sich mit den Zähnen einen Hautfetzen vom Daumen und spuckte ihn auf den Boden.

»Hat Jerry Ihnen geholfen, sie aus dem Kofferraum Ihres Wagens zu heben?«

»He, wo *ist* mein Auto überhaupt?«

Sie überlegte kurz, ob sie die Ablenkung unterbinden sollte, aber dann sagte sie doch: »In Polizeigewahrsam.«

Er schüttelte den stoppeligen Kopf und schaute auf den Boden. Kay hätte schwören können, für eine Sekunde echte Traurigkeit in diesen blauen Augen gesehen zu haben. »Das ist das Auto von meinem Großvater, wissen Sie. Er ist damit '62 von Kanada heruntergefahren. Sie sind nur dort gebaut worden. Es ist ein '59er Pontiac StratoChief. Das verdammt beste Auto auf der Welt. Meine Mutter hat es jahrelang hinter dem Haus verrotten lassen. Ich hab eine Menge Arbeit in das Schätzchen gesteckt und jetzt steht es auf einem verdammten Polizeiparkplatz herum.«

Kay konnte beinahe beobachten, wie er sich in sich selbst zurückzog, als ob er davon träumte, hinter seinem Haus in der Gettings Street zu stehen und den großen schwarzen Pontiac zu polieren.

»Wer hat Ihnen geholfen, Bernard?«

Sie sah, wie er sich von seinen Gedanken losriss. Er zog lange an der Zigarette.

»Ich weiß, dass Sie das nicht allein tun konnten.«

Seine Antwort war eine blaue Rauchwolke.

»Okay.« Kay wechselte die Taktik. Eales war nicht auf »Auswege« aus. »Was, wenn ich Ihnen sage, dass ich Sie für zu dumm halte, solche Morde ganz allein durchzuziehen?«

Die halb gerauchte Camel flog auf den Boden und wurde von einem Turnschuh zermalmt. Die Fußfesseln stießen gegen das stählerne Stuhlbein. Als er sich jetzt über den Tisch beugte, war Kay nicht sicher, ob er versuchte, sie einzuschüchtern, oder ob er ihr ein Geheimnis verraten wollte.

»Ach ja?« Sein Flüstern triefte vor Sarkasmus und ihr

stieg sein verbrauchter Qualm in die Nase. »Und was, wenn ich Ihnen sage, dass Sie verdammt schlau sind und eigentlich in der Lage sein sollten, alles ganz allein herauszufinden?«

Kay stand auf – sie brauchte Platz.

Sie nahm den Schnellhefter mit Fotos, den sie im Büro vorbereitet hatte, aus ihrem Aktenkoffer. Zwar hatte sie nicht gewusst, ob sie ihn brauchen würde und ob Eales wirklich die Gelegenheit erhalten sollte, sich an den Bildern zu weiden, aber ihr fiel sonst nichts mehr ein. Sie warf die Fotos auf den Tisch. Eines nach dem anderen. Es waren fünf. Beggs in der Gasse – Totalaufnahmen, Nahaufnahmen – und auf dem Tisch in der Gerichtsmedizin. »Was fällt Ihnen dazu ein?«

Eales' Augen verschlangen die Aufnahmen regelrecht. Wieder überlegte Kay, ob sich für einen Moment eine gewisse Beunruhigung in seinem Gesicht abgezeichnet hatte. Dann huschte etwas, was Ähnlichkeit mit einem Lächeln hatte, über seine trockenen Lippen. »Nichts.«

»Ihr Name ist Bobby Joe Beggs. Sie ging in der Wilkens Avenue auf den Strich. Kannten Sie sie?«

»Nee. Sollte ich?«

»Was ist mit der Art, wie sie umgebracht wurde? Kommt Ihnen da etwas bekannt vor?«

»Sie meinen, weil sie sich die Pulsadern aufgeschnitten hat?«

»Ja. Genau wie die Frauen in Ihrem Haus. Möchten Sie mir etwas über sie erzählen, Bernard?«

»Was, zum Teufel, bringt Sie auf die Idee, dass ich etwas über sie oder über ihren Tod wissen könnte?«

»Ich bin überzeugt, Sie wissen etwas. Ich glaube auch, dass derjenige, der Ihnen mit den anderen Frauen geholfen hat, für ihren Tod verantwortlich ist.« Sie sammelte die Fotos wieder ein. Sein Blick verfolgte jedes einzelne, das zwischen den Aktendeckeln verschwand. »Entweder so, oder Sie haben einen glühenden Fan da draußen.«

»Na, das wär doch was.«

»Noch einmal: Wer war Ihnen behilflich?«

»Niemand.«

»Kommen Sie, Bernard. War es Jerry?«

Keine Antwort.

»Nein, warten Sie ... Es war Patsy. Wie tief steht sie in Ihrer Schuld, Bernard?«

Als er diesmal explodierte, fuhr sogar der Wärter an der Tür zusammen. Aber jetzt war Kay auf einen Ausbruch vorbereitet. Sie zuckte mit keiner Wimper.

»Lassen Sie Patsy da raus, ja?«

»Also war sie es.«

»Nein, verdammt.«

»Wer dann?«

Bernard Eales verschränkte die dicken Arme vor der Brust und gab ihr damit zu verstehen, dass er das Gespräch für beendet hielt. Doch Kay konnte sich nicht damit zufrieden geben. Noch nicht.

»Passen Sie auf. Wenn Sie meine Fragen beantworten, kann ich möglicherweise etwas wegen Ihres Autos in die Wege leiten. Vielleicht kann ich es zu Ihrem Bruder bringen lassen.« Sie legte wieder ein Foto auf den Tisch. »Wenn Sie mir schon nicht verraten wollen, wer bei Ihnen war, dann sagen Sie mir wenigstens, ob Ihr Helfer von damals das hier getan haben könnte.«

Fast konnte sie beobachten, wie sich die Antwort hinter diesen zusammengepressten Lippen formte, und spürte, dass er für sein Auto vieles tun würde. Es war da – so als müsste sie nur die Hand ausstrecken und die Antwort von ihm abholen.

Aber er schwieg.

»Haben Sie diesen Helfer gebeten sicherzustellen, dass

Valerie Regester nicht vor Gericht aussagen kann? Vielleicht dachte er ja, dass Valerie auch ihn gesehen hat, und wollte sich nur selbst schützen. Ist es das?«

Nichts.

Sie schob ihm das Foto hin. »Glauben Sie, dass er das getan haben könnte?«

Die Stille schwoll an und wurde nur von zuschlagenden Toren und dem Summer unterbrochen, der irgendwo in der heißen, abgestandenen Luft des Zellenblocks ertönte. Es war zwecklos. Eales hatte sich vollkommen abgeschottet. Sie war so nah dran gewesen, aber jetzt war er unerreichbar.

»Gut«, seufzte sie schließlich und nahm ihren Aktenkoffer. »Hören Sie zu, Bernard. Meiner Meinung nach haben Sie diese Frauen *nicht* ermordet. Ein anderer hat es getan und Sie hatten einen Blackout. Und als Sie die Opfer tot in Ihrer Badewanne fanden, haben Sie *alles* geglaubt – sogar die lächerliche Theorie, dass drei Frauen in Ihrem Haus Selbstmord begangen haben sollen. Ich denke, ein anderer steckt hinter den Morden und ebenfalls hinter diesen neuen Fällen. Und Sie sind so verdammt dumm, dass Ihnen das immer noch nicht klar geworden ist.«

Die Stuhlbeine schabten über den Boden.

Erst als sie auf die Tür zuging, ergriff Eales wieder das Wort. »Warum machen Sie das?«

»Was mache ich denn, Bernard?«

»Wieso reden Sie so, als hätte ich diese Frauen nicht umgebracht?«

»Haben Sie sie umgebracht?«

Er grunzte. Als er aufstand, faltete er aus reiner Gewohnheit die Hände vor dem Bauch zwischen den Eisenringen an seinem Ledergürtel. »Warum versuchen Sie zu beweisen, dass ich unschuldig bin?«

Kay durchquerte den Raum und blieb etwa einen Meter vor ihm stehen, blickte in die gnadenlosen Augen, die vor einem Jahr auf ihr blutiges Gesicht gestarrt hatten. »Das mache ich nicht, Bernard. Und Sie sind wohl kaum unschuldig. Ich will nur die Wahrheit herausfinden. Das ist mein Job. Selbst wenn das bedeutet, dass ich Ihnen Ihren verlogenen Arsch rette.«

## 38

»Und jetzt denkt ihr, dieser Schwachkopf Bates hat mit Eales zusammengearbeitet?« Gunderson lehnte sich auf seinem Stuhl zurück. Die Metallfedern ächzten unter seinem Gewicht.

»Na ja, der Typ könnte jedenfalls passen«, meinte Finn. »Wir haben sicherheitshalber einen Wagen vor seinem Haus postiert.«

Kay beobachtete die pulsierende Ader an Gundersons Schläfe. Eine Viertelstunde, nachdem sie aus dem Gefängnis zurückgekehrt war, hatte Sarge zu einer Besprechung gerufen. Vicki saß bereits in seinem Büro, als Kay und Finn hereinkamen. Ein Ventilator rasselte altersschwach in der Ecke und wirbelte die Papiere auf dem Schreibtisch sachte auf, während die beiden Sarge und Vicki über den Fall Beggs, Bates, die Hagens und Kays Gespräch mit Eales in Kenntnis setzten.

»Und was genau wisst ihr über diesen Bates?«, fragte Gunderson. Wie er so an seinem Schreibtisch saß, wirkte er träge und käsig. Richtig niedergeschlagen. Als wäre die Pensionierung für ihn nicht mehr nur ein vager Gedanke.

»So viel, dass wir uns liebend gern in seinem Haus umsehen würden«, erwiderte Finn. »Eine Durchsuchungserlaubnis könnte uns helfen, eine Verbindung zu Regester oder Beggs herzustellen.«

»Und was hatte Eales über seinen Kumpel zu sagen?«

Kay schüttelte den Kopf. »Ich durchschaue ihn einfach nicht. Ich hab ihn wegen Bates regelrecht gegrillt, aber … entweder hat Bates nichts mit der Sache zu tun oder Eales kann gut bluffen. Ich bin wie Finn der Meinung, dass uns eine Hausdurchsuchung und Beweissicherung weiterhelfen würden.«

»Könnt ihr ihn irgendwie mit dem letzten Opfer – Bobby Joe Beggs – in Zusammenhang bringen?«

»Wir haben eine ungefähre Beschreibung des Wagens, in den sie an dem Abend, als sie getötet wurde, eingestiegen ist«, berichtete Finn. »Und die Beschreibung könnte auf den '96er Impala passen, der hinter Bates' Haus steht. Man hat ihm zwar die Fahrerlaubnis entzogen, aber das heißt überhaupt nichts.«

»Sonst noch was?«

»Nichts außer einem persönlichen Eindruck und Bauchgefühle.« Finn sah müde aus und war genauso frustriert wie Kay. »Man sieht dem Kerl einfach an, dass er nicht astrein und ein Spinner ist, Sarge.«

»Das reicht nicht.« Vicki rutschte auf ihrem Stuhl nach vorn und zupfte am Saum ihres kurzen Rocks. Auch ihr ging wie den anderen die Hitze auf die Nerven. »Hier muss ich dasselbe sagen wie in Hinblick auf Arsenault. Wir brauchen einen begründeten Verdacht. Ihr bewegt euch schon mit dem Streifenwagen vor Bates' Haus auf sehr dünnem Eis. Ich bin überrascht, dass er noch keinen Anwalt eingeschaltet hat, der laut ›Schikane und Belästigung‹ schreit.«

Die Staatsanwältin erhob sich und bewegte sich Richtung Tür. »Grabt was gegen ihn aus, Leute. Irgendwas. Weist ihm nach, dass er etwas mit Beggs zu tun hatte. Zeigt ein Foto von ihm auf der Wilkens herum, vielleicht hat ihn eins der Mädchen schon mal gesehen. Bringt ihn mit Valerie Regester in Verbindung. Findet heraus, was er in den Mordnächten gemacht hat. Wenn ihr Material auftreibt, das ihn mit den letzten Morden in Zusammenhang bringt, kann ich euch in sein Haus bringen. Aber im Moment setzt ihr auf keinen Fall auch nur einen Fuß über seine Schwelle.«

»Ganz zu schweigen davon«, ließ Gunderson sich wieder vernehmen und bedeutete Vicki mit einem Nicken, noch dazubleiben, »dass unsere Vorgesetzten mir Sorgen bereiten.«

»Was ist los, Sarge?« Kay wusste ohnehin, was jetzt kam. Ihre Brust wurde eng und das Zimmer kam ihr plötzlich noch heißer vor.

»Sie machen mir ganz schön die Hölle heiß, Kay. Ich sag's nicht gern, aber die Rede ist von einer Task Force.«

»Oh, um Himmels willen!« Wenn Vicki nicht an der Tür gestanden hätte, wäre Kay hinausgestürmt.

»Hör mal, Sarge«, wehrte sich Finn, »Kay und ich haben die Ermittlungen im Griff. Du weißt, dass wir hart an dem Fall arbeiten. Und wir kriegen diesen Kerl, ganz bestimmt.«

»Vielleicht könnte ein bisschen Hilfe nicht schaden«, gab Gunderson zu bedenken.

Aber er irrte sich. »Das ist Bullshit«, rief Kay; sie konnte sich nicht mehr zurückhalten. »Dann pfuschen uns ein halbes Dutzend Detectives ins Handwerk, trampeln alle Beweise nieder, rücken den Verdächtigen genau auf die falsche Art zu Leibe, quatschen in der Bar mit ihren Kumpels über den Fall, und im Nu haben wir eine Riesensauerei.«

»Kay, du weißt, mir sind die Hände gebunden.« Ungeduld zeichnete sich auf Gundersons verkniffenem Gesicht ab. »Ich warne euch nur, dass da oben kräftig geknurrt wird, und um ehrlich zu sein, ich hab wirklich keine Ahnung, wie lange ich die Hunde noch in Schach halten kann.«

Kay schüttelte den Kopf und stand auf. »Gut. Ich denke, wir haben zu tun, und ich überlege mir ernsthaft, ob ich den Fall nicht freiwillig abgeben sollte. Gibt's sonst noch was, wovor du uns warnen willst?«

Sarge schüttelte den Kopf, und Kay fegte an Vicki vorbei durch die Tür, ehe sich Gunderson eines anderen besinnen konnte.

»Diese Hurensöhne«, zischte Finn, als er sich zu Kay an ihren Schreibtisch gesellte, wo sie wütend die Akten umschichtete. »Bist du okay?«

»Alles bestens. Großartig.« Sie schob einige Ordner zur Seite, um die Liste von Alexander Hagen zu finden. »Wenn wir so weitermachen, dann wird dieser Fall zu einem verdammten Rummelplatz. Und wenn die Medien Wind davon bekommen, dass eine Task Force eingerichtet wird, dann verbringen wir die meiste Zeit damit, den Kameras und Mikros auszuweichen. Wenn wir nicht gerade im Kreis herumrennen, Aufgaben delegieren und zehnseitige Berichte in dreifacher Ausfertigung tippen, um vor den großen Bossen zu rechtfertigen, dass sie einem halben Dutzend Detectives die Überstunden bezahlen.«

Finn schwieg eine ganze Weile. Kay brauchte ihn nur anzusehen, sie erkannte an seinen heftigen Atemzügen, dass er versuchte, seine Wut im Zaum zu halten. »Wir kriegen ihn, Kay, ich lasse nicht zu, dass sie uns diesen Fall wegnehmen.«

Und Kay wünschte, dass Finn Recht behielt.

»Ich *weiß*, dass wir diesen Bastard schnappen können, Finn«, sagte sie schließlich. »Wir brauchen keine Task Force. Wir brauchen eine verdammte Verschnaufpause.«

# 39

Er saß in seinem Wagen auf der anderen Straßenseite und beobachtete ihre Fenster. Das warme gelbe Licht strahlte in die dampfende Nacht. Sie hatte alle bis auf eine Jalousie heruntergezogen, und er erhaschte hin und wieder einen Blick auf sie, wenn sie an dem erleuchteten Fenster vorbeikam. Sie ging auf und ab. Oder putzte sie die Wohnung? Das konnte er von hier unten nicht erkennen.

Er hatte sie heute schon einmal beobachtet. Am Morgen, als sie gerade aus dem Gefängnis kam. Er musste an Bernard denken. Ob er schon von der toten Prostituierten im Müll erfahren hatte? Wusste er, dass er es getan hatte? Nun. Bernard würde ganz bestimmt von der nächsten erfahren.

Als sie wieder am Fenster auftauchte, verspürte Roach ein Ziehen in der Leistengegend. Die Reaktion überraschte ihn.

Er setzte die Limonadendose an die Lippen und trank sie aus. Das Zeug schmeckte warm und schal, und im Auto stank es nach Zwiebeln von dem Burger, den er sich vorhin auf dem Cross Street Market gekauft hatte.

Er und Bernard hatten in der Nacht, in der sie Annie Harris getötet hatten, auch Burger gegessen. Oder besser: in der Nacht, in der *Bernard* sie getötet hatte. Bernard hatte sie von der Straße aufgelesen und mit nach Hause gebracht, um sich mit ihr zuzudröhnen. Der Bastard dachte tatsächlich, er hätte Glück bei ihr, und als es nicht so war, holte er aus und schlug ihr mitten ins Gesicht. Sie sank in sich zusammen wie ein nasser Sack. Ihr Kopf knallte auf den Couchtisch und sie brach sich das Genick. Annie war schon tot, bevor sie vollends auf dem Boden aufschlug.

Da war kein Blut. Nur ein dünnes Rinnsal sickerte aus der Nase der Nutte. Selbst als er sie ins Badezimmer schleppte, in die mit warmem Wasser gefüllte Wanne fallen ließ und sein Messer aus der Tasche holte, blutete sie nicht sonderlich. Ihr Herz stand bereits still.

Von dieser Ersten hatte er gelernt. Von Annie Harris.

Die anderen zwei ließ er am Leben. Bewusstlos durch das Heroin. Er hatte zugesehen, wie das dicke Blut aus den aufgeschnittenen Pulsadern gepumpt wurde. Sein eigenes Herz hatte fast im gleichen Rhythmus geschlagen, bis das Pulsieren aufgehört hatte und das Wasser scharlachrot gewesen war.

Wieder passierte sie das Fenster. Ihr Haar schien nass zu sein und er stellte sie sich in seinem Bad vor.

Er könnte sie heute Nacht mitnehmen.

Aber noch besser wäre, wenn sie freiwillig zu ihm käme. Das wäre viel aufregender. Zu sehen, wie sie durch die Tür kam und sich allmählich der Schock in ihrem Gesicht abzeichnete, sobald sie begriff, was los war. Doch das Warten würde sich lohnen.

# 40

Kay kam mit der Bedrohung nicht gut zurecht. Finn hatte den Anfang im Büro miterlebt, nachdem Gunderson ihnen von der Möglichkeit einer Task Force erzählt hatte. Aber jetzt, um zehn Uhr abends, als sie ihm die Wohnungstür öffnete, war ihr deutlich anzumerken, wie schwer der Gedanke auf ihr lastete, die Ermittlungen könnten ihr aus der Hand genommen werden.

Ihr Haar war noch nass von der Dusche, und sie trug ein T-Shirt über Boxershorts, die einmal ihm gehört hatten. Sie lächelte nicht. Lud ihn nicht ein hereinzukommen. Sie drehte sich einfach um und erwartete, dass er ihr folgte.

Am Abend zuvor waren sie von Bates aus hierher gefahren. Beide entmutigt und fix und fertig. Sie hatten sich geliebt, und obwohl Finn den Verdacht hatte, dass Kay nur mit ihm ins Bett gegangen war, um ihren Frust zu bekämpfen, war er über Nacht geblieben.

Er war sich nicht sicher, ob sie ihn heute erwartet hatte, aber nachdem sie im Büro stundenlang ohne Ergebnisse Hagens Mitarbeiterliste durchgegangen waren, verschwand Kay plötzlich, und Finn hatte ein ungutes Gefühl gehabt.

Jetzt schien es, als wäre seine Besorgnis berechtigt gewesen.

Kay war betrunken. »Beschwipst«, würde seine Mutter zwar dazu sagen. Aber betrunken war betrunken.

»Ich bin im Arbeitszimmer«, verkündete sie, ging durch den Flur und überließ es ihm, die Tür zu schließen. Als er zu ihr stieß, saß sie im kalten Schimmer des Computerbildschirms. Joe Spencers gescheckte Katze saß inmitten von Büchern und Papieren auf der Schreibtischecke unter der einzigen Lampe und saugte die Wärme in sich auf.

»Ich bin noch in Piksville vorbeigefahren«, berichtete Finn. Als er den Karton vom Krematorium auf den Schreibtisch stellte, straffte Kay den Rücken. Er hatte Anfang der Woche einen Bekannten seiner Ex-Frau gebeten, dafür zu sorgen, dass Valerie Regesters sterbliche Überreste abgeholt wurden. Eine Verbrennung war die einzig realistische Option gewesen und Kay sparte dadurch viel Geld.

»Ich habe auch beim Dulaney Memorial nachgefragt; die Verwaltung reserviert einen Platz für sie im Mausoleum; du kannst ihre Asche hinbringen, wann immer du willst.«

Kay nickte steif und starrte die Schachtel an. Und als wäre das Thema zu heikel, deutete sie ohne ein weiteres Wort auf ihren Computerbildschirm. »Ich checke gerade, ob neue Nachrichten auf Scotts Website eingegangen sind.«

Finn hasste es, wenn sie Arsenaults Vornamen benutzte. Sofort hatte er das blasierte Gesicht dieses Web-Designers vor Augen und den Blick, mit dem er Kay betrachtete. Das steigerte Finns Hass noch mehr.

»Irgendwas gefunden?«, fragte er, so lässig er konnte.

»Nein. Wenn Scott kein Pseudonym benutzt, dann sieht es so aus, als würde er im Moment den Ball flach halten.«

»Und die Details, die er löschen wollte?«

»Sie sind weg.«

»Ja? Ich frage mich, für wie lange.« Finn stellte sich neben sie, während sie die Links anklickte.

»Mittlerweile haben sie von Beggs gehört. Eine Menge Nachrichten befassen sich mit ihr.«

Aber alle enthielten bloß irgendwelche wilden Spekulationen.

»Und die Site wurde fast neuntausendmal abgerufen«, fuhr Kay fort. »Natürlich unterstützen nicht alle Beiträge auf dem Board Bernard Eales.« Sie las einige vor, aber Finn hörte ihr nicht zu. Stattdessen sah er sich an, was Kay zu ihrem Leben erkoren hatte. Die Bücher. Die Fotos. Kopien von Akten und Berichten. Sie umgab sich mit Eales. Mit dem Tod.

»Kay.«

Sie las weiter.

Sein Blick fiel auf die halb leere Flasche Silent Sam, die neben dem leeren Glas auf dem Schreibtisch stand. Gegen einen Drink dann und wann war nichts einzuwenden. Die meisten Kollegen tranken – oft auch zu viel. Es half, das zu verwischen, was sie täglich erlebten. Zu vergessen. Doch Finn hatte den Verdacht, dass Kay mehr als nur den Job ertränken wollte.

»Kay, warum liest du diesen ganzen Unsinn?«

»Weil er sich hier zu Wort melden könnte, Finn. Der Mörder von Valley und Beggs interessiert sich sicher dafür, was die Leute zu seinen Taten sagen.«

»Schön, aber du solltest dir auch mal eine Pause gönnen.«

Sie las noch einen Eintrag laut vor. Jemand dachte darüber nach, wie lange es wohl dauern würde, bis das nächste Opfer aufgefunden wurde.

»Kay.«

Ihre Hand, die die Maus betätigte, erstarrte. Sie blickte zu Finn auf.

»Wie wär's, wenn wir irgendwo einen Kaffee trinken würden?«, schlug er vor.

»Es ist schon spät, Finn.«

»Es ist nie zu spät, nüchtern zu werden.«

»Oh, um Gottes willen, Finn. Ich habe zwei Gläser getrunken.«

»Mehr als zwei.« Er hob die halb leere Wodkaflasche hoch. »Wie kannst du so was machen?«

»Was?« Ihr Ärger wurde vom Alkohol gedämpft.

»Himmel, Kay, du bist diejenige, die *mich* zu den Anonymen Alkoholikern geschickt hat.« Finn verließ das Arbeitszimmer. Kay lief ihm nach in die Küche, wo er den Wodka ins Spülbecken kippte.

Es war zu spät, etwas zu retten, und Kay fluchte.

Seine Mutter hatte auch getrunken. Mehr als er. Als Finn den letzten Tropfen Wodka in den Ausguss schüttete, fühlte er sich fast wie der zwölfjährige Junge von einst. »Du musst damit aufhören, Kay.«

Sie hielt eine Hand hoch, um ihn zum Schweigen zu bringen. Er umfasste ihre Schultern und erst dann blickte sie ihn an. Ihr Augen reagierten verzögert.

»Ich *weiß*, dass du viel durchgemacht hast. Ich musste schließlich daneben sitzen und alles mit ansehen.« Er bemühte sich um einen gemäßigten Ton. »Aber es wird Zeit, dass du das alles hinter dir lässt, Kay. Du musst endlich begreifen, dass du die Macht hast, etwas zu ändern, dass *du* die Kontrolle über dein Leben hast, nicht Eales. Selbst wenn du den Fall wirklich abgeben willst, dies ist nicht der richtige Weg. Glaub mir, ich weiß, wovon ich rede.«

Er stellte die Flasche ein wenig zu heftig auf die Arbeitsfläche. Kay zuckte zusammen. Als er an ihr vorbei zur Tür trat, hielt sie ihn am Arm fest.

»Geh nicht.«

Finn schüttelte den Kopf. »Ich will dir helfen, Kay. Ehrlich. Ich möchte für dich da sein, mit dir zusammen sein. Aber das kann ich nicht, wenn du so bist. Verstehst du das denn nicht?«

»Finn …«

»Verdammt, Kay, ich liebe dich.«

Mit ihrem Kuss hätte er in diesem Moment nicht gerechnet. Ihm war keine Zeit geblieben zurückzuweichen. Sie war ihm zu nahe und ihr Geruch zu verlockend. Als ihre Lippen die seinen berührten, schmeckte er den Wodka. Seit Monaten hatte er keinen Alkohol mehr gekostet.

Die Verzweiflung, die dieser Kuss ausdrückte, und ihre Nachgiebigkeit bedeuteten ihm, dass er über Nacht bleiben konnte. Aber so wollte er es nicht.

Wenn Kay Hilfe brauchte, dann konnte sie nicht von ihm kommen. Nicht solange er sie so sehr begehrte. Und nicht, wenn er sich am liebsten sofort selbst einen Drink eingießen und sich mit ihr zusammen betrinken würde.

»Nein, Kay«, wehrte er ab und zog sich zurück. »Das mache ich nicht. Nicht so.«

Sie holte ihn an der Wohnungstür ein. Er konnte nicht erkennen, ob es am Wodka lag, dass sie keine Worte fand, oder ob sie wirklich nicht wusste, was sie sagen sollte. Und als sie ihn dieses Mal küsste, zog sie ihn fest an sich. Er spürte die Hitze ihres Körpers und ihre Hand, die zu seiner Erektion wanderte.

»Bitte, bleib«, flüsterte sie dicht an seinem Mund.

Es wäre so einfach.

»Kay, ich kann nicht.«

»Warum nicht?« Sie verstand ihn nicht.

»Das fragst du?« Er schob sie von sich und hielt sie auf Armlänge. »Weil ich, verdammt noch mal, nicht jemand bin, mit dem du hin und wieder vögeln kannst, nur weil dir der Sinn nach Entspannung steht. Das bringe ich nicht fertig, Kay. Ich kann dir nicht helfen.« Und als Finn sich diesmal abwandte, dankte er Gott, dass sie nicht noch einmal versuchte, ihn aufzuhalten.

# 41

Er war gekommen, um Antworten zu finden.

Finn schaltete die Stabtaschenlampe ein und schwenkte den Strahl über die Vorderseite von Eales' Haus. Er hasste diesen Ort.

Nachdem er Kays Wohnung verlassen hatte, saß er lange in seinem Wagen und überlegte, ob er wieder zu ihr hinauf oder ins O'Reilly's gehen und sich an der Bar einen Jack Daniel's bestellen sollte. Nie war sein Verlangen nach einem Drink stärker gewesen als heute Abend.

*Gefährlich stark.*

Er hatte sogar sein Handy aus der Tasche genommen und in Erwägung gezogen, zum ersten Mal seit Monaten seinen AA-Mentor anzurufen. Letzten Endes unterließ er es. Er wusste, dass Terry Degan, der pensionierte Sergeant, der nun schon seit fast zwei Jahren sein Mentor war, ihm nur einen Vortrag halten und ihm klar machen würde, dass er nicht geeignet war, Kay zu helfen. Für Degan spielte es keine Rolle, dass Kay für Finn da gewesen war, als er so tief im Alkoholsumpf gesteckt hatte, dass er um ein Haar seinen Job verloren hätte.

Irgendwann war Finn losgefahren. Ließ Kay allein, obwohl das das Letzte war, was er wollte.

Er konzentrierte seine Gedanken auf den Fall, auf Kay und Eales. Falls er überhaupt eine Möglichkeit hatte, Kay zu helfen, dann indem er diesen Fall aufklärte und die Voraussetzungen für sie schuf, all das hinter sich zu lassen. Jetzt war es elf Uhr und er stand vor Eales' Haus.

Die Bilder von vor vierzehn Monaten standen ihm vor Augen. Er hatte Dienst gehabt, als der Anruf eingegangen war. Wie jeder andere verfügbare Detective war er unverzüglich in den südlichen Teil von Baltimore gerast.

Ohne jede Ahnung, wen oder was er zu erwarten hatte. Er wusste lediglich, dass zwei Kollegen angegriffen worden waren.

Auf der Cross Street war ihm ein Krankenwagen begegnet, der mit Sirene und Blaulicht zum Johns Hopkins Hospital unterwegs war. Dann kam ein zweiter. Lichter und Sirenen zerrissen die Nacht. Erst als er am Ort des Geschehens eintraf, erfuhr er, dass Kay in einem der Krankenwagen gelegen hatte.

Er blieb gerade lange genug, um Kays Blut auf dem rissigen Asphalt zu entdecken, dann rannte er zu seinem Dienstwagen, schaltete die Sirene ein und fuhr mit quietschenden Reifen los.

Noch immer spürte er die Angst in sich, die ihn damals, als er den Krankenwagen mit Kay und Spencer darin folgte, fast aufgefressen hatte.

Und nun stand er wieder hier. Zu seiner Rechten fiel eine Tür ins Schloss. In der Dunkelheit konnte er die Umrisse von Bates' Veranda vier Häuser weiter ausmachen. Die dürre Gestalt des Junkies, die die Stufen in den kahlen Vorgarten hinunterstieg, war unverwechselbar.

Bates blieb nach nur fünf Schritten auf dem Gehsteig wie angewurzelt stehen – offenbar hatte er Finn erkannt.

»Gehen Sie aus, Jer?«, rief Finn.

»Äh … nein.« Bates kniff sich einmal in die Nase, dann machte er auf seinen Flip-Flops kehrt, eilte die Außentreppe hinauf und zurück ins Haus. Der Uniformierte vom Süd-Distrikt, der auf der anderen Straßenseite Wache hielt, stieg aus seinem Streifenwagen. Finn winkte ihm zu, dann sah er wieder zu Eales' Haus. Sein Blick folgte der Stablampe, die allen möglichen Schrott beleuchtete: rostige Liegestuhlgestelle, alte Autoreifen, einen ausrangierten Kühlschrank.

Wie hatte sich das alles in jener verhängnisvollen Nacht bloß abgespielt?

Finn hatte die Berichte mindestens hundertmal gelesen und über jedem Detail gebrütet, bis er das Gefühl hatte, gemeinsam mit Kay auf dem Treppenabsatz gestanden zu haben.

Sie und Spence hatten damit gerechnet, dass Eales durch die Hintertür türmen würde. Aber das hatte er nicht getan. Er kam aus der Vordertür und schlug Kay die Waffe aus der Hand. Und von dem Moment an prügelte er, wie Kay später aussagte, gnadenlos auf sie ein, bis sie den Schuss hörte. *Ja, die ganze Zeit*, erzählte sie den Ermittlern. *Der Verdächtige hat unaufhörlich zugeschlagen und getreten.*

Und als sie gefragt wurde, wie Eales geschossen haben konnte, während er sie schlug, musste Kay einräumen, dass ihre Erinnerung verschwommen sei und sie vielleicht kurzzeitig das Bewusstsein verloren habe. In den Protokollen war zu lesen, dass die weitere Befragung nichts mehr erbracht hatte.

Finn stand auf den Stufen vor dem Haus und führte sich Kays Position vor Augen, als sie an die Tür geklopft hatte. Wahrscheinlich war sie zur Seite getreten – sie wusste ja nicht, ob Eales bewaffnet war, und wollte nichts riskieren, falls Eales Schüsse durch die Tür abfeuerte. Finn stellte ihre mutmaßlichen Bewegungen von damals nach; er befand sich mit dem Rücken an der Säule und streckte die Arme aus.

Auf dem Absatz vor dem Eingang war kaum Platz.

Sie hatte die Waffe in der rechten Hand gehalten und Eales kam links von ihr aus dem Haus.

Es habe keine Außenbeleuchtung gegeben, hatte Kay ausgesagt. Es war also dunkel gewesen – genau wie heute. Finn leuchtete mit der Taschenlampe den Weg durch den

Vorgarten ab, dann schaute er sich den mit Schrott verstellten Treppenabsatz noch einmal an. Betrachtete alles genau. Kalkulierte.

*Der Verdächtige hat unaufhörlich zugeschlagen und getreten.*

Und dann dämmerte Finn langsam eine schreckliche Erkenntnis.

# 42

»Komm schon, Kay. Noch einmal.«

»Himmel, Finn, hör auf, ich will das nicht.«

»Ich weiß, aber es ist wichtig. Du wirst schon sehen, was ich meine.«

Kay lag noch im Bett, als Finn am nächsten Morgen anrief. Er gab ihr fünfzehn Minuten Zeit, sich anzuziehen, und hupte die ganze Zeit lang unten auf der Straße. Er drückte ihr einen Kaffeebecher von Starbucks in die Hand, dann fuhr er mit ihr in die Gettings Street.

Sie wollte sich bei ihm wegen ihres Verhaltens am gestrigen Abend entschuldigen, Finn gab ihr jedoch keine Gelegenheit dazu. Seine neueste Theorie beschäftigte ihn viel zu sehr.

Die Sonne hatte den dichten Nebel über dem Northwest Harbor durchbrochen und brannte auf Eales' Vorgarten nieder, als Finn auf das Haus zueilte. Eine einzelne Zikade zirpte in einem der Nachbargärten.

Finn blieb am Fuß der Außentreppe stehen und schubste Kay an. »Also, du bist die Stufen hinaufgegangen, während Joe zur Hintertür lief, richtig?«

»Finn, bitte.«

»Verdammt, Kay, mach's einfach.«

Sie gab nach und wiederholte die Szene der unheilvollen Nacht. Sie hörte kaum, was Finn sagte, während er die düsteren Erinnerungen an Eales weckte, der aus der Tür stürmte, an Spence, der um das Hauseck rannte, und schließlich an den Schuss.

»Und du lagst hier.« Finn manövrierte sie zu der Stelle auf dem Weg – kaum fünf Meter von der Straße entfernt –, wo sie unter Eales' Schlägen zusammengebrochen war. »Und dann hast du Joe bemerkt, der ums Haus kam, richtig?«

Als er auf den Fleck zeigte, wo Spencer gestorben war, starrte Kay das von der Sonne verbrannte Gras und das verdorrte Unkraut an. Sie musste unwillkürlich an Geister denken und fragte sich, ob Spence jetzt irgendwie bei ihnen war. Sie hoffte nicht. Kay hatte schon viele Tote gesehen, aber sie hatte sich nie an die Vorstellung von einem Leben nach dem Tod oder vom Paradies geklammert. Tote waren tot. Aber um Spencers willen hoffte sie, dass es so etwas wie einen Himmel gab, einen Ort weit weg von diesem elenden, schmuddeligen Vorgarten.

Finn ging zurück zum Eingang und zerrte Kay hinter sich her. »Kapierst du es nicht, Kay?«

»Was?« Kay rieb sich den Nacken, in dem sich ein Schmerz ankündigte.

»Okay, hier draußen brannte kein Licht, richtig?«

»Richtig.«

»Und Eales hat die ganze Zeit auf dich eingeprügelt.«

»Meiner Erinnerung nach, ja.«

»Jetzt schau dir diesen Saustall hier oben an.« Er deutete auf den Schrott, der sich auf dem Treppenabsatz stapelte, dann stellte er sich vor die Haustür und sah Kay an. Er nahm ihre Hände und brachte sie in Position, als hielte sie eine Waffe. »Du hast gesagt, er hat dir die Knarre aus der Hand geschlagen – war das ungefähr so?«

Er hob die Hand und berührte ihr Handgelenk. Kay nickte.

»Und wo ist die Waffe gelandet, Kay?«

»Ich weiß nicht. Ich bin sicher, gehört zu haben, wie sie auf dem Betonboden aufschlug.«

»Wo?«

»Das weiß ich doch nicht. Wahrscheinlich irgendwo rechts von mir. Aber es war dunkel.«

»Genau. Wie konnte Eales sie dann finden? *Insbesondere*, wenn er damit beschäftigt war, dich halb totzuprügeln, hm?«

»Keine Ahnung«, murmelte sie. »Vielleicht erinnere ich mich nicht richtig.«

»Ich denke doch, Kay. Und ich glaube, du hattest absolut Recht, was Eales betrifft. Ich bin wie du der Meinung, dass er Hilfe hatte, als er die Frauenleichen wegschaffte, und auch in jener Nacht war jemand bei ihm.«

Kay fühlte Finns Intensität.

»Überleg mal«, fuhr er fort. »Die einzigen Fingerabdrücke, die sie auf deiner Dienstwaffe gefunden haben, waren die von Eales. Nicht einmal einen einzigen undeutlichen von dir. Warum?«

»Weil er sie irgendwann abgewischt hat.«

»Oder der *Schütze* hat sie abgewischt. Und dann schleppt der Schwachkopf Eales die Knarre zwei Tage mit sich herum, bis er sich freiwillig der Polizei stellt. Kay, ich glaube, dass in der Nacht jemand bei Eales war, und dieser Jemand hat die Waffe vom Boden aufgehoben. Er hat auf Spencer geschossen, nicht Eales.«

Kay schüttelte den Kopf und ging die Stufen hinunter. Ihre Knie waren weich, als sie durch den Vorgarten wankte, den Blick fest auf den Lumina gerichtet. Sie musste zu dem Wagen und schnell weg von hier, weg von den Erinnerungen und Finns Schlussfolgerungen.

Aber Finn lief ihr nach. »Kay!« Er holte sie ein, als sie den Wagen erreichte, packte sie am Arm und drehte sie zu sich um. »Warum fällt es dir so schwer, das zu glauben?«

Ihr war übel. »Weil das bedeutet, dass Spencers Mörder noch da draußen herumläuft. Nur weil *meine* Erinnerungen verworren sind, ist sein Mörder in Freiheit.« Sie riss ihren Arm aus Finns Griff und drehte sich zu Eales' Haus um. »Und wie willst du deine Theorie überhaupt beweisen, wenn der einzige Beweis hier drin verschlossen ist?« Sie tippte sich an den Kopf, der mittlerweile richtig schmerzte.

»Nicht der einzige Beweis. Du bist nicht die Einzige, die in dieser Nacht hier war, Kay. Bernard Eales weiß, wer Joe erschossen hat.«

»Ja, gut. Ich wünsche dir viel Glück bei dem Versuch, das aus ihm herauszubekommen.« Sie öffnete die Beifahrertür und stieg ein, dann klappte sie die Sonnenblende auf der Fahrerseite herunter, wo Finn normalerweise seine Zigaretten aufbewahrte. Wenn dort ein Päckchen gewesen wäre, hätte sich Kay sicher eine angezündet.

Finn setzte sich schweigend ans Steuer und starrte durch die Windschutzscheibe.

»Hör zu, Finn, es tut mir Leid wegen gestern Abend.«

»Du brauchst dich nicht zu entschuldigen, Kay. Ich habe das auch erlebt und weiß, dass der Alkohol die Grenzen verwischt. Und wie verlockend es ist, die Grenzen immer wieder zu verwischen.«

»Ich bin keine Trinkerin.«

»Ich weiß.«

Sie ahnte, dass er gern ihre Hand in seine genommen hätte, deshalb behielt sie sie auf dem Schoß. Sie dachte an den Karton, der noch zu Hause auf ihrem Schreibtisch stand. Valleys Asche. Ihr war, als hätte sie sie gestern Nacht stundenlang angestarrt, über das junge Leben nachgedacht, das so sehr mit Hoffnungen und Verheißungen angefüllt gewesen war und sich jetzt auf eine kleine, schlichte Schachtel verkleinert hatte. »Ich … ich versuche nur, mit all dem fertig zu werden«, brach es schließlich aus ihr heraus.

Er ließ den Motor an, fuhr aber nicht los. »Dann komm zu mir, Kay. Sprich mit *mir.*«

»Ich werd's versuchen.« Und das meinte sie ernst. Sie *wollte* sich an Finn anlehnen und ihn wie früher in ihr Leben mit einschließen.

Er drehte sich zu ihr und bedachte sie mit einem skeptischen Blick.

»Ich tue es«, versicherte sie. Falls er beabsichtigte, sie weiter zu bedrängen, erfuhr sie es nicht. Ihr Handy klingelte in der Jackentasche.

Gunderson meldete sich.

»Ihr beide solltet herkommen«, sagte er. »Es geht um Eales. Vicki war gerade hier und hat nach euch gesucht. Sie hat eine Tonbandaufnahme für euch dagelassen.«

»Was ist da drauf? *Eales' größte Hits?*«

Doch Gunderson lachte nicht. »Es ist noch viel besser. Er hat uns ein volles Geständnis vorgesungen.«

## 43

Die Erkenntnis war langsam gekommen. Vielleicht hatte er es auch die ganze Zeit schon gewusst.

Bernard schlurfte zwischen zwei Wärtern den Korridor

entlang. Die Fußfesseln schnitten ihm ins Fleisch. Er war müde, hatte letzte Nacht nicht viel geschlafen, weil ihm ständig Delaneys Worte im Kopf herumgegangen waren. Lange hatte er sich herumgewälzt, doch dann übte er, was er sagen wollte – immer und immer wieder grübelte er darüber nach, bis die Story stimmte.

*Was genau ist vor eineinhalb Jahren passiert?* Damals hatte er nächtelange Blackouts gehabt, war spätabends vor der Glotze eingepennt. Er war sich nie ganz sicher gewesen, was in den Nächten, in denen die Frauen gestorben waren, geschehen war. Er hatte Roach vertraut und sich von ihm überzeugen lassen, dass er es getan hatte.

Und warum auch nicht? Roach war immer so gelassen und ruhig. *Er* wurde nie so wütend, dass er jemandem ins Gesicht schlug, und er hätte auch Annie Harris nicht geschlagen.

Außerdem – warum sollte Roach ihn anlügen?

Aber Detective Delaney ... sie glaubte nicht, dass er, Bernard, all die Morde begangen hatte. Und wenn ihm irgendjemand auf dieser Welt diese Taten anhängen wollte, dann mit Sicherheit diese Hyäne.

Nachdem sie gestern gegangen war, hatte er seinen Putzdienst in den Cafeteria-Toiletten erledigt, den grauen Mop zwischen die Urinale geschoben und über Delaneys Anspielungen nachgedacht. In seinem lückenhaften Gedächtnis gekramt und nach der Wahrheit gesucht.

Als er die letzte Kabine geschrubbt und das Putzzeug an den Wärter zurückgegeben hatte, glaubte er, das Rätsel gelöst zu haben. Und ihm war klar, was er jetzt zu tun hatte.

Er kehrte in seine Zelle zurück, rauchte die letzte mit Koks versetzte Zigarette und wurde ein bisschen böse auf Roach, weil der ihn alles ausbaden ließ. Er schrieb Roach einen Brief und rief Grogan an.

Der Verteidiger erhob natürlich Einwände gegen seinen Plan. Grogan hatte sich schier den Arsch aufgerissen und stundenlang auf ihn eingeredet, um ihn wenigstens dazu zu bringen, sich übers Wochenende alles noch einmal gründlich durch den Kopf gehen zu lassen. Und er hatte Bernard heute Morgen noch einmal bearbeitet, als er gefesselt in einem Warteraum im Büro des Staatsanwalts saß und sich auf sein Geständnis vorbereitete.

Die stellvertretende Staatsanwältin war ekelhaft hochnäsig, als er das Formular unterschrieb und ihr dreimal erzählte, wie er die Frauen getötet hatte. Das blonde Miststück in diesem pinkfarbenen Kleid lächelte die ganze Zeit, als hätte er ihr gerade seinen Hintern auf einem Silbertablett serviert.

Als Patsy mittags zu Besuch kam, verlor er kein Wort über sein Geständnis. Hätte er etwas erzählt, dann hätte sie den Brief nicht für ihn weiterbefördert. Also hockte er auf seiner Seite der schmierigen Plexiglasscheibe, litt unter Kopfschmerzen und hörte Patsys Geplapper zu, das ihn über den Telefonhörer erreichte. Ihr alter Herr war sauer, tobte, weil sie ihn im Gefängnis besuchte. Delaney hatte offenbar den Alten aufgesucht und ihm wahrscheinlich gesagt, dass er Patsy die Hölle heiß machen solle.

Bernard hatte Patsy noch nie so aufgeregt erlebt; dauernd rieb sie den Diamantring an ihrem Finger, und ihre Stimme wurde immer schriller, bis Bernard dachte, ihm würde der Schädel platzen. Aber sie rückte ja immer erst am *Ende* ihres Besuches mit den Zigaretten heraus. Also musste er durchhalten, wenn er sehen wollte, wie die drei Päckchen Marlboro durch den Schlitz geschoben wurden. Er wartete wie ein verdammtes Schoßhündchen, das Kunststücke machte, um den ersehnten Knochen zu bekommen.

Als Bernard jetzt in den letzten Korridor einbog, konnte er bereits durch den konvexen Spiegel ins Innere der Besucherzelle blicken. Er hatte angenommen, dass Grogan noch mal mit ihm sprechen wollte. Oder dass Patsy von seinem Geständnis erfahren hatte und zurückgekommen war.

Aber er hätte es wissen müssen.

Delaney stand in der Zelle.

Unwillkürlich wurde Bernard langsamer, blieb fast stehen.

»Komm schon, Mann«, drängte einer der Wärter. »Beweg dich.«

Er spürte den Druck des Gummiknüppels an seinen Rippen. Als er die Zellentür erreichte, drehte sich das Miststück zu ihm um. Ihre Miene war ernst, und er sah ihr an, dass sie wütend war.

In diesem Moment wurde Bernard bewusst, was sein größter Fehler gewesen war. Er bereute zutiefst, Delaney nicht umgebracht zu haben, als er die Gelegenheit dazu gehabt hatte.

Sie deutete mit dem Kinn auf seine Handschellen. »Lassen Sie sie dran«, wies sie den Wärter an.

Keine Zigaretten. Kein freundliches Schwätzchen. Nicht, nachdem er ihr den Teppich unter den Füßen weggezogen und einen dicken Strich durch ihre Ermittlungsergebnisse gemacht hatte.

Sie zerrte den Stuhl mit einem Ruck unter dem Tisch hervor. »Setzen Sie sich, Bernard.« Er ließ sich auf dem harten Metallstuhl nieder, und sie lief auf der anderen Seite des Tisches auf und ab und bemühte sich offensichtlich, ihn einzuschüchtern.

Ihr Jackett hing über der Lehne des anderen Stuhls, die Bluse klebte an ihrem Rücken und der Stoff schob sich hinter dem leeren Halfter zusammen. Schließlich trat sie zum Tisch, drehte den Stuhl mit einer energischen Bewegung herum und setzte sich rittlings darauf nieder.

»Ich hab mir auf dem Weg hierher die Aufnahme von Ihrem Geständnis angehört, Bernard.«

»Ja?«

»Ja. Sie sind wirklich so voller Scheiße – es ist ein Wunder, dass es hier drin nicht noch mehr stinkt.«

»Meinen Sie, ja?«

»Bisher habe ich lediglich *angenommen*, dass Sie diese Frauen vor einem Jahr nicht getötet haben, aber nachdem ich mir Ihre Märchen angehört habe, *weiß* ich, dass Sie es nicht getan haben.«

»Sind Sie sicher, dass ich mich überhaupt mit Ihnen unterhalten sollte?«

Sie gab ein grunzendes Lachen von sich. Schüttelte den Kopf. »Sie sind ein mieser Kerl, Bernard. Möchten Sie Ihren Anwalt dabeihaben? Ich erspare Ihnen den Vierteldollar und rufe ihn selbst an. Bestimmt hat er nichts Besseres zu tun, als das halbe Wochenende mit Ihnen zu vergeuden.«

Er begegnete ihrem Blick. Seine Belustigung wich ernsten Überlegungen. Klar, er war diesem Miststück überhaupt nichts schuldig, aber welche Möglichkeiten hatte er? Er konnte zurück in seine Zelle gehen, wo Darnell die ganze Zeit auf dem Lokus hockte, weil er Dünnschiss hatte.

»Nicht nötig, ich rede mit Ihnen«, sagte er. »Aber Sie kümmern sich um mein Auto.«

»Keine Deals. Sie haben nichts anzubieten, was ich haben will.«

»Sind Sie sich sicher?«

Er musterte sie. Abgesehen von dem maskulinen Haarschnitt sah sie gar nicht mal so schlecht aus. Trotzdem war sie nicht sein Typ mit diesen winzigen Titten und dem festen, kleinen Hintern. Er hatte Frauen mit ein bisschen mehr Fleisch dran lieber. Mit mehr Kurven. Aber sie war definitiv nach Roachs Geschmack, auch wenn sie wahrscheinlich eine Lesbe war.

»Keine Jury wird Ihnen dieses Geständnis abkaufen, Bernard. In Ihrer kleinen Story sind zu viele Lücken.«

Er zuckte mit den Schultern. »Die Staatsanwältin war anderer Ansicht.«

»Sie wird mir zustimmen, wenn sie die Beweise genauer unter die Lupe nimmt.«

»Dann habe ich eben ein paar Sachen vergessen. Ich hatte eben damals diese Blackouts. Vom Alkohol. An manches erinnere ich mich einfach nicht mehr.«

Sie schüttelte den Kopf. »Viel zu viele Lücken.«

»Welche zum Beispiel?«

»Ja, klar ... Sie glauben doch nicht im Ernst, dass ich Sie mit der Nase darauf stoße, welche Fehler Sie gemacht haben, nur damit Sie sich etwas Neues überlegen können?«

»Sprechen Sie von den Stichwunden in der Brust? Das hab ich erklärt.«

»Oh, natürlich: ›Ich hörte ihr Herz in der Brust schlagen und musste sie aufschneiden.‹« Sie sah hässlich aus, als sie ihn nachäffte. »Wollen Sie, dass Grogan auf Unzurechnungsfähigkeit plädiert?«

»Meinen Sie, dass das durchgehen könnte?«

»An Ihrer Stelle würde ich mich nicht darauf verlassen.« Wieder wanderte sie hin und her, dann drehte sie sich ihm wieder zu. »Warum das falsche Geständnis, Bernard? Haben Sie Angst, dass ein anderer Sie aus dem Rampenlicht verdrängt? Immerhin bezahlt Patsy für diese tolle Website und schafft Geld herbei. Sie redet den Leuten da draußen ein, dass es sich lohnt, für Sie zu kämpfen. Ist das zu fassen? Die spenden tatsächlich Geld für ein so verkommenes Subjekt wie Sie!«

»Ich habe eben Fans – was kann ich dafür?«

»Ich erzähl Ihnen mal was, Bernard. Ich glaube, Sie haben die Hosen voll, weil ich davon gesprochen habe, dass wir überlegen, ob nicht doch ein anderer als Täter in Frage kommt. Sie haben Angst, letzten Endes als unterbelichteter, jähzorniger Strohkopf dazustehen, also dachten Sie, es ist besser, der Staatsanwältin das zu geben, was sie will. Damit Sie Ihre fünfzehn Minuten Ruhm bekommen, ist es nicht so?«

»Das sehen Sie falsch.«

»Wohl kaum.«

»Was ist mit meinem Auto?«

»Was soll damit sein?«, fauchte sie ungehalten.

»Ich will, dass die Polizei meinen Wagen freigibt.«

»Ach ja? Und wer will eine so beschissene alte Karre haben?«

»Patsy nimmt ihn.«

Kay lachte. »Ich habe Patsy kennen gelernt, und sie ist ja wohl die Letzte, die mit Ihrem Auto irgendwas anfangen könnte. Das Mädchen ist blind wie ein Maulwurf.«

Er musste sich das Lachen verbeißen – Delaney hatte Recht. »Sie kann den Wagen trotzdem nutzen und jemanden bitten, sie herumzufahren.«

»Und soll sie auch im Kofferraum sitzen, Bernard? Weiß sie, dass Sie Leichen in der Karre herumkutschiert haben?« Er blieb ihr eine Antwort schuldig und Kay schüttelte den Kopf. »Gut«, seufzte sie dann, »Sie wollen Ihren Wagen? Dann verraten Sie mir, wer die Frauen umgebracht hat.«

»Sie sprechen gerade mit ihm.«

»Sie sind wirklich so dumm wie Scheiße, was? Sind Sie sich überhaupt bewusst, dass Sie in die Todeszelle wandern, wenn es Ihnen gelingt, die Geschworenen von Ihrer

Schuld zu überzeugen? Schon mal was von *Kapitalverbrechen* gehört? Da kommt das Schlimmste auf Sie zu, Bernard. Diese Mädchen wurden aus niedrigen Beweggründen ermordet.«

»Was für Beweggründe?«

»Sie haben sie ausgeraubt.«

»Quatsch.«

»Ihre Habseligkeiten wurden samt und sonders in Ihrem Haus gefunden. Schmuck. Kleider. Alles.«

Davon hatte Grogan nie etwas gesagt. Bernard nahm sich vor, ein ernstes Wörtchen mit diesem geldgierigen Arschloch zu reden.

»Aber das spielt wahrscheinlich keine große Rolle mehr. Sie haben einen Cop erschossen – schon allein deswegen haben Sie die Giftspritze verdient. Und Sie brauchen sich gar nicht auf Notwehr oder so was rauszureden. Ich war dabei, ich habe mich an Ihrer Tür ausgewiesen. Sie *wussten*, dass ich von der Polizei bin. Was meinen Sie, wem die Geschworenen glauben – mir oder Ihnen?«

Als sie sich über den Tisch beugte und ihn mit wütend funkelnden Augen anstarrte, spürte er, wie ihm das Adrenalin durch die Adern schoss. Die Muskeln in seinen Beinen und Schultern zuckten.

Er könnte innerhalb von Sekunden über den Tisch springen, sie überwältigen und die gefesselten Hände um ihren Hals legen. Sie würde gar nicht begreifen, wie ihr geschah. Und ehe der Wärter mit dem Gummiknüppel auf ihn losgehen konnte, hätte er zumindest die Luftröhre zerquetscht. Vielleicht sogar ihr Genick gebrochen.

Aber genau in diesem Moment klirrte die Kette seiner Fußfessel.

Das Geräusch warnte sie. Das Miststück wich zurück. Die Chance war vertan. Wieder etwas, was er zu bereuen hatte.

Als sie ihr Jackett von der Stuhllehne nahm, atmete er erleichtert auf. Aber sie ließ ihn noch nicht vom Haken. »Es sei denn natürlich«, fügte sie hinzu, »Sie gestehen, dass nicht Sie auf meinen Partner geschossen haben.«

Sie fischte im Trüben. Das wusste er. Aber er schluckte den Köder nicht. Er sah zu, wie sie das Jackett anzog, ein paar Schritte ging, dann aber wieder zum Tisch zurückkehrte.

»Wer war in dieser Nacht bei Ihnen, Bernard? Wer befand sich noch im Haus, als ich an die Tür klopfte?«

Sie hatte definitiv keine Ahnung, sonst hätte sie ihm viel früher diese Fragen gestellt.

»Da war noch jemand. Ich weiß es. Während Sie auf mich eingeprügelt haben, hat er meine Dienstwaffe aufgehoben und meinen Partner erschossen. Sie können es gar nicht gewesen sein.«

»Erst die drei Nutten, und jetzt denken Sie auch noch, ich hätte den Cop nicht erschossen? Was ist hier eigentlich los? Versuchen Sie, meine Unschuld in allen Anklagepunkten zu beweisen? He, vielleicht sollte ich Sie und nicht diesen neunmalklugen Anwalt bezahlen.«

Als sie sich ihm ein letztes Mal zuneigte, flüsterte sie schneidend: »Glauben Sie mir, Bernard, ich mache das nicht für Sie. Ich will den Kerl, der meinen Partner getötet hat und den Sie mit Ihren Lügen decken. Und ich schwöre zu Gott, dass ich ihn kriege.«

# 44

»Sollten wir nicht irgendwas sagen?«, flüsterte Kathleen Koch. Valleys beste Freundin trug Schwarz. Sie stand zwischen Kay und Vicki im Mausoleum der Dulaney Valley Memorial Gardens und rang die Hände.

»Sie können ein paar Worte sprechen, wenn Sie möchten«, erwiderte Kay ebenso leise.

Koch starrte die Marmornische an, in der sich die Urne mit Valleys Asche befand. Die Nische war mit einem Karton verschlossen, auf dem eine Nummer stand, doch der Friedhofsverwalter hatte versprochen, dass der Pappdeckel bald durch eine Bronzetafel ersetzt werden würde.

»Ich weiß nicht, was ich sagen soll.« Kathleen schluckte die Tränen hinunter, und Kay vermutete, dass dies der erste Verlust war, den das Mädchen in seinem jungen Leben erlitten hatte.

»Worte sind nicht unbedingt nötig.« Kay berührte die Hand des Mädchens. Sie war kalt. »Es kommt vielmehr darauf an, was man empfindet.«

Eine leichte abendliche Brise wehte über den riesigen Friedhof mit den Granitbänken und gepflegten Hecken, bewegte die Blüten in den Blumenvasen, die die Gräber markierten, und fand sogar ihren Weg ins Innere des Mausoleums. Kay war dankbar für die Abkühlung.

Sie war vom Gefängnis aus direkt ins Präsidium gefahren und hatte mit Finn ausführlich über die frustrierende Unterhaltung mit Eales diskutiert. Dann war sie ins Fitnessstudio gegangen, doch selbst das harte Training und die anschließende Dusche hatten sie nicht von dem Ekelgefühl befreit, das der Besuch bei Eales hinterlassen hatte. Um fünf Uhr hatte Vicki sie abgeholt, um gemeinsam mit ihr durch die Stadt zum Friedhof zu fahren. Kathleen Koch hatte sie dort bereits erwartet.

Hier, in dem stillen Mausoleum, versuchte Kay, Eales für eine Weile aus ihren Gedanken zu verbannen. Durch den Torbogen konnte man auf den kleinen künstlichen See blicken und dahinter auf den Teil des Friedhofes, wo die Helden der Stadt begraben waren. Waren wirklich schon vierzehn Monate vergangen, dass sie dort, gestützt von Gunderson, Joe Spencer die letzte Ehre erwiesen hatte? Ihr Partner hatte eine Polizeibestattung mit allem Drum und Dran bekommen: Ehrengarde, ein Autokonvoi, der den Verkehr aufhielt, und die berittene Abteilung, die die Prozession durch den Friedhof anführte. Kay entsann sich, wie sie bei jedem der einundzwanzig Salutschüsse zusammengezuckt war. Wie betäubt hatte sie dem Zapfenstreich zugehört und beobachtet, wie Grace Spencers Dienstkappe überreicht wurde.

Seither war Kay nicht mehr hier gewesen. Sie war nicht imstande gewesen, sich ihren Schuldgefühlen zu stellen. Doch jetzt gab es noch einen Grund mehr herzukommen, und sie gelobte im Stillen, dass sie es auch tun würde.

»Wir sollten gehen«, sagte Vicki und legte den Arm um Kathleens Schultern. »Kommen Sie zurecht, Kathleen?«

Das Mädchen nickte.

»Und Sie können ganz bestimmt allein zurückfahren?«

»Ja.« Kathleen zwang sich zu einem Lächeln, und Vicki geleitete sie zu der Sackgasse, in der sie die Autos abgestellt hatten.

Kay folgte den beiden, aber vorher legte sie noch kurz die Hand auf den glatten Sockel der Marmornische. »Es tut mir Leid«, flüsterte sie, aber sie fühlte sich nicht besser, nachdem sie das ausgesprochen hatte.

Die Sonne ging im Smogdunst unter, als sie den Friedhof verließen. Kay, die auf dem Beifahrersitz von Vickis knallrotem Del Sol saß, hatte Kathleens Chevy aus den Augen verloren, noch ehe sie die Stadt erreichten.

Kay blieb gerade noch genügend Zeit, sich schnell ihr Kleid und die Highheels anzuziehen, während Vicki auf sie wartete. Kay hatte versucht, den Konzertbesuch abzusagen, aber Vicki meinte, dass ihr ein freier Abend nur gut tun würde. Die Musik würde sie auf andere Gedanken bringen.

Sie stellten das Auto im Kulturzentrum von Mt. Vernon ab und gingen die drei Blocks zu dem Vierundzwanzig-Millionen-Dollar-Glaspalast an der Ecke Cathedral und Preston zu Fuß. Und als sie ihre Plätze einnahmen, bemühte sich Kay erneut nach Kräften, den Job und ihren Frust abzuschütteln.

Als sie den prachtvollen, mit Holz vertäfelten Konzertsaal betrat, in dem sich die herausgeputzten Besucher mit gedämpften Stimmen unterhielten, wuchs Kays Aufregung. Tagaus, tagein trug sie Hosenanzüge, und sie freute sich, wenn sie sich wenigstens ab und zu in ihr hautenges schwarzes Kleid werfen und sich unter den oberen Zehntausend von Baltimore bewegen konnte, obschon sie sich ein wenig fehl am Platz fühlte. Hier war sie eine andere als sonst und das gefiel ihr. Es war wie eine Flucht – so als hätte sie für nur einen Abend die Möglichkeit, ein ganz anderer Mensch zu sein.

Aber noch immer war Eales bei ihr. Genau wie Patricia Hagen. Kay schloss die Augen und versuchte, die Gedanken auszublenden, aber unwillkürlich plante sie ihre weitere Strategie.

»Ich werde Hagen morgen einen Besuch abstatten«, flüsterte sie Vicki zu.

»Dem alten Herrn?«

»Nein. Patsy. Möglicherweise bekomme ich etwas aus

ihr heraus, wenn ich Mitgefühl mit ihr zeige und sie davon überzeuge, dass ich an Bernards Unschuld glaube. Sollte sie etwas über die Morde wissen, ist sie vielleicht bereit, es mir zu verraten, wenn ich ihr dafür verspreche, alles zu tun, um Bernard aus dem Gefängnis zu bekommen. Ich muss nur meine Karten richtig ausspielen, dann nennt sie mir womöglich einen Namen.«

»Du glaubst also wirklich, dass er einen Komplizen hatte?«

»Mehr denn je.« Nach Eales' Geständnis und seinem Benehmen bei ihrem Besuch zu urteilen war Kay beinahe davon überzeugt.

»Bates hat angedeutet, dass Hagen mit Eales schon *vor* seiner Verhaftung Umgang hatte, oder?«, fragte Vicki und nahm ihre Puderdose aus der Handtasche, um ihren Lippenstift zu überprüfen.

»Ja, und das bedeutet, dass Patsy Hagen wissen könnte, wer Eales geholfen hat.«

»Dann sprich mit ihr.« Vicki klappte die Puderdose zu und steckte sie weg. »Es kann nicht schaden. Also, willst du dir jetzt die Musik anhören oder den ganzen Abend lang den Fall durchkauen?«

Das Stimmengewirr verebbte, als das Orchester begann, die Instrumente zu stimmen. Kay nahm das Programmheft zur Hand, aber ihre Gedanken waren ganz woanders.

Patsy Hagen ... Eales deckte jemanden. Kay dachte an Patsy zurück, wie sie in der Tür ihres Hauses stand und misstrauisch den Dienstausweis musterte. Die Frau hatte gelogen, was ihre Geschichte mit Eales betraf. Welche Lügen hatte sie ihnen wohl sonst noch aufgetischt?

Vielleicht war Patricia Hagen in jener Nacht in Eales' Haus gewesen und hatte die Waffe vor der Haustür gefunden, während Eales auf Kay eingedroschen hatte.

Es wäre denkbar, dass Eales seine Freundin zu schützen versuchte.

Inzwischen hatte sich das Orchester bereitgemacht und die Lichter wurden gedämpft.

In der Dunkelheit beschwor Kay erneut ein Bild von Patricia Hagen herauf – ihre schwieligen Hände, die kräftigen Schultern. Sie malte sich die Kindheit der Frau aus. Sie hatte zugegeben, keinerlei Gefühle für die Toten zu hegen, die ihr Leben als Tochter eines Bestattungsunternehmers bestimmt hatten. Wer wäre geeigneter, Eales bei der Beseitigung von einer oder auch drei Leichen behilflich zu sein? Eine Frau, blind vor Liebe und ohne Scheu vor dem Tod.

Erst nach dem ersten Viertel des ersten Satzes von Coriglianos Violin-Konzert sickerten die letzten Spuren des Falles aus Kays Gedanken. Der Macht der Musik konnte sie nicht entrinnen. Die Klänge schwollen an, füllten den Saal und vereinnahmten sie ganz und gar.

Kay wurde mitgerissen, weggespült von Eales und Hagen, den toten Frauen, Valley und Beggs, von Spencer, dem Job und den Straßen. Die makellosen Läufe des Violinsolos trugen sie nach Hause zu den lebhaftesten Erinnerungen an ihre Mutter. Wie oft hatte sie auf der Treppe gekauert und zugehört, wenn ihre Mutter den Kindern von Jonesport Geigenunterricht gab. Damit verdiente ihre Mutter etwas Geld, das die Familie gut gebrauchen konnte, aber Kay hatte immer den Verdacht gehegt, dass ihre Mutter auch kostenlos unterrichtet hätte. Und nach den Stunden, wenn der letzte Schüler das verwitterte, mit Schindeln verkleidete Haus an der Chandler Bay verlassen hatte, lauschte Kay jedes Mal andächtig dem Spiel ihrer Mutter.

Wenn sie heute noch am Leben wäre, hätte Kay sie gern hierher mitgenommen. Sie stellte sich vor, wie ihre Mutter neben ihr saß und die Schönheit der Musik in sich aufsog.

Auf einmal vibrierte der Piepser in ihrer Handtasche und riss Kay aus ihren Träumereien. In der Dunkelheit fischte sie den Apparat heraus und drehte ihn so, dass sie das Display erkennen konnte.

»Scheiße.«

»Was ist?«, flüsterte Vicki.

»Es ist Finn. Neun eins eins.«

## 45

Finn musste zweimal hinsehen, ehe er die beiden Frauen erkannte, die aus dem zweisitzigen Sportwagen in der Gettings Street stiegen. Zuerst identifizierte er Vicki in ihrem anliegenden roten Kleid und den Stilettos. Kays Absätze waren nicht ganz so hoch, aber in dem schwarzen Fummel sah sie mindestens so sexy aus wie Vicki.

Er pfiff leise durch die Zähne, als er auf sie zuging. »Wow, wovon habe ich dich denn weggezerrt?«

»Von unserem Weiberabend«, entgegnete Vicki. Sie lächelte trotzdem. »Ich hoffe nur, es ist wirklich wichtig.«

»Ich habe Glück, gleich euch beide hier zu haben.« Er deutete auf Bates' Haus. »Ich will da hinein.«

»Was ist los?«, wollte Kay wissen.

Sie stand im sanften bernsteinfarbenen Schein der Straßenlaterne, und Finn bemühte sich, den Blick von ihr zu wenden – erfolglos. Er erinnerte sich nur zu gut an dieses Kleid und an die Wohltätigkeitsveranstaltung, an der sie eine knappe Woche vor Kays gewaltsamer Begegnung mit Eales gemeinsam teilgenommen hatten. Und er wusste auch noch ganz genau, wie er Kay am selben Abend in ihrer Wohnung das Kleid ausgezogen hatte.

Er lehnte an der Motorhaube eines Streifenwagens und wies mit dem Finger auf Bates' Haus und die dunklen Fenster. »Offenbar hat sich unser Freund heute Abend auf die Pirsch gemacht. Aber jetzt ist er wieder zu Hause.«

»Wo war er?«

Finn nickte dem Uniformierten zu, der neben ihm stand. »Mikey hat ihn erwischt, als er sich aus der Hintertür davonschlich.« Er bedeutete dem Beamten, die Geschichte zu erzählen, und fragte sich, ob der Junge lange genug vermeiden konnte, Kay anzuglotzen, um einen zusammenhängenden Satz herauszubringen.

»Mike McNally«, stellte er sich vor und streckte erst Kay, dann Vicki die Hand hin. »Ich habe nicht beobachtet, wie er das Haus verließ, aber ich habe die Autoscheinwerfer hinter dem Haus bemerkt. Dann kam Bates' Auto ums Haus. Er hat sich die Hand seitlich vors Gesicht gehalten – wahrscheinlich hat er gedacht, ich würde ihn oder seine Karre nicht erkennen.«

»Sind Sie alleine hier?«, wollte Kay wissen.

»Ja, Ma'am. Wir haben nicht genügend Leute. Ich hab den Vorfall gemeldet und bin ihm nachgefahren. Er fuhr zum Hollins Market und versuchte, mich abzuhängen, aber auf der Wilkens Ecke Fulton hab ich ihn wieder eingeholt.«

»Auf der Wilkens Avenue?«

»Ja, Ma'am. Anfangs habe ich Abstand gehalten, um ihn glauben zu machen, er wäre mich losgeworden. Er ist um die Mädchen herumgekurvt.« Mike grinste. »Hatte aber nicht viel Glück, da ihm mein Streifenwagen am Hintern klebte. Die Mädels haben nur einmal hingesehen und sich sofort umgedreht. Er führte mich ein bisschen durch die Gegend, wohl weil er hoffte, dass ich irgendwann aufgebe, dann landete er wieder auf der Wilkens. Schließlich blieb er stehen, stieg aus und kam zu meinem Wagen.«

»Was hat er gesagt?«

»Nicht viel; er fluchte ein wenig und redete von seinen Rechten als freier Bürger und so.«

»Können wir mit Sicherheit davon ausgehen, dass er versucht hat, ein Mädchen aufzugabeln?«, erkundigte sich Kay.

McNally zuckte mit den Schultern. »Als ich damit drohte, ihn wegen Förderung der Prostitution mit auf die Wache zu nehmen, behauptete er, dass er sich nur ein bisschen H für den persönlichen Gebrauch besorgen wollte. Außerdem würde er lieber mit den Ladies Geschäfte machen. Danach fuhr ich ihm nach bis hierher. Er hat sein Auto wieder hinter dem Haus abgestellt und das Licht im Haus ging an. Und ich hab Bewegung am Fenster gesehen, und jetzt scheint er entweder ins Bett gegangen zu sein oder er sitzt im Finstern und beobachtet uns.«

Kay warf einen forschenden Blick auf die dunklen Fenster und überlegte. Finn konnte sich nicht helfen, aber er musste die ganze Zeit darüber nachdenken, dass sie einfach nicht in dieses Schmuddel-Viertel von Baltimore passte.

»Was meinen Sie?«, wandte sich Vicki an Finn.

»Ich will in dieses Haus, Vick. Heute Abend.«

Sie schüttelte den Kopf. »Sie haben nichts in der Hand, Finn.« Dann meinte sie zu McNally: »Haben Sie mitbekommen, ob Bates ein mögliches Opfer mit ins Haus gebracht hat?«

»Nein.«

»War sonst jemand auf dem Grundstück?«

»Nein.«

»Dann gibt es keine dringenden Verdachtsmomente, mit denen ich einen Antrag auf eine Durchsuchungserlaubnis begründen könnte«, sagte sie zu Finn.

»Was ist mit Fluchtgefahr?«, fragte er.

»Das können wir in diesem Fall nicht anführen. Tut mir Leid.«

»Aber wir *können* einen Durchsuchungsbeschluss bekommen, richtig?«, hakte Kay gereizt nach. Finn wusste, dass sie sofort Bates' Tür stürmen würde, wenn sie könnte – elegantes Outfit hin oder her. »Wenn Bates Prostituierte auf der Wilkens Avenue, also genau da, wo Beggs aufgelesen wurde, ansprechen und in sein Auto locken will, dann besteht doch ein begründeter Verdacht, oder nicht?«

»Zusammen mit allem anderen, ja. Ich denke, ich kann den Richter dazu bewegen, einen Durchsuchungsbeschluss zu unterschreiben, aber nicht vor Montagmorgen. Ja, ein Verdacht ist da, aber er steht auf tönernen Füßen. Auf keinen Fall werde ich einen Richter ohne solide Begründung an einem Sonntag mit so etwas belästigen.«

»Also schön. Mike«, Kay wandte sich an den jungen Beamten, »Sie bleiben solange hier, nicht wahr?«

»Die ganze Nacht.«

»Und können Sie von Ihrem Wagen aus den Hintereingang im Auge behalten?«

»Eigentlich nicht.«

»Ist es möglich, einen zweiten Wagen in der Gasse dahinten zu postieren?«, wollte sie von Finn wissen.

»Wir haben Glück, dass uns dieser eine genehmigt wurde«, erwiderte er.

»Hören Sie«, schaltete sich McNally ein. »Ich habe alles unter Kontrolle. Wenn er noch einmal was versucht, kriege ich es mit. Es gibt nur einen Weg mit dem Auto und der führt an mir vorbei.«

»Und wenn er zu Fuß losgeht? Er könnte durch die Hintertür hinaus, die Decatur hinunter und auf der Fort Avenue ein Taxi anhalten. Nein, das gefällt mir nicht, Finn.«

Finn ging ein paar Meter und erkundete verschiedene Blickwinkel, dann kam er zurück. »Fahren Sie dreißig Meter weiter vor«, wies er McNally an. »Von dort aus müssten Sie sehen, wenn er durch den Hintereingang verschwindet.«

Doch Kay war keineswegs zufrieden. »Brauchen Sie noch einen Kaffee?«, fragte sie McNally.

»Detective Finnerty hat mich bereits versorgt.« McNally zeigte ihr den großen Becher.

Kay nickte. »Okay. Dann wünsche ich eine gute Nacht.«

»Also dann gleich am Montagmorgen, ja?«, meinte Kay zu Vicki, während Finn die beiden Frauen zu Vickis Sportwagen begleitete.

»Als Allererstes.«

»Gut. Ich möchte diesen Burschen nämlich in die Finger kriegen, ehe er begreift, was los ist«, sagte Finn. Er hielt Kay die Wagentür auf.

Vicki nickte. Zweifellos dachte sie an die Arbeit, die vor ihr lag, und an den Richter, den sie mit einem verführerischen Augenaufschlag betören musste, damit er am Montag noch vor Morgengrauen seine Unterschrift unter das Formular setzte. »Schön. Ich möchte morgen euren Papierkram überprüfen, und haltet ein Team für Montag bereit. Wir werden ja sehen, wie viel Dreck dieser Schmutzfink am Stecken hat.«

# 46

Jerry Bates brauchte einen Schuss. Er lief zwischen den beiden Polizisten in seinem Flur auf und ab und trommelte mit den Fingern auf seiner Hüfte herum. Seine Augen zuckten krampfartig. Kay hatte fast Mitleid mit dem Junkie, als das Team in seinem Haus das Unterste zuoberst kehrte.

Bates hatte vermutlich noch geschlafen, als sie um halb sieben Uhr morgens bei ihm aufkreuzten. Oder er versteckte gerade eilends seinen Drogenvorrat, während die Männer die Haustür eintraten. Jedenfalls hatten sie ihn zitternd im Wohnzimmer gefunden, und Kay hatte fast befürchtet, dass er sich vor Angst in die Hose machen würde.

Eine gute Stunde wühlten sie nun schon in dem kleinen Reihenhaus, und Kay versuchte in dieser Zeit, sich ein Bild von Bates zu machen. Ob der ehemalige Buchhalter des Bestattungsinstituts fähig gewesen war, zusammen mit Eales die Leichen fortzuschaffen, konnte sie nicht einschätzen. Alle Hinweise auf sein einst so geordnetes Leben waren im Drogenchaos verrottet.

Kay dachte an Valley und Beggs, die beide erst vor kurzem ermordet und penibel »entsorgt« wurden. Das alles passte einfach nicht zu einem Mann in diesem Zustand.

Das Trampeln der Stiefel zeigte an, welche Fortschritte die Beamten im oberen Stockwerk machten. Finn stöberte derweil in den Papieren, die auf dem Küchentisch herumlagen.

Kay trat zu ihm. »Er ist nicht unser Mann«, flüsterte sie.

»Warum sagst du das?«, fragte er, aber Kay vermutete, dass er schon selbst zu diesem Schluss gekommen war.

»Er hätte irgendwelche Souvenirs behalten. Aber ich

kann hier keinerlei Hinweise auf die Opfer entdecken. Wo zum Beispiel ist Valleys Führerschein abgeblieben?«

»Ich weiß es nicht. Vielleicht hat er ihn versteckt. Oder gleich weggeworfen.« Finn war wütend. »Es wäre auch möglich, dass er sie gar nicht hier ermordet hat. Dieses Haus ist ein verdammter Schweinestall. Wie, zum Teufel, kann man hier überhaupt leben?« Er erwartete jedoch keine Antwort von Bates.

Dann schob Finn einen undefinierbaren Haufen Abfall beiseite; ein Sixpack leerer Milwaukees fiel zu Boden. Einige Flaschen rollten ziellos über das alte Linoleum.

»Dazu haben Sie kein Recht, Mann. Kein Recht«, winselte Bates an der Tür. »Einfach so hier hereinzustürmen. Meine Sachen zu durchwühlen.«

»Muss ich rüberkommen und dir noch mal die Durchsuchungserlaubnis zeigen, du Arschloch?« Finn war mit seiner Geduld am Ende. »Jetzt halt einfach dein verdammtes Maul.«

Sie hatten am Samstag bis spät in die Nacht gearbeitet und am Sonntagvormittag alles Nötige für den Antrag auf die Durchsuchungserlaubnis zusammengesucht. Dann hatte Finn Kay mit einem Lunch auf seinem Boot überrascht. Er hatte sie in einen seiner Wollpullover gesteckt und war mit ihr auf der *Blue Angel* hinaus in die Bucht gesegelt, um den scharfen Herbstwind zu erwischen, der um Wagners Point fegte. Für ein paar Stunden war es ihr gelungen, Bates, Hagen und insbesondere Eales zu vergessen. Finn schien sich ebenfalls zu entspannen und Kay spürte die Veränderung in ihrer Beziehung, den Anfang von Normalität.

Aber heute Morgen, als sich das Team vor Bates' Haus versammelte und sie wieder mit dem Fall konfrontiert wurde, kam auch der Frust zurück. Und dieses Gefühl verstärkte sich noch, als sie ein Zimmer nach dem anderen durchsuchten und rein gar nichts fanden. Es gab keinerlei Hinweise auf Eales, Valley oder Beggs oder auf die drei früheren Mordopfer. Und Kay wusste, dass die angedrohte Task Force Finn ebenso sehr belastete wie sie selbst.

»Hier.« Finn hob mit seinen behandschuhten Fingern drei dicke Joints in die Höhe und ließ sie in die Plastiktüte fallen, die Kay ihm aufhielt. »Und da haben wir noch mehr.«

Er schob die Zeitschriften und Flyer beiseite und beförderte Einwegspritzen, einen verrußten Löffel und etliche Tütchen Heroin zu Tage.

»Himmel, Jerry, *warum* haben Sie sich bloß neulich Abend eingebildet, Sie müssten sich Stoff besorgen. Sehen Sie sich all das Zeug an!«, sagte er.

Kay reichte die Plastiktüten an einen der Uniformierten weiter und nahm sich die kleine Kommode vor, die in einer Nische zwischen Wohnzimmer und Küche stand. Sie zog eine Schublade auf, aber der Griff war kaputt, und das ganze Durcheinander aus Rechnungen, Stiften, Münzen und anderem Plunder fiel heraus.

»Jesus!« Bates kratzte sich den Schädel und raufte sich die Haare. »Müssen Sie denn alles kaputtmachen?«

»Nicht, wenn Sie mir die Sache erleichtern, Jerry. Verraten Sie mir, wo Sie das Ketamin verstecken«, erwiderte Kay.

»Das was?«

»Sie haben mich schon verstanden. Ihr Special K. Vitamin K. Das Zeug, das Sie sich spritzen.«

»Keine Ahnung, wovon Sie reden«, wimmerte er.

»Gut.« Sie zog die nächste Schublade auf und warf auch deren Inhalt zu Boden.

»Verdammtes Miststück. Das haben Sie mit Absicht gemacht. Sie ...« Er ging auf sie los, aber Finn war blitzschnell an seiner Seite.

»Wie haben Sie sie genannt, Jerry? Habe ich richtig gehört? Haben Sie gerade eine hoch geschätzte Kriminalbeamtin als ›verdammtes Miststück‹ beschimpft?« Er schlug Bates mit der flachen Hand auf den Hinterkopf und der Junkie taumelte ein paar Schritte vorwärts. »Wenn Sie schon nicht mit uns kooperieren wollen, dann halten Sie wenigstens die Klappe. Ich bekomme Kopfschmerzen von Ihrem Gejammere.«

Erst als sein Handy klingelte, ließ Finn von Bates ab. Er nahm den Anruf in der Küche entgegen, lauschte aufmerksam und sah schließlich zu Kay hinüber.

»Wir kommen sofort«, sagte er und klappte das Handy zu. »Könnte sein, dass wir wieder eine haben.«

»Was?« Kay ließ die Papiere fallen, die sie durchforstet hatte.

»Leakin Park.« Er wirbelte zu Bates herum. »Wo, zum Teufel, waren Sie letzte Nacht, Jerry? Wohin sind Sie gegangen?«

»Ich war hier, Mann. Die ganze Nacht.«

»Blödsinn. Sie lügen, Sie verdammtes Arschloch. Wo waren Sie?«

»Vor meinem Haus stand ein gottverdammter Streifenwagen – Sie *wissen*, dass ich hier war.«

»Haben Sie sich nicht aus der Hintertür geschlichen, Jerry? Verflucht.« Finn wandte sich an Kay. »Komm. Wir müssen los.« Und die Uniformierten wies er an: »Nehmt hier drin alles auseinander. Alles!«

An der Tür lieh sich Finn von einem der Beamten ein Paar Handschellen aus und drehte Bates gegen die Wand. »Ich möchte, dass Sie diesen verlogenen Drecksack mit ins Präsidium nehmen und einbuchten.«

»Weswegen?«, kreischte Bates, als die Handschnellen zuschnappten.

»Oh, keine Ahnung, Jerry. Aber bei all dem Stoff, den

du in deiner Bude herumliegen hast, fällt uns sicher was ein.«

»Das ist doch Scheiße!«

»Stimmt, Jerry.« Finn packte den Junkie noch einmal und schubste ihn – vielleicht ein bisschen zu fest – zur Seite, damit Kay vorbei konnte. »Mit dir befassen wir uns später«, sagte er zum Schluss.

Noch im Auto konnte Kay Bates' Flüche und Beschimpfungen hören.

»Sehen wir uns an, was sie gefunden haben«, meinte Finn, als er einstieg. »Und beten wir zu Gott, dass es nichts mit unserem Fall zu tun hat.«

## 47

Die Leiche im Leakin Park war in einem ausgetrockneten Graben gelandet, inmitten von modrigem Laub und verrotteten Baumstümpfen. Als Kay und Finn den Fundort erreichten, standen schon jede Menge Funkwagen am Rand der Franklintown Road, die quer durch den Park führte.

Ein Jogger hatte sie gefunden; ihre weiße Haut stach leuchtend aus dem dunklen Laub hervor. In den frühen Morgenstunden war sie in den Graben geworfen worden und hatte noch keinen Namen, bis Kay mit Finn den steilen Abhang hinunterstolperte und ihr zerfleischtes Gesicht erblickte.

»Lieber Himmel, bist du sicher, dass sie es ist?«, fragte Finn.

Kay nickte – sie war genauso geschockt wie er. Sie

kauerte sich neben die Leiche und deutete auf den Diamantring an Patricia Hagens schmutzigem Finger.

»Was ist mit ihrem Gesicht passiert?«

Regentropfen hatten sich in einem der haselnussbraunen Augen gesammelt; das andere war eingedrückt. Die linke Seite ihres Schädels war zerschmettert, das Haar verklebt mit Blut und Hirnmasse.

»Glaubst du, diese Verletzungen sind entstanden, als sie den Abhang heruntergerollt ist?«

Kay schaute hinauf zur Straße. »Nein. Ich vermute, er hat ihr das Gesicht eingetreten. Und zwar, als sie bereits tot war. Sonst wäre mehr Blut da. Aber er war's.«

Auch in den Schnittwunden auf der Brust und an den Unterarmen hatte sich Wasser gesammelt. Anscheinend hatte der heftige Regen am Morgen den meisten Dreck und die Blätter, die an dem Körper beim Herunterrollen haften geblieben sein mussten, weggewaschen.

Die Uniformierten machten Kay und Finn Platz, und alles war still, bis auf die fernen krächzenden Funkstimmen aus den Autos, die oben auf der Straße parkten. Feuchtigkeit tropfte von den goldenen Blättern, die noch an den Ästen hingen.

Kay erhob sich und sah auf Patricia Hagen herab. Der rechte Arm lag in einem unnatürlichen Winkel unter dem Oberkörper. Und an der bleichen Hüfte klebte ein flammendrotes Ahornblatt.

Die Frau weckte Kays Mitgefühl. Splitternackt und ausgebreitet für die Blicke aller lag sie da. Der Tod kannte keine Würde, und erst recht nicht ein Mord. Patricia Hagens Leiche würde in die Gerichtsmedizin transportiert und dort aufgeschnitten, ausgenommen und ohne Rücksicht auf eine Intimsphäre untersucht und seziert werden. Kay hoffte inständig, dass sie nicht in Baltimore sterben und einmal auf einem dieser Metalltische landen würde, wo Jonesy und ihre Kollegen sie ungehindert betrachten konnten.

»Es war ihm wohl egal, ob sie gefunden wird.« Sie scharrte mit einem Fuß in dem modrigen Laub. »Er hätte sie zudecken können, dann wäre sie monatelang nicht entdeckt worden.«

Kay musste an Valley denken. Und an Beggs. Es war eindeutig – er versuchte, die Aufmerksamkeit der Polizei auf sich zu lenken.

Sie deutete auf die Wunden an Patricias Brust. »Diesmal sind es mehr«, sagte sie. »Wie viele zählst du?«

»Achtzehn. Zwanzig, vielleicht.«

»Fast doppelt so viele. Warum?«

»Sie ist kräftiger als die letzten zwei. Massiger. Schwerer zu bändigen.«

»Das spielt keine Rolle, sollte er ihr die Wunden nach Eintritt des Todes beigefügt haben.« Sie deutete auf die Druckstellen rund um das linke Handgelenk. Ähnliche Male waren an den Fußknöcheln zu erkennen. »Er hat sie gefesselt. Das ist neu.«

»Ich verstehe es nicht, Kay.« Finn umrundete die Leiche und schüttelte den Kopf. »Wenn wir Bates als Täter in Betracht ziehen, dann möchte ich wirklich wissen, wie er das hier direkt vor unserer Nase durchziehen konnte.«

»Vielleicht hat er sich ja tatsächlich nachts aus dem Haus geschlichen.« Kay atmete die feuchte Waldluft ein und beobachtete die Ameisen, die über Hagens nasse Haut krabbelten und Straßen auf der neuen Landschaft bildeten. »Oder wir sind auf dem Holzweg mit Bates? Dieser Kerl ist schlau, Finn. Und intelligent genug.«

»Wie Arsenault?«

Sie stieß den Atem aus. Was, wenn ihr flüchtiges Interesse für Arsenault ihre Urteilskraft beeinträchtigt hatte?

»Ich wünschte, ich könnte es dir sagen. Das hier macht einfach keinen Sinn für mich.«

Auf der Straße etwa zehn Meter über ihnen blieb der weiße Van des Gerichtsmediziners stehen. Schaulustige hatten sich angesammelt: Jogger, Leute mit Hunden, Autofahrer, die sich den Hals verrenkten, um besser sehen zu können. Eine Mitarbeiterin vom kriminaltechnischen Labor machte sich an den tückischen Abstieg in den Graben. Eine Kamera hing um ihren Hals. Sie hielt sich an dem Absperrungsseil fest, das die Streifenpolizisten zwischen die regennassen Baumstämme gespannt hatten.

Kay sah sich die Umgebung und die Böschung an, die weiter unten steil zum Dead Run abfiel – dem Fluss, der sich zu den Gwynns Falls schlängelte. Dies alles war ihr nur zu bekannt. Auch im letzten Jahr war sie, nachdem sie den Fall Annie Harris übernommen hatte, hierher gekommen. Die Jane Doe war einige Wochen zuvor geborgen worden.

Sie drehte sich ein paar Mal um die eigene Achse und versuchte, sich zu orientieren. Schließlich deutete sie nach Westen. »Da sind wir über eine Kreuzung gefahren, nicht?«

»Ja. Dort ist die Lazear, soviel ich weiß. Etwa hundert Meter weiter.«

»Dieser Hurensohn.«

»Was ist, Kay?«

»Varcoes Jane Doe. Sie wurde auch hier gefunden – vielleicht ein wenig weiter da unten. Aber es ist derselbe Fundort.«

»Du meinst, der Kerl hat Patricia Hagen hier abgeladen, nur um uns zu verarschen?«

»Entweder das oder er spielt mit Eales.« Sie deutete mit dem Kopf auf die Leiche. »Unser Mann hat Eales vielleicht einen Gefallen getan, als er Valley umbrachte, aber hiermit hat er Eales die Ernährerin geraubt.«

»Oder es war ein zweiter Gefallen. Das hängt davon ab, was Eales von diesem Techtelmechtel wirklich hielt.«

»Ich glaube kaum, dass Eales um das hier gebeten hat, Finn.« Kays Magen kämpfte mit dem Kaffee und dem Muffin, das sie auf der Fahrt zu Bates zu sich genommen hatte. »Dieser Mord macht die Dinge viel komplizierter.«

»Ich möchte mit Arsenault sprechen.« Finn ließ den Blick über die Menschenmenge oben an der Straße schweifen, als erwartete er, den Web-Designer dort zu entdecken. »Selbst wenn er nicht der Täter ist, trägt er die Verantwortung für die Morde. Er und seine verdammte Website. *Und* ich will endlich wissen, ob der gute alte Jerry letzte Nacht wirklich zu Hause war.«

Die kriminaltechnische Laborantin hatte ein hartes Gesicht und wirkte unnahbar. Sie stocherte im Laub, blieb einige Meter hinter der Leiche stehen und machte ihre Kamera bereit. »Wo soll ich anfangen?«, fragte sie.

»Fotografieren Sie zuerst die Leiche«, antwortete Finn.

»Nein«, widersprach Kay. »Sie läuft uns nicht weg. Fangen Sie mit denen an.« Sie deutete auf die Gaffer hinter der gelben Absperrung. »Haben Sie ein Weitwinkelobjektiv oder einen Zoom an dem Ding?«

»Klar.«

»Gut. Nehmen Sie so viele wie möglich auf, bevor sie sich zerstreuen. Ich möchte herausfinden, ob uns der Mistkerl beobachtet.«

# 48

Während die Augen der Neugierigen auf Patricia Hagens Leiche im Graben gerichtet waren, beobachtete Roach Detective Delaney.

Der Anblick von Patsy erinnerte ihn nur an seine Frustration, sein ungestilltes Verlangen. Er hatte sich so viel mehr von dieser Kuh erwartet.

Vor zwei Tagen hatte sie abends an seine Tür geklopft; ihm war schon ganz schwindlig gewesen vor Vorfreude, und als er ihr die Spritze in die Hüfte rammte, konnte er sich kaum noch bremsen. Sie schubste ihn weg, fuchtelte hilflos herum, als ihre Brille auf den Boden fiel, plärrte und schleuderte ihm Schimpfworte entgegen, die er Daddys artigem Mädchen niemals zugetraut hätte.

Sie ging schnell genug in die Knie.

Er zerrte sie ins Bad und zog ihr die Klamotten aus. Und die ganze Zeit glotzten ihn ihre weit aufgerissenen Augen an.

Erst als es ihm gelungen war, sie in die Wanne zu bugsieren, gestattete sich Roach ein Lächeln und schaute in die leeren Augen. Ihr Kopf war zur Seite gesunken und das weiße Fleisch drückte an die Porzellanwände der Wanne.

»Patsy. Erde an Patsy. Bleib bei mir«, flötete er.

Ein leises Ächzen. Ihre Lider flatterten. Er schlug ihr auf die Wange und überlegte, ob er ihr zu viel von dem Ketamin verabreicht hatte. Oder spielte sie ihm was vor? Er überprüfte die Fesseln. Knöchel. Handgelenke. Ihr Fleisch quoll über die Knoten. Das Seil hatte er an die alten Rohre unter dem Waschbecken gebunden. Die letzte Hure hatte ihm beigebracht, wie wichtig eine solche Sicherung war; er würde denselben Fehler nicht zweimal machen.

Er zog sich aus und legte seine Kleider ordentlich gefaltet auf den Toilettendeckel. Als er sich ihr wieder zuwandte, hing der saure Gestank von ihrem Erbrochenen in der Luft. Das musste das Ketamin gewesen sein. Er wusch ihr die Kotze ab und hatte Angst, dass er danach keinen mehr hochkriegen würde.

Nackt setzte er sich rittlings in der Badewanne auf sie. Die Klimaanlage kühlte seine mit Schweiß bedeckte Haut, und er schauderte, als er ihr in die mittlerweile halb geschlossenen Augen blickte. Die Iris war nur noch ein blasser Ring um die erweiterte Pupille.

»Na, siehst du? Wie fühlst du dich, Patsy?«

Als ihre Lider noch schwerer wurden, rüttelte er sie. »Komm schon, altes Mädchen. Willst du nicht ein bisschen mit Roach spielen?« Er fragte sich, ob kaltes Wasser sie wach halten könnte. Er musste sehen, wie sich das Erkennen in ihren Augen zeigte. Das machte ihn an.

Er hockte sich auf ihre üppigen Schenkel, nahm eine Brust in die Hand und knetete sie zwischen den Fingern. Dann zwickte er in den Nippel. Als sie das nicht erregte, kniff er sie noch fester.

Jetzt wurden ihre Augen groß, während das Blut in ihre Titte schoss und der Abdruck seiner Hand zu erkennen war.

»Ah, jetzt bist du munter, stimmt's?«

Er drehte sich etwas zur Seite und nahm das Klappmesser vom Waschbeckenrand. Hielt ihr die glänzende Klinge vor das Gesicht. In der Nacht zuvor hatte er sein Messer eine Stunde lang bearbeitet, die schmale Klinge geschärft, bis er sich unter der Dusche von seiner Erektion befreien musste. Aber jetzt hatte er Patsy zur Gesellschaft und er würde sich nicht solo einen runterholen. Nein, Sir.

Er beugte sich vor, sein steifes Glied drückte sich in

ihren Bauch. Die Hitze ihres Körpers erregte ihn nicht, aber sein Messer. Den dünnen Griff in der Hand zu spüren, die Vorfreude darauf, dass die Klinge sie liebte. Aber das Beste kam später, wenn sie kalt wurde. Aber vorerst war ihre Angst sein Lohn.

»Wie geht's dir, Patsy?« Er liebkoste ihre Wange mit der Klinge. Diesmal war ihr Stöhnen lauter und ihr gelähmter Körper bewegte sich ein klein wenig, und hätte er ihr nicht das rosafarbene Höschen in den Mund gestopft, dann hätte sie gekreischt.

Er hob das Messer hoch und fuhr mit der Spitze vom Handgelenk bis zu den Achselhöhlen. Er senkte den Kopf und sog tief die Luft ein. Neben dem Rosenduft ihres Deodorants nahm er den berauschenden Schweißgeruch wahr.

Sie hatte Zwei-Tage-Stoppeln unter den Armen. Er hätte erwartet, dass sie sich mehr pflegte. Er legte die Klinge an die stoppelige Höhle. Sie war scharf genug und ihr Deo wirkte wie ein Gleitmittel. Er strich mit dem Messer über die empfindliche Haut und beobachtete, wie sich die kleinen schwarzen Härchen an dem glänzenden Stahl sammelten. Der Hunger wuchs, der Druck in seinem Schädel stieg und schlängelte sich tief in seine Lenden. Und als sie sich kaum merklich unter ihm anspannte und er ihr röchelndes Ächzen hörte, glaubte Roach, dass Patsy eine wäre, die er nie vergessen würde.

Aber letzten Endes war sie eine riesige Enttäuschung. Als sie längst tot war und ihr Fleisch langsam erkaltete, versuchte er, sie nach oben ins Schlafzimmer zu schleppen – er wollte bei ihr liegen wie bei der Nutte. Doch Patsy war schwerer, als er gedacht hatte.

Schließlich musste er Schwerstarbeit leisten, um sie loszuwerden. Es war eine lange Nacht. Seine Muskeln brannten, während er sie zu der neuen Plane im Flur zerrte. Erst als er sie darin eingewickelt hatte, rutschte der tote Körper leichter über das abgetretene Linoleum zur Hintertür.

Die Veranda war eine echte Herausforderung, und sie in den Kofferraum des Park Avenue heben zu müssen, machte ihn richtig sauer.

Dann, um zwei Uhr nachts im Leakin Park, prasselte der Regen auf seine Kapuzenjacke und die Tropfen glitzerten im Scheinwerferlicht wie spitze Nägel. Er geriet richtig ins Schwitzen, als er das schwere Bündel aus dem Kofferraum hob. Die Nylonschnur schnitt in seine Hände. Fluchend zerrte er sie zum Rand des Abhangs.

Und dort im dunklen, stillen Wald machte er seiner Wut auf Patsy Luft. Im strömenden Regen trat er zu, genau an der Stelle, an der er ihr Gesicht unter der Plane vermutete. Er grunzte zufrieden – es fühlte sich gut an –, und er tat es wieder und wieder, bis er erschöpft war. Dann bückte er sich, rollte die Plane auf und ließ die Leiche den Abhang hinunterrollen. Er hörte ein Rumpeln und Rascheln, dann war alles still.

Trotz all der Mühen war es gut, dass Patsy tot war. Früher oder später hätte sie sich verplappert und von ihm erzählt. Delaney und ihr Partner hatten schon einmal mit ihr gesprochen. Und obwohl Patsy nicht gerade eine Geistesgröße war, hätte ihr irgendwann ein Licht aufgehen können. Sie hätte mit dem Finger auf ihn gezeigt.

Es war eine reine Notwendigkeit gewesen. Er fragte sich, ob Bernard das verstehen würde.

Jetzt beobachtete Roach Detective Delaney, die neben Patsys Leiche stand. Erkannte ihr Partner die Lebenskraft, die in ihr steckte? Diese Entschlossenheit und den Willen, am Leben zu bleiben? Delaneys Überlebensdrang war ungeheuer stark. Das hatte er mit eigenen Augen gesehen, als Bernard die Scheiße aus ihr herausgeprügelt hatte. Kein anderer hätte das überstanden. Jeder hätte mittendrin aufgegeben.

Und er hoffte, sie würde dieselbe Entschlossenheit zeigen, wenn er sie in die Hände bekam.

## 49

Sie kauften sich einen Kaffee auf dem Weg nach Overlea und trafen Alexander Hagen in seinem neuen Parkview Funeral Home an. Inmitten seiner schauerlichen Apparaturen behielt der Mann seinen Gleichmut bei. Erst als sie ihn – auf seinen drängenden Wunsch hin – in die Gerichtsmedizin brachten, damit er die sterblichen Überreste seiner Tochter sehen konnte, brach er zusammen.

Finn hatte beabsichtigt, den alten Herrn nach seinem Alibi zu fragen, nahm jedoch davon Abstand, als er seinen Nervenzusammenbruch miterlebte. Vorerst.

Hagen hatte ihnen den Zweitschlüssel für Patsys Haus überlassen und bestand darauf, allein nach Hause zu fahren. Um vier Uhr nachmittags sperrten Kay und Finn die Tür zu Patricia Hagens Villa in Mt. Washington auf.

»Er hat sie nicht von hier entführt«, stellte Finn fest, während sie an den miauenden Katzen vorbeigingen. »Keine Einbruchspuren. Nichts ist in Unordnung.«

Die Luft war abgestanden und es stank nach Katzenklos. Die Blumen in den Vasen ließen die Köpfe hängen, aber es gab keinerlei Anzeichen für eine handgreifliche Auseinandersetzung.

Fünf Katzen folgten ihnen ins Arbeitszimmer und Kay scheuchte eine sechste von dem Stuhl vor dem Computer. Während sie den PC einschaltete, betrachtete Finn die Eales-Devotionalien, die Patricia gesammelt hatte.

»Himmel, sieh dir das an!«

An den großen Korktafeln rechts und links vom Fenster hingen unzählige Fotos neben Notizzetteln – alles fein säuberlich mit Nadeln aufgespießt und ordentlich ausgerichtet. Alles drehte sich nur um Eales. Bilder von Eales als Teenager, mit einer Frau, die seine Mutter sein könnte, mit seinem kleinen Bruder und anderen, die Finn nicht identifizieren konnte. Dann etliche Schnappschüsse von Eales mit seinem Oldtimer. Ein paar dieser Aufnahmen hatte Finn schon auf der Website gesehen. Aber es waren keine von Eales und Patsy als glückliches Paar darunter.

»Willkommen im Schrein von Bernard Eales.«

Links in der Ecke neben der Fotowand stand ein Bücherregal. Die Titel erinnerten Finn stark an Arsenaults Bibliothek, aber Patricia hatte sich offenbar hauptsächlich für juristische Texte und Gesetzbücher interessiert. Finn konnte sich gut vorstellen, dass Eales' Freundin Grogan gründlich auf die Nerven gegangen war, je näher der Prozess rückte. Bestimmt hatte sie nach jedem Strohhalm gegriffen, um den Mann zu retten, dem sie ihrer Ansicht nach ihr Leben verdankte.

»Hier können wir nicht viel rausholen«, seufzte Kay und sah vom Computermonitor auf. »Postein- und -ausgang sind praktisch leer und der Papierkorb wurde gelöscht.«

»Irgendwelche E-Mails an Arsenault?«

»Etliche. In ihrer letzten hat sie ihm einen größeren Anteil an den Spendengeldern angeboten, wenn es ihm gelingt, den Fall landesweit bekannt zu machen.«

»Also war dieser Bastard schon die ganze Zeit prozentual beteiligt.« Finn schüttelte den Kopf. »Was ist mit persönlichen Dateien?« Er wartete, während Kay die Ordner abrief. Gemeinsam überflogen sie die kurze Auflistung. Hauptsächlich Briefe an Grogan und kurze Liebesbotschaften an Eales.

»Diese verdammte Irre«, brummte Finn. »Ich finde, wir packen das Ding zusammen und nehmen es mit. Die Computer-Jungs sollen sich das einmal ansehen. Vielleicht können sie etwas von dem gelöschten Quatsch wiederherstellen.«

Dann wühlte er in den Ablagekörben auf dem Schreibtisch. Artikel und Fotokopien aus juristischen Zeitschriften. Ausdrucke von Online-Seiten, die für »Unschuldige« eingerichtet wurden, und Briefe an und von amerikanischen Organisationen, die sich für »widerrechtlich Inhaftierte« einsetzten.

»Und den Müll hier nehmen wir auch mit«, sagte er und zeigte auf die Papiere.

Er suchte weiter; sein Blick fiel auf den Anrufbeantworter und das leuchtende rote Lämpchen. Finn drückte auf den Abhör-Knopf und bemerkte, wie das Band zurückspulte. Alte Technologie. Viel zugänglicher als eine Mail-Box, und man brauchte keine gerichtliche Verfügung, um von der Telefongesellschaft die eingegangenen Nachrichten anfordern zu können.

Sie hörten sich sämtliche Mitteilungen an. Eine stammte von Kay selbst, die Patricia um Rückruf bat. Drei Anrufer hatten aufgelegt, ohne etwas zu hinterlassen, und eine Botschaft kam von Arsenault:

»Patricia, hier ist Scott. Samstagabend … äh … zehn Uhr vierzig. Ich weiß, es ist schon spät, aber ich bitte Sie dringend, mich zurückzurufen. Es hat sich was ergeben.« Ein Rascheln ertönte, das Finn nicht genau bestimmen konnte. »Ich habe etwas mit einem Fernsehsender angeleiert, aber wir sollten das vorher durchsprechen. Die rufen mich morgen früh an, deshalb wäre es gut, wenn wir uns noch heute Abend treffen. Ich bin zu Hause.«

»Klingt für mich, als wollte er sie zu sich locken«, erklärte Finn.

Nach Arsenaults Anruf waren da noch zwei Aufleger – sonst nichts.

»Ich will einen Verbindungsnachweis für diese Leitung haben«, beschloss Finn. »Wir müssen wissen, wer angerufen und gleich wieder aufgelegt hat. Bis morgen habe ich die richterliche Verfügung.«

»Und was ist mit den Nummern, die Patricia gewählt hat?«

Finn nahm den Hörer ab und drückte auf die Wiederwahltaste.

»Checker Cab«, meldete sich eine Stimme.

»Ja, hier ist Detective Finnerty, Baltimore Police. Ich versuche einen Anruf zurückzuverfolgen, den Sie von diesem Apparat erhalten haben. Könnten Sie einmal in Ihren Auftragslisten nachsehen?«

Er hörte, wie die Telefonistin etwas in eine Tastatur eingab. »Neunzehn Wetherburn?«

»Das ist richtig.«

Wieder tippte sie etwas ein. »Ja, der Anruf ging am Samstagabend ein. Um zehn Uhr fünfzig. Der Fahrgast wurde in die Keystone 311 gebracht.«

»In die Keystone? Sind Sie sich ganz sicher?«

»Unser System lügt nicht. Aber ich kann auch noch mal mit dem Fahrer sprechen und Sie dann zurückrufen.«

Finn gab der Frau seine Nummer und legte auf. »Das wird dir gefallen«, meinte er zu Kay. »Patricia Hagen ist mit dem Taxi zu einer Adresse am TV Hill gefahren. *Nach* Arsenaults Anruf.«

# 50

Kay war die Erste, die in der Keystone vor dem Haus mit der Nummer 311 stand. Ein unheimliches Déjà-vu-Gefühl erfasste sie. Erst letzte Woche hatte sie an diese Tür gehämmert. Hatte gehofft, einen Zeugen aufzutreiben, der in der Nacht, in der B. J. Beggs zwischen den Müllsäcken deponiert worden war, etwas beobachtet hatte.

Kay war so nahe dran gewesen und hatte doch nichts gemerkt – wie war das möglich?

Auf der Fahrt hatte Finn per Funk Verstärkung angefordert. Dann kam ein Anruf von dem Taxifahrer, der gesehen hatte, wie Patricia Hagen am Samstagabend dieses Haus betreten hatte.

Es war ein schmales Reihenhaus – das drittletzte in der Keystone. Die Jalousien waren überall heruntergelassen und weder im ersten Stock noch im Parterre brannte Licht. Der letzte Rest des Tageslichts spiegelte sich in den dunklen Scheiben.

Kay stand am überdachten Eingang, riss die eingebeulte Fliegengittertür auf und pochte an die Tür. Nichts. Wie neulich trat sie zu dem dreckigen Fenster, schirmte die Augen mit den Händen ab und spähte durch den Vorhangspalt.

Finn hämmerte währenddessen mit dem Funkgerät gegen die Tür. Und wartete.

Ein Streifenwagen hielt hinter dem Lumina. Zwei Beamte sprangen heraus und gingen auf das Haus zu, während sie ihre Gürtel zurechtrückten und die Umgebung mit aufmerksamen Blicken taxierten. Es war alles still.

»Vielleicht ist es gar nichts, Jungs.« Finn klopfte noch einmal.

Kay glaubte, eine Bewegung in der Finsternis hinter dem Vorhang wahrgenommen zu haben. Ein Huschen. Einen flüchtigen Schatten. Möglicherweise hatte sie sich auch getäuscht.

»Ich glaube, ich hab was gesehen«, sagte sie und drückte die Nase an die Scheibe. Aber das Phantom – real oder nur eingebildet – war verschwunden.

»Was war das?« Finn hatte bereits sein Holster aufgeknöpft.

»Ich denke, der Bastard ist da drin.« Sie schob Finn zur Seite und trommelte an die Tür. Die erste Adrenalinwoge durchströmte sie. »Baltimore Police. Machen Sie die Tür auf.«

»Schauen Sie hinten nach«, wies sie die Uniformierten an, als sie an der Klinke rüttelte. Die Tür war abgeschlossen.

»Kay, ich glaube nicht, dass sich jemand da drin aufhält.«

Sie trat ein letztes Mal gegen die Tür, dann ließ sie das Fliegengitter zufallen. »Ich könnte schwören, dass ich was gesehen habe.«

Sie kehrten zur Straße zurück und auf dem Gehsteig drehte sich Kay noch einmal um und starrte auf die dunklen Fenster. »Ich will in dieses Haus, Finn.« *War sie die Einzige, die dieses Knistern in der Luft spürte? Hatte Finn nicht dieselbe böse Vorahnung wie sie?*

»Wir brauchen eine richterliche Genehmigung«, wandte Finn ein.

»Dann beschaffen wir sie. Immerhin haben wir die Aussage des Taxifahrers. Er hat mitbekommen, dass Patricia Hagen dieses Haus betreten hat. Das dürfte als Begründung reichen.«

Kay ließ den Blick schweifen. Es wurde allmählich dunkel; nur noch ein schmaler, dunstiger Lichtstreifen hing über den Baumwipfeln des Druid Hill Parks. Es roch nach mehr Regen.

Am Ende des Blocks schlug eine Fliegengittertür zu und eine große Gestalt stieg die Verandastufen hinunter. Kay beobachtete, wie der Mann mit ruhigen, langen Schritten den Hügel herauf auf sie zukam. Finn folgte ihr auf die Straße, um ihm entgegenzugehen.

»Kann ich Ihnen irgendwie behilflich sein?«, fragte der Mann und nahm einen Schluck aus der Bierdose, die er mitgebracht hatte. Sein Blick wanderte von ihnen zu dem Streifenwagen und wieder zurück.

»Ja.« Kay deutete mit dem Kinn auf Hausnummer 311. »Können Sie uns etwas über dieses Haus erzählen?«

»Klar. Es gehört mir.«

# 51

Sein Name war Leon Gaines.

Gaines hatte das Haus Keystone 311 von seinem Onkel geerbt und es nach dessen Tod vor acht Jahren vermietet.

»Es ist möbliert«, erklärte Gaines, als er mit den beiden Detectives zu seinem eigenen Haus schlenderte. »Das ist einfacher, als all die Möbel zu entsorgen. Und ich kann eine höhere Miete verlangen.«

Als sie die Stufen zu Gaines' Veranda hinaufstiegen, spürte Finn die Erschöpfung in seinen Knochen und vermutete, dass es Kay ähnlich erging. Seit der Durchsuchung von Bates' Haus am Morgen waren sie ununterbrochen auf den Beinen gewesen, aber der frische

Adrenalinschub hatte ihnen Auftrieb gegeben. Finn teilte Kays Aufregung.

»Handelt es sich um das Mädchen, das in der Gasse hinter den Häusern gefunden wurde?« Gaines drehte sich an der Tür zu ihnen um. Er war ein großgewachsener, grobknochiger Mann mit tiefliegenden Augen, die zu nahe zusammenstanden. Seine Jeans war zerrissen, das Hemd mit Flecken übersät. »Wenn ja, dann muss ich darauf hinweisen, dass Ihre Leute schon mit mir gesprochen haben. Zweimal sogar.« Er zerdrückte die Bierdose in der Hand und warf sie in die Recycling-Tonne. Sie stieß gegen ein Dutzend weitere. »Ich habe dem Cop neulich schon erklärt, dass ich nichts Auffälliges bemerkt habe.«

»Was können Sie uns über Ihren Mieter erzählen, Mr Gaines?«, wollte Kay wissen.

»Er ist ruhig und, soweit ich weiß, nicht oft da.«

»Ist er erst kürzlich eingezogen?«

»Ja. Vor ungefähr zwei Wochen. Er hatte nicht viel dabei, aber er hat eine Klimaanlage installieren lassen, also hoffe ich, dass er eine Weile bleibt.«

»Haben Sie einen Mietvertrag?«, fragte sie weiter.

»Ja.«

Kay zeigte auf die Tür. »Dürfen wir ihn sehen?«

»Klar.« Gaines ging ins Haus und hoffte wahrscheinlich, dass die Detectives auf der Veranda blieben. Aber Kay lud sich selbst in das stickige Haus ein.

Finn nickte der Frau, die auf einem mit Plastik bezogenem Sofa saß und eine offene Tüte Kartoffelchips auf dem Schoß hielt, knapp zu. Aber sie blickte nur kurz von ihrem Country-Western-Video auf. Gaines verschwand durch eine Tür. Er kam mit einem fleckigen Schnellhefter in der einen Hand und einer neuen Bierdose in der anderen zurück. Er überreichte Kay den Ordner und Finn sah ihr über die Schulter.

Es war die Fotokopie eines Standardmietvertrags und Finns Blick blieb am Namen des Mieters haften.

»Hurensohn«, knurrte er leise.

»Können Sie uns Ihren Mieter, diesen Mr Arsenault, beschreiben? Wie sieht er aus?«, fragte Kay.

»Keine Ahnung. Durchschnittlich, schätze ich. Sauber. Ein hübscher Junge. Trug einen schönen Anzug, als er herkam, um das Haus zu besichtigen.«

»Was sonst noch? Größe? Figur? Haarfarbe?«

»Na ja – Durchschnitt eben. Kleiner als ich und dünn. Auch blass, als ob er nicht viel im Freien wäre.«

»Blondes Haar?«, hakte sie nach.

»Ich denke. Schmutzig blond, ja, und er hatte einen Bart.«

»Einen Spitzbart?«

»Weiß nicht. Kann sein, aber ehrlich – ich hab auf solche Dinge nicht geachtet. Der Kerl sieht anständig aus und bezahlt die Miete, und ansonsten kümmere ich mich um meine eigenen Angelegenheiten.«

»Wie hat er die Miete denn bezahlt?«

»Bar. Vier Monate im Voraus.«

»Und wieso nimmt sich ein Kerl in einem ordentlichen Anzug eine solche Bruchbude?«, fragte Finn.

»Das ist keine Bruchbude. Und außerdem, warum soll ich einem geschenkten Gaul ins Maul schauen? Er hat davon gesprochen, dass er nach einem Haus sucht, das er kaufen kann, und nur für kurze Zeit eine Bleibe braucht.«

»Haben Sie jemals gesehen, dass jemand bei ihm war?«, erkundigte sich Kay.

»Wie gesagt, er ist nicht oft hier. Zurückhaltend. Ein Mieter, wie man ihn sich wünscht.«

Kay klappte den Ordner zu und klemmte ihn sich unter den Arm. »Den bringe ich Ihnen später wieder, Mr Gaines. Und wir brauchen Zutritt zu dem Haus.«

Er stutzte. »Worum geht es eigentlich?«

»Mr Gaines, bitte – wir sind nicht befugt, darüber mit Ihnen zu sprechen.«

»Nun, ich kann nicht. Sie ins Haus lassen, meine ich. Jedenfalls nicht heute Abend. Ich muss den Mieter vierundzwanzig Stunden vorher benachrichtigen.«

»Sie müssen ihn überhaupt nicht benachrichtigen, wenn wir Ihnen eine Durchsuchungserlaubnis vorlegen«, erwiderte Kay und drehte sich zur Tür. »Wir holen Sie ab, sobald wir den Wisch haben, dann müssen wir die Tür nicht aufbrechen.«

Gaines hob seine Bierdose und prostete ihnen zu. »Da wäre ich Ihnen dankbar«, rief er ihnen nach, als sie das Haus verließen. Sie machten sich wieder auf den Weg den Hügel hinauf zu Nummer 311. Es dämmerte bereits.

»Ich habe ein Problem damit, mir Scott in diesem Haus vorzustellen«, meinte Kay, als sie zu ihrem Dienstwagen kamen. Sie öffnete die Fahrertür und warf den Schnellhefter auf die Ablage.

»Gaines' Beschreibung passt.«

»Nur vage.« Sie deutete auf das Haus. »Das ist nicht sein Stil.«

»Und warum nicht? Warum sollte er sich hier nicht eine Absteige halten? In seinem Wohnhaus gibt es einen Portier und viele Nachbarn. Da kann er die Opfer nicht so ohne weiteres ungesehen rein und raus schaffen. Diese Bude ist perfekt. Fast am Ende einer Sackgasse, und er hat diese schmale Straße hinter dem Haus.«

»Jeder hätte seinen Namen auf den Vertrag schreiben können, Finn. Außerdem ist alles andere erfunden. Die Adresse, die er als bisherigen Wohnsitz angegeben hat … Ich habe mal im Nordwest-Distrikt gearbeitet. An der Booker Street gibt es keine neunhundert Blocks.«

»Warum dann Arsenaults Name? Wenn er es nicht ist, woher kennt dieser Bastard ihn dann?«

»Er liest alles, was über die Morde geschrieben wird. Inklusive Eales' Website. Er bekommt mit, was wir tun. Er hat Scotts Namen benutzt, weil er weiß, dass wir bei ihm herumgeschnüffelt haben. Er hätte auch John Henry in den Mietvertrag schreiben können. Bargeld im Voraus, und Gaines stellt keine Nachforschungen an. Er benutzt Scotts Namen, um uns ein Schnippchen zu schlagen.«

»Fiktion oder nicht, der Mietvertrag ist genau das, was uns bei jedem Richter eine Durchsuchungserlaubnis für Arsenaults Wohnung einbringt. Und ich lasse mir diese Gelegenheit *nicht* entgehen.«

Kay schwieg eine Weile, ohne den Blick von Nummer 311 zu wenden. »Gut. Aber zuerst möchte ich mich in diesem Haus umschauen.« Sie sah auf ihre Uhr. »Ich will noch heute Nacht da hinein.«

# 52

Aus Angst vor einer Überreaktion im Präsidium bat Kay Finn, die neueste Entwicklung unter Verschluss zu halten, bevor er sich auf den Weg machte, um die Durchsuchungserlaubnis zu erwirken. Das Letzte, was sie brauchte, war eine schnelle Eingreiftruppe, die das Haus 311 stürmte, und einen überheblichen Vorgesetzten, der am Tatort herumtrampelte. Denn der lag hinter dieser Tür – das spürte sie förmlich.

Vor etwa einer Stunde war Finn mit Giordano, dem einen der beiden Streifenbeamten, ins Präsidium gefahren;

der andere – ein breitschultriger Junge namens Madjarian – leistete Kay Gesellschaft. Sie saßen im Lumina, der auf der Rockrose parkte – von dort aus hatten sie den Eingang von 311 sowie die Einfahrt zu der Gasse hinter der Häuserzeile genau im Blick. Sie fachsimpelten ein bisschen, aber Kays Aufmerksamkeit galt nur dem Haus, der Gasse, den Autos, die an der Abzweigung in die Keystone vorbeifuhren, und jedem Schatten, der sich bewegte.

Als Giordano zurückkam, wies Kay ihn und seinen Kollegen an, den Streifenwagen außer Sichtweite abzustellen und zu Fuß durch die Nachbarschaft zu gehen und sich die Zulassungsnummern der parkenden Autos zu notieren. In den folgenden zwanzig Minuten funkte sie die beiden zweimal an, um zu hören, wie weit sie schon gekommen waren. Mittlerweile regnete es, und Kay ging davon aus, dass sich die beiden Cops auf irgendeiner Veranda untergestellt hatten.

Der schwere Geruch nach nassem Asphalt drang durch das offene Wagenfenster. Ein Ziegenmelker kreischte leise, und eine schwache Brise brachte ein Windspiel aus Bambusröhren zum Klingen, das irgendwo in der Nähe hing. Zu Kays Linken blinkten rote Lichter auf den Fernsehtürmen und malten Muster auf die von Regentropfen benetzte Windschutzscheibe.

Wieder betrachtete Kay Nummer 311 und fragte sich, ob sie vorhin wirklich eine Bewegung gesehen hatte. Es könnte auch ihre eigene Reflexion gewesen sein. Sie erinnerte sich an den Spiegel, den sie letzte Woche bei Tageslicht durch die Vorhänge an der gegenüberliegenden Wand entdeckt hatte.

*Konzentrier dich auf die Straße, Delaney. Und auf die Gasse. Wenn er zurückkommt, musst du bereit sein.* Das Funkgerät lag auf dem Beifahrersitz – eingestellt auf den

Kanal von Giordano und Madjarian, falls sie Verstärkung brauchte.

Ihre Gedanken wanderten zu Scott. Sie würden mit ihm über seinen Anruf bei Patricia sprechen müssen. Und über diesen Mietvertrag, der unter seinem Namen abgeschlossen worden war. Konnte sie sich so sehr in ihm geirrt haben? Hatte Scott Patricia etwa hierher gelockt?

Kay lehnte den Kopf an die Nackenstütze, lauschte dem Regen, der auf das Wagendach trommelte, und ließ im Geiste noch einmal die Ereignisse des Tages Revue passieren. Vom Leakin Park zum Bestattungsinstitut und schließlich zu Patricias Haus. Den ganzen Tag lang hatte sie fieberhaft überlegt, was das Motiv für den Mord an Hagen gewesen sein könnte.

*Hatte der Täter sie persönlich gekannt? War sie einfach nur ein geeignetes Opfer für ihn gewesen? Oder steckte noch etwas anderes hinter diesem Mord?* Patricia Hagen war mehr als nur eine Stimme auf Scotts Website gewesen. *Hatte sie zu viel geredet? Oder hatte sie von Anfang an die Wahrheit gekannt?*

Vor Kays geistigem Auge tauchte Patricias Leichnam auf, in einem weißen Plastiksack. Jetzt lag er im Kühlraum der Gerichtsmedizin und gleich am nächsten Morgen sollte die Autopsie stattfinden. Ein weiteres Opfer. Eine weitere Möglichkeit, Antworten zu erhalten.

Aber das Haus Keystone 311 würde ihnen mehr Antworten liefern als das Opfer. Davon war Kay felsenfest überzeugt. Sie starrte auf die dunklen Fenster und malte sich aus, was sie da drin erwarten mochte. Sie atmete tief durch. Versuchte, sich zu entspannen.

Dann bemerkte sie Scheinwerferlicht hinter der Häuserzeile. Der Lichtstrahl schwenkte kurz über den Asphalt der Keystone und verschwand wieder. Zuerst glaubte sie, dass es ein Wagen war, der dort abgestellt wurde, doch dann wurde ihr klar, dass das Licht die Gasse hinter den Häusern beleuchtete und soeben die Straße erreichte, nur ein paar Meter von ihrem Standpunkt entfernt.

Sie wartete darauf, dass das Auto aus der Gasse kam. Als sich nichts tat, schnappte sie sich das Funkgerät. »Giordano, seid ihr noch auf Posten?«

Ein Knistern und Rauschen, dann: »Klar.«

»Ein Wagen ist in der Gasse hinter dem Haus. Ich brauche Verstärkung und einer von euch muss den vorderen Eingang sichern.« Sie stieß die Autotür auf und blinzelte, als die Regentropfen ihr Gesicht trafen. »Wo seid ihr, Jungs?«

»Schon auf dem Weg.«

»Ich brauche euch *hier, sofort*! Ich muss das überprüfen.« Wieder ein Rauschen, dann Stille. Man hörte nur den Regen und das Klimpern des Windspiels.

Sie umrundete die Motorhaube des Lumina und verharrte, beobachtete das Scheinwerferlicht, das aus der Gasse schien, und hielt nach den beiden Beamten Ausschau. Der Wagen in der Gasse blieb im Leerlauf.

Kay setzte sich in Bewegung. Sie überquerte die nasse Rasenfläche von Nummer 315, dem letzten Haus in der Zeile, und tastete sich an der Mauer weiter bis zum Zaun. Der Mörtel zwischen den Steinen fühlte sich rau an. Am Zaun verweilte sie kurz und sog tief die feuchte Luft ein. Ihr Herz pochte heftig.

Sie klemmte das Funkgerät an ihrem Gürtel fest und holte noch einmal bebend Luft. Dann wischte sie ihre Hand an der Hose ab, zog ihre Dienstwaffe und eilte weiter.

Für einen Augenblick blendeten sie die Schweinwerfer. In dem grellen Licht kam ihr die Gasse fremd vor, obwohl sie letzte Woche, als Beggs' Leiche gefunden wurde, viele Stunden hier zugebracht hatte. Sie konnte sich nicht mehr entsinnen, welche Häuser Vordächer hatten und welche nicht. Wo ein Schuppen war und wo ein Zaun.

Das Auto befand sich vor dem drittletzten Haus – Nummer 311. Kay konnte nur Umrisse in der Straße und den Hinterhöfen ausmachen. Nichts rührte sich. Die einzigen Geräusche waren das Brummen des Motors und der Hip-Hop-Sound aus dem Autoradio.

In einigen Häusern am Ende des Blocks brannte Licht, aber hier war alles dunkel. Sie hatte Mühe, den Hinterhof von 311 zu identifizieren; er war ein schmaler eingezäunter Betonhof. Die Scheinwerfer beleuchteten den Rand des ein Meter zwanzig hohen Zauns, weiter reichten sie nicht. Und die Trennwand zwischen 311 und dem Nebenhaus nahm ihr die Sicht auf die Hintertür.

Sie führte mit der freien Hand das Funkgerät an den Mund. »Wo, zum Teufel, steckt ihr, Jungs?«

»Wir sind gleich auf der Keystone.« Giordano klang, als wäre er außer Atem.

»Die vordere Tür ist nicht abgesichert. Ich brauche euch hier.«

Es gefiel ihr nicht, dass die Haustür unbewacht war, aber sie hatte keine andere Wahl. Sie atmete tief durch und trat ins Licht. Keine Deckung, nichts, wohinter sie sich verstecken konnte, während sie sich der Hintertür näherte. Sie blinzelte und versuchte auszumachen, ob jemand in dem Auto saß, bereit Gas zu geben und auf sie zuzurasen.

Kay hielt die Waffe fest in der Hand, den Lauf auf den Boden gerichtet, als sie an dem ersten Haus vorbeihuschte, dann am nächsten. All ihre Sinne waren geschärft.

Sie konzentrierte sich auf den Wagen. Offenbar ein Kombi. Der Motor lief recht ruhig. Ein Vier-Zylinder wahrscheinlich, und irgendetwas ratterte unter der Motorhaube.

Plötzlich hörte Kay eine Fliegengittertür zufallen. Sofort brachte sie ihre Waffe in Anschlag. Die Angst schnürte ihr die Kehle zu. Die Hip-Hop-Melodie aus dem Radio endete. Vier Sekunden lang war es still, dann beleidigte ein Rapper die Fluglinien. In den vier Sekunden Stille entdeckte Kay die Gestalt im Betonhof von 311.

# 53

Mittelgroß. Schlank. Genau wie Gaines seinen Mieter beschrieben hatte.

Offenbar war er nach Hause gekommen, hatte die beiden Polizisten in der Nachbarschaft gesichtet und beschlossen, hinters Haus zu fahren, seine Sachen aus dem Haus zu räumen und sich rasch aus dem Staub zu machen.

Kay schlich langsam näher. Der rasende Rhythmus ihres Herzens pulsierte in ihrer Schusshand. Sie hielt ihre Waffe nach wie vor im Anschlag. Sie war bereit.

*Er könnte bewaffnet sein, Delaney. Sei auf der Hut.* Hatte er sie schon gesehen? Lässig hüpfte er die Stufen hinunter und ging auf den Wagen zu. Er trug etwas. Keine Waffe. Etwas Großes klemmte unter einem Arm.

Beseitigung von Beweismaterial von einem Tatort. Sie könnte sich *ihn* und das Beweismaterial schnappen. Brauchte nicht einmal eine richterliche Verfügung.

Kay bewegte sich langsam, aber stetig am Zaun entlang. Sie war nur noch vier Meter vom Wagen entfernt. Noch drei. Er musste sie doch bemerken, oder?

Er rückte die Kappe auf seinem Kopf zurecht und zog den Schirm tiefer über seine Augen. In der Dunkelheit war es unmöglich, sein Gesicht zu erkennen. *Scott?* Nein. Aber ganz sicher war sie sich nicht.

Er überquerte den Hof und stieß mit dem Fuß das Tor weiter auf, dann war er auf der Straße und fasste nach dem Griff der Fahrertür. Und in diesem Moment entdeckte er sie.

»Halt! Baltimore Police!« Sie hatte einen festen Stand, die Waffe in Position. »Legen Sie beide Hände auf das Autodach.«

Er blieb wie angewurzelt stehen. Der Rand des Scheinwerferstrahls erfasste seine Jeans und die untere Kante eines dunkelroten Anoraks. Das kleine Stück, das sie von seinem Gesicht wahrnahm, war aschfahl.

»Hände auf den Wagen. Sofort!« *Sah er, dass die Waffe in ihrer Hand zitterte?* Es war scheußlich, sein Gesicht nicht beobachten zu können.

Währenddessen schimpfte und fluchte der Rapper im Radio weiter. Kay spürte den Schweiß unter ihrem Shirt. Sie machte drei Schritte vorwärts. »Legen Sie das Paket aufs Wagendach und drehen Sie sich zum Wagen. Ich schwöre zu Gott, ich bitte Sie nicht noch einmal darum.«

Dieses Mal gehorchte er. Das Paket – ein Beutel mit Inhalt – landete auf dem Dach, und in der Sekunde, in der er sich dem Auto zuwandte, machte Kay einen Satz. Sie hielt ihn am Anorak fest, drehte ihn und schubste ihn mit Wucht gegen das Auto. Er stieß heftig den Atem aus, als sie seine Brust an die Karosserie presste.

Sie hielt ihn im Polizeigriff, steckte die Waffe ins Halfter und tastete ihn ab. Ihre Hand glitt fachmännisch in seine Jackentaschen, fand aber nichts. Und als sie den Hosenbund erreichte, fiel ihr das Logo an der Tür des alten Kombis ins Auge. Sie hielt inne. »Lieber Himmel«, stieß sie hervor.

»Was, um alles in der Welt, ist überhaupt los?«, platzte es aus ihm heraus. Seine Stimme klang jung.

»Wie heißen Sie?«

»Don. Donny Hansen. Was hab ich eigentlich verbrochen?«

»Was machen Sie hier?«

»Wonach sieht es denn aus?« Er wies mit dem Kinn auf den Beutel, den er aufs Wagendach gelegt hatte. Die Pizzaschachteln, die er offenbar enthielt, verströmten den Duft von Käse und Peperoni. »Ich liefere eine gottverdammte Bestellung aus.« Er strengte sich mächtig an, wie ein hartgesottener Gangster zu reden und nicht zu zeigen, dass ihm die Polizistin, die mit einem Revolver auf ihn gezielt hatte, eine Heidenangst einjagte.

»Jemand hat eine verfluchte Pizza bestellt.« Er versuchte, Kay über die Schulter anzusehen.

Kay lockerte ihren Griff, gestattete ihm, sich langsam umzudrehen. Er rückte den Schirm seiner Kappe zurecht, um sich gegen den Regen zu schützen, und sie wünschte, sie hätte ihre Taschenlampe mitgebracht, um sein Gesicht besser erkennen zu können.

»Ist er daheim?«, fragte sie und deutete mit dem Kopf zum Haus.

»Nee. Der Boss hat bestimmt wieder die falsche Adresse aufgeschrieben. Kein Wunder, dass der Idiot kurz vor der Pleite steht.«

»Demnach haben Sie die Lieferung nicht zugestellt?«

»Nee. Wie gesagt, es ist niemand zu Hause. Klopfen Sie doch selbst an die Tür, wenn Sie mir nicht glauben. Ich hab's bestimmt schon fünf Minuten probiert. Und mir geht das Trinkgeld flöten. Worum geht's hier überhaupt? Ist irgendwas im Busch?«

»Nein.«

»Beschatten Sie jemanden? Sind Sie von der Drogenfahndung?«

Kay trat zurück und zog ihr Jackett über dem Halfter glatt. »Gar nichts ist im Busch.«

»Sie können es mir ruhig verraten. Mein Cousin ist auch ein Cop.« Sein Tonfall hatte sich verändert. Er war sanfter, versöhnlicher. »Er trägt noch Uniform, aber er möchte irgendwann zur Drogenfahndung. Vielleicht kennen Sie ihn ja.«

»Das bezweifle ich.« Kay betrachtete die Rückfassade von 311. Die Jalousien waren heruntergelassen, die Fenster geschlossen.

»Ich hab selbst auch versucht, auf die Akademie zu kommen. Hab aber den Gesundheitstest nicht bestanden. Mein Knie ...«

Sein Geplapper ging an Kay vorbei, als ihr langsam eine Erkenntnis dämmerte. Zu langsam.

»Der Typ, der die Pizza bestellt hat ...«, fiel sie ihm ins Wort, »hat er extra darum gebeten, dass Sie zur Hintertür kommen?«

»Ja. Das hat mir mein Boss ...«

»Dieser Hurensohn.« Kay wirbelte herum und sprintete los. Im Laufen riss sie sich das Funkgerät vom Gürtel. »Giordano, wo, zur Hölle, treibt ihr euch rum?«

»Wir sind gerade vor dem Haus angekommen.«

»Sehen Sie jemanden?«

»Was?«

»Verdammt noch mal, sehen Sie jemanden?«

»Nein. Hier ist nichts.«

»He! Sind Sie mit mir fertig?« Der Pizza-Junge stand noch an seinem Wagen, der Beutel mit der Schachtel lag nach wie vor auf dem Dach. »Ich hab nämlich noch mehr Lieferungen. Wenn Sie mich nicht mehr brauchen ...«

»Nein. Verschwinden Sie.« Sie winkte ab und lief über den Rasen neben dem Eckhaus.

Madjarian und Giordano standen auf dem Gehsteig vor 311, als Kay die Straße erreichte.

»Was ist los?«, rief Giordano.

»Der Bastard ist wahrscheinlich durch die Vordertür abgehauen.« Soeben begann Kay, alles zu erklären, als Finns Dienstwagen auf die Keystone einbog. Eine Streife folgte ihm und hielt vor Gaines' Haus.

»Keine Ahnung, ob das ein Ausweichmanöver war«, sagte sie später zu Finn, nachdem sie ihn auf den neuesten Stand gebracht hatte. Seine Krawatte war gelockert und er roch nach Zigaretten. »Oder ob der Pizza-Bote wirklich die falsche Adresse hatte.«

»Gut, dann lass uns reingehen und nachsehen.« Finn überreichte Kay den Durchsuchungsbeschluss. »Wir wollen hoffen, dass wir hier mehr finden als in Bates' Haus. Ich hab den Bericht des Teams durchgelesen, während ich auf die Unterschrift des Richters wartete. Nichts.«

Kay sah, wie das Auto des Pizza-Boten um die Ecke bog. Der Motor heulte auf, als der Junge Gas gab und an ihnen vorbeibrauste. Rap-Musik dröhnte in die Nacht. Giordano winkte das Auto weiter, und Kay beobachtete, wie die Rücklichter verschwanden.

»Komm«, sagte Finn. »Hier ist Gaines.«

Der Vermieter hatte die Schultern zum Schutz gegen den Regen hochgezogen. »Wir müssen zum Hintereingang«, erklärte er. »Ich habe nur einen Schlüssel für die hintere Tür.«

»Besitzt Ihr Mieter auch einen für den Vordereingang?«, fragte Kay.

»Ja. Aber ich glaube, er geht hauptsächlich hinten ein und aus.«

Kay kam kurz das Bild vor Augen, wie Patricia Hagen

die Stufen hinter dem Haus hinuntergezerrt und in den Kofferraum gehievt wurde. Sie holte ihre Taschenlampe aus dem Wagen, dann führte sie Gaines und Finn sowie einen der Streifenpolizisten zu der Stelle, wo sie Don Hansen vor wenigen Minuten gefilzt hatte.

Kay musste sich zurückhalten, um nicht durch das Gartentor und über den Hof zum Hintereingang zu rennen. *Ganz ruhig. Rechne immer mit dem Unerwarteten.* Das war leichter gesagt als getan, wenn einem drei ungelöste Mordfälle auf der Seele lasteten.

Gaines drehte den Schlüssel im Schloss und man hörte ein leises Klicken. Wortlos schob Kay den Vermieter beiseite. Sie spürte, dass Finn direkt hinter ihr war. Sie zog zum zweiten Mal an diesem Abend ihre Dienstwaffe aus dem Holster, hielt sie schussbereit und leuchtete mit der Taschenlampe in der Linken in die Richtung, in die der Lauf zeigte, während sie die Tür mit dem Zeh anschubste.

Die bleierne Stille, die sie empfing, gefiel Kay ganz und gar nicht, doch noch schlimmer war der Geruch. Sie kannte ihn. Wie feuchter Stein und Kupfer.

Der Revolverlauf folgte dem Lichtstrahl, der die kleine Küche und das nackte Grauen beleuchtete.

Hinter ihr flüsterte Finn: »Guter Gott.«

# 54

Nichts konnte den Geruch nach so viel Blut, den Gifthauch eines frischen Mordes beschreiben.

Sein Name war Jason Beckman – sie fanden seine Brieftasche mit dem Ausweis in der Hosentasche. Er war siebzehn und trug noch eine Zahnspange. Der Mörder hatte ihm die Kehle aufgeschnitten und Muskeln, Sehnen und Arterien freigelegt. Laut Aussage des Gerichtsmediziners war der Junge innerhalb von Sekunden verblutet – wahrscheinlich war er an seinem eigenen Blut erstickt, das in die Luftröhre eingedrungen sein musste. Selbst wenn Kay geahnt hätte, was hinter der dunklen Veranda lauerte, selbst wenn sie in dem Moment ins Haus gekommen wäre, in dem der tödliche Schnitt ausgeführt wurde, hätte nichts den Jungen mehr retten können.

Gaines hatte nur einen kurzen Blick in die Küche geworfen und sich in die Büsche hinter dem Haus übergeben. Um ein Haar hätte Kay es ihm gleichgetan. Der Gedanke, dass dieser Junge keine zehn Meter von ihr entfernt gestorben war und sie seinen Schlächter hatte davonfahren lassen, drehte ihr den Magen um.

Sie hatte ihn gehabt. Der Bastard hatte ihr in die Augen geschaut. Sie hatte die Hitze seines Atems gespürt. Und sie hatte ihn laufen lassen.

Während sich die Mitarbeiter des kriminaltechnischen Labors akribisch an die Arbeit machten, versuchte Kay, sich so viel wie möglich von dem Pizza-Typen ins Gedächtnis zu rufen. Sie wollte sich an sein Gesicht entsinnen, es gelang ihr jedoch nicht. Der Versuch, ein Phantombild anfertigen zu lassen, wäre sinnlos gewesen. Alles war zu schnell gegangen und das Licht hatte gefehlt.

Als Kay in die starren Augen des toten Jungen blickte, vermutete sie, dass er seinen Mörder auch nicht richtig erkannt hatte.

Der Mistkerl war glatt wie ein Aal, seine Flucht klug durchdacht und kaltblütig durchgeführt. Er hätte es nicht riskiert, das Licht anzumachen – nicht einmal für eine Sekunde. Wahrscheinlich hatte er den Jungen irgendwie in die dunkle Küche gelockt, oder …

Kay umkreiste die gerinnende Blutlache. Die Ränder waren schon angetrocknet und in der Mitte stand das Blut mindestens einen halben Zentimeter hoch. Sie hockte sich neben das Opfer; sein Körper war wie ein Damm, der das Blut zurückhielt. Sie zog frische Latexhandschuhe über und nahm das Kinn des Jungen zwischen Daumen und Zeigefinger. Ihr Magen rebellierte, als der Kopf zur Seite sank und noch mehr Gewebe riss.

»Ich brauche mehr Licht«, wies sie einen Techniker an. Und dann sah sie es. Im Nacken. Zwei kreisrunde Druckstellen – dieselben, die Jonesy bei Valley entdeckt hatte.

Der Kerl musste den Jungen ins Haus gelockt und ihn dann mit dem Elektroschocker außer Gefecht gesetzt haben.

Sie sah sich noch einmal in der beengten Küche um. Sauberes Geschirr im Abtropfgestell, ein Telefonbuch von Baltimore auf der Arbeitsfläche neben der noch warmen Pizza in der Schachtel. Es war nicht zu einem Kampf gekommen und der Tote war keineswegs klein und schmächtig. Tatsächlich war Jason Beckman größer als der Mann, den sie am Auto gestellt hatte. Der Junge hätte sich gewehrt, wenn er aufrecht gestanden hätte. Der Mörder hätte ihm nicht so ohne weiteres die Kehle aufschlitzen können und auf seiner Kleidung wäre mehr Blut gewesen.

Kay war jedoch nichts dergleichen aufgefallen. Klar, es war ziemlich finster gewesen, aber sie hatte seine Jeans im Scheinwerferlicht gesehen. Sie erinnerte sich nicht an irgendeinen Fleck.

Kay studierte die Blutspritzer an der summenden Eismaschine. *Du hast ihn erst aufgeschnitten, als er am Boden lag.*

So viel Blut.

*Du wusstest, dass dich der Junge nicht identifizieren konnte, aber du hast ihn dennoch getötet, dein Messer gezogen, als er bewusstlos war.* Sie trat von der Leiche zurück und versuchte die Position des Mörders zu rekonstruieren. *Du wusstest, dass ich dein Haus beobachte.*

Wenn sie nicht draußen im Wagen gesessen hätte, wäre der Junge noch am Leben.

*Du hast ihn für mich getötet, stimmt's, du Hurensohn? Du wolltest angeben.*

»Es ist nicht deine Schuld, Kay.« Finn kam in die Küche. »Du konntest das nicht ahnen. Der Typ kommt mit einem Pizza-Beutel aus der Hintertür und sagt dir, dass niemand zu Hause ist. Ich hätte ihn auch laufen lassen.«

Sie fühlte seine Hand auf ihrer Schulter. Normalerweise würde sie jede öffentliche Zurschaustellung von Zuneigung abwehren, aber heute Abend hieß sie Finns Beistand willkommen. Wenn sie gekonnt hätte, wäre sie in seine Arme geflüchtet und hätte um Jason Beckman geweint.

»Sie haben den Lieferwagen des Jungen gefunden«, fuhr er fort. »Er stand auf der Clipper Road jenseits des Expressway. Keine Ahnung, ob der Killer von dort aus getrampt ist oder ob sein eigenes Auto in der Nähe parkte. Wenn wir Glück haben, hat er ihn irgendwo hier in der Gegend abgestellt und die Kollegen haben sich seine Nummer schon notiert.«

»Ich weiß nicht, ob dir das schon aufgefallen ist, aber in letzter Zeit werde ich nicht gerade mit Glück überhäuft«, erwiderte sie und hasste sich selbst für den selbstmitleidigen Ton. »Wo, zur Hölle, ist dieser Kerl, Finn? Denn das war auf gar keinen Fall Jerry Bates oder Scott Arsenault – die beiden hätte ich erkannt.«

Einen kurzen Moment herrschte Schweigen, dann drückte Finn kurz ihre Schulter. »Komm«, meinte er. »Wir haben hier eine Menge Arbeit. Und danach wartet noch mehr auf uns.«

# 55

Es war einfach brillant gewesen.

Roach steuerte seinen Buick Park Avenue auf den Jones-Falls-Expressway und passierte die Unterführung unter der Preston Street. Es herrschte nicht viel Verkehr. Sein Herz raste immer noch und seine Hände umklammerten fest das Lenkrad.

Eine himmlische Gelegenheit. Genau das war es gewesen – keine impulsive Handlung, sondern eine göttliche Fügung. Als hätte ihm der Engel des Todes ein Geschenk gemacht.

Und Fortuna auch. Er hätte auch näher am Haus parken können, aber nach der Rückfahrt vom Leakin Park heute Morgen hatte er ein bisschen Entspannung und einen Spaziergang gebraucht. Deshalb hatte er den Wagen auf der Clipper Road abgestellt.

Und wenn Not die Mutter der Erfindung war, dann hatte sie am heutigen Abend etwas absolut Geniales geboren.

Die ganze Sache hatte nicht länger als zwei, drei Minuten gedauert – von dem Moment an, in dem der Botenjunge ankam, bis zu dem Augenblick, wo er, Roach, durch die Hintertür auf die Veranda trat. »Tut mir Leid, ich habe einen Stromausfall.« Der Junge schluckte die

Lüge und kam in die dunkle Küche. Und dann schlug Roach zu.

Kaum war der Junge zu Boden gegangen, leerte Roach den Pizzabeutel aus; er war noch warm, als er seinen Laptop und die wenigen Habseligkeiten, die er im Haus hatte, hineinstopfte. Mit Hilfe des winzigen Stablämpchens an seinem Schlüsselbund schnappte er sich die Kappe des Jungen, sah sich noch einmal kurz um und zog sein Messer hervor.

Er überlegte noch einmal, bevor er den Schnitt ansetzte. Aber die Versuchung, Delaney etwas zu hinterlassen, war zu groß. Die Klinge schnitt glatt durch das Fleisch und stockte nur einmal kurz, als sie auf einen Knorpel stieß.

Das war fast so erfrischend wie der Moment in der Gasse, als er direkt vor Delaney stand und ihr in die Augen blickte, während er das Blut des Jungen auf dem dunkelroten Anorak vor sich hertrug. Und Kay Delaney war vollkommen ahnungslos gewesen!

Roach merkte gar nicht, dass er die ganze Zeit grinste, bis neben ihm eine Hupe ertönte. Er riss das Steuer nach rechts und brachte den Park Avenue wieder in seine Spur. Der Geländewagen brauste vorbei, und Roach sah, wie ihm der Fahrer den Stinkefinger zeigte.

Dann entdeckte er im Außenspiegel einen Streifenwagen in der linken Spur hinter ihm.

*Vorsicht, du Genie. Das Letzte, was du jetzt gebrauchen kannst, ist, von einer Streife wegen eines Verkehrsdelikts aufgehalten zu werden.*

Aber es war zu spät. Der Streifenwagen scherte hinter Roach ein – das Blaulicht blinkte.

# 56

Kay wusste, dass sie den Tatort gefunden hatten.

Obwohl die Möbel abgenutzt waren, deutete nichts darauf hin, dass das Haus Keystone 311 in letzter Zeit wirklich bewohnt gewesen war: keine Getränkedose auf dem Couchtisch, kein voller Aschenbecher, nirgendwo eine Fernsehzeitung oder Schuhe neben der Tür. Selbst der Kühlschrank war leer bis auf eine fettige Pappschale mit Resten von irgendeinem Imbiss.

Finn schaltete den Fernseher ein und zappte durch die Kanäle – der Empfang war schlecht. Laut Gaines waren Kabel-Benutzung und Grundgebühr fürs Telefon in der Miete inbegriffen. Aber der Mieter hatte die Kabel nicht angeschlossen. Warum? Kay konnte sich kaum vorstellen, dass der Mörder nicht die Lokalnachrichten verfolgte. Lebte er eigentlich ganz woanders? Bei einer Freundin? Bei seiner Mutter?

Kay drehte sich im Wohnzimmer ein paar Mal um die eigene Achse und versuchte sich ein Bild von dem Mann zu machen, der erst vor kurzem vielleicht an derselben Stelle gestanden und den Mord an Jason Beckman als Fluchtmöglichkeit gestaltet hatte.

*Und warum hatte er gerade dieses Haus gemietet?* Er wollte anonym bleiben, das war natürlich einer der Gründe. Aber warum so eine Bruchbude, wenn er doch die Leichen, die er hinterließ, immer so peinlich säuberte und seine Verbrechen derart präzise durchplante? Konnte er sich nichts Besseres leisten? War dies sein Schlupfwinkel, in dem er sich vor dem realen Leben versteckte? Hatte das Haus überhaupt eine Bedeutung für ihn? Oder war es lediglich für seine Zwecke sehr geeignet?

In Wohnzimmer und Flur hing ein intensiver Geruch

nach Bleichmittel und Lysol und er wurde nahezu überwältigend, als sie noch einmal in das Bad am Fuß der Treppe ging.

Schon bei der ersten Inaugenscheinnahme war sie kein bisschen überrascht gewesen, es sauber und geschrubbt vorzufinden. Die wabenartigen Bodenfliesen und die Wandkacheln aus den dreißiger Jahren glänzten. Selbst das trübe Email der Wanne, die auf klauenförmigen Füßen ruhte, und das Chrom der alten Armaturen waren poliert und blitzten wie vermutlich schon Jahre nicht mehr.

Sie hatte Lenny DeSousa hineingeschickt, einen der besten Spurensicherer des kriminaltechnischen Labors. Er stand über die Wanne gebeugt da und leuchtete mit einer grellen Lampe in alle Winkel.

Er schüttelte den Kopf. »Hier ist nichts.«

»Irgendwas im Abflussrohr?«

»Nichts Weltbewegendes. Sieht aus, als hätte sich unser Mann kürzlich rasiert. Da waren ein paar Stoppeln im Ausguss. Aber nicht für eine DNS-Analyse geeignet, weil sie keine Haarwurzeln haben. Aber wir haben auch ein paar Kopfhaare gefunden, die uns weiterhelfen könnten.«

»Und was ist mit der Wanne und den Kacheln an der Wand? Gibt es dort etwas?«

»Ich sehe nichts.«

Kay stellte sich den Mörder vor, wie er auf allen vieren jede einzelne Kachel mit der Zahnbürste schrubbte.

»Können Sie mir verraten, warum wir im Bad nach Spuren suchen, wenn die Leiche in der Küche liegt?«, fragte DeSousa.

»Dies hier ist ein separater Tatort«, erklärte sie. »Hier wurde ein anderes Verbrechen verübt.«

Der Geruch des Todes war da, vermischt mit dem nach

Bleichmittel und Zitronenreiniger. Kay fragte sich, ob ihn außer ihr noch jemand wahrnehmen konnte. Ob ihn die anderen auch in der Luft schmeckten. Er erinnerte sie an Eales' Haus; es hatte ein Jahr leer gestanden, aber sie hatte dort den Tod noch immer fühlen können.

»Hier hat er sie umgebracht«, flüsterte sie Finn zu, der jetzt neben ihr stand. Sie sah sich noch einmal in dem makellos sauberen Raum um. Auch hier gab es keinerlei Anzeichen dafür, dass das Haus bewohnt gewesen war. Keine Zahnbürste, kein Zahnputzglas auf dem Rand des Waschbeckens. Keine Zeitschrift auf dem Spülkasten der rostfleckigen Toilette. Keine Medikamente im Wandschrank. Nur ein einzelnes Badetuch hing ordentlich gefaltet über dem Gestell neben dem Waschbecken.

Kay deutete auf die Klimaanlage in dem hohen Fenster hinter der Wanne. »Er hat sie kühl gehalten«, sagte sie zu Finn.

»Wonach genau suchen wir eigentlich?«, wollte DeSousa wissen.

»Nach Blut.« Nach dem Blut von B. J. Beggs und von Patricia Hagen. Kay betete, dass es keine weiteren Opfer gab, von denen sie noch nichts erfahren hatten.

»Wollen Sie, dass wir Luminol sprühen?«

»Ja, sprühen Sie das gesamte verdammte Bad damit ein«, ordnete Finn an, ehe Kay den Mund aufmachen konnte. »Jeden Quadratzentimeter. Ich möchte genau sehen, was hier drin geschehen ist.«

»Na schön. Geben Sie mir ein paar Minuten zur Vorbereitung.«

»Warten Sie.« Kay hielt DeSousa an der Tür zurück. »Sie haben doch Proben genommen, nicht?«

»Wovon? Ich habe nichts gefunden, wovon ich Proben nehmen könnte.«

»Untersuchen Sie die Abflussrohre ganz genau. Die Seiten der Badewanne. Das Waschbecken und die Fugen zwischen den Fliesen. Machen Sie das, bevor Sie sprühen. Ich möchte nicht, dass das Luminol die wenigen DNS-fähigen Spuren vernichtet, die wir eventuell noch sicherstellen können.«

DeSousa nickte. »Ich rufe Sie, wenn ich fertig bin.«

»Wir sind oben«, antwortete sie und Finn folgte ihr die Treppe hinauf.

Die Luft im ersten Stock war abgestanden. Kay glaubte, auch hier den Tod wahrzunehmen. Die beiden hinteren Zimmer schienen nicht benutzt worden zu sein. Bloße Matratzen in altersschwachen Bettgestellen, Kommoden mit aufgezogenen Schubladen, leere Schränke. Der Mieter hatte sich offenbar nur in dem großen Schlafzimmer mit Blick auf die Keystone aufgehalten. Die von der Sonne ausgebleichten Jalousien waren heruntergezogen. Die Lampe auf dem Nachtkästchen war von einem der Beamten angeknipst worden. In ihrem trüben Schein erblickte Kay die Dinge, die der Mörder zurückgelassen hatte: Einige Hemden und eine frisch gebügelte Khaki-Hose hingen im Schrank, ein Paar Schuhe und zusammengelegte Socken. Alles war ordentlich verstaut. Die Schreibtischschublade war leer.

Finn fand die Telefonleitung. Das etwa ein Meter fünfzig lange Kabel steckte in der Wandbuchse, das andere Ende lag lose hinter einem Schreibtischbein.

»Was meinst du? Ein Modem?«, fragte er.

Kay nickte. Natürlich hatte er einen Laptop. Vermutlich verfolgte er die Berichterstattung über seine Morde über das Internet. Vielleicht behielt er auch die Website über Eales im Auge und chattete online. Es war sogar denkbar, dass Kay seine Beiträge auf dem Board gelesen hatte.

Sonst war wenig zu finden. Bestimmt hatte er die wenigen persönlichen Dinge, die er im Haus gehabt hatte, zusammen mit dem Laptop in den Pizzabeutel gesteckt.

Wenigstens hatten sie Fingerabdrücke von ihm. Die Kriminaltechniker hatten allein in der Küche jede Menge gefunden. Kay schaute sich noch einmal gründlich um und wünschte, sie hätte mehr Licht. Ob sie wollte oder nicht, sie musste noch einmal am Tag herkommen.

»Der Kerl ist ein verdammter Irrer«, sagte Finn mit Blick auf das Bett. Das Laken war ordentlich gespannt und unter der Matratze festgesteckt wie in einem Krankenhausbett. »Er könnte bei der Army gewesen sein.«

»Oder im Knast.«

In diesem Moment rief Lenny DeSousa nach ihnen. An der Tür zum Badezimmer reichte er ihnen je einen Mund- und Nasenschutz. »Waren Sie schon mal bei so was dabei?«, erkundigte er sich.

Kay und Finn verneinten.

»Wenn das Spray mit Blutspuren in Verbindung kommt, reagiert es mit dem Eisen, das im Hämoglobin, dem Blutfarbstoff, enthalten ist. Die Proteine dienen als Katalysator, der die Chemikalie zum Leuchten bringt. Es ist dasselbe Prinzip wie bei den Leuchtstäben, die Sie bei Rockkonzerten kaufen können.«

»Vor allen Dingen – weil ich jedes Wochenende Rockkonzerte besuche«, murrte Finn. »Und wie lange dauert die Prozedur?«

»Falls etwas da ist, sollten Sie die Reaktion innerhalb von Sekunden bemerken.« DeSousa schob sie ins Bad, setzte seine Schutzmaske auf und schloss die Tür. Sein Assistent stand schon mit der Videokamera bereit. Zu viert hatten sie nur wenig Platz in dem Raum.

»Was ist in dem Zeug?« Finn deutete auf die Sprühflasche.

»3-Aminophthalhydrazid, also Luminol, und ein bisschen Natriumkarbonat.«

»Klingt ja richtig gesund.« Finn zog sich die Maske ein Stück weiter über die Nase.

»Sollte es Blutspuren geben«, erklärte DeSousa, »dann sieht man sie hier ganz gut. An diesen unebenen Fliesen und dem alten Kitt haften die Spuren besser als an den neuen Kacheln. Wo soll ich anfangen?«

»Um die Wanne herum.« Kay holte tief Luft und wappnete sich gegen das, was sie ihrer Überzeugung nach gleich zu sehen bekamen.

»Dann mal los.« DeSousa streckte die Hand nach dem Lichtschalter aus. »Sind Sie bereit?«

»Und wie.«

Im nächsten Moment war es stockdunkel. Kay fühlte Finn hinter sich und lehnte sich an ihn.

Sie hörte, wie DeSousa Luft in die Sprayflasche pumpte. Dabei murmelte er seinem Assistenten Anweisungen zu. Schließlich begann er mit dem Sprühen. Ein paar Sekunden war es ganz still und dann bildete sich vor ihren Augen ein unheimlicher blauer Schimmer an der Wand. Der Fleck wurde immer größer, je mehr Lenny DeSousa sprühte.

Der Schein wurde intensiver. Die ganze Wand, die Ränder der Wanne, der Boden darum herum – alles leuchtete.

»Gott, ist das alles Blut?« Finns Stimme klang hohl.

»Das bezweifle ich«, antwortete Lenny. »Vielleicht ein falsches Ergebnis. Das passiert oft. Luminol reagiert auf jede Art von Protein. Ich vermute, es ist das Bleichmittel.« Er sprühte die restliche Wanne ein. »Warten wir noch ein Weilchen. Die Proteine im Blut sind ein stärkerer Katalysator als die in Putzmitteln. Falls das tatsächlich Blutspuren sind, dann dauert die Reaktion länger.«

Sie warteten. Kay hörte auf ihren eigenen Herzschlag, während die Sekunden in dem unheimlich glühenden Badezimmer verrannen.

»Jetzt kommt's«, sagte Lenny endlich.

Und dann sah Kay es selbst.

# 57

Es musste ein Blutbad gewesen sein.

Sie standen fast eine Stunde in dem engen Badezimmer. Lenny sprühte und sprühte, und jedes Mal wurde noch ein leuchtender Fleck sichtbar. Der feine Dunst lag in der Luft. Kays Augen fingen an zu tränen und ihre Haut kribbelte.

Die Reaktion des Luminols auf das Bleichmittel ließ langsam nach und enthüllte ein Bild des Grauens, das selbst die Techniker zum Schweigen brachte. An der Wand hinter der Wanne leuchtete das sichtbar gemachte Blut: Spritzer und dicke bogenartige Spuren, Handabdrücke und Streifen zeichneten grausige Muster auf die Kacheln. Der Assistent nahm alles auf, während DeSousa nach und nach den ganzen Raum aussprühte. Das Waschbecken. Die Wände, den Boden, die Toilette. Finn fluchte, als über der Toilette ein Smiley-Face in Brusthöhe an der Wand zu leuchten begann. Kay stellte sich vor, wie der Mörder seine Notdurft verrichtete und einfach so aus Spaß mit dem blutigen Finger das grinsende Gesicht auf die Kacheln malte.

Aber die Badewanne zog ihre Blicke immer wieder magisch an: die halben Handabdrücke und die Schlieren überall. Jetzt hatte sie den Beweis für das, was bisher nur in ihrer Phantasie existiert hatte. Er *hatte* einen Grund gehabt, Patricia zu fesseln. Er hatte es wegen seiner Erfahrungen mit Beggs getan. Kay erinnerte sich an die blauen Flecke auf der Leiche. Das Blut an der Wand über der Wanne musste von Beggs stammen, die sich vermutlich im Kampf gegen den Tod hin- und hergeworfen und gewehrt hatte.

*Damit hattest du nicht gerechnet, was, du geistesgestörter Scheißkerl. Sie hat dich gesehen, sie hat ihr Blut gesehen und gekämpft. Deshalb hast du Hagen gefesselt. Du wolltest nicht, dass sie so herumfuchtelt wie Beggs.*

Selbst in der Dunkelheit konnte sich Kay vorstellen, wie er über Beggs und Hagen gestanden hatte. Beide gelähmt vom Ketamin, beide in dem Bewusstsein, dass ihr Leben vorbei war. Jeder Herzschlag pumpte das Leben durch die aufgeschnittenen Pulsadern aus ihnen heraus.

»Er will sie sterben sehen.« Das hatte sie gar nicht laut aussprechen wollen.

»Was?«, fragte Finn.

»Er schaut zu, wenn sie verbluten. Aber er will auch, dass *sie* ihn sehen. Er möchte ihre Angst erleben, wenn sie sterben. Das macht ihn an.«

DeSousa sprühte immer noch und das rote Licht der Videokamera leuchtete in der Finsternis. Immer mehr schimmerndes Blut. Diesmal ein halber Fußabdruck. Dann ein anderer. Bloße Füße von der Wanne zur Toilette, dann zum Waschbecken. War er etwa nackt gewesen?

»Machen Sie Nahaufnahmen von den Fußabdrücken«, bat Kay. »Vielleicht können wir die zum Vergleich heranziehen.«

DeSousa hatte inzwischen den ganzen Raum bearbeitet und die ersten Spuren verblassten bereits.

»Das wär's.« Die Stimme des Technikers wurde von der Maske gedämpft. »Wir haben alles.«

Kay fühlte sich zittrig und hätte gern der Chemikalie die Schuld daran gegeben, aber sie wusste, dass es mehr war als das. Sie tastete nach der Türklinke. »Ich brauche frische Luft.«

»Gehen Sie nur«, entgegnete DeSousa. »Wir bringen das hier zu Ende.«

Kay registrierte nur am Rande, dass Finn ihr durch den Flur zur Haustür folgte. Sie riss sie auf. Die Nachthitze fühlte sich im Vergleich zu der dicken Luft im Bad richtig kühl an. Sie atmete tief ein, stützte sich auf das Geländer und warf einen Blick über die Polizeiautos. Weiter die Straße hinunter standen die Ü-Wagen der Fernsehsender. Und sie entdeckte Jane Gallagher unter einem großen, schwarzen Regenschirm.

Kay drehte dem ganzen Zirkus den Rücken zu. In dem blitzenden Blaulicht der Streifenwagen sah Finn ungewöhnlich blass und alt aus. Augenscheinlich war er genauso mitgenommen von dem, was sie soeben erlebt hatten, wie Kay. Das war nichts, womit ein Mordermittler in Baltimore täglich zu tun hatte.

Finn tastete sein Jackett nach Zigaretten ab, überlegte noch einmal, dann nahm er das Päckchen doch aus der Tasche. Er klopfte eine Marlboro heraus und bot Kay eine an. »Vielleicht kannst du jetzt auch eine brauchen«, sagte er.

Sie konnte fast den süßen Tabak auf der Zunge schmecken. Sie blickte auf die Zigarette, wollte sie, doch dann hatte sie Eales vor Augen, wie er mit seinen grässlichen Lippen die alte filterlose Camel zerquetschte.

»Nein, danke«, antwortete sie. Finn lehnte sich an das Geländer und steckte sich die Kippe an. Er nahm ein paar ausgiebige Züge und wandte sich dem Meer von

Polizeifahrzeugen zu, aber sein Blick schien ins Leere zu gehen.

»Wie, zum Teufel, machst du das?«, fragte er schließlich.

»Was?«

»Das da drin. Es ist fast, als könntest du erahnen, wie das Arschloch vorgeht.«

»Ich schaue mir nur all die Details an und lasse die Spuren und Hinweise sprechen.«

»Nein, es ist mehr als das, Kay. Ich sehe mir jeden Tag irgendwelche Hinweise an und bin trotzdem nicht in der Lage zu dem, was du gerade in diesem Haus getan hast. Du liest die Gedanken von diesem Kerl.«

»Ich schätze, man muss nur über den eigenen Tellerrand schauen und die eigene Vorstellung von dieser Welt und davon, wie sie sein sollte, zurückstellen. Das vergessen, was man ist und wie man die Dinge beurteilt. Man muss durch ihre Augen sehen und denken wie sie.«

Finn deutete mit der Zigarette auf die Haustür. »Aber dieser Bastard? Wie kannst du denken wie er? Er ist ein verdammter Irrer. Vielleicht hört er sogar Stimmen in seinem Kopf.«

»Das bezweifle ich.«

»Nach allem, was da drin offenbar geschehen ist?«

»Er ist nicht psychotisch. Sonst hätte er das nicht durchziehen können. Nein, er ist äußerst clever, Finn. Organisiert. Sein Muster basiert auf seinen inneren Bedürfnissen und er folgt ihm mit Leidenschaft. Aber gleichzeitig ist er cool genug, um sich einen Fluchtplan wie heute Abend auszudenken und den Jungen kaltblütig umzubringen.«

»Und wie machen wir jetzt weiter?«, seufzte Finn.

»Ich weiß es nicht.« Sie war zu erschöpft zum Nachdenken. »Ich weiß nur eines: Wir haben genügend Beweise, um Anklage gegen den Mistkerl erheben zu können. Es ist alles da drin.« Sie wies mit dem Kinn auf die offene Tür. »Wir ersticken fast in Spuren und Beweisen. Wir haben seine Finger-, Hand- und Fußabdrücke und wahrscheinlich auch Proben für eine DNS-Analyse. Sobald die Kriminaltechniker mit dem Haus fertig sind, haben wir die Bestätigung, dass Hagen *und* Beggs da drin ermordet wurden. Nur können wir einen Scheißdreck damit anfangen, bis wir nicht Vergleichsmaterial zur Verfügung haben.«

Finn drückte seine Kippe am Geländer aus und steckte sie in die Tasche.

»Komm. Lass uns das Haus auseinander nehmen. Irgendwas muss doch zu finden sein.«

# 58

Aber da war nichts.

Sie arbeiteten bis spät in die Nacht Seite an Seite mit der Spurensicherung, suchten in jedem Winkel, fanden jedoch nichts, was ihnen irgendwie weiterhelfen konnte. Irgendwann war Gunderson erschienen, aber kurz nach Mitternacht wieder verschwunden. Kay und Finn verließen den Tatort erst, nachdem der letzte Mitarbeiter des kriminaltechnischen Labors seine Sachen zusammengepackt hatte, und sorgten dafür, dass das Haus rund um die Uhr überwacht wurde. Finn spürte, dass Kay nur widerwillig ging.

Im Präsidium verfassten sie ihren Tagesbericht und Kay sichtete die enttäuschenden Ergebnisse der Hausdurchsuchung bei Bates. Es war kurz vor drei Uhr nachts, als Finn sie nach Hause fuhr und seinen Wagen in der Hamburg Street parkte.

Die Wohnung war wie ein Refugium nach alldem, was sie an diesem Abend erlebt hatten. Kay war fix und fertig, und Finn merkte, wie sehr sie der Mord an dem Jungen noch immer beschäftigte, als sie ihm ein Soda aus dem Kühlschrank reichte. Dann griff sie nach einem Bier, entschied sich aber dann ebenfalls für ein Soda. Sie setzten sich auf die Couch und tranken schweigend. Kay schien sich ein klein wenig zu entspannen, und Finn hoffte, dass sie wenigstens für ein paar Stunden von dem Fall loskam.

Er hätte es besser wissen müssen.

»Patricia Hagen kannte ihn«, begann sie. »So spät abends hätte sie doch nicht das Haus eines Fremden betreten. Sie kannte ihn irgendwoher und sie muss ihm auch bis zu einem gewissen Grad vertraut haben.«

»Wir sind die Liste der Angestellten ihres Vaters mehrmals durchgegangen und da war nichts. Niemand außer Bates hat irgendeine Verbindung zu Eales.«

»Verdammt noch mal, was haben wir übersehen?« Kay umklammerte die Getränkedose so fest, dass sie sie fast zerdrückte. »Wir treten auf der Stelle, Finn. Ich meine – wo stehen wir mit alldem, was wir mittlerweile wissen? Was sollen wir tun?«

»Wir werden unsere Arbeit machen, Kay. Wir sichern jeden Beweis, der uns garantiert, dass der Typ auf direktem Wege in die Todeszelle wandert.«

»Ja, klar, aber erst müssen wir ihn haben, nicht?« Sie lehnte den Kopf nach hinten und starrte an die Decke.

Finn war sich darüber im Klaren, dass sie sich nicht um die Beweise scherte. Nach diesem Abend war ihr das alles egal. Mehr denn je wollte sie den Mann schnappen, der ihr so einfach durch die Finger gerutscht war. Den Mann, der Jason Beckman und drei Frauen, möglicherweise mehr, ermordet hatte. Der höchstwahrscheinlich für Spencers Tod verantwortlich war und vielleicht gerade jetzt irgendwo saß und über sie lachte.

Seit heute war die Jagd auf diesen Mann zu ihrem persönlichen Ziel geworden.

Und so war es auch für Finn. Er brauchte sich nur Kay in der Gasse hinter Haus Nummer 311 vorzustellen, zusammen mit dem Kerl, der kurz zuvor einen halbwüchsigen Jungen ohne jeden Grund hingemetzelt hatte ... Ja, er wollte diesen Bastard endlich in die Finger bekommen. Um jeden Preis.

»Es ist Eales.« Kays Stimme klang erschöpft. »Er ist der gemeinsame Nenner.«

»Dann holen wir uns die Antworten von ihm. Dieses Mal möchte ich aber selbst mit ihm reden«, erwiderte Finn und sprach damit das aus, was ihm schon geraume Zeit durch den Kopf gegangen war.

Kay schloss die Augen. Finn glaubte, ein Nicken zu erkennen.

Nur das Rattern der Klimaanlage in einem der großen Fenster war zu hören. Spencers Kater stolzierte ins Zimmer, musterte sie kurz, dann sprang er auf das Fenstersims, um die Straße zu beobachten.

Finns Gedanken schweiften zurück zu dem Badezimmer von 311. Die große Wanne. Das fluoreszierende Blut.

»Mir gehen einfach diese Stichwunden an der Brust der Opfer nicht aus dem Kopf«, sagte Kay nach einer Weile. »Selbst wenn sie ihnen vor Eintritt des Todes zugefügt wurden, konnten sie nicht dazu dienen, die Frauen gefügig zu machen. Dafür spritzt er ihnen das Ketamin.«

»Weshalb macht er sie gefügig? Geht es um Sex?«

»Ich glaube, er will vielmehr Macht über sie haben.«

»Es könnte auch beides sein, Kay. Was, wenn Sex *wirklich* Teil des Spiels ist? Es wurden zwar keine Spuren einer Penetration festgestellt, aber er könnte auch masturbieren. Vielleicht …« Die Bilder, die vor seinem geistigen Auge entstanden, gefielen ihm ganz und gar nicht.

»Vielleicht was, Finn?«

»Vielleicht … sagen wir, er steigt zu ihnen in die Badewanne. Die Wunden wurden den Opfern vor und nach dem Todeszeitpunkt beigefügt, richtig? Es könnte doch sein, dass er auf ihnen hockt und sich einen runterholt. In der Wanne. Noch bevor er sie ausbluten lässt. Und danach noch einmal, wenn sie tot sind.«

»Okay. Mach weiter.«

»Und möglicherweise ist er auf Brüste fixiert. Er ejakuliert auf ihre Brüste und währenddessen hat er das Messer in der anderen Hand … Ich weiß nicht – vielleicht hält er es sogar an seinen Schwanz.«

»Lieber Himmel, Finn!«

»Hör zu – nachdem Jonesy uns das Messer beschrieben hat, hab ich mich im Internet umgesehen. Nach Klappmessern mit einschneidiger Klinge gesucht. Einige dieser Messer haben ziemlich schmale Griffe. Jonesy hat davon gesprochen, dass es in die Handfläche passt. Kann sein, dass ich vollkommen danebenliege, aber ich denke, dass er in dem Augenblick damit zusticht, wenn er kommt. Deshalb gehen einige Stiche in die eine Richtung und der Rest in eine andere. Er macht es sich mehr als nur einmal und benutzt jedes Mal wieder das Messer. Dieser Typ ist möglicherweise in seine Klinge verliebt, Kay.«

Kay starrte ihn an, und Finn ahnte, dass sie in Gedanken im Haus Nummer 311 war.

»Ich gehe mal unter die Dusche«, erklärte sie unvermittelt, als müsste sie die Phantasien von sich waschen, die

Finn mit seiner Theorie heraufbeschworen hatte. »Bist du hungrig?«

»Ja, hast du was zu essen im Haus?«

»Nein, aber du könntest was holen.«

Er überließ sie der Dusche und fuhr zum Sip-and-Bite in der Boston Street, wo man rund um die Uhr Gyros bekam. Finn verschlang die Hälfte seiner Portion schon auf der Rückfahrt zu Kays Wohnung und bemühte sich, die Bilder des Abends abzuschütteln, auch die, die seinem eigenen Hirn entsprungen waren.

Was er in dem Haus gesehen hatte, war ihm unheimlich. Die Jahre mit Drogentoten und Morden hatten ihn zwar gegen Gewalt abgestumpft, und nach einer gewissen Zeit bekommen Schießereien unter Süchtigen und Dealern sogar irgendwie einen Sinn: Ein Teenager, der wegen Stoff für zwanzig Dollar, oder weil er an der falschen Straßenecke stand, umgebracht wird, war ihm schon zur Alltäglichkeit geworden. Aber das hier ... ein Typ, der einem Jungen die Kehle aufschneidet, war ein Schlächter, ein Psycho mit perversen Vorlieben. Das sprengte jeden Rahmen.

Das Wasser lief noch, als Finn die Behälter mit dem Gyros auf der Arbeitsfläche in der Küche abstellte.

»Kay?«, rief er mehrere Male, erhielt jedoch keine Antwort.

Er ging zu der offenen Badezimmertür, wo ihn der feuchte Dampf aus der Dusche empfing. Finn konnte nur Kays Silhouette durch die Milchglasscheiben der Duschkabine ausmachen. Sie lehnte an der vorderen Wand.

»Kay? Alles in Ordnung mit dir?«

Sie rührte sich nicht – nicht einmal, als Finn auf sie zutrat.

»He. Bist du okay?« Finn schob die Tür einen kleinen

Spalt auf. Sie hielt den Kopf unter den prasselnden Wasserstrahl gesenkt und wirkte vollkommen verloren. Sie schaute ihn an. Ihre Augen waren verweint.

»Was ist?«, fragte er.

Wortlos streckte sie die Arme nach ihm aus. Ihre Hand lag warm auf seinem Arm, ihre Haut war gerötet von dem heißen Wasser. Sie zog ihn näher an sich.

Das Wasser floss über sie hinab und ertränkte ihre Küsse. Sie drückte die nasse Hand an seine Wange, die andere wanderte zum Gürtel und fummelte an der Schnalle herum.

»Verdammt, Kay«, murmelte er dicht an ihrem Mund und versuchte, sich von ihr zu lösen.

»Was?« Sie ließ ihn nicht los.

»Ich mache mir Sorgen um dich.«

»Ich weiß.«

»Ich möchte für dich da sein.«

»Das bist du auch, Finn. Ehrlich.« Und als sie ihn wieder küsste, glaubte er ihr endlich.

Später wusste er nicht mehr, wie er sich ausgezogen hatte, er erinnerte sich nur noch, wie das heiße Wasser auf seinen Rücken prasselte und sich ihre Haut an seine schmiegte. Noch während er sie küsste, spürte er eine Veränderung. Er ahnte, dass diese gemeinsame Nacht mehr war als alles, was sie jemals miteinander geteilt hatten, mehr als Sex, der ihr das Gefühl vermitteln sollte, lebendig zu sein, mehr als eine Flucht vor der Realität und dem Job.

Sie liebten sich langsam, ohne Hast. Eine intensive, aber auch zarte Vereinigung. Und als sie es später in Kays Bett noch einmal machten, fühlte Finn, wie die Sanftheit zu ihr zurückkehrte. Die Verletzlichkeit. Endlich gab sie etwas von sich. Sie blickte ihm in die Augen, als sie gemeinsam kamen, und danach weinte sie.

Erst viel später sagte Kay etwas und riss ihn damit aus dem ersten Dämmerschlaf. »Ich hatte ihn, Finn«, wisperte sie. »Ich hatte ihn.«

»Ich weiß.«

»Ich versuche immer wieder, sein Gesicht vor mir zu sehen. Mich an Einzelheiten zu erinnern.«

Er küsste ihre Brust, dann fand er in der Dunkelheit ihre Lippen. Aber dieses Mal erwiderte sie seinen Kuss nicht.

»Ich hatte ihn«, murmelte sie wieder. »Weißt du, wie sich das anfühlt?«

»Wir kriegen ihn, Kay.«

»Wenn er noch einmal mordet ... dann werde ich das Opfer sein.«

»Nein.«

Der Verkehrslärm vom Key Highway drang durch das offene Fenster. Eine salzige Brise, die den Geruch nach Hefe aus der Bäckerei in der Nachbarschaft mit sich brachte, blähte die Vorhänge. Finn lauschte auf Kays Herzschlag und wusste, dass ihr seine Worte keinen Frieden geben konnten.

»Er hat Spence getötet«, flüsterte sie. »Das war nicht Eales. Er war es. Und ich hatte ihn.«

»Du wirst ihn schnappen«, erwiderte Finn. Und hoffte, dass er an dem Tag, an dem sie den Mistkerl in die Finger bekam, bei ihr sein würde und verhindern könnte, dass sie ihn umbrachte.

# 59

Die Leuchtschrift »Zimmer frei« flackerte rot über der Tür des Motels an der Pulaski Street auf. Der Schuppen war eine elende Spelunke – genau das Richtige für seine Zwecke. Der Fettsack an der Rezeption würde ihn kaum beachten, wenn er nach einem Zimmer fragte. Dem Kerl fiel ganz bestimmt nicht auf, dass seine Hände zitterten, als er ihm das Geld zuschob.

Die Begegnung mit dem Verkehrspolizisten auf dem Jones-Falls-Expressway war Roach gründlich an die Nerven gegangen. Er hatte versucht, sich herauszureden, um nur ja keine Strafanzeige wegen Geschwindigkeitsüberschreitung zu bekommen, aber der stiernackige Affe hatte sich einfach taub gestellt. Roach warf den Strafzettel auf den Nachttisch.

Es stank in dem schäbigen Motelzimmer. Roach riss ein Fenster auf und ließ die Hitze der Nacht und die Auspuffabgase herein. Dann schlug er die schmutzig grüne Überdecke zurück, setzte sich auf die durchgelegene Matratze und beobachtete endlos lange die Spinne, mit der er den Raum teilte.

Sie hatte ihr Netz in der Ecke unter der Zimmerdecke gespannt und war zehn Minuten damit beschäftigt, es zu reparieren, nachdem es eine Motte vor etwa einer Stunde beschädigt hatte. Nach getaner Arbeit hing sie träge am Rand und wartete auf ihr nächstes Opfer. Geduldig. Zuversichtlich, mehr Beute zu fangen, mit der sie ihre Nachkommenschaft in dem seidenen Beutel füttern konnte.

Roach freute sich über die Gesellschaft. Er fühlte sich der Spinne verwandt – so als würde ihrer beider Leben parallel verlaufen. Auf jeden Fall war sie ihm ähnlicher als die Kakerlaken aus seiner Jugendzeit. Unwillkürlich musste er an die denken, die er sich als Kind gehalten hatte. Die fetten tropischen Exemplare mit den kühlen Bäuchen, die seine ganze Handfläche ausgefüllt hatten. Die stacheligen Beine hatten ihn auf der Haut gekitzelt, wenn sie an seinem Arm hinaufgekrabbelt waren.

Er hatte immer die Unverwüstlichkeit und Widerstandskraft dieser Tiere bewundert und gelesen, dass sie sogar in der Mikrowelle überlebten. Eine Kakerlake konnte neun Tage ohne Kopf leben, bevor sie verhungerte. Johnny Newcomb, der Nachbarsjunge, hatte einmal versucht, diese Theorie zu beweisen, und hatte Roachs größtem Exemplar den Kopf abgerissen. Es war das erste Mal gewesen, dass Roach jemanden mit dem Messer bedrohte. Mit zehn Jahren. Er hatte dem schreienden Johnny die Klinge an den Hals gedrückt. Allerdings war er sich nicht sicher, wozu er damals wirklich imstande gewesen wäre, denn Johnny war es gelungen, sich aus seinem Griff zu befreien und nach Hause zu seiner Mama zu laufen. Und Roach hatte die Klinge stattdessen gegen sein Haustier erhoben, das wie wild im Kreis herumlief, und sein Leiden mit einem einzigen Streich beendet.

Trotzdem hatte er die böse Tat gerächt. Der kleine Johnny sah seinen flohverseuchten Hund nicht mehr lebend wieder.

Roach wandte den Blick von der Spinne und befingerte die drei Plastikkarten, die auf seinem Schoß lagen. Valerie Regesters und Bobby Joe Beggs' Führerscheine. Die Fotos wurden ihnen kaum gerecht – jeweils nur ein mattes Lächeln für irgendeinen überbezahlten Mitarbeiter der Zulassungsstelle –, aber sie genügten, um die Erinnerung an die letzten herrlichen Momente dieser Frauen heraufzubeschwören.

Die dritte Karte war Patsys Personalausweis.

Patsy war ruhiger gestorben als die Huren, die mit Armen und Beinen herumgefuchtelt und heftig nach Luft gerungen hatten. Ihr Blut war überall gewesen. Aber zuzuschauen, wie Patsy zu sich kam, das Entsetzen und die Fassungslosigkeit in ihren Augen zu sehen, als der Tod nahte, war einfach großartig gewesen. Eine wahrhaft lehrreiche Erfahrung.

Es wurde jedes Mal besser. Und das Schönste stand ihm noch bevor.

Roach hockte am Bettrand, wiegte sich vor und zurück und schmiedete seinen Plan. Schon jetzt sehnte er sich nach der süßen Entrücktheit in Kay Delaneys sterbenden Augen.

# 60

Der Plastiklöffel drohte zu zerbrechen, als Bernard die Milch in seinen klumpigen, kalten Haferbrei einrührte. Er hockte im hintersten Winkel der Cafeteria vor seinem Frühstückstablett und achtete nicht auf die anderen um sich herum.

Am Abend zuvor war er mit mieser Laune ins Bett gegangen und am Morgen mit mieser Laune aufgewacht. Ein Kopfschmerz tobte hinter seinen Augen, verursachte ihm Qualen und machte ihn richtig nervös. Gestern hatte er die ersten Entzugserscheinungen verspürt, als ihm die Zigaretten ausgegangen waren.

Vor drei Tagen hatte er Patsy zum letzten Mal gesehen. Und seither kein Wort mehr von ihr gehört. Trotz der gehässigen Bemerkungen über ihren Vater und dem ständigen Gequassel über ihre Katzen fehlte sie ihm irgendwie. Zumindest waren ihre Besuche eine willkommene Abwechslung vom öden Gefängnisalltag. Und natürlich brachte sie ihm immer die heiß ersehnten Zigaretten mit.

Während er in dem Haferbrei herumstocherte, spielte er mit dem Gedanken, sie anzurufen. Schon am Nachmittag könnte er ein paar Päckchen Zigaretten haben. Aber er verwarf die Idee. Allmählich hatte er ein schlechtes Gewissen, weil er Patsy ausnützte. Er hatte ihre Fürsorge immer als Ausdruck der Dankbarkeit verstanden, weil er sie damals vor den Misshandlungen ihres Vaters gerettet hatte. Doch jetzt hegte er langsam den Verdacht, dass sie ihn wirklich liebte.

Normalerweise hatte er nichts übrig für solche Gefühlsduseleien. Das passte einfach nicht zu ihm. Patsy hatte damit angefangen, sie hatte ihn gefragt, ob er sie heiraten würde. Sie meinte, das würde sie glücklich machen, »Substanz« in ihr Leben bringen. Damals hatte er ja gesagt, hauptsächlich weil er all das Gute, das sie in sein Leben brachte, nicht verlieren wollte und weil er sich dann auf die Besuche seiner Ehefrau freuen könnte. Im Gefängnis fühlte man sich oft ganz schön einsam.

Wenn er früher Lust auf eine Frau hatte, musste er sich eine kaufen oder um Zuwendung betteln, und manchmal hatte er sich einfach genommen, was er wollte. Patsy musste er nie kaufen oder anflehen. Sie wollte mit ihm zusammen sein, auch wenn sie ihn nur zweimal die Woche hinter einer Plexiglasscheibe sehen durfte.

Nach seinem Geständnis musste er mit einer lebenslangen Haftstrafe rechnen, vielleicht sogar mit dem Todesurteil, falls das Miststück Delaney Recht behielt. Wie auch immer – er würde nie wieder aus dem Knast kommen und er brauchte Patsy. Er wollte nicht allein sein und erst recht nicht allein sterben.

Als er den letzten Klumpen Haferbrei in der Schale herumschob, drängte sich Bernard ein lähmender Gedanke auf. Was, wenn Delaney schon mit Patsy geredet und ihr von dem Geständnis erzählt hatte? Vielleicht war Patsy sauer auf ihn. Ganz bestimmt sogar. Vom ersten Tag an war sie überzeugt gewesen, dass er freikommen und mit ihr zusammenleben würde. Patsy hatte die Idee gehabt, dass er für den Schuss auf den Cop Notwehr geltend machen sollte. Was die Nutten betraf ... nun, darüber sprach sie gar nicht.

Aber wenn Delaney bei ihr gewesen war, bevor er ihr alles erklären konnte ... Panik machte sich in ihm breit, als er den letzten Löffel Haferbrei schluckte.

Nein. Patsy würde wiederkommen. Sie liebte ihn und irgendwann fand sie sich mit dem Geständnis ab. Und eines Tages erzählte er ihr vielleicht sogar die Wahrheit.

# 61

In den Händen eines geschickten Pathologen konnte eine Leiche auf dem Seziertisch innerhalb von Minuten wie ein Gerippe aussehen. Aber mit Patricia Hagen ließ sich Jonesy viel Zeit. Heute Morgen schienen das Kreischen der Knochensäge und die Schnitte mit dem Skalpell ihm regelrecht Befriedigung zu verschaffen. Für ihn war Patricia Hagen Teil eines sehr viel größeren Puzzles.

Um zehn Uhr lag Hagens Leichnam wie eine Hülle aus Muskeln und Knochen vor Kays Augen. Die wächserne, durchsichtige Haut wirkte wie Marmor.

Finn stand neben ihr, trank einen Kaffee und beobachtete Jonesy bei der Arbeit.

Von dem, was sich da auf dem Tisch befand, erinnerte nichts mehr an die Frau, die sie vor anderthalb Wochen befragt hatten. Hagens Schädel war aufgesägt, das Gehirn und die Hirnhaut waren für weitere Untersuchungen entnommen worden. Das Gesicht war eingesunken wie eine Gummimaske und halb durch die abgenommene Schädeldecke verborgen. Patricia Hagen war zu einem weiteren gesichtslosen Opfer geworden.

»Ich habe angenommen, dass ihr vorab einen toxikologischen Test auf Ketamin haben wollt«, sagte Jonesy. Seine Latexhandschuhe waren mit glibberigen Körperflüssigkeiten bedeckt.

»Und?«, hakte Kay nach.

»Dasselbe wie bei eurem letzten Mädchen. Wir haben eine Einstichstelle hier an der Außenseite des Schenkels. Ich kann nicht mit Sicherheit bestimmen, wie hoch die Dosis war, aber das Zeug muss ausgereicht haben, um sie ruhig zu stellen, denn bis auf diese Fesselmale an Händen und Knöcheln gibt es keinerlei Anzeichen für einen Kampf. Und die Einstiche an der Brust ...«, er klappte die Brustplatte und die Haut zurück, »... diesmal sind es mehr. Und sie sind tiefer.« Er deutete auf die Kerben im Brustbein. »Diese hier sind vor Eintritt des Todes zustande gekommen, der Rest danach. Nur in der Hälfte der Wunden wurden Einblutungen im Gewebe gefunden, bei den anderen nicht. Und die Schnitte mit den Einblutungen sind ausgefranster.«

»Worauf lässt das schließen?«, wollte Kay wissen. »Hat er ein anderes Messer benutzt?«

»Nein. Es ist dieselbe Klinge. Ich denke, sie ist zusammengezuckt – vermutlich war sie bei Bewusstsein, als ihr die ersten Schnitte zugefügt wurden.«

Jonesy sprach ausführlich über seine weiteren Erkenntnisse – die Fesselmale, das Ausbluten und den Todeszeitpunkt. Nach seiner Einschätzung war Patricia Hagen vor mehr als achtundvierzig Stunden gestorben.

Kay sah von Hagens sterblichen Überresten auf und musterte Finns Profil. Er betrachtete ebenfalls Jonesys Werk, und Kay verspürte plötzlich den Drang, ihn zu berühren, die Sorgenfalten zu glätten, die sich in sein Gesicht gegraben hatten.

In den dunklen Morgenstunden war es Kay endlich gelungen, sich fallen zu lassen. Und Finn hatte sie aufgefangen. In seinen Armen war ihr klar geworden, dass nur Finn ihr das geben konnte. Niemand außer ihm verstand, was sie durchmachte und fühlte, denn er erlebte tagaus, tagein dieselben Dinge wie sie. Als er am Abend zuvor mit ihr im Badezimmer von 311 gestanden und die Spuren des Gemetzels in Augenschein genommen hatte, war seine Reaktion zwar eine andere gewesen, aber er war wie sie Zeuge geworden. Er wusste, woran sie dachte, und er war der einzige Mensch, der nachempfinden konnte, was ihr zu schaffen machte.

Und wenn jemand Finn dasselbe Verständnis entgegenbringen konnte, dann war es Kay – das hatte sie begriffen. Nach dem ersten Liebesakt der letzten Nacht hatte sich der Gedanke in ihrem Kopf festgesetzt, dass sie für Finn vielleicht doch die Partnerin sein könnte, die er verdiente.

»Hier hab ich was.« Jonesys Stimme riss sie aus den Gedanken und ihr Blick huschte wieder zu dem Tisch. Jonesy stocherte in der Beckengegend herum wie ein übereifriger Gynäkologe. »Es wurde in den Vaginalkanal eingeführt. Das ist neu – bei euren anderen Opfern hat er das nicht getan.«

»Was soll das sein? Die Frau war keine Crack-Hure.« Finn trat näher, als der Pathologe das Päckchen auf den Nebentisch legte.

»Nein, das ist keine Droge«, erwiderte Jonesy. »Sieht eher aus wie ein Stück Papier.« Er nahm zwei Pinzetten und zupfte an den feuchten Rändern des zusammengeknüllten kleinen Balls.

Constance O'Donnell hatte vermutet, dass es sich bei allen Opfern um Sexualmorde handelte. *Wurden in den Körperöffnungen dieser Frauen irgendwelche Gegenstände gefunden?*, genau das hatte sie Kay bei ihrer letzten Sitzung gefragt.

Kay hatte die Fallbeispiele in den Studien gelesen. Flaschen, Besenstiele, Regenschirme, Haarbürsten ... alles, was zur Hand war, konnte dem Mörder als Ersatz für das Eindringen beim Geschlechtsakt dienen. Aber das hier war etwas anderes. Dies war kein Gegenstand, den jemand aus Lust oder als Penisersatz in die Scheide gestoßen hatte. Es war eine Botschaft. Genau wie dieser Mord eine war.

Kay sah zu, wie Jonesy die Ecken des fleckigen Papiers auseinander zupfte und eine Handschrift sichtbar wurde. Und als Finn eine der Lampen darauf richtete, entdeckte Kay noch etwas anderes. »Was ist da drin?«

Für Kay konnte Jonesy gar nicht schnell genug arbeiten – Stück für Stück breitete er das Papier aus und zum Vorschein kam ein Kruzifix. Jonesy nahm den Anhänger mit der Pinzette von dem Papier.

»Das ist Eales' Handschrift«, sagte Kay. Sie erkannte das unbeholfene Gekritzel sofort wieder; es war dieselbe Schrift wie die von dem Briefentwurf an Alexander Hagen. »Und laut Datum hat er das am Tag vor seinem Geständnis geschrieben.«

Einige der Worte waren nicht mehr zu entziffern, das Vaginalsekret hatte die blaue Tinte verwischt. Der Text war an jemanden namens Roach gerichtet. Trotz der zum Teil verschwommenen Buchstaben konnte Kay den Kern der Nachricht entschlüsseln.

»Das ist es!«, rief sie; ihre innere Anspannung wuchs. »Dieser ›Roach‹ ist unser Mann. Seht mal, Eales macht ihm klar, dass er die Stadt verlassen soll. ›… weiß nicht, was vor sich geht, aber wenn du es bist, dann hau ab. Ich kümmere mich hier um alles‹«, las sie vor. »›Wie wir es arrangiert haben.‹ Wenn Eales das per Post geschickt hätte, dann wäre der Brief nicht so schnell angekommen. Jemand muss ihn überbracht haben, und der einzige Mensch, der Eales im Gefängnis besucht hat, ist …«

»Patricia Hagen«, beendete Finn den Satz.

»Eales hat ihr den Brief mitgegeben. Deshalb ist sie zur Keystone 311 gefahren. Sie hat Eales' Nachricht persönlich abgeliefert.«

Kay nahm das Kruzifix zur Hand. Es war etwa siebeneinhalb Zentimeter lang, aus Gold und Silber mit eingelegtem Holz angefertigt. Der untere Teil war abgegriffen, als hätte jemand es über Jahre zwischen Daumen und Zeigefinger gerieben. Kay borgte sich Jonesys Pinzette aus und drehte den Anhänger herum. Auf der Rückseite war dort, wo sich die beiden Balken kreuzten, eine Art Medaillon, in das eine Gestalt in einer Robe eingraviert war, umgeben von einer lateinischen Inschrift.

»Das ist ein St.-Benedikt-Kruzifix«, erklärte Jonesy.

Finn stieß ihm spielerisch mit dem Ellbogen in die Seite. »Wow! Ich hätte Sie nicht als Kirchgänger eingeschätzt.«

»Ich bringe meine Mutter jeden Sonntag in die Kirche. Laut dem heiligen Gregor hat Patriarch Benedikt mit dem Kreuz den Angriff von Dämonen abgewehrt.«

»Na toll«, antwortete Finn. »Da kommt dann wohl noch geistige Unzurechnungsfähigkeit ins Spiel. ›Die Dämonen haben mir aufgetragen, die Huren zu töten.‹«

»Ich habe dieses Kreuz schon einmal gesehen«, mischte Kay sich wieder ein und starrte auf den Anhänger. »Aber nicht in einer Kirche. Es war in Eales' Haus. Auf der Kommode. Da bin ich mir ganz sicher.«

»Gut, wir schicken es ins Labor.« Jonesy zog seine Handschuhe aus. »Aber schraubt eure Hoffnungen nicht zu hoch – auf einem Stück dieser Größe kann man allerhöchstens unvollständige und verwischte Fingerabdrücke finden.«

»Nein«, widersprach Kay. »Ich nehme das Kreuz mit und bringe es selbst ins Labor. Ich will das hier vordringlich behandelt wissen. Was ist mit dem Brief?«

»Der ist zu stark verunreinigt. Da ist sicher nichts mehr zu finden. Ich lasse ihn trocknen und bearbeiten, aber jetzt muss ich mich erst um meine anderen Kunden kümmern.« Jonesy nickte seinem Assistenten zu, der soeben die nächste Leiche hereinrollte.

Kay ließ das Kruzifix in ein Plastiktütchen fallen, unterschrieb eine Quittung für Jonesy und folgte Finn hinaus auf den Korridor.

Im Aufzug fragte Finn: »Bist du sicher, dass du das Kreuz in Eales' Haus gesehen hast?«

»Ja. Oder eines, das dem hier sehr ähnlich ist. Es wird höchste Zeit, dass wir die Tatort-Fotos noch einmal ganz genau durchgehen.«

In dem polierten kupferfarbenen Lift starrte Kay auf ihr derangiertes Spiegelbild, aber in Gedanken sah sie Patricia Hagen in der Badewanne von Haus Nummer 311. »Roach« stand neben ihr, als sie verblutete. »Warum schneidet er ihnen die Pulsadern auf, Finn?«

»Um sie ausbluten zu lassen.«

»Ist das alles? Oder steckt mehr dahinter? Könnte es sich um einen nachgestellten Selbstmord handeln? Ist es eine Phantasie oder inszeniert er etwas Bestimmtes?«

Sie musterte Finn aus den Augenwinkeln – der Frust stand ihm ins Gesicht geschrieben. Sie fühlten beide dasselbe. Als sich die Aufzugtüren eine Etage zu früh öffneten, drückte Finn noch einmal ungehalten auf den Abwärts-Knopf. »Wir müssen dahinterkommen, wer dieser Roach ist.«

Roach. Und plötzlich fiel es Kay wieder ein: Eales' Küche, das widerliche Spülbecken mit dem dreckigen Geschirr, das wimmelnde Ungeziefer und Eales' Kalender neben dem Kühlschrank. »Er war dort«, platzte es aus ihr heraus.

»Wer?«

»Roach. Er war in der Nacht in Eales' Haus, als Spence und ich dort waren. Eales hatte an dem Wochenende das Wort *roach* in seinen Kalender geschrieben. Er war es, Finn.«

»Das reicht! Wir fahren sofort ins Gefängnis«, beschloss Finn. »Und diesmal übernehme ich das Reden.«

## 62

Finn und Kay warteten in einer düsteren Besucherzelle im dritten Stock, während die Wärter Eales holten. Sie hatten sich keine Zeit für ein Mittagessen genommen, waren von der Gerichtsmedizin zum Präsidium geeilt, dann zum kriminaltechnischen Labor und schließlich zum Gefängnis.

Finns Magen krampfte sich um ein halbes Dutzend Becher Kaffee zusammen, die er im Laufe des Vormittags getrunken hatte. Endlich hörten sie das Rasseln der Ketten und bemerkten, wie Eales' hässliche Gestalt in den Korridor schwenkte. Er blieb kurz stehen. Die kalten blauen Augen richteten sich auf Finn, suchten vielleicht nach etwas Bekanntem und fanden nichts. Dann schlurfte Eales durch die Tür. Schweißflecken waren unter den Armen auf seinem Overall zu erkennen.

Finn schüttelte den Kopf, als der Wärter auf die Handfesseln deutete und ihm einen fragenden Blick zuwarf.

»Setzen Sie sich, Bernard.« Kay legte ihren Aktenkoffer auf den Tisch. Finn verschränkte die Arme, versteckte seine Fäuste und beobachtete, wie Eales Kay musterte. Blanker Hass loderte in ihm auf.

»Was, zum Teufel, wollen Sie?«

»Nett, Sie zu sehen, Bernard.«

»Und wer ist das?«

»Das ist Detective Finnerty. Ich glaube, Sie sind ihm schon mal begegnet.« Sie zog einen Stuhl zurecht und setzte sich dem massigen Häftling gegenüber an den Tisch. Eales funkelte sie an. »Er möchte mit Ihnen reden«, fügte sie hinzu.

Als Finn diesen eisigen Blick sah, stellte er sich unwillkürlich vor, wie dieser grobe Klotz Kay in dem verwahrlosten Vorgarten bedrohte und mit Fäusten und Füßen bearbeitete.

»Ich hab ihm nichts zu sagen.« Eales machte Anstalten aufzustehen – die Ketten klirrten laut.

Finn merkte, dass Kay drauf und dran war einzuschreiten, aber er kam ihr zuvor. Er umrundete den Tisch und erreichte Eales, bevor dieser aufrecht stand. Als Finn ihn mit beiden Händen niederzwang, fluchte Bernard laut und warf beinahe seinen Stuhl um.

»Machen Sie sich's bequem, Eales. Sie sind hier noch nicht fertig.«

Finn trat wieder zurück auf die andere Seite und erwiderte Eales' finsteren Blick.

»Ich hab etwas, was Ihnen gehört«, begann Finn das

Verhör, steckte die Hand in die Tasche und tastete nach der Plastiktüte mit dem Kruzifix.

Er und Kay waren die Fotos von Eales' Haus noch einmal durchgegangen und hatten sich davon überzeugt, dass das Kruzifix wirklich auf der Kommode gelegen hatte. Nach einer Stunde Recherche hatten sie herausgefunden, dass der Anhänger damals bei der Hausdurchsuchung nicht beschlagnahmt worden war. Danach statteten sie dem kriminaltechnischen Labor einen Blitzbesuch ab, und Kay hatte Walt Currie über die Schulter geschaut, als er das Kruzifix auf Spuren untersuchte. Wie Jonesy vorausgesagt hatte, befanden sich keine verwertbaren Abdrücke auf dem Anhänger.

Finn nahm die Tüte aus der Tasche, öffnete sie und schüttelte den Inhalt heraus. Das St.-Benedikt-Kreuz fiel klappernd auf den Tisch.

»Erkennen Sie das wieder?«, wollte Finn wissen.

Eales nahm es in die Hand. Als er aufschaute, sah er Kay nur finster an.

»Sie waren in meinem Haus, Sie Miststück.« Erneut wollte er aufstehen, aber Finn gab ihm auch diesmal einen Schubs.

»Sind Sie sicher, dass das Ihnen gehört?« Kays Stimme klang erstaunlich ruhig.

»Verdammt richtig. Es hat meiner Mutter gehört. Warum schnüffeln Sie in meinen Sachen herum?«

»Wir haben nicht in Ihren Sachen rumgeschnüffelt«, gab Finn zurück. »Das Ding da haben wir gefunden.«

»Quatsch.«

»Wollen Sie nicht wissen, wo wir es entdeckt haben, Eales?«

Eales nahm das Kruzifix fest in seine klobige Hand.

»Wir haben es bei Ihrer Freundin gefunden«, erklärte Finn.

»Zur Hölle, wovon reden Sie?«

»Genauer gesagt, es war mehr in Ihrer Freundin. Patricia ist tot, Sie Vollidiot. Sie wurde vor zwei Tagen ermordet.«

Eales schüttelte den massigen, rasierten Schädel. Die Verwirrung, die Finn in Eales' Gesicht erblickte, schien authentisch zu sein.

»Er hat ihr die Pulsadern aufgeschnitten, Bernie. Hat sie verbluten lassen. Und als er fertig mit ihr war, hat er sie rausgeschmissen, und alle Welt konnte sie anglotzen.« Finn öffnete Kays Aktenkoffer und nahm ein Foto heraus, das am gestrigen Morgen im Leakin Park aufgenommen worden war. Er knallte es auf den Tisch.

Eales wandte sich ab.

»Sehen Sie es sich an, Sie Vollidiot!«

Eales weigerte sich. Die Knöchel der Hand, in der er das Kreuz seiner Mutter hielt, wurden weiß.

»Sie sollen es sich ansehen!« Finn schob ihm das Foto zu, bis der Rand Eales' Arm berührte.

Jetzt schaute er hin, aber seine Miene blieb hart.

»Da ist Ihre Gönnerin«, sagte Finn. »Sie ist tot. Was machen Sie jetzt, hm? Wer bringt Ihnen in Zukunft Ihre Zigaretten?«

Schweigen. Finn hatte den Eindruck, dass der Koloss erst alle Puzzleteile zusammensetzen musste, um zu begreifen, was los war.

»Sie hat Sie geliebt, stimmt's? Haben Sie sie auch geliebt?«

Eales wandte den Blick ab.

»Haben Sie sie geliebt?«

Eales antwortete nicht. Finn nahm das Bild vom Tisch und beobachtete die Augen des Mannes. Die Irritation war verschwunden, aber er ließ sich keinerlei Gefühlsregung anmerken, die ihn bewegen mochte.

Als Nächstes nahm Finn den Brief aus dem Aktenkoffer. Er war mittlerweile getrocknet und lag flach gepresst in einer Klarsichthülle. »Kennen Sie das?« Er legte die Hülle auf den Tisch.

Eales starrte blicklos auf das knittrige, fleckige Papier.

»Wer, zur Hölle, ist Roach?«, fragte Finn.

Eales blieb stumm.

»Soll ich Ihnen verraten, wo wir diese Nachricht gefunden haben, Sie Vollidiot? Vielleicht machen Sie ja dann den Mund auf. Wir haben auch dieses aus Patsy herausgezogen. Roach hat sie umgebracht, dann das Kreuz in diesen Brief gewickelt und beides in die Möse deiner Freundin geschoben. Sind Sie jetzt bereit zu reden?«

Eales umklammerte das Kreuz und schwang seinen hässlichen Kopf von einer Seite auf die andere.

»Sagen Sie uns, wen Sie decken.« Kays Stimme klang sanft, als wollte sie Finns rauen Ton mildern. »Ich weiß, dass Sie diese Morde nicht begangen haben, Bernard. Aber wer auch immer dieser Roach ist – er hat Sie in dem Glauben gelassen, Sie hätten die Frauen umgebracht, und dann half er Ihnen, die Leichen zu beseitigen, hab ich Recht? Dabei war er es, der sie getötet hat. Nicht Sie. Und jetzt hat er Patricia ums Leben gebracht.«

Eales' Ausdruck veränderte sich, aber Finn konnte ihn nicht deuten.

Kay beugte sich näher zu ihm. »Wenn Sie uns sagen, wer er ist, Bernard, dann können wir beim Staatsanwalt einen guten Deal für Sie herausschlagen. Davon bin ich überzeugt. Auf Sie kommt dann höchstens noch eine Anklage wegen eines tätlichen Angriffs und Behinderung der Polizeiarbeit zu. Der Rest fällt weg. Und die Strafe wird die Zeit, die Sie bereits abgesessen haben, bestimmt nicht überschreiten.« Sie hätte genauso gut mit einem Taubstummen reden können.

»Kommen Sie, Bernard«, drängte sie ihn. »Helfen Sie uns. Helfen Sie sich selbst. Ich weiß, dass Sie ihn nicht darum gebeten haben, Patricia zu töten. Er operiert jetzt auf eigene Faust. Das gehörte nicht zur Abmachung, stimmt's?« Sie deutete auf das Kruzifix. »Damit sagt er Ihnen, dass er auf Sie scheißt, dass es ihm egal ist, ob Sie im Knast verrotten oder eine Spritze in den Arm gejagt bekommen. Verraten Sie uns doch, wer er ist, Bernard.«

Aber der Schwachkopf hatte dichtgemacht. Er war sogar zu blöde, um sich selbst zu schützen. Seine blauen Augen waren halb geschlossen und starr, sein Mund hing schlaff herunter, sein Atem roch sauer.

Finn konnte sich nicht mit seinem Schweigen abfinden. »Antworten Sie ihr!« Er schlug mit der flachen Hand auf den Tisch, und der Schlag hallte von den kahlen Mauern wider, aber Eales zuckte kaum mit der Wimper. Sein Blick wanderte von Kay zu Finn.

»Wer ist der Kerl?«

Eales zog die Lippen zurück und enthüllte seine schiefen, gelben Zähne, und da wusste Finn, dass sie nicht bekommen würden, was sie sich erhofft hatten.

»Verpisst euch!« Mehr kam nicht aus Eales heraus, aber hinter diesen Worten steckte wenig Kraft. Eales war ausgepowert. Resigniert.

»Gut«, antwortete Kay ruhig. Sie steckte die Klarsichthülle mit der Nachricht in ihren Aktenkoffer und schob eine Visitenkarte über den Tisch. »Rufen Sie mich an, wenn Sie es sich anders überlegen.«

Finn durchschaute ihre Taktik. Zugänglich bleiben und alle Möglichkeiten für ihn offen halten. Eales sollte Zeit haben, um die Neuigkeit zu verdauen, dann wurde er vielleicht weich. Und er sollte glauben, dass Kay auf seiner Seite war, vielleicht war er dann bereit, Roach zu verpfeifen.

Als Kay die Hand nach dem Kreuz ausstreckte, umklammerte Eales es nur noch fester.

»Tut mir Leid, Bernard, das ist ein Beweisstück.« Sie forderte es mit einer Geste zurück. »Vielleicht kann ich es Ihnen später zurückgeben, wenn wir es nicht mehr brauchen.«

Der große Mann bewegte sich schnell. Das Klirren der Ketten war die einzige Warnung, doch als Finn begriff, was los war, hatte Eales bereits Kays Handgelenk gepackt.

Finn war kurz davor, sich über den Tisch zu werfen, doch Kay hob die freie Hand, um ihn zurückzuhalten.

»Seien Sie vorsichtig, Detective Delaney«, flüsterte Eales ihr zu, als er das Kruzifix auf ihre Handfläche gleiten ließ.

»Und was, verdammt noch mal, soll das jetzt heißen, Arschloch?«, wollte Finn wissen.

Eales ließ Kays Hand los, und als Finn diesmal in die blauen Augen sah, wusste er, dass er diesen Blick niemals vergessen würde.

Genauso wenig wie Eales' Abschiedsworte: »Nur dass sie Roachs Typ ist.«

# 63

Das Besprechungszimmer im Präsidium war staubig und stickig. Die Hälfte der Neonröhren an der Decke waren entweder ausgebrannt oder flackerten. Kay spürte den Kopfschmerz zuerst über den Augen, und nach drei Stunden, in denen sie fotokopierte Berichte sortierte, Fotoabzüge stapelte und den Ermittlungsstand der einzelnen Mordfälle an vier großen Tafeln dokumentierte, pochte der Schmerz in ihren Schläfen. Sie brauchte einen Kaffee. Und sie brauchte Schlaf.

Aber sie blieb – für Gunderson. Nach dem Mord an Patricia Hagen konnte er die Vorgesetzten nicht länger hinhalten. Kays schlimmste Befürchtung hatte sich bewahrheitet: Ab Ende der Woche würde sich ein Team aus sechs Detectives mit den neuen Mordfällen befassen. Gunderson beriet sich noch mit den anderen Sergeants der Mordkommission, um zu entscheiden, wer der Task Force angehören sollte, aber es war Kays und Finns Aufgabe, die Kollegen auf den Stand der Dinge zu bringen, die Arbeit zu organisieren und zu delegieren. Und während sie kostbare Zeit damit verschwendeten, die Ärsche der Vorgesetzten zu küssen, metzelte Roach sein nächstes Opfer nieder.

Kay konnte ihren Groll kaum verbergen. Vor zwölf Tagen hatten sie Valleys Leiche in dem verbrannten Lagerhaus aufgefunden. Ihre Ermittlungen dauerten noch nicht einmal zwei Wochen an und schon wurde ihnen der Fall aus den Händen genommen.

Neben ihr saß Albert Arbor, einer der Computerexperten, vor einem verstaubten Monitor, an den Hagens Computer angeschlossen worden war. Er tippte auf der Tastatur, und gelegentlich stieß er ein Siegesgeheul aus, wenn es ihm gelungen war, wieder ein paar gelöschte Dateien zu retten.

Finn saß an einem anderen Tisch und sah die Papiere durch, die sie aus Patricias Haus mitgenommen hatten. Die Frau hatte Dutzende Briefe an Organisationen im ganzen Land geschrieben: an das Innocence Project, das sich um Unschuldige kümmerte, die in Haft genommen wurden, an das Zentrum für fälschlicherweise Verurteilte, sogar an die Nationale Vereinigung der Strafverteidiger. An alle richtete sie dieselbe Bitte um Unterstützung bei Eales' Verteidigung. Kay war schon kurz davor gewesen, ein Streichholz an die absurde Korrespondenz zu halten, bevor sie Finn abgelöst hatte.

»Dachte ich doch, dass ich euch beide hier finde.«

Vickis Stimme erschreckte Kay. Sie schaute auf, als die stellvertretende Staatsanwältin den Raum durchquerte.

»Ich habe schon von der Task Force gehört«, sagte Vicki. »Wann soll die Verstärkung denn eingreifen?«

»Sarge versucht, das Ganze bis zum Ende der Woche hinauszuzögern.« Kay rieb sich die Schläfen und lehnte sich zurück.

»Und was ist das alles?« Vicki deutete mit dem Kinn auf den Haufen Papier, den Finn durchforstete.

»Patricia Hagens Versuch, von anderen Geld und Hilfe für Eales zu erbetteln. Ich kann es nicht fassen, wie viele Leute diese Frauen angehauen hat, damit sie Eales' Verteidiger bezahlen helfen«, stöhnte Finn. Dabei blieb sein Blick auf den Brief gerichtet, den er in der Hand hielt. Sein Stuhl knarrte, als er weiter nach vorn rutschte. »Habt ihr schon mal von jemandem namens Adele McClurkin gehört?«, fragte er.

Vicki nickte. »Der Name kommt mir bekannt vor.«

»Eales' Tante?«

»Richtig. Ich erinnere mich. Wir haben nach Eales' Verhaftung mit ihr gesprochen. Ich glaube, Varcoe hat sie befragt. Wir wollten den familiären Hintergrund näher beleuchten«, erklärte Vicki. »Aber sie war keine ergiebige Quelle. Sie hat ihn und seinen Bruder nach dem Tod der Mutter kurz zu sich genommen, doch Eales ist bald wieder ausgezogen und hat seinen kleinen Bruder mitgenommen. Varcoe hat nicht viel aus der Tante herausbekommen. Offenbar hat sie mit Eales seit seinem achtzehnten Lebensjahr kein einziges Wort mehr gesprochen. Warum?«

»Patricia Hagen hat ihr einen Brief geschrieben. Und sie um Geld gebeten.«

»Gibt's eine Antwort?«

»Ich habe bisher keine gefunden«, Finn zeigte auf die Papierstapel, während der Laserdrucker noch mehr Schriftstücke ausspuckte, die Arbor von Hagens Festplatte abgerufen hatte.

»Na ja, vielleicht wäre eine Task Force wirklich hilfreich«, meinte Vicki. »Ihr könnt sie ja an dieses Zeug setzen.«

»Wir brauchen nicht mehr Detectives«, entgegnete Kay, »sondern eine konkrete Spur.«

»Sieht eher so aus, als hätten wir ein ganzes Wirrwarr von Spuren.« Vicki betrachtete die Tafeln.

»Ja, und alle führen ins Nichts.« Kay folgte Vickis Blick. An den Tafeln hingen Fotos und Notizen in verschiedenen Farben deuteten die möglichen Verbindungen an.

»Vielleicht ist es an der Zeit, einiges zu eliminieren«, schlug Vicki vor. »Gibt's schon einen Laborbericht von den Spuren im Haus in der Keystone?«

»Sie haben die Fingerabdrücke bereits durch den Computer gejagt – ohne Ergebnis. Aber wir haben tatsächlich Fingerabdrücke in 311 gefunden, die zu jenen passen, die seinerzeit in Eales' Haus sichergestellt wurden.«

»Gut. Und was ist mit Arsenaults Fingerabdrücken?«

»Ein paar Teilabdrücke weisen Ähnlichkeiten auf, aber nicht genug, um sie ihm zweifelsfrei zuordnen zu können«, erklärte Kay. »Wie gesagt – zu viele Spuren und kein solider Verdächtiger.«

»Aber du glaubst nicht mehr, dass Arsenault der Täter ist?«

Kay fing Finns Blick auf. Sie ignorierte ihn und schüttelte den Kopf.

Vicki studierte erneut die Informationen auf den Tafeln. »Aber wir müssen ihn trotzdem offiziell von der Liste der Verdächtigen streichen können. Und Jerry Bates auch. Ihr habt gegen die beiden ermittelt, und ihr wisst ja, wie Grogan ist: Er kann den Geschworenen gehörige Zweifel an der Schuld eines Angeklagten einreden. Er wird dafür sorgen, dass die Jury von eurem Verdacht gegen Arsenault und Bates erfährt, und wenn ihr mir keine stichhaltigen Argumente in die Hand gebt, mit denen ich die Unschuld der beiden beweisen kann, wird Grogan mit seiner Strategie Erfolg haben. Wir brauchen einwandfreie Alibis für diese Typen. Irgendetwas, was beweist, dass sie mit den Morden nicht in Zusammenhang stehen.«

Vicki schwieg einen Moment, und Kay ahnte, dass sie ihre Anklageschrift schon im Kopf vorbereitete. »Arsenaults Name steht auf dem Mietvertrag von 311, nicht wahr?«

Kay suchte den Mietvertrag heraus und reichte ihn ihr.

»Gut. Damit kann ich euch eine Durchsuchungserlaubnis beschaffen. Ich möchte, dass ihr euch in Arsenaults Wohnung gründlich umseht. Schließt ihn als Verdächtigen aus. Wollt ihr den richterlichen Beschluss für morgen früh haben?«

»Das wäre großartig«, entgegnete Finn.

Vicki richtete den Blick wieder auf die Tafeln. »Und Bates? Wie weit seid ihr mit ihm? Ist er noch in Haft?«

»Er hat sich einen Anwalt genommen, und der hat ihn rausgepaukt, ehe wir Gelegenheit hatten, ihn uns vorzuknöpfen«, berichtete Finn. »Wir haben seine Fingerabdrücke mit denen aus dem Haus in der Keystone verglichen – keine Übereinstimmungen.«

»Bringt mir auch noch ein Alibi«, forderte Vicki.

»Kay und ich hatten vor, heute Abend noch mal mit ihm zu sprechen. Das kleine Wiesel muss doch irgendetwas über diesen Roach wissen.«

Vicki nickte zufrieden. »Also schön. Gebt mir Bescheid, wenn ihr etwas von Bates erfahrt.«

Ihr Blick blieb an den Opfer-Fotos haften: Valley, Beggs und Hagen. Kay fragte sich, ob Vicki auffiel, dass sie unter diesen Fotos Platz gelassen hatte – Platz, der sich hoffentlich nicht mit weiteren Aufnahmen von neuen Opfern füllen würde.

»Schnappt diesen Kerl«, befahl Vicki schließlich. »Ihr habt alle Beweise, damit ich ihn hinter Schloss und Riegel bringen kann. Ihr müsst mir diesen Hurensohn nur noch herschaffen.«

## 64

»Ich kenne keinen Roach. Und ich war, verdammt noch mal, neulich in der Nacht hier.« Jerry Bates gierte nach seinem zweiten, vielleicht sogar dritten Schuss an diesem Tag.

Sie hatten um halb zehn an seine Tür geklopft und ihn eine Viertelstunde lang regelrecht gegrillt, um ihn zu zwingen, sein heroinverseuchtes Gehirn nach den Namen von Eales' Bekannten zu durchforsten. Er nannte ihnen ein paar, aber von einem Roach wusste er nichts.

»Kommen Sie, Jerry, denken Sie nach. Haben Sie nie gehört, dass Bernie diesen Namen nannte?«

»Nein. Ich hab Ihnen doch schon gesagt, dass Bernie

und ich nicht viel miteinander zu tun hatten. Wir haben uns ein paar Mal gemeinsam zugedröhnt. Das ist alles. Ich kenne seine Freunde nicht.«

Bates lief auf und ab. Kay beobachtete, wie Finn ihm auf Schritt und Tritt folgte – offenbar amüsierte es ihn, dass er den Junkie allein durch seine Präsenz nervös machte. Bates kratzte sich an den Armen, am Hals und bearbeitete seine Kopfhaut mit den Fingernägeln.

»Ich schwöre es. Und ich war hier am Samstagabend!« Jetzt winselte er wieder und wäre fast über einen Stapel Zeitschriften gestolpert bei dem Versuch, Finn zu entrinnen. Im Wohnzimmer herrschte noch immer das Chaos, das das Durchsuchungsteam hinterlassen hatte. Offenbar hatte ein Schuss Heroin nach einer Nacht im Gefängnis eine höhere Priorität für Bates als seine Wohnung aufzuräumen.

»Hören Sie«, sagte er, »es tut mir Leid, dass Patsy tot ist. Ehrlich. Ich mag den alten Herrn.«

»Sie meinen Hagen?«

»Ja. Ich weiß, was Sie denken. Dass ich etwas mit Patsys Tod zu tun habe. Dass ich sauer auf den Alten bin. Aber das stimmt nicht. Es war meine eigene Schuld, dass ich gefeuert wurde. Und ich hoffe, der Kerl, der Patsy umgebracht hat, schmort in der Hölle.«

Kay konnte Bates' wilden, unsteten Blick nicht deuten, aber für sie klang er durchaus aufrichtig.

Finn blickte zu Kay und schüttelte den Kopf. »Gut, Jerry, wir sind fertig. Vorerst. Wie kommen wir jetzt in Bernies Haus?«

Bates wies mit der Hand zu dem Haken neben der Tür. Finn schnappte sich den Schlüssel.

»Bleiben Sie anständig, Jerry«, warnte er, als sie das Haus verließen. Und Kay vermutete, dass der Junkie noch nickte, als sie schon längst verschwunden waren.

Auf der Straße schickte Finn den Streifenwagen weg und nahm zwei Taschenlampen aus dem Kofferraum des Lumina. »Die Kriminaltechniker verspäten sich offenbar. Willst du warten, bis sie da sind, oder gleich hineingehen und dich umsehen?«

Vor einer Stunde hatten sie im Labor angerufen und Leute angefordert, die sie hier in der Gettings Street treffen wollten. Da Bernards Kruzifix offensichtlich aus dem Haus entwendet worden war, war Vicki der Ansicht, dass sie noch einmal dort nach Spuren suchen sollten. Und obwohl Kay das vertraute flaue Gefühl im Magen hatte, als Eales' Haustür in Sicht kam, hoffte sie, dahinter Antworten zu finden.

Finn spürte ihre Beklommenheit. »Komm.« Er gab ihr eine Taschenlampe und tätschelte sie beruhigend. »Lass uns einen Blick hineinwerfen.«

Dieses Mal fiel es ihr leichter, die Stufen hinaufzusteigen – mit Finn an ihrer Seite. Als er die Tür aufschloss, holte sie noch einmal tief Luft und folgte ihm in den stockfinsteren Flur.

»Was ist das für ein Geruch?«, fragte Finn.

Kay schnupperte. »Reinigungsmittel.« Sie kämpfte mit dem Schalter an der Taschenlampe und richtete den Lichtstrahl ins Wohnzimmer.

Das Haus war leer. Der alte Sessel, das durchgesessene Sofa, der Couchtisch mit den Brandflecken, die Porno-Magazine … alles weg.

»Wann, um Himmels willen, ist das passiert?« Finn ging durchs Wohnzimmer in die Küche.

»Letzte Woche war noch alles da«, sagte Kay. Der beißende Geruch des Putzmittels stach ihr in die Nase. »Es riecht, als wäre hier erst kürzlich sauber gemacht worden.«

»Warum hat uns Bates nichts davon gesagt?«

»Wir haben ihn nicht danach gefragt«, erwiderte sie. »Vielleicht dachte er, wir wüssten davon.«

»Tja, so sind die Spuren dahin.«

»Scheiße. Das ist mein Fehler.« Kay ließ den Blick noch einmal durch das ausgeräumte Zimmer schweifen. Sie hatte noch gut im Gedächtnis, wo Eales' Sachen gestanden hatten. »Ich habe Eales' Bruder die Nummer des Unternehmens gegeben, das Wohnungen ausräumt und Tatorte reinigt. Ich schätze, er hat sich mittlerweile entschlossen, das Haus zu verkaufen.«

»Das kann ich ihm nicht verdenken.« Finn stand am hinteren Fenster und spähte hinaus. »Sieht so aus, als hätten sie hinten einen Container aufgestellt. Wahrscheinlich sind sie noch nicht fertig mit der Arbeit.«

Finn leuchtete in den Flur, und Kay hob die Hand, um ihre Augen vor dem Licht zu schützen. »Ist es okay, wenn du dich oben umschaust?«, fragte er. »Ich möchte hier unten alles checken. Nachsehen, ob die Hintertür aufgebrochen oder eine Fensterscheibe eingeschlagen wurde. Unser Mann muss ja irgendwie ins Haus gekommen sein, bevor es ausgeräumt wurde.«

Er wartete auf ihr Nicken, und sobald er die Taschenlampe in eine andere Richtung hielt, fing Kays Herz an zu rasen. Sie beleuchtete die Treppe. Atmete tief durch und verdrängte die Angst, die sich langsam in ihr aufbaute.

Sie nahm die Stufen möglichst schnell – ihre Brust wurde eng und die Nerven waren zum Zerreißen angespannt. Sie ging nach einem flüchtigen Blick durch die offene Tür an dem kleinen Zimmer vorbei in Eales' Schlafzimmer – auch leer. Selbst seine Schaufensterpuppe war weg. Kay vermutete, dass sie zusammen mit seinem anderen Schrott im Container lag – genauso wie die Kommode, auf der sie bei ihrem letzten Besuch in diesem Haus das Kruzifix gefunden hatte. Und sie hatte gehofft, heute Abend Fingerabdrücke von dem Möbel nehmen zu können, die sie auf die Spur des Täters brachten.

Sie hörte, wie Finn unten die Kellertür aufschloss, dann seine Schritte auf der Holztreppe.

Plötzlich spürte sie einen leichten Lufthauch. Zuerst fragte sie sich, ob Finn die Hintertür aufgelassen hatte. Dann hörte sie einen Wagen draußen vorbeifahren.

Irgendwo musste ein Fenster offen stehen. Ein Adrenalinschub schoss durch ihre Adern und sie schaltete ihre Taschenlampe aus. *War noch jemand im Haus?* Vorsichtig schlich sie zur Tür und knöpfte ihr Holster auf. Ihre Augen gewöhnten sich allmählich an die Dunkelheit.

Jetzt schmeckte Kay die Angst – ihr Mund war staubtrocken, als sie den Flur erreichte und angestrengt lauschte.

Ein heißer Luftzug wehte vom Bad herüber. Ihre Knochen waren eisig, die Glieder schwer. *Entspann dich, Delaney. Benutze deinen Verstand. Jemand von der Putzfirma hat ein Fenster aufgelassen, um das Haus zu lüften.*

Doch als sie sich dem Bad näherte, veranlasste sie etwas, nach der Dienstwaffe zu greifen.

Instinkt, oder vielleicht eher Paranoia.

Sie reagierte zu spät. Kaum hielt sie den Revolver in der Hand, als ein dunkler Schatten aus dem Badezimmer huschte.

Es war unmöglich, ein Gesicht zu erkennen. Ihr blieb gerade genug Zeit, seine Größe abzuschätzen, als er aus der Dunkelheit hervorbrach. Für den Bruchteil einer Sekunde war in dem grauen Licht, das durch das offene Fenster drang, eine Silhouette zu sehen. Er war nicht groß, aber als er sie anrempelte, hatte sie das Gefühl, einem massigen Footballspieler gegenüberzustehen.

Die Wucht des Schlags ließ Kay zurück durch den Flur

ins Schlafzimmer taumeln. Sie ruderte mit dem linken Arm in der Luft und hielt sich schließlich am Türpfosten fest. Aber sie konnte den neuen Schlag nicht abfangen, er kam zu schnell.

Als sie stürzte, zuckte ein höllischer Schmerz durch ihren Knöchel. Ihr Kopf schnellte zurück und der Schädel traf mit Macht auf dem Boden auf. Ihre Ohren dröhnten und sie sah überall Lichtblitze. Sie versuchte zu schreien, aber die Luft wurde aus ihren Lungen gepresst, als er sich auf sie stürzte.

»Du elender Hurensohn!« Die Worte blieben ihr in der Kehle stecken.

*Bestimmt hatte Finn den Tumult gehört.*

Und dann merkte Kay, dass sie die Waffe nicht mehr in der Hand hielt. In ihrer Panik blickte sie sich um und entdeckte die Halbautomatik auf einem zotteligen Teppich. Das schwarze Metall glänzte in dem silbrigen Lichtstreif von der Straße, der durch den unteren Spalt der Jalousie sickerte; der Griff war nur Zentimeter von ihrer ausgestreckten Hand entfernt.

Kay stemmte die Absätze gegen den Boden und warf sich unter dem Angreifer hin und her. Sie versuchte, ihn von sich zu werfen und gleichzeitig nach der Waffe zu greifen. Sein Knie grub sich tief in ihren Bauch, und während des Kampfes glaubte sie, seine Hand an ihrem Hals zu spüren.

Nur dieses Mal ... diesmal würde sie eher sterben, bevor sie ihre Waffe verlor.

Noch einmal aufbäumen und eine scharfe Drehung, und ihre Finger schlossen sich um den Griff. Aber der Typ bewegte sich ebenfalls auf den Revolver zu. Seine Hand glitt ihren Arm entlang. In dem dünnen Lichtstrahl sah sie spitz zulaufende Finger, die glatte Haut glänzte, weiße Knöchel stachen hervor.

*Nicht dieses Mal.*

Seine Nägel gruben sich in ihr Fleisch, und als sie den Revolver nicht losließ, traf sie seine Faust an der empfindlichen Stelle auf der Innenseite des Handgelenks, prellte den Knochen und die Muskeln. Ein zweiter Fausthieb, und ein stechender Schmerz schoss durch ihren Arm. Kay schrie. Finn *musste* sie hören.

Sie hatte kaum noch Gefühl in den Fingern, die ihre Dienstwaffe umklammerten. Aber als er das nächste Mal ausholte, zog sie den Arm weg. Er fluchte, als seine Faust auf den Boden sauste.

Ihre Schusshand war fast nutzlos, und es gelang ihr nur mit großer Mühe, den Revolvergriff in der Hand zu halten. Ob sie den strammen Abzug überhaupt drücken konnte, war fraglich.

Endlich hörte sie Finn. Er rief von unten ihren Namen. Dann war er auf der Treppe.

*Halt deine Waffe fest, Delaney. Überlass sie nicht diesem Mistkerl.*

Sie fühlte sich benommen und alles begann sich langsam um sie herum zu drehen. Der Unbekannte ließ von ihr ab und Kay versuchte zu schreien. Finn zu warnen. Aber sie hatte keine Luft mehr. Ihre freie Hand rutschte an der glatten Oberfläche der Bomberjacke ab, die ihr Angreifer trug.

Jetzt kam Finn die Treppe herauf, und sie spürte den Luftzug, als der Fremde an ihr vorbei durch die Tür stürmte. Kay hob ihre Waffe, versuchte, die Schusshand mit der unverletzten zu stützen, aber der Kerl war weg.

Von draußen drangen Geräusche wie von einer Schlägerei an ihr Ohr; Finn fluchte und dann ertönten schnelle Laufschritte.

»Renn ihm nach!«, schrie sie heiser. »Ich bin in Ordnung.«

Finn polterte die Treppe hinunter. Mehr Rauferei im Erdgeschoss, dann fiel die Hintertür ins Schloss … einmal, dann noch einmal.

Kay schien es, als dauerte es eine volle Minute, bis sie wieder richtig Luft bekam. Sie wischte mit dem Handrücken über ihre Lippe, spuckte Blut aus und tastete den Boden nach ihrer Taschenlampe ab. Sie klemmte sich die Lampe unter den Arm, nahm den Revolver in die linke Hand und stolperte die Treppe hinunter.

Ihr Knöchel schmerzte und ihr Schädel brummte, als sie durchs Haus humpelte, zum Hintereingang in der Küche. Sie kickte die Fliegengittertür auf und empfing fast erleichtert die frische Nachtluft.

Zu ihrer Rechten hörte sie schnelle Schritte. Eine Mülltonne aus Blech fiel um. Stille. Dann stieß Finn irgendwo in der Dunkelheit wilde Flüche aus.

Als er in Sicht kam, steckte er gerade seine Waffe ins Halfter und ging auf das Haus zu. »Dieser Hurensohn hat sich in den unsichtbaren Mann verwandelt.«

Kay verstaute ebenfalls ihren Revolver und lehnte sich schwer gegen das Verandageländer.

»Bist du in Ordnung?«, fragte Finn, als er die Stufen heraufstieg.

»Ja.«

»Sicher?« Er nahm ihr die Taschenlampe weg und leuchtete sie an. Er sah das Blut an ihrer Hand. »Ist das dein Blut oder seines?«

»Meines. Aber das hier ist seines.« Kay hob die Hand, in der sie ein kleines Büschel blonder Haare hielt.

# 65

Roach fragte sich, ob sie tot war.

Als er vor einer halben Stunde in das Motel an der Pulaski zurückgekommen war, hatte er immer noch am ganzen Leibe gezittert. Nur knapp war er entkommen, als er an dem Cop auf der Treppe vorbeigerannt und mit ihm auf den Fersen die hintere Gasse entlanggespurtet war. Erst als er in die Seitenstraße einbog und die Beason Street hinauf zu seinem parkenden Auto lief, hatte er gewusst, dass er es geschafft hatte. Aber sein Herz pochte noch wie verrückt, als er zwanzig Minuten später auf der Suche nach Dope durch die Gegend kurvte.

Er betrachtete sie noch einmal. Die Spinne hatte sich nicht von der Mitte des Netzes wegbewegt. In dem dämmrigen Licht des Motelzimmers behielt er sie im Auge. Sogar als sich eine dusselige Fliege in den Fäden verfangen hatte und das Netz bebte, blieb die Spinne reglos hängen.

Heute Abend war er so nah dran gewesen.

Er hatte Delaney zwischen den Fingern gehabt. Wäre sie allein gewesen, hätte sie ihm gehört.

Jetzt wollte er sie umso mehr. Er konnte sich nicht daran erinnern, ob ihm jemals etwas so viel bedeutet hatte oder ob es jemals eine Zeit gegeben hatte ohne diese Lust und das Verlangen, ohne den Plan und seine Erfüllung. Es war, als hätte er nie etwas anderes gekannt.

Trotzdem – er sollte abhauen. Bernard hatte Recht. Es war nicht mehr sicher genug.

Roach spielte mit seinem Messer und drehte es auf der Tischplatte. Das Messer sollte entscheiden.

Fünf Drehungen, dann blieb es stehen – die Klingenspitze deutete auf ihn.

Es war Zeit.

Er betrachtete die neuen Ampullen mit Ketamin, die er heute Abend erstanden hatte, sah zu der Spinne auf, dann holte er eine neue Einwegspritze aus der Seitentasche seines Laptop-Koffers, warf die Verpackung auf den Boden, durchstach den Gummistöpsel der Ampulle und zog die Spritze auf. Die klare Flüssigkeit floss in den Zylinder. Fünfzig Milligramm. Sechzig. Siebzig. *Wenn schon, dann richtig.*

Er legte die leere Ampulle auf das Nachtkästchen, hielt die Spritze hoch und drückte die Luftblasen aus dem Zylinder. Er hasste Nadeln. Trotzdem zuckte er nicht mit der Wimper, als er sie in seinen Schenkelmuskel stach und auf das Vergessen wartete.

# 66

Spuren eliminieren. So wollte es Vicki. Gestern Abend hatten sie sich Bates vorgenommen. Und heute Morgen war Scott Arsenault an der Reihe.

Kay überflog die Unordnung, die das Durchsuchungsteam in Scotts Wohnung hinterlassen hatte.

Der Web-Designer saß in einem seiner feinen Ledersessel – allerdings nicht freiwillig. Seine Hände umklammerten die Armlehnen, und in seinen Augen flackerte Panik auf, als er zusah, wie das Team sein Heim verwüstete.

Vicki hatte den Durchsuchungsbeschluss bereits in der Hand gehabt, als Kay und Finn um neun Uhr morgens ins Büro kamen.

Der Abend war noch lang gewesen. Nach Finns erfolgloser Verfolgungsjagd waren die Kriminaltechniker in der Gettings Street eingetroffen. Sie brachten Halogenlampen mit, suchten im Badezimmer, auf dem Fenstersims und an der Hintertür nach Fingerabdrücken, in der Hoffnung, eine Spur von dem Eindringling zu finden.

Es war schon nach Mitternacht, als Finn Kay nach Hause fuhr, wo er eine Tüte tiefgefrorener Erbsen aus dem Gefrierfach nahm, damit Kay ihr Handgelenk kühlen konnte. Und später, als sie endlich in Finns Armen eingeschlafen war, verfolgten sie die Schatten des Mannes, den sie zum zweiten Mal um ein Haar gefasst hätte, bis in die Träume.

Finn hatte immer wieder deutlich gemacht, dass sie keinen echten Beweis dafür hätten, ob der Eindringling in Eales' Haus etwas mit den Morden zu tun habe, und davor gewarnt, voreilige Schlüsse zu ziehen. Es könnte auch ein Punk gewesen sein, der ein offenes Fenster gesehen und auf leichte Beute gehofft hatte. Oder ein Junkie oder ein Gauner, der einen Unterschlupf gesucht hatte.

Jetzt saß Kay in Scotts eleganter Wohnung, schonte ihr schmerzendes Handgelenk und wünschte, sie hätte den Angreifer erkannt. Finn war es auch nicht gelungen, ihm ins Gesicht zu sehen. Das einzige Detail, das sie noch im Gedächtnis hatte, war seine Hand, die nach der Waffe gegriffen hatte.

In Arsenaults Küche zerbrach Glas. Scott sprang auf.

Finn bekam das mit und schob grinsend Bücher im Regal zur Seite, nahm andere heraus und legte sie irgendwo hin. Ein Muskel zuckte wild an Arsenaults Wange, sobald die Bücher anfingen zu rutschen und herausfielen.

»Kommen Sie, Scott.« Kay nahm ihn am Arm und führte ihn in den Korridor. »Hören Sie mir zu. Wenn Sie da drin irgendeine Bemerkung machen, wird alles nur schlimmer.«

»Schlimmer kann es kaum werden, oder?«

Irgendwo fiel etwas scheppernd zu Boden.

»Beruhigen Sie sich.«

Aber Arsenault war kurz davor zu explodieren. »Was wollen Sie von mir, verdammt noch mal? Ich habe Ihrem Partner doch schon gesagt, wo ich am Samstagabend war.«

»Lassen Sie uns das alles noch einmal durchgehen.«

»Oh, um Himmels willen! Ich habe Patricia gegen halb elf von zu Hause aus angerufen und ihr eine Nachricht auf Band gesprochen. Dann hab ich zwanzig Minuten gewartet. Da sie mich nicht zurückrief, habe ich mich mit ein paar Freunden im Cosmo getroffen. Wir blieben bis zur Sperrstunde.«

»Und haben Sie danach noch einmal versucht, Patsy zu erreichen?«

»Ja. So gegen elf hab ich's von der Bar aus probiert. Ich hatte aber keine Lust, ihr eine zweite Nachricht zu hinterlassen. Bestimmt können Sie sich einen Verbindungsnachweis von der Telefongesellschaft beschaffen, dann werden Sie meine Handynummer dort finden.«

Wieder fiel etwas um.

»Guter Gott. Sagen Sie mir einfach, wonach Sie suchen, dann kann ich Ihnen helfen.« Seine Stimme war schrill.

»Sie sind ja fast fertig.« Er tat Kay Leid. Das Team arbeitete nun schon seit einer Stunde, und wie sie vermutet hatte, war ihnen nichts in die Hände gefallen, was sie mit den toten Frauen oder mit Eales in Zusammenhang bringen konnten.

»Wenn ich irgendwelche Informationen hätte, dann hätte ich es Ihnen längst erzählt, meinen Sie nicht? Sehen Sie sich bloß an, was diese Leute mit meiner Wohnung anstellen!« Er deutete in sein Wohnzimmer. Kay nahm seinen Arm und drehte ihn zu sich herum.

»Geben Sie mir etwas in die Hand, Scott. Helfen Sie mir weiter.«

»Wie?«

»Versuchen Sie, sich in den Täter hineinzuversetzen. Ich weiß, dass Sie das können. Was macht er?«

Arsenault starrte sie einen Moment lang an.

»Diese Morde rücken sozusagen immer näher, Scott. Warum Patricia? Was wusste sie? Inwiefern stand sie mit diesem Typen in Verbindung?«

»Keine Ahnung.«

»Glauben Sie, dass er Eales damit treffen will?«

»Woher soll ich das wissen?«

»Sie wissen es, Scott. Davon bin ich überzeugt. All die Bücher da drin, die Websites, die Sie zusammengestellt haben – Sie wissen, wie diese Typen ticken. Was in ihren Köpfen vorgeht. Helfen Sie mir.«

Er schien nachzudenken. Dann: »Schauen Sie in Bernards Vergangenheit.«

»Das haben wir bereits getan.«

»Suchen Sie gründlicher. Mörder werden nicht über Nacht geboren, Kay. Das Ganze muss schon vor vielen Jahren begonnen haben.«

## 67

»Es muss noch andere Opfer geben«, sagte Kay. »Opfer, von denen wir bis jetzt nichts in Erfahrung gebracht haben. Leichen, die nie gefunden wurden.«

Die Nachmittagssonne schien in Constance O'Donnells Therapieraum und berührte die Fotos, die Kay auf dem

Couchtisch ausgebreitet hatte. Im Büro wartete eine Menge Arbeit auf Kay – die Vorbereitungen im Besprechungszimmer, Berichte, die getippt werden mussten, aber sie hatte ihre Sitzung nicht abgesagt. Sie brauchte Constance. Heute mehr denn je.

Sobald sie Platz genommen hatte, war der Fall das einzige Thema auf Kays Agenda. Sie brachte eine Dreiviertelstunde damit zu, Constance über Patricia Hagens Tod, das Haus in der Keystone und den Mord an Jason Beckman in Kenntnis zu setzen. Als sie die Fotos aus dem Aktenkoffer holte, warnte Constance Kay erneut davor, sich bei ihren Ermittlungen auf das, was im Therapieraum besprochen wurde, zu stützen und auf dieser Grundlage eine neue Richtung einzuschlagen.

»Fünfzehn Monate sind seit den ersten drei Morden vergangen«, erklärte Kay. »Falls es keine anderen Opfer gibt, was hat er dann die ganze Zeit gemacht? Und warum fängt er jetzt wieder mit dem Morden an?«

»Dafür könnte es eine ganz simple Erklärung geben. Vielleicht war er gar nicht in der Stadt.«

»Nein. Wenn er woanders tätig geworden wäre, hätten wir etwas im FBI-Computer gefunden.«

»Vielleicht hat er die Leichen besser versteckt.«

»Aber das passt nicht in sein Muster.«

»Er könnte in einer Anstalt oder im Gefängnis gewesen sein. Oder ...«, Constance spielte mit ihrem Kugelschreiber, »... vielleicht hatte sich sein Zustand vorübergehend gebessert.«

»Das klingt, als hätte er eine Krankheit.«

»In gewisser Weise ist es ja auch eine Krankheit. Oft sind die Triebe dieser Männer nicht kontrollierbar. Er könnte den Drang im letzten Jahr eingedämmt haben ... durch eine Therapie oder durch Medikamente. Es gibt Arzneimittel, die solche Triebe unterdrücken.«

Dieselben Medikamente, die Constance vor einem Jahr auch Kay verordnen wollte. Doch Kay hatte damit gedroht, die Sitzungen sofort abzubrechen, als sie nur das Wort »Prozac« gehört hatte.

»Aber wieso sollte er sich überhaupt behandeln lassen? Er ist mit drei Morden ungeschoren davongekommen.«

»Möglicherweise hat er professionelle Hilfe wegen Depressionen, Angstzuständen oder dergleichen in Anspruch genommen und mit den Medikamenten sein Fehlverhalten unterdrückt, ohne das ursprünglich beabsichtigt zu haben. Oder irgendetwas hat ihn erschreckt. Denkbar wäre auch, dass er einer Verhaftung nur knapp entronnen ist und daraufhin eingesehen hat, dass er seine Triebe unter Kontrolle halten muss. Und wenn er die Medikamente absetzt, sinkt die Hemmschwelle wieder und seine Phantasien treiben erneut wilde Blüten.«

»Und warum sollte er die Medikamente absetzen?«, fragte Kay.

»Gewöhnlich gibt es bei dieser Art von Tätern ein auslösendes Moment. Irgendetwas, was ihn aufgewühlt hat, und dann beginnt der Zyklus von neuem. Das könnten alle möglichen Ereignisse sein: Jobverlust, Trennung, Geburt, Tod. Es könnte auch der Mord an Ihrer Zeugin gewesen sein. Sie sagten selbst, dass es Ihrer Meinung nach mehr als nur ein Motiv für diesen Mord geben könnte. Falls Sie Recht damit haben und Valeries Tod einem speziellen Zweck dienen sollte, dann könnte der Mord an ihr seine Phantasien wieder angeregt haben.«

Constance nahm ihren Becher in die Hand. Der Kaffee war sicherlich längst kalt, aber das schien sie nicht zu kümmern.

»Und was halten Sie davon, dass er sich ein Opfer ausgesucht hat, das ihn kannte?«, fragte Kay. »Patricia Hagen war mit ihm bekannt.«

»Möglicherweise war sie lediglich eine leichte Beute. Sie kam schließlich zu ihm.«

Kay sehnte sich nach einer Zigarette. Sie brauchte das Nikotin, um ihre Lungen damit zu füllen und um zu neuen Antworten zu gelangen. »Wer, zum Teufel, ist dieser Kerl?« Die Frage war rhetorisch, aber Constance beantwortete sie trotzdem.

»Organisierte Täter sind meistens durchschnittlich bis überdurchschnittlich intelligent und verfügen über eine hohe Sozialkompetenz. Suchen Sie jemanden, der zumindest ein fähiger Arbeiter ist. Er besitzt ein Auto, vielleicht sogar ein eigenes Haus. Und auch wenn man das nicht vermuten würde, ist er sexuell aktiv und hat höchstwahrscheinlich Freundinnen. Sie wissen bereits, dass er mit den Methoden der Polizei und den forensischen Untersuchungen vertraut sein dürfte, denn er verwischt seine Spuren ja äußerst sorgfältig.«

*Mörder werden nicht über Nacht geboren,* hatte Scott gesagt. *Das Ganze muss schon vor Jahren angefangen haben.*

»Wie wird jemand zu einem solchen Täter?«, hakte Kay nach.

Constances Gesicht wirkte mit einem Mal ungewöhnlich hart. »Wenn man ein Profil erstellt, beginnt man mit allgemeinen Erkenntnissen. Mörder wie er hatten meist eine schwierige Kindheit und wurden oft sexuell missbraucht oder anderweitig misshandelt. Ein Kind, das solche Traumata durchlitten hat, sehnt sich danach, alles unter Kontrolle zu haben. Sie haben sicher schon von den Klischees gehört: Bettnässen, Tierquälerei, Brandstiftung. Und diese Kinder beschäftigen sich schon früh mit dem Tod – daraus entwickelt sich die Phantasie. Sobald sie die Grenze überschritten haben und anfangen, ihre Vorstellungen auszuleben, merken sie, dass sie Kontrolle und Macht ausüben, und das wiederum führt zu der Überzeugung, dass Gewalt und Mord ganz natürlich sind. Das und ihre verkorkste Kindheit vermitteln ihnen das Gefühl, Gewalttaten und Grausamkeiten seien gerechtfertigt.«

Kay stieß den Atem aus. Wohin führte sie das alles?

Constance schien ihre Niedergeschlagenheit zu erahnen. »Wenn man das ursprüngliche Trauma kennt«, erklärte sie, »versteht man meistens die Phantasie – und umgekehrt.«

»Was meinen Sie damit?«

»Normalerweise werden einem Serienmörder in der Kindheit die Wunden zugefügt, die er später seinen Opfern beibringt. Und oft wiederholt sich sein Kindheitstrauma in den Phantasien, die er als Erwachsener hat.«

Eine ganze Weile herrschte Schweigen. Kay lehnte sich zurück. »Demnach ist er nicht psychotisch, stimmt's?«

»Nein. Er ist psychopathisch. Ein Psychotiker geht nicht so kontrolliert vor. Ihr Mörder ist amoralisch und asozial wie ein Psychopath. Er braucht die sofortige Befriedigung. Seinen Charakter zeichnen Verantwortungslosigkeit, mangelnde Reue und impulsives oder perverses Verhalten aus. *Und* er empfindet keinerlei Schuldgefühle, was immer er auch getan hat. Der Psychopath ist wie ein Kleinkind nur auf sich selbst und auf die Befriedigung seiner Bedürfnisse bezogen. Genau genommen fühlt er sich sogar berechtigt, sich das zu nehmen, was er will, weil er davon überzeugt ist, in einer ungerechten Welt zu leben. Seine Phantasie ist eine Flucht aus dieser Welt, ein Ort, an dem er seine Emotionen und seine Kontrolle über andere zum Ausdruck bringen kann.«

»Setzt er deshalb das Ketamin ein? Um die Kontrolle zu behalten?« Kay brauchte etwas Konkretes, woran sie sich festhalten konnte.

Constance nickte.

»Wissen Sie etwas über dieses Zeug?«

»Nur dass es eher als Rauschmittel denn als Vergewaltigungsdroge benutzt wird«, antwortete Constance. »Die richtige Dosis verhilft den Usern zu Nahtod-Erfahrungen.«

»Nahtod-Erfahrungen?«

»Ja. Ketamin löst die Zustände aus, die ein Sterbender erlebt – wenig Sauerstoffzufuhr, niedriger Blutdruck und niedriger Blutzuckerspiegel, Schläfenlappen-Epilepsie. All das setzt gewisse Enzyme frei, die bestimmte Rezeptoren im Gehirn überaktivieren. Deshalb erlebt der Benutzer einen veränderten Bewusstseinszustand.«

»Und die Leute tun das aus Spaß?«

»Es gibt noch wesentlich schlimmere Dinge da draußen, Kay. Mit Ketamin kann man die typischen Anzeichen einer Nahtod-Erfahrung herbeiführen: das Gefühl von Zeitlosigkeit, Schmerzlosigkeit, Klarheit der Gedanken und das Gefühl von unendlicher Ruhe. Möglicherweise machen die Leute sogar außerkörperliche Erfahrungen oder haben Halluzinationen – sehen virtuelle Landschaften oder Menschen, lebende oder tote, mit denen sie es zu tun hatten.«

»Das klingt nach einem echten Trip.«

»Für viele ist es das auch. Die Nahtod-Erfahrung wird allgemein als ein Fünf-Phasen-Kontinuum beschrieben: Erst kommt der innere Friede, dann das Gefühl, losgelöst vom Körper zu sein, gefolgt von dem ›Tunnel-Erlebnis‹, dem Streben zum Licht und schließlich dem Eintreten in dieses Licht. Diese letzte Phase nennt man bei einem Ketamin-Trip dann *K-hole*, Ketamin-Loch – der User fühlt sich vollkommen befreit von sich selbst und dem Leben.

Einige durchleben noch einmal bestimmte Aspekte ihres Lebensweges, bewerten ihre Taten neu und lassen schlichtweg alles los. Dann ist der Körper tatsächlich gelähmt, während sich die Sinne sozusagen vom Körper entfernen. Nach dem Trip wird das Erlebnis gewöhnlich als außerirdische Geburt oder Wiedergeburt geschildert.«

»Das heißt also, die Opfer waren bei Bewusstsein?«

Constance nickte. »Das ist durchaus möglich. Wenn ja, dann waren sie sich ihres Körpers bewusst, auch wenn sie sich von ihm losgelöst gefühlt haben.«

Kay schauderte bei der Vorstellung, die sich schon seit einiger Zeit in ihr festgesetzt hatte. »Ich glaube, er will, dass sie bei Bewusstsein sind«, erzählte sie Constance. »Er möchte, dass sie Zeugen ihres eigenen Todes werden.«

»Wenn das der Fall ist, dann haben Sie es wohl mit jemandem zu tun, der die meiste Zeit seines Lebens vom Tod fasziniert war und es immer noch ist.«

Als die Uhr das Ende der Sitzung mit einem Signalton anzeigte, zuckte Kay kurz zusammen, dann steckte sie die Fotos in ihren Aktenkoffer zurück.

»Ich weiß, dass vieles von dem Ihnen nicht unmittelbar weiterhilft«, sagte Constance, »aber wenn Sie eine Ahnung haben, warum er tut, was er tut, und was die Ursprünge seines Verhaltens sind, umso größer ist die Chance, dass Sie ihn fassen. Serienmörder werden nicht geboren, sondern gemacht.« Fast wiederholte sie Scotts Worte. »Dieser Mörder hat eine Vergangenheit. Es gibt Menschen, die ihn kennen.«

Und da wusste Kay, wo sie anknüpfen musste.

# 68

*Das Ganze hat vor vielen Jahren begonnen.*

Als Kay Constances Praxis in Towson verließ und Richtung Süden in die Stadt fuhr, hatte sie nur einen einzigen Gedanken im Kopf: *Geh zurück zum Anfang. Ganz zum Anfang.*

Und genau das tat sie.

Adele McClurkin war die unglückselige Pflicht zugefallen, ihre beiden Neffen nach dem Tod der Mutter bei sich aufzunehmen. In den Unterlagen des Jugendamtes war verzeichnet, dass Bernard und William für kurze Zeit bei ihrer Tante in West Arlington gelebt hatten. Nach einigen Nachforschungen fand Kay heraus, dass Adele McClurkin Grundschullehrerin und nie verheiratet gewesen war und bereits ihr ganzes Leben lang in ein und demselben Haus wohnte.

Als Kay die Stufen zu der beleuchteten Veranda des hübschen, mit Zedernschindeln verkleideten Holzhauses hinaufstieg, fragte sie sich, ob Finn schon nach Hause gefahren war oder noch immer im Präsidium saß und den Besprechungsraum für die Task Force herrichtete.

»Was immer er auch getan hat, ich will nichts davon hören«, wehrte Miss McClurkin in dem Augenblick ab, in dem Kay ihr die Dienstmarke durch die Fliegengittertür zeigte.

Sie war eine kleine, mollige Frau, und Kay vermutete, dass Eales seine Gestalt den Genen des Vaters zu verdanken hatte. McClurkin trug einen schlichten geblümten Rock und eine ordentliche Bluse und wirkte wesentlich älter als zweiundfünfzig Jahre. Eine Brille hing an einer Kette um ihren Hals und ihr üppiges schwarzes Haar war von silbernen Fäden durchzogen.

Kay beteuerte, dass sie ihr nur ein paar Fragen stellen wollte, und nach wenigen Minuten saß sie mit einer Tasse Kräutertee am Küchentisch.

»Sein Prozess beginnt morgen, oder?«, fragte McClurkin.

»Ja. Mit den Vorbereitungen und der Auswahl der Geschworenen. Werden Sie hingehen?«

»Nein.«

»Sie besuchen Bernard nie, stimmt's?«

»Um ehrlich zu sein, Detective, ich habe den Jungen nie gemocht. Und sehen Sie mich nicht so an«, sagte sie in einem Ton, der Kay augenblicklich das Gefühl gab, eine ihrer Schülerinnen zu sein. »Nur weil er der Sohn meiner Schwester ist, heißt das noch lange nicht, dass ich ihn mögen muss. Bernard hat immer nur Scherereien gemacht. Ich hab für den Jungen getan, was ich konnte.«

»Was waren das für Scherereien?«

»Vom ersten Schultag an«, begann McClurkin, während sie Honig in ihren Kräutertee rührte, »war er ständig in Streitigkeiten und Schlägereien verwickelt. Mary – seine Mutter, Gott hab sie selig – hatte mit ihm alle Hände voll zu tun. Und ständig beschwerten sich die Nachbarn.«

»Weshalb?«

»Oh, Sie wissen schon – erst waren es Kinderstreiche. Dann Vandalismus. Er schlug Fensterscheiben mit Steinen ein, brach Autos auf und beschmierte die Mauern mit Graffiti.«

Kay versuchte, sich auszumalen, wie Eales seine kreative Seite an einer Hausmauer auslebte.

»Einmal rief sogar jemand die Polizei, als sie unten auf der Covington wohnten. Nachbarn beschuldigten ihn, ihren Hund getötet zu haben. Damals war er sechzehn.« McClurkin nippte an ihrem Tee. »Bernard hatte auch in der Schule ständig Schwierigkeiten. Er prügelte sich mit anderen, verkaufte Marihuana an seine Mitschüler, später Steroide. Und er flog von mehr als nur einer Schule.«

»Ich dachte, er hätte die Schule abgebrochen, um zu arbeiten? Um seinen kleinen Bruder großzuziehen?«

»Abgebrochen? Nein, er wurde ausgeschlossen. Aber eines muss ich ihm lassen, er hat sich rührend um den Kleinen gekümmert – das war wohl die einzige gute Tat in seinem Leben. Ich schätze, er hat seiner Mama ein Versprechen gegeben und sich auch daran gehalten.«

»Wie alt waren die beiden, als ihre Mutter starb?«

»Bernard muss gerade siebzehn geworden sein. Billy war acht.«

»Und dann haben die Jungs bei Ihnen gelebt?«

McClurkin nickte. Ihr Blick ging ins Leere, als sie an die Zeit zurückdachte, die sie offensichtlich lieber aus ihrem Gedächtnis gestrichen hätte.

»Erinnern Sie sich noch an Freunde von Bernard? Schauen Sie, Miss McClurkin, ich versuche einen Zusammenhang zwischen Bernards Vergangenheit und einem Mordfall herzustellen, in dem ich zurzeit ermittle.« Kay wollte die Frau nicht mit mehr Einzelheiten als nötig erschrecken.

»Nein. Ich habe seine Freunde nie kennen gelernt. Ehrlich gesagt, Bernard war keine drei Monate bei mir. Er ist genau wie sein Daddy. Aufbrausend und gewalttätig. Er hat mich bestohlen, belogen und sogar bedroht. Ich fühlte mich in meinem eigenen Haus nicht mehr sicher. Billy hingegen war ein Engel. Empfindsam, sanft, klug. Ich habe angeboten, dass er bei mir bleiben kann, doch Bernard wollte nichts davon wissen. Billy war seine Familie. Und als ich eines Tages nach Hause kam, waren beide weg. Und mit ihnen all das Geld, das ich im Haus versteckt hatte.«

»Und Sie haben nie versucht, das Sorgerecht für Billy zu bekommen?«

Bedauern schimmerte in McClurkins Augen. »Damals hatte ich nicht die Energie dazu, und ich hatte Angst vor dem, was Bernard mir antun könnte, auch wenn ich das nicht gern zugebe. Ich habe den Jungen im Auge behalten und mir oft Sorgen um ihn gemacht, aber es ging ihm gut bei Bernard. Er war immer ordentlich angezogen, ging zur Schule und hatte gute Noten. Und jetzt ist er ein erfolgreicher Autohändler, hat eine junge Frau und ein Baby. In diesem Punkt hat Bernard Großartiges geleistet und sich wirklich Mühe gegeben. Damals glaubte ich, dass ihn die Verantwortung verändern würde. Ein Irrtum, wie sich herausgestellt hat.«

Kay kostete den Kräutertee. »Und wie ist ihre Mutter gestorben?«

»Goldener Schuss.« McClurkin schüttelte den Kopf. »Mary hatte kein leichtes Leben. Bernards Vater war ein Bastard. Er hat sie regelmäßig geschlagen und sie sogar an seine Freunde verkauft. An dem Tag, an dem er einen Unfall unten in den Docks hatte und im Rollstuhl landete, konnte sich Mary endlich von Eddie Eales befreien. Er starb zwei Jahre später.

Danach ging es ihr eine Weile ganz gut, aber dann ließ sie sich mit Billys Vater ein. Harold Coombs. Er war nicht viel besser als Eales. Behandelte sie und Bernard wie Dreck und brachte sie so weit, dass sie wieder Drogen nahm.«

»Ihre Schwester ist also an einer Überdosis gestorben?«

»Ja, aber es war beabsichtigt. Mary hat versucht, sich das Leben zu nehmen, und als das nicht klappte, ging sie in ihr Schlafzimmer und pumpte sich mit Heroin voll, um das, was sie angefangen hatte, zu beenden. Bernard fand sie am Morgen und rief mich an, weil er der Polizei nicht traute. Als ich bei ihnen ankam, war er noch damit beschäftigt, Billy zu waschen.«

»Das verstehe ich nicht.«

»Sie hat alles voll geblutet. Es sah aus, als hätte jemand versucht, sie niederzumetzeln. Das Bad war voller Blut, ebenso ihr Bett, die Laken, sie selbst und Billy. Der arme Junge muss in der Nacht zu seiner Mutter ins Bett gekrochen sein. Als Bernard morgens hereinkam, fand er ihn neben der Leiche seiner Mutter, über und über mit Blut besudelt.«

Kay versuchte das alles zu verdauen, und nach und nach dämmerte ihr die Erkenntnis. Kindheitstrauma.

»Miss McClurkin, wie hat Ihre Schwester versucht, sich umzubringen, bevor sie sich das Heroin spritzte?«

»Sie hat sich die Pulsadern aufgeschnitten. Selbst das konnte das arme Mädchen nicht richtig machen.«

## 69

Die Akte von Mary Coombs' Tod war seit zwei Jahrzehnten zusammen mit den siebenhundert anderen Fällen pro Jahr – Selbstmord, Überdosis und unklare Todesursachen, die nicht als Mord eingestuft wurden – unter »schwebende Verfahren« abgelegt. Kay hatte eine Stunde danach gesucht, eine Quittung für die Akte unterschrieben und sie mit zu ihrem Schreibtisch genommen, um die Berichte zu lesen und die zwanzig Jahre alten Aufnahmen zu studieren.

Jetzt bog sie in den Bridge-Marina-Parkplatz ein und diese Fotos standen immer noch vor ihrem geistigen

Auge. Mary Coombs' Leiche, die leere Spritze, das ganze Blut und das Spyderco-Klappmesser.

Sie schob die Akte unter ihr Jackett und sprintete den Pier hinunter. Die *Blue Angel* wiegte sich sanft in der Dunkelheit. Finn hatte das Radio an: Creedence Clearwater.

»Wir haben ihn«, verkündete Kay, als sie die Kajütstreppe heruntersprang.

Finn trug eine fleckige Jeans und ein Sweatshirt und arbeitete an einem kleinen Motor. Werkzeug, Lumpen und ölige Teile lagen auf dem Tisch.

»Es ist Billy Coombs«, keuchte sie. »Eales' Bruder.«

»Wow. Was hab ich verpasst?« Finn ließ den Schraubenschlüssel fallen. »Der Typ wohnt doch in Pittsburgh.«

»Genau deshalb musste er das Haus in der Keystone mieten.«

»Aber warum hier?«

»Er ist hier aufgewachsen, Finn. Er kennt die Straßen. Hier fühlt er sich sicher und glaubt, alles unter Kontrolle zu haben.« Sie warf die Akte auf den Tisch. »Das musst du dir ansehen.«

Sie schlug den Ordner auf, während Finn seine Hände über dem Spülbecken mit Waschgel einrieb. »Billys Mutter, Mary Coombs, hat sich nicht nur den goldenen Schuss gesetzt«, berichtete sie und breitete die Fotos aus. Das Bad: die Wanne halb mit rosafarbenem Wasser gefüllt, die Seiten mit Blut verschmiert, rote Fußabdrücke auf dem alten, rissigen Linoleumboden. Und im Schlafzimmer: mehr Blut auf dem Teppich, der Bettdecke und den Laken.

»Selbstmord«, fuhr Kay fort. »Sie hat sich die Pulsadern aufgeschlitzt, aber nicht richtig. Die Schnitte führen quer über das Handgelenk, nicht längs. Und als das nicht funktionierte, ging sie ins Schlafzimmer und spritzte sich alles Heroin, was sie im Haus hatte. Das und der Blutverlust haben genügt, um ihrem Leben ein Ende zu setzen.«

Finn hörte aufmerksam zu, als sie ihm erzählte, dass Eales am Morgen seinen kleinen Bruder neben der Leiche der Mutter im Bett fand. Kay war auf den Polizeifotos der ovale Bereich, der inmitten des blutbesudelten Bettes weiß geblieben war, sofort ins Auge gesprungen. Dort hatte der achtjährige Billy gelegen und sich an seine sterbende Mutter gekuschelt. Mary Coombs' linker Arm lag in einer Position, die den Schluss nahe legte, dass sie ihren jüngeren Sohn an sich gedrückt und noch lange nach ihrem Tod festgehalten hatte.

»Mit jedem Mord«, erklärte Kay, »inszeniert er den Tod seiner Mutter von neuem. Und überleg mal – wen sonst würde Eales so eisern decken? Für wen würde er ein mögliches Todesurteil in Kauf nehmen?«

Kay schauderte, aber bestimmt nicht, weil ihr kalt war. Sie war aufgeregt und konnte kaum still sitzen. »Es passt alles, Finn. Coombs könnte seinen Bruder damals, als die ersten drei Frauen umgebracht wurden, jedes Wochenende besucht haben – auch in der Nacht, in der Spence und ich an Eales' Tür klopften.«

»Aber beide Brüder und alle anderen haben ausgesagt, dass sie seit Jahren nicht mehr miteinander geredet hätten.«

»Das ist Quatsch«, erwiderte sie. »Coombs hat Valley umgebracht, weil er in der Nacht, in der sie Chisneys Leiche loswerden wollten, mit Bernard im Leakin Park war. Er hatte Angst, dass Valley ihn gesehen hat. Und der Mord an ihr hat wahrscheinlich seine Phantasien erneut angestachelt.«

»Und Hagen?«

»Patricia Hagen war eine leichte Beute. Sie kannte ihn.

Wenn wir den Einzelverbindungsnachweis für ihren Telefonanschluss bekommen, finden wir sicherlich Coombs' Nummer in der Liste. Wahrscheinlich hat er sie angerufen und überredet, ihn zu treffen.«

»Aber mit dem Mord an ihr hat er die einzige Person beseitigt, die Himmel und Hölle in Bewegung gesetzt hat, um die Unschuld seines Bruders zu beweisen«, argumentierte Finn. »Soll das heißen, er will, dass Eales den Kopf für die ersten Morde hinhält?«

»Ich glaube nicht, dass der Kerl so weit in die Zukunft plant. Ich glaube, er denkt nur an die Befriedigung seiner eigenen Bedürfnisse. Und möglicherweise beruht Eales' Bruderliebe ja auch gar nicht auf Gegenseitigkeit. Er ist unser Mann, Finn. Ich weiß es.« Plötzlich stand ihr wieder die Szene in der Kneipe an der York Road vor Augen: der schwarz gebrannte Kaffee, die elektrische Eisenbahn, und Billy Coombs' Lächeln, als er sie über den Teller mit den fettigen Eiern hinweg ansah. Sie hatte sich eingebildet, Mitgefühl in seinen Augen zu erkennen, als er sich für den Angriff seines Bruders entschuldigte. Jetzt wusste sie es besser.

»Und dieser Mistkerl ist nie auffällig geworden – es gibt keine Einträge im Strafregister, richtig?«, fragte Finn. »Wir haben keine Fingerabdrücke zum Vergleich, oder?«

»Nein – er ist sauber.« Kay sammelte die Fotos wieder ein, während sich Finn ein frisches Sweatshirt anzog, ehe er sich wieder zu ihr an den Tisch setzte.

»Also, was hast du jetzt vor?«, wollte er wissen. »Wir müssen etwas gegen ihn in der Hand haben, ehe wir zuschlagen können.«

»Ich weiß. Deshalb müssen wir nach Pittsburgh.«

»Du meinst, er ist nach Hause gefahren?«

»Das vermute ich – nach dem Schrecken, den wir ihm

gestern Abend in Eales' Haus eingejagt haben. Und ich kann es kaum erwarten, sein Gesicht zu sehen, wenn wir morgen vor seiner Tür auftauchen.«

## 70

Es war neblig, als sie Baltimore verließen. Während der vierstündigen Fahrt über die I-70 und den Pennsylvania Turnpike in Richtung Westen war der Himmel schiefergrau. Kay hatte darauf bestanden, am Steuer zu sitzen, wahrscheinlich weil sie glaubte, ihr Bleifuß würde sie schneller nach Pittsburgh bringen. Um ein Uhr mittags kamen sie an. Kay war völlig aufgedreht, und Finn vermutete, dass das weder an dem halben Dutzend Tassen Kaffee lag, die sie getrunken hatte, noch an ihrem großen Schlafmangel.

Sie war auf dem Boot geblieben und hatte zum ersten Mal seit über einem Jahr sein Bett mit ihm geteilt. Sie hatten sich geliebt und später, als er sie in den Armen hielt, offen über ihre Beziehung gesprochen – darüber, dass sie füreinander da sein und es noch einmal probieren wollten. Finn wurde erst um fünf Uhr wach, als Kay bereits hektisch in der Kombüse nach Kaffee suchte. Nach dem kurzen Frühstück fuhren sie ins Büro, erledigten alles Nötige, um den Staat verlassen zu können, und machten sich gegen neun endlich auf den Weg.

Sie fanden Billy Coombs' Autosalon am Baum Boulevard. Es war eines der vornehmeren Autogeschäfte in dieser Gegend, und auf dem Parkplatz waren diverse neue Luxusmodelle ausgestellt, inländische ebenso wie

Importware. In dem funkelnden Showroom erklärte ihnen Coombs' Partner, dass Billy am Morgen kurz vorbeigeschaut hatte, aber gleich wieder zu einer Auto-Auktion aufgebrochen war. Finn drängte sich plötzlich das Bild auf, wie Coombs auf dem Weg zurück nach Baltimore war und sie unterwegs irgendwo an ihm vorbeigefahren waren.

Da sie im Autosalon nichts ausrichten konnten, fuhren sie nach Stanton Heights, und als sie Coombs' großes, zweistöckiges Haus entdeckten und am gegenüberliegenden Straßenrand hielten, konnte Kay ihre Aufregung nicht mehr länger verbergen.

»Sieht nicht so aus, als wäre jemand daheim.« Finn deutete mit dem Kinn auf das Haus. »Aber der Wagen könnte auch in der Garage stehen. Wie willst du vorgehen, wenn er zu Hause ist?«

»Ich sage ihm, dass wir nur mit ihm reden wollen«, antwortete sie. »Zum Beispiel darüber, ob er Patricia Hagen gekannt hat, ob er sich vorstellen kann, wer sich ihren Tod wünschte, und so weiter. Wir machen nur einen Besuch und unterhalten uns ganz zivilisiert.«

Doch als Kay sich der breiten Rundum-Veranda näherte, knöpfte sie ihr Holster auf, zog aber dann das Jackett über der Dienstwaffe wieder glatt.

Sheila Coombs war relativ füllig: Bestimmt war sie ein ganz hübsches Mädchen gewesen, bevor ihr das Baby den Schlaf und die Energien geraubt hatte, dachte Finn.

»Billy ist nicht zu Hause«, meinte Mrs Coombs, als Finn seine Dienstmarke wieder einsteckte. »Sie haben ihn gerade verpasst. Er war gestern hier und ist heute Morgen wieder losgefahren. Worum geht es denn? Sie sagten, Sie kommen aus Baltimore?«

»Das stimmt, von der Mordkommission. Wir ermitteln im Mordfall Patricia Hagen.«

»Den Namen kenne ich nicht.«

Finn spürte, dass die Frau aufrichtig antwortete. »Aber vielleicht Ihr Mann. Wir versuchen, Informationen über Miss Hagen zu sammeln, und hatten gehofft, Mr Coombs könnte uns weiterhelfen.«

»Und deswegen sind Sie den weiten Weg hierher gekommen?« Ein Baby schrie irgendwo im Haus. Mrs Coombs schloss einen Moment die Augen, als wollte sie den Säugling durch reine Willenskraft zum Schweigen bringen. »Entschuldigen Sie mich für eine Sekunde«, seufzte sie dann und verschwand.

Kay trat durch die Tür. »Es macht Ihnen doch nichts aus, wenn wir hereinkommen, oder?« Sie wartete die Antwort nicht ab.

Die Diele mit den Spiegeln in antik vergoldeten Rahmen und dem nachgemachten viktorianischen Kronleuchter vermittelte den Eindruck von Mittelklasse-Luxus. Die mit falschem Knittersamt bezogene Chaiselongue auf ihren gedrechselten Beinen hätte edel ausgesehen, wären die Windeln und das Spielzeug nicht gewesen.

Mrs Coombs kam mit einem schreienden, in rosa Frottee gewickelten Bündel zurück. »Und wie kann Billy Ihnen helfen?«, fragte sie, während sie verzweifelt das Baby in ihren Armen schaukelte.

»Wir glauben, dass er Miss Hagen gekannt hat.«

»Wow. Sie gehen wirklich gründlich vor. Billy lebt schon seit Jahren nicht mehr in Baltimore. Und, ehrlich, ich entsinne mich nicht, dass er jemals diesen Namen erwähnt hätte. Und woher soll Billy diese Frau kennen?« In ihrer Stimme schwang Paranoia mit – die Paranoia einer frisch gebackenen Mutter, die ihre Attraktivität schwinden spürte und fürchtete, ihr Mann könnte sich anderweitig umsehen.

»Miss Hagen stand dem Bruder Ihres Mannes sehr

nahe.« Kay machte noch ein paar Schritte, bis sie mitten in der Diele stand.

»Dann kannte Billy sie sicher nicht.«

»Wann hat Ihr Mann seinen Bruder denn zum letzten Mal gesehen?«

»Nicht mehr, seit der Bastard im Knast sitzt.« Sie spuckte die Worte regelrecht aus, als ob schon allein der Gedanke an Eales einen fauligen Geschmack in ihrem Mund hinterließe.

»Und vorher hat er ihn hin und wieder besucht?«, hakte Finn nach.

»Ja.«

»Oh. Wir hatten den Eindruck, dass Ihr Mann Mr Eales schon seit Jahren nicht mehr gesehen hat.«

»Das hat er auch mir versucht weiszumachen, weil er weiß, dass ich Bernard nicht leiden kann. Aber ich habe natürlich gemerkt, dass er öfter bei ihm war. Immer mal wieder am Wochenende. Er hat mir jedes Mal erzählt, er sei bei Freunden gewesen, aber ich weiß, dass er Bernard besucht hat, denn seit der Verhaftung hat sich Billy mit niemandem mehr in Baltimore getroffen.«

*An den Wochenenden.* Finn sah Kay an. Sie nickte und begann, in der Diele herumzuwandern und sich wie beiläufig ein wenig umzusehen. Finn erspähte durch die offene Tür zur Linken das Esszimmer und ein sonnendurchflutetes Wohnzimmer befand sich offensichtlich am Ende der Diele. Nur eine Tür blieb geschlossen.

»Dürfte ich vielleicht einmal Ihr Badezimmer benutzen?«, fragte Kay und ging auf ebendiese Tür zu. »Es war eine lange Fahrt.«

Doch ehe sie den Türknauf drehen konnte, hielt Mrs Coombs sie auf. »Das ist nicht das Bad.« Ihr scharfer Ton schreckte das Baby wieder auf und sie wiegte es noch heftiger.

»Entschuldigung«, sagte Kay, »ich dachte nur ...«

»Das ist das Arbeitszimmer meines Mannes.« Sheila Coombs' Stimme übertönte das Babygeschrei. »Hören Sie, Detectives, wenn das alles ist, wäre es mir lieber, Sie würden jetzt gehen.«

»Um ehrlich zu sein, da ist noch etwas«, log Kay. »Wir müssen mit Ihrem Mann auch über Mr Eales' Haus sprechen. Letzte Nacht wurde dort eingebrochen.«

»Billy hat das Haus verkauft.«

»Nein, Ma'am, das glaube ich nicht. Und da er der Besitzer ist, brauchen wir seine Erlaubnis, um die Schlösser auswechseln zu können.« Kay improvisierte. »Sehen Sie – wir wissen nicht, wem Ihr Schwager die Schlüssel für das Haus überlassen hat, und wir müssen das Anwesen sichern, schließlich ist es nach wie vor ein Tatort.«

»Haben Sie versucht, Billy anzurufen?« Das Babygeheul wurde trotz Mrs Coombs' verzweifelten Bemühungen um eine Spur schriller.

»Ich habe ihm ein paar Nachrichten auf die Mailbox gesprochen. Aber wir müssen das Haus unbedingt sofort verschließen.«

»Warum wenden Sie sich nicht an seinen Bruder, diesen Schmarotzer? Ich nehme an, Sie wissen, wo er zu finden ist.«

»Ja, aber er ist nicht der Eigentümer ...«

»Gut, dann wechseln Sie die Schlösser aus. Sie bekommen die Genehmigung von mir.«

Kay warf Finn einen Blick zu und er sprang ein: »Das geht so nicht, Ma'am. Es muss alles nach Vorschrift abgewickelt werden. Wirklich – man sollte meinen, wir müssten uns schon mit genügend Papierkram herumschlagen, aber wir brauchen etwas, was wir unseren Vorgesetzten vorlegen können. Wir müssen sichergehen, dass alles seine Richtigkeit hat, sonst riskieren wir, dass unser Department verklagt wird, weil wir uns unerlaubterweise an Privatbesitz zu schaffen gemacht haben.«

»Wir brauchen die Besitzurkunde, Ma'am«, schaltete sich Kay wieder ein. »Wenn wir nachweisen können, dass Mr Coombs der rechtmäßige Besitzer des Hauses ist, dann könnte die von Ihnen unterschriebene Genehmigung unsere Juristen überzeugen, dass alles seine Ordnung hat.«

Sheila Coombs konnte nichts darauf erwidern – das brüllende Baby lenkte sie ab.

»Bewahrt Ihr Mann vielleicht eine Kopie der Besitzurkunde in seinem Arbeitszimmer auf?«, fragte Kay.

»Hören Sie, ich ... kann das nicht warten, bis Billy nach Hause kommt? Er kann Ihnen das Dokument doch faxen.«

Kay schüttelte den Kopf. »Ich sehe ein, dass dies ein ungünstiger Zeitpunkt ist, Mrs Coombs, aber wenn Sie uns nur schnell diese Urkunde heraussuchen könnten ...«

»Nein, Sie verstehen nicht. Ich gehe nicht in das Arbeitszimmer meines Mannes, Detective. Ich respektiere seine Privatsphäre.« Die Frau wandte sich ab und Finn bemerkte ihre Verlegenheit. Er konnte sich sehr gut vorstellen, dass eher Rügen und Zurechtweisungen als Respekt sie dazu veranlasste, Billy Coombs' Allerheiligstes nicht zu betreten. »Sie werden warten müssen, bis er heimkommt.«

Aber Kay war ein Profi. Sie musste in dieses Zimmer und Billys Frau brauchte nur noch einen Schubs. »Das verstehe ich, Mrs Coombs«, antwortete sie. »Und ich will Sie ganz bestimmt nicht in Schwierigkeiten bringen. Aber die Fahrt zurück nach Baltimore dauert vier Stunden. Wenn Sie wissen, wo er solche Dokumente aufbewahrt, dann könnten wir danach suchen. Er braucht ja nichts davon zu erfahren. Das bleibt unter uns. Und falls er doch dahinterkommt, können Sie ihm sagen, dass wir Ihnen keine andere Wahl gelassen haben.«

Mrs Coombs kaute auf ihrer Unterlippe – ihr Blick huschte von Finn zu der geschlossenen Tür, dann zu dem plärrenden Säugling.

»Wir versprechen auch, nichts durcheinander zu bringen«, versicherte Finn.

Und endlich, als wäre ihr klar geworden, dass Nachgeben die einzige Möglichkeit war, die beiden Detectives schleunigst loszuwerden, fasste sie nach dem Türknauf.

## 71

Der Raum war dunkel. Tageslicht fiel nur durch den schmalen Spalt zwischen den schweren Vorhängen am Fenster. Sheila Coombs tastete nach dem Lichtschalter, und die drei kleinen Lampen, die in dem voll gestopften Raum verteilt waren, leuchteten auf.

Die Frau trat beiseite, um Finn und Kay hineinzulassen, aber sie selbst setzte keinen Fuß über die Schwelle. Sie gestattete sich nicht einmal, einen Blick in das Zimmer zu werfen. Sie vollzog eine vage Geste. »Da in der Ecke ist ein Aktenschrank. Oberste Schublade. Ich glaube, dort legt Billy seine Rechnungen und Dokumente ab. Da müsste auch die Urkunde sein, die Sie suchen. Er hat alles beschriftet.«

Daran zweifelte Kay keinen Augenblick. Es sah fast so aus, als hätte Billy Coombs sämtliche Aufkleber und Etiketten eines Schreibwarenladens aufgekauft. Überall klebten welche – auf Aktenordnern und Schubladen und Fächern. Sogar die Bücherregale trugen Aufkleber, auf denen stand, welches Thema die Bücher, die in den Fächern standen, behandelten. Die Titel waren bekannt. Einige dieser Bücher besaß Kay selbst, andere hatte sie bereits in Arsenaults Bibliothek entdeckt.

Finn pfiff leise durch die Zähne. »Eindrucksvoll«, sagte er zu Mrs Coombs. »Studiert Ihr Mann Jura?«

»Nein. Das ist alles für seinen Bruder. Billy hat viele Stunden investiert, um auszuknobeln, welches die beste Verteidigungsstrategie für ihn wäre. Ich schätze, er glaubt, ihm das schuldig zu sein. Als ob es nicht genug wäre, dass er dieses Haus für ihn gekauft hat.«

Kay trat zum Schreibtisch; sie war überzeugt, dass Mrs Coombs nicht die leiseste Ahnung hatte, wozu diese Bücher ihrem Mann in Wahrheit dienten.

»Wie gesagt«, wiederholte die Frau, »das Dokument ist wahrscheinlich in dem Aktenschrank. Und da drüben steht ein Kopiergerät. Bitte lassen Sie das Original hier.« Dann entschuldigte sie sich, da das Baby mittlerweile noch lauter heulte.

»Sieh dir bloß das ganze Zeug an, Finn.« Kay inspizierte den gesamten Schreibtisch, sobald sie sicher sein konnte, nicht mehr unter Mrs Coombs' Aufsicht zu stehen. Diverse Zeitungsausschnitte und Ausdrucke aus dem Internet über die neuen Morde waren darauf säuberlich angeordnet. »Entweder pendelt Billy ständig hin und her, oder er hat das alles gestern gemacht, als er zu Hause war.«

Sie war drauf und dran, die Schreibtischschublade zu öffnen, aber Finn hielt sie zurück. »Nicht, Kay. Du hast uns mit legalen Mitteln hier hereingebracht, vermassle jetzt nicht alles. Wir dürfen uns oberflächlich umsehen, und sie hat uns erlaubt, die oberste Schublade des Aktenschranks zu öffnen.«

Er zog die Lade auf und suchte nach der Besitzurkunde,

um den Schein zu wahren, falls Mrs Coombs wieder auftauchte. In Wahrheit hatte auch er die Augen überall, wie Kay bemerkte. Er betrachtete die Fotos, die an den Wänden hingen. Aus dem Internet ausgedruckte Aufnahmen von den Tatorten anderer Serienmorde. Und Artikel aus der *Sun* über die Opfer und Morde, die Coombs seinem Bruder in die Schuhe schieben wollte. Und schließlich Fotos von Spencer und Kay – Kay, nachdem sie zusammengeschlagen worden war und dann bei Spencers Beerdigung.

Es war alles da.

»Sie war wirklich nicht hier drin«, flüsterte Kay Finn zu. »Coombs' Frau hat tatsächlich nie einen Fuß in dieses Zimmer gesetzt.«

»Woher weißt du das?«

»Sie hat mich nicht erkannt. Und schau dir diese Fotos an.«

Kay schob die neueren Zeitungsausschnitte weg und machte einen Satz zurück; beinahe wäre sie mit Finn zusammengeprallt.

»Lieber Himmel!«

Kay starrte auf das riesige Insekt, das in einem Glaskasten mit dicken Scheiben lag. Der etwa siebeneinhalb Zentimeter lange Körper war unter dem staubigen Glas aufgespießt. Er hatte halb durchsichtige bernsteinfarbene Flügel, die zerbrechlich wirkten und so schillerten, dass man kaum den gestreiften Körper darunter erkennen konnte. Die Fühler waren ebenso lang wie die Flügel und der bernsteinfarbene Kopf hatte ein schwarzes Muster – es sah aus wie ein Totenkopf.

»Was, um alles in der Welt, ist das?«, fragte Kay.

Finn hob die Glasbox hoch. *»Blaberus crabnifer«*, las er von dem Etikett ab, das am Rahmen klebte. »Totenkopf-Kakerlake. Südamerika.«

»Wie passend.« Sie unterdrückte ein Schaudern und

fragte sich, ob Billy Coombs das Insekt selbst präpariert hatte. »Ich hoffe nur, dass hier keine lebendigen Exemplare herumlaufen.«

Kay setzte ihre Suche fort, schob den Glaskasten beiseite und forstete die Papiere durch, bis sie den Strafzettel wegen Geschwindigkeitsüberschreitung fand.

»Hier ist etwas.« Sie nahm den Strafzettel zur Hand. »Der Hurensohn wurde geblitzt. Er ist mit siebzig Sachen den Jones-Falls-Expressway entlanggerast. Jetzt rate mal, wann!«

Finn zuckte mit den Schultern.

»Ungefähr zehn Minuten, nachdem er mit Jason Beckmans Lieferwagen vom TV Hill losgefahren war. Wir haben ihn, Finn.«

Ihr Blick erfasste die privaten Fotos am Rand der Pinnwand: ein Hochzeitsfoto, zwei Polaroids und einige Urlaubsfotos. Sie studierte Coombs' Lächeln und stellte sich vor, wie leicht er all die Frauen, die er später ermordet hatte, damit betört haben mochte.

»Ich habe die Besitzurkunde«, verkündete Finn und nahm das Schriftstück aus der Schublade. Um die Fassade aufrechtzuerhalten, schaltete er das Kopiergerät ein. Erst als er das Dokument wieder an seinen Platz gelegt hatte, stöberte er ein bisschen weiter.

Kay bekam nur am Rande mit, dass er einen braunen wattierten Umschlag zutage förderte.

»Ich glaube, hier haben wir noch mehr Beweismittel gegen den Mistkerl«, meinte Finn und brachte den Umschlag zum Schreibtisch.

Das Kuvert war fleckig und abgegriffen. Finn schüttete den Inhalt hinaus.

Karten. Führerscheine und Personalausweise. Annie Harris. Roma Chisney. Und die Jane Doe aus dem Leakin Park.

Kay nahm die dritte Karte in die Hand und betrachtete das Gesicht der Frau, die sechzehn Monate lang keinen Namen gehabt hatte.

Ellen Roth. Kay wiederholte im Geiste den Namen ein paar Mal, bis Finn wieder das Wort ergriff.

Seine Stimme erschreckte sie. »Kay«, sagte er ruhig, »da ist noch etwas.«

# 72

Kurz nach zwei Uhr verließen sie Pittsburgh und endlich brach die Sonne durch die schiefergrauen Wolken. Als die Skyline von Baltimore in Sicht kam, wurde Kay bewusst, dass sie kaum etwas von der Fahrt mitbekommen hatte. Sie achtete zwar auf den Verkehr, aber im Geiste ließ sie jeden Schritt ihrer Ermittlungen Revue passieren, dachte an jedes einzelne Beweisstück und listete alles auf, was gegen Billy Coombs verwendet werden konnte.

In Coombs' Arbeitszimmer hatte sich ihre innere Einstellung plötzlich verwandelt. Sie wollte Coombs dingfest machen, um jeden Preis, und sie konnte sich nicht erinnern, jemals im Leben so sehr nach etwas verlangt zu haben.

Der braune Umschlag mit den Ausweisen von Harris, Chisney und Ellen Roth lag auf der Ablage des Lumina. Aber die letzte Karte, die aus dem Kuvert gefallen war, hatte Kay am meisten zugesetzt, und auch auf der Fahrt wanderte ihr Blick immer wieder zur Ablage.

Als sie die Mitgliedskarte des Polizeivereins in die

Hand nahm und umdrehte, hatte sie zuerst gar nichts begriffen. Selbst als sie den Namen las, dämmerte es ihr nur langsam. Und dann war ihr, als hätte die Welt aufgehört, sich zu drehen. Sie betrachtete Spencers Foto und war plötzlich wieder in Eales' Vorgarten. Coombs war tatsächlich in der unheilvollen Nacht dort gewesen. Und wie von all seinen Opfern hatte er auch von Spence etwas als Souvenir mitgenommen. Er hatte offenbar noch mit der Waffe in der Hand neben Spence gestanden und ihm beim Sterben zugesehen. Dann hatte er Spences Brieftasche an sich genommen und den Vereinsausweis herausgeholt. Niemand hatte ihn bislang vermisst.

Kay malte sich aus, wie Coombs über den Rasen zu ihr gegangen war. Sie fragte sich, ob er die Waffe auf sie gerichtet hatte, ob sie zu dem Zeitpunkt bewusstlos gewesen war oder sich einfach nur nicht mehr erinnerte. Die ganze Zeit hatte sie gedacht, Eales hätte sie für tot gehalten und liegen gelassen, aber jetzt wusste sie, dass es anders gewesen war. Hätte sie tot ausgesehen, dann wäre ihr Ausweis auch in dem Umschlag gewesen.

Nein, Coombs und Eales hatten die Flucht ergriffen. Sie hatte die Einsatzaufzeichnungen studiert: Alle Einheiten im Distrikt hatten schnell reagiert, als die Meldung von einer Schießerei eingegangen war. Wahrscheinlich hatten die Sirenen die Brüder verscheucht, bevor Coombs die Gelegenheit gehabt hatte, ihr endgültig den Garaus zu machen.

»Bist du okay?« Finn streckte die Hand aus und legte sie auf ihren Schenkel. Eine tröstliche Geste. Aber es war nicht der Trost, den Kay wollte. Nicht jetzt.

»Ich hätte früher auf ihn kommen müssen«, sagte sie, als sie den Lumina auf die Edmonson steuerte.

»Und wieso?«

»Ich hatte ihn in der Gasse direkt vor mir. Ich habe ihn gegen das Auto gedrängt, Finn. Ich hätte doch merken müssen, dass das Coombs war!«

»Es war stockfinster, Kay. Und du warst voll gepumpt mit Adrenalin. Der Bursche hatte sich eine gute Geschichte zurechtgelegt. Außerdem bist du Coombs nur einmal vorher begegnet – in einer Kneipe. Du hattest ihn nie in Verdacht und deshalb auch nicht mit ihm gerechnet. Und außerdem war er rasiert.«

Kay erinnerte sich an die Stoppeln im Waschbeckenausguss von 311, die sie nach dem Mord an Jason Beckman dort gefunden hatten.

»Ich hätte zwei und zwei zusammenzählen müssen.«

»Komm schon, Kay. Niemand wäre darauf gekommen.«

»*Ich* hätte sein Spiel durchschauen müssen.« Sie fuhr auf der Fulton bei Gelb über die Ampel. »Er hat sich neulich Abend in Eales' Haus auf mich gestürzt und lag auf mir.«

»Auch dort war es dunkel und er hat dich überrumpelt.«

Aber Kay wollte keine Entschuldigungen. Sie wollte Coombs.

Als ihr Handy klingelte, war sie froh über die Ablenkung.

»Kay? Hier ist Vicki. Wo bist du?«

»Auf dem Weg zu dir. Wir brauchen eine Durchsuchungserlaubnis.«

»Das muss warten.« Vickis Stimme bebte.

»Was ist passiert?«

»Es ist was mit Eales.«

Kay hörte aufgeregte Stimmen im Hintergrund, eine Tür schlug zu, jemand schrie etwas.

»Wir haben … hier im Gerichtsgebäude ist die Hölle

los. Du und Finn, ihr müsst sofort herkommen. Der ganze Distrikt ist in höchster Alarmbereitschaft.«

»Was, zum Teufel, ist denn passiert?«

»Er ist draußen, Kay. Eales ist geflüchtet.«

# 73

Die Calvert und die Fayette Street waren unpassierbar – abgesperrt durch Streifenwagen, Vans der schnellen Eingreiftruppe und Zivilfahrzeuge mit aufgesetzten Blaulichtern auf den Dächern. Kay und Finn ließen den Lumina irgendwo in dem Gewirr stehen und sprinteten die zwei Blocks entlang zum Clarence-Mitchell-Gerichtsgebäude. Wärter bewachten die Eingänge und drängten die Journalisten zurück, die sich um die günstigste Position rangelten und auf eine offizielle Verlautbarung warteten.

Im Foyer herrschte kontrolliertes Chaos. Ein Meer von Polizeibeamten hatte sich hier angesammelt und die schnelle Eingreiftruppe stürmte in voller Montur durch die Marmor-Korridore.

Sie fanden Vicki im ersten Stock in Richter Leventhals Gerichtssaal. Sie stand am Tisch der Staatsanwaltschaft und sammelte ihre Unterlagen ein. Als sie Finn und Kay entdeckte, schüttelte sie den Kopf. Ihr Gesicht war hochrot.

»Sind Sie in Ordnung?«, fragte Finn.

Sie nickte. Man sah ihr ihre Wut deutlich an. »Sie denken, er ist durch ein Fenster getürmt.«

»Wie, um alles in der Welt, konnte das passieren?«, wollte Finn wissen.

»Wir waren um zwei Uhr mit den Voranträgen fertig und hatten uns bis nach der Mittagspause vertagt. Als wir weitermachten, versuchte die Verteidigung, Eales' Geständnis für unwirksam zu erklären. Grogan behauptete, Eales würde es widerrufen.«

»Das überrascht mich nicht«, sagte Kay.

»Wie auch immer – es herrschte eine ziemlich angespannte Atmosphäre und Leventhal ordnete eine kurze Unterbrechung an. Dann fing Eales an zu jammern, weil er unbedingt auf die Toilette musste. Er meinte, er könnte es nicht mehr halten. Aber Leventhal wollte ihn auf der Anklagebank haben, wenn er die Verhandlung wieder aufnahm, also wies er die Wärter an, Eales zu seiner Toilette zu führen, statt mit ihm den weiten Weg hinunterzugehen. Eine Viertelstunde später kamen sie dann ohne Eales zurück. Vermutlich ist er aus dem Fenster gestiegen.«

»Dann muss er sich verletzt haben.« Finn schien nicht allzu besorgt um Eales zu sein. »Ein Sprung aus dem ersten Stock auf Asphalt. Er wird nicht sehr weit kommen.«

»Hier sind alle Ausgänge abgeriegelt. Die schnelle Eingreiftruppe durchsucht bereits das Gebäude – falls er doch noch hier sein sollte. Und eine Fahndung wurde rausgegeben. Die Bahn- und Busbahnhöfe sind benachrichtigt für den Fall, dass er sich absetzen will.«

»Der Schwachkopf ist wahrscheinlich nach Hause gegangen«, überlegte Finn. »Sie gehen immer nach Hause. Schicken Sie eine Streife in die Gettings Street; bestimmt finden sie ihn in der Abstellkammer.«

»Das ist bereits geschehen«, entgegnete Vicki.

»Wir sollten auch Patricia Hagens Haus beobachten lassen«, sagte Kay. »Für alle Fälle.« *Wo würdest du dich sonst verstecken, Bernard?* Sie dachte an die Keystone 311 und wandte sich an Finn. »Könnte Coombs ihm geholfen haben?«

»Was soll das heißen?«, fragte Vicki. »Eales' Bruder? Was hat Coombs auf einmal mit all dem zu tun?«

Kay schnappte sich den braunen Umschlag, der unter Finns Arm klemmte, und öffnete die Lasche. Vicki beobachtete, wie Kay den Inhalt auf den Tisch kippte.

»Das hier haben wir bei Coombs in seinem Arbeitszimmer gefunden. Seine Frau hat uns ins Haus gelassen und die Erlaubnis erteilt, uns dort umzusehen«, erklärte Kay und schob Vicki Spencers Ausweis hin. »Coombs hat Spence erschossen.«

# 74

Kay hatte sich geschlagen gegeben.

Sie stand auf der Dachterrasse des Präsidiums und hielt eine Camel zwischen den Fingern, als hätte sie nie aufgehört zu rauchen. Sie betrachtete die Zigarette eine Weile, dann führte sie sie zum Mund und zog den Rauch tief in ihre Lunge. Finn konnte beobachten, wie sich ihre Anspannung ein wenig löste.

»Du hättest dir schon längst eine gönnen sollen«, sagte er.

»Du übst einen schlechten Einfluss auf mich aus.« Sie lächelte, aber es war ein gezwungenes Lächeln. Sie war mit ihren Gedanken auf der Straße, um nach Eales und Coombs zu suchen. Sie wäre viel lieber losgezogen, statt im Präsidium herumzusitzen, die nötigen Papiere zusammenzustellen und die ganze Prozedur zu durchlaufen, um einen Haftbefehl für Coombs zu erwirken.

Kay schlenderte zum Terrassengeländer, ging daran

entlang und schaute auf die Lichter der Stadt. Seit sie das Gerichtsgebäude vor einer Stunde verlassen hatte, hatte sie kaum eine Minute still gesessen. Finn allerdings auch nicht. Sie hatten Gunderson von Eales' Flucht berichtet und ihn und Vicki über ihre Funde in Pittsburgh in Kenntnis gesetzt, anschließend hatten sie die Kollegen in Pittsburgh und den dortigen Staatsanwalt angerufen. Jetzt konnte es sich nur noch um Minuten handeln, bis sie den Haftbefehl für Coombs erhielten. Sie warteten noch auf den entscheidenden Rückruf aus Pittsburgh.

Eine Sirene heulte irgendwo in dem Straßengewirr auf. Kay sah nach Westen, zur Quelle des Geräuschs. Sie warf ihre Zigarette zu Boden und zermalmte sie unter ihrer Schuhsohle.

»Wo, zum Teufel, steckt er?«, fragte sie, legte die Hände aufs Geländer und ließ den Blick erneut über die unzähligen Lichter schweifen.

»Eales oder Coombs?«

»Sie werden Eales finden. Er ist zu dämlich, um sich lange zu verstecken. Aber wo ist Coombs, verdammt? Was macht er?«

Finn trat ebenfalls seine Zigarette aus und stellte sich neben Kay.

»Wir kriegen ihn. Es ist nur eine Frage der Zeit.«

»Und wie lange braucht er, um eine weitere Frau zu töten?«

»Wir schnappen ihn rechtzeitig.« Finn legte seine Hand auf ihre und drückte sie. Er merkte, dass sie ein ganz klein wenig lockerer wurde.

Sie standen auf der Terrasse wie damals, als Joe Spencer sie miteinander bekannt gemacht hatte, und zum ersten Mal seit langer Zeit empfand Finn einen inneren Frieden und glaubte fest daran, dass eine Zukunft mit Kay möglich war.

Wieder heulte eine Sirene auf, diesmal im Süden.

»Ich halte dieses Warten nicht mehr aus«, stöhnte Kay. »Wir sollten den Staatsanwalt noch mal anrufen.«

»Er wird sich schon melden.« Er wandte sich ihr zu. »Vielleicht solltest du etwas essen.«

»Ich bekomme jetzt nichts runter.«

»Wir haben seit dem Frühstück nichts mehr gegessen. Und selbst wenn der Staatsanwalt anruft, müssen wir ohnehin noch auf Vicki warten. Ich kann uns was holen, wenn du willst.«

»Nein, du hast Recht. Ich gehe. Ich kann sowieso nicht mehr hier herumsitzen.«

Er begleitete sie hinunter auf die Straße. »He, Kay, du warst übrigens großartig heute. Wir kriegen Coombs. Und wart's ab, du wirst noch eine Auszeichnung für deine Arbeit bekommen.«

»Ja, klar.« Sie bedachte ihn mit einem Lächeln und machte sich auf den Weg.

Finn liebte dieses Lächeln.

# 75

Als Kay zu der Parkgarage spazierte, in der alle Beamte ihre Privatfahrzeuge abstellten, wünschte sie sich, sie hätte noch eine zweite Zigarette von Finn geschnorrt. Ihre Nerven lagen blank. Eine Sirene ertönte vom Ende der Einbahnstraße und Kays Herz machte unwillkürlich einen Satz.

Wenn doch bloß erst alles vorbei wäre und Coombs ihr im Verhörraum gegenübersitzen würde, und sie ihm in die Augen schauen, seine Energie spüren und seinen Schweiß riechen könnte. Und mehr als alles andere wollte sie den Moment erleben, in dem Coombs begriff, dass sie ihm trotz all seiner Cleverness auf die Schliche gekommen war. Denn erst dann würde sie sich Spencers Tod verzeihen können.

Als sie auf die Rampe der öffentlichen Parkgarage kam, nickte sie Manuel, dem Nachtpförtner, zu. Sie fragte sich, ob Coombs mittlerweile zu Hause angekommen war, ob er wusste, dass sie dort gewesen waren. Was würde er tun, wenn er davon erfuhr?

Und Eales? Würde er Kontakt zu ihm aufnehmen? Kay wusste, dass Coombs seinem Bruder bei der Flucht aus dem Gerichtsgebäude nicht geholfen haben konnte. Das offene Fenster war lediglich eine Gelegenheit und Eales hatte sie genutzt – er konnte diese Flucht nicht im Voraus geplant haben.

Bernard. Wo trieb er sich herum? Fast empfand sie Mitleid mit dem Kerl und hoffte, dass die Kollegen nicht allzu hart mit diesem großen, jämmerlichen Schuft umsprangen, wenn sie ihn fassten. Billy Coombs hatte zugelassen, dass sein Bruder die Morde auf sich nahm, und ihn davon überzeugt, dass er die drei Frauen im Vollrausch umgebracht hatte.

Oder hatte Bernard von vornherein Bescheid gewusst?

Nein, das konnte sich Kay nicht vorstellen. Sein freiwilliges Geständnis war der letzte Versuch gewesen, den kleinen Bruder zu schützen, und vermutlich war er nicht einmal auf die Idee gekommen, dass das nötig sein könnte, bis Kay selbst ihm die Wahrheit vor Augen geführt hatte.

In der vierten Etage des Parkhauses ging sie die Reihe entlang bis zu ihrem Geländewagen, den sie früh am Morgen hier abgestellt hatte. Sie hasste es, dass sie die Schatten noch immer erschreckten, und in dem Dämmerlicht, das in diesem Betonbau herrschte, flackerte die Angst wieder auf, die im vergangenen Jahr ihr ständiger Begleiter gewesen war. Aber jetzt konnte sie damit umgehen und mit Logik kontern. Sie wusste, dass sie von Bernard nichts zu befürchten hatte, dass er nicht hinter ihr her war. Als sie ihm in der Besucherzelle gegenübergetreten war, hatte sie diesen Dämon verscheucht, auch wenn eine Spur von ihm vielleicht immer zurückbleiben würde.

Der Wagen stand in der hintersten Ecke unter einer ausgebrannten Deckenlampe. Kay suchte in dem spärlichen Licht, das von der Straße hereinfiel, nach dem richtigen Schlüssel an ihrem Bund, dann nahm sie ihr Handy, das an ihrem Gürtel klemmte, zur Hand. Sie verspürte den plötzlichen Drang, Finn anzurufen, ihm zu danken und ihm zu sagen, dass sie ihn liebte.

Erst als Glasscherben unter ihren Sohlen knirschten, begriff sie, dass die Lampe über ihr nicht einfach nur ausgebrannt war.

*Valley.*

Aber der Gedanke kam zu spät. Obwohl sie die Bewegung hinter sich spürte und den Ellbogen energisch herumschwang, um den Angriff abzuwehren, fühlte sie plötzlich das kalte Metall an ihrem Nacken. Kein Manöver hätte sie gegen den Elektroschocker schützen können. Der Strom schoss durch ihren Körper. Die Muskeln verkrampften sich und das Blut rauschte in ihren Ohren. Als sie zu Boden ging, beseelte sie der überwältigende Drang, sich zu entschuldigen. Bei Spence und Valley. Bei ihrer Mutter, ihrem Vater. Und bei Finn.

# 76

Bernard wusste nicht, wohin. Erst lief er den Key Highway entlang, dann wanderte er kreuz und quer durch die Straßen und Gassen, bis er in den Locust-Point-Gleisbahnhof stolperte. Der Anzug, den Patsy ihm durch Grogan hatte zukommen lassen, war ruiniert – die Schulternähte des Jacketts waren aufgeplatzt und die Hose hatte einen Riss über dem rechten Knie.

Noch nie in seinem ganzen Leben hatte er Glück gehabt – bis heute … Heute hatte ihm das Glück sein strahlendes Lächeln gezeigt. Er wollte nur zum Pinkeln gehen und da war dieses offene Fenster gewesen. Er hatte keinen Augenblick nachgedacht – wirklich nicht –, sondern einfach gehandelt. Schließlich hatte er nichts mehr zu verlieren. Sein Hosenstall stand immer noch offen, als er auf dem asphaltierten Gehsteig unten aufkam und versuchte, sich abzurollen. Seine Schulter knirschte unter seinem Gewicht.

Er wusste sofort, dass sie ausgekugelt war. Das war ihm schon einmal passiert. Er war noch ein Junge gewesen, als er nach einem Korbwurf umgeknickt und gestürzt war. Billys beschissener Dad hatte ihm damals gesagt, er solle sich nicht so anstellen und die Zähne zusammenbeißen, während er das Gelenk wieder einrichtete. Diesmal machte Bernard das ganz allein in einer Nebenstraße der Grant. Er legte sein Jackett zusammen, klemmte es unter die Achselhöhle und stieß die Schulter kräftig gegen die schmutzige Ziegelmauer.

Mittlerweile verspürte er brennende Schmerzen im ganzen Arm und am Rücken. Vor drei Stunden hatte er es gewagt, in einen Drugstore zu gehen und ein Röhrchen Excedrin zu klauen. Jetzt schüttete er wieder vier

Tabletten auf seine Handfläche und schluckte sie, ohne mit einer Flüssigkeit nachzuspülen.

Er war nicht besonders überrascht gewesen, als er sah, dass ein Streifenwagen vor seinem Haus in der Gettings Street parkte und ein zweiter hinter der Häuserzeile in der Nähe von Jerrys Hintereingang.

Vier Blocks weiter westlich fand er einen unversperrten Gartenschuppen in einem schmalen Gässchen nördlich der Fort Avenue. Er stellte zwei Liegestühle zusammen, legte seine Füße hoch und lauschte dem Regen, der auf das Wellblechdach trommelte.

Wohin konnte er gehen? Selbst wenn er Geld für ein Taxi gehabt hätte, könnte er nicht zu Patsys Haus fahren. Das wurde sicher auch von der Polizei bewacht. Er dachte an Patsys alten Herrn. Wahrscheinlich gab Hagen ihm die Schuld am Tod seiner Tochter. Gottverdammter Roach. Und das nach allem, was er für den Jungen getan hatte! Er hatte überhaupt keinen Respekt. Es war schon schlimm genug, dass ihm dieses kleine Arschloch die Morde an den Frauen in die Schuhe geschoben hatte, aber jetzt hatte er auch noch Patsy umgebracht. Das war einfach nicht richtig. Aber der Junge hatte ja nie ganz sauber getickt.

Wegen Roach hatten sie mehrmals umziehen müssen. Einmal hatten die Nachbarn ihre Katze tot in der Mülltonne gefunden. Und ein anderes Mal hatte Johnny Newcombs Hund dran glauben müssen. Bernard wusste, dass es Billy gewesen war, und er drohte dem kleinen Bastard, seine Wanzen-Sammlung in den Müll zu werfen, weil er ständig so viel Ärger machte. Bernard ekelte sich sowieso vor den Viechern. Diese riesigen tropischen Kakerlaken, wie sie in den alten, rissigen Aquarien herumkrabbelten, die der Junge aus dem Sperrmüll gerettet hatte.

Ein paar Jahre später machte Bernard seine Drohung wahr. Als er eine der Kakerlaken in seinen Cornflakes fand, erschlug er sie mit einem zusammengerollten Exemplar der *Penthouse*. Er schlug mindestens ein Dutzend Mal zu, dann zermalmte er das widerliche Biest unter seinem Stiefel. Billy kam dazu und heulte wie ein Mädchen.

Bernard hatte die Nase gestrichen voll.

Er stürmte in das Zimmer des Jungen, schnappte sich die schmierigen Aquarien und warf sie aus dem Fenster auf die Straße. Die Kakerlaken flohen in alle Richtungen. Das hatte ihm Billy nie verziehen.

An all das musste Bernard in dem staubigen Gartenschuppen denken. Er streckte sich, und die alten Liegestühle ächzten und bogen sich unter seinem Gewicht.

Diese verdammten Kakerlaken waren ihm nicht mehr aus dem Kopf gegangen, seit er von dem Mord an Patsy erfahren hatte.

Und plötzlich wusste Bernard, wo er für die Nacht Unterschlupf finden konnte.

# 77

»Richter Watts wartet auf meinen Anruf.« Vickis Stimme klang müde am Telefon. »Er unterschreibt, sobald ihr die Papiere herbringt.«

»Ich habe alles fertig.« Finn tippte mit zwei Fingern auf seiner Tastatur und drückte schließlich auf PRINT. »Pittsburgh steht in den Startlöchern, für den Fall, dass Coombs nach Hause kommt. Ich hab gerade mit dem dortigen Staatsanwalt telefoniert.«

Der Drucker erwachte zum Leben.

»Oh, und wir haben den Einzelverbindungsnachweis von Patricia Hagens Telefonanschluss.« Finn schob ein paar Berichte beiseite und suchte das Fax heraus, das die Telefongesellschaft vor zehn Minuten geschickt hatte. »Einer der Anrufe, die Patricia Hagen am Abend vor dem Mord erhielt, weist den Code aus dem Bereich Pittsburgh auf. Vermutlich hat Coombs sie von seinem Handy aus angerufen. Ich muss nur noch schnell Kays Notizen durchsehen, dann habe ich die Bestätigung dafür.«

»Also gut. Meldet euch, wenn ihr so weit seid.«

»Wir sind fertig.«

»Gut. Dann treffen wie uns in meinem Büro.«

Finn legte auf und holte den Ausdruck aus dem Drucker. Dann lief er zu Kays Schreibtisch, kramte in ihren Papieren und suchte nach dem Zettel, auf dem sie Coombs' Nummer notiert hatte. Er wusste, dass sie ihn mindestens einmal angerufen hatte, um den Schlüssel für Eales' Haus zu bekommen.

Er stöberte in den Schubladen, bis er ihr Notizbuch fand, und als er es zur Hand nahm, fiel ein Foto heraus. Es war ein Schnappschuss von ihm, der vor zwei Wochen im ausgebrannten Dutton-Lagerhaus aufgenommen worden war. Er stand neben Valerie Regesters Leiche, die nur in Umrissen zu erkennen war. Kay musste es aus dem Stapel der Tatortfotos genommen und für sich behalten haben. Finn gefiel das und so legte er es wieder zurück.

Als er ihre ausführlichen Notizen durchblätterte, stieß er schließlich auf Coombs' Telefonnummern. Die Handy-Nummer passte zu der, die auf dem Verbindungsnachweis verzeichnet war.

»He, Finnerty.« Stan Kimble von der Nachtschicht stand in der Tür. »Jane Gallagher verlangt nach dir. Leitung drei.«

»Sag ihr, sie soll sich an den Pressesprecher wenden«, erwiderte Finn, nahm den Hörer ab und drückte auf den Knopf für eine freie Leitung. »Ich hab zu tun.«

Er tippte Kays Nummer ein. Eigentlich sollte sie längst zurück sein. Sie musste unbedingt den Erfolg ihrer Arbeit miterleben und höchstpersönlich ihre Unterschrift unter den Haftbefehl setzen.

Finn saß an ihrem Schreibtisch, lauschte dem Klingelton, und ganz allmählich brach sich eine irrationale Angst in ihm Bahn. Das Gefühl wurde konkreter, als sich eine Stimme meldete, die nicht zu Kay gehörte.

# 78

Als Erstes spürte Kay, wie sich der Wagen in einer Kurve leicht zur Seite neigte. Dann roch sie Leder und ein Aftershave. Die Lichter am Armaturenbrett leuchteten blassgrün und im Radio sang Tony Bennett ein Lied von Louis Armstrong. Sie musste an Jonesy denken, der während der Obduktion von Valley »What a Wonderful World« mitgesummt hatte. Plötzlich fiel ihr der Elektroschock in der Parkgarage ein.

Kay verdrängte die Panik. *Versuch, deine Möglichkeiten abzuschätzen, Delaney. Such nach einem Fluchtweg*. Unter halb geschlossenen Lidern bemerkte sie seine schlanken Hände, die das hölzerne Steuerrad hielten, und den Elektroschocker. Schließlich entdeckte sie die Spritze auf seinem Schoß. Angst schlängelte sich durch ihre Eingeweide.

*Nicht in Panik geraten!*

Ihre auf den Rücken gebundenen Hände fühlten sich taub an. Aber an den Fußknöcheln schien sie keine Fesseln zu haben.

*Bleib ruhig. Zeig ihm nicht, dass du bei Bewusstsein bist.*

Sie bewegte nur die Augen und schielte zu Billy Coombs rüber. Die Straßenlaternen huschten vorbei; in dem Licht schienen die Kanten seines glatt rasierten Gesichtes zu verschwimmen. Wieder fiel ihr Blick auf die Spritze und die Kanüle. *Lass nicht zu, dass er sie in dich sticht, Delaney. Was immer du auch tust. Wenn es ihm gelingt, dir das Zeug zu spritzen, ist es vorbei.*

Vorher würde sie die Scheiße aus ihm herausprügeln. *Denk nach. Wie bei jeder Entführung schwinden die Chancen auf eine Flucht, je länger du wartest.* Er musste sie früher oder später aus dem Wagen herausholen. Dann konnte sie rennen. Aber wie weit würde sie kommen? Sie musste ihn zuerst ausschalten. Irgendwie.

»Ich weiß, dass du wach bist.« Seine ruhige Stimme erschreckte sie. »Ich wette, die Kopfschmerzen bringen dich fast um. Das liegt am Blutzuckermangel. Sechshunderttausend Volt bewirken so was. Sie verwandeln den Blutzucker in Milchsäure. Das ist nicht gut für die Muskeln. Aber das hast du wahrscheinlich auf der Akademie gelernt, oder?«

Die Uhr am Armaturenbrett zeigte auf zwanzig nach neun. Sie fuhren jetzt schon – wie lange? – zehn, fünfzehn Minuten? Sie konnten noch nicht weit gekommen sein. Sie versuchte, einen Orientierungspunkt auszumachen – ein Gebäude oder irgendwas, was ihr verriet, wo sie sich befanden. Dies war eine Nebenstraße. Reihenhäuser mit schmalen, voll gestellten Veranden. Mülltonnen und Maschendrahtzäune.

Nach drei weiteren Minuten blieb der Wagen stehen.

Coombs legte den Rückwärtsgang ein. Drehte sich auf dem Sitz, um nach hinten sehen zu können, dabei streifte seine Hand über ihr Haar. Er lächelte dünn.

Als er den Motor abstellte, sah sie eine Betondecke über sich. Waren sie unter einer Brücke? In einer Garage? Sie versuchte, den Kopf zu drehen. Ihr Körper zitterte noch immer von dem Stromschlag. Sie hörte, wie er seinen Sicherheitsgurt löste, dann quietschte Leder, als er sich zu ihr drehte.

*Wo war die Spritze? Behalt die Kanüle im Auge, Delaney. Wo ist sie, verdammt noch mal?*

»Sie machen einen großen Fehler«, sagte sie. Ihre Stimme klang scheußlich schwach.

»Das glaube ich nicht.« Wieder dieses Lächeln.

Und dann fühlte sie irgendwo im Dunkeln unter dem Armaturenbrett seine Hand heiß und feucht durch den dünnen Stoff ihrer Hose. *Zeig keine Reaktion. Gib ihm ja nicht die Genugtuung.* Seine Hand wanderte nach oben, liebkoste ihren Schenkel. Wollte er sie vergewaltigen? Bei den anderen hatte er es nicht getan. Seine Hand rutschte noch höher.

»Hurensohn!«

Und dann bemerkte Kay die Spritze.

*Tritt ihn, Delaney. Beweg dich! Worauf, zum Teufel, wartest du noch?* Aber selbst wenn ihr Körper gehorcht hätte, wäre Coombs zu schnell gewesen. Sie sah die Kanüle aufblitzen, dann hörte sie ihren eigenen jämmerlichen Schrei, als die Nadel durch den Stoff in ihr Fleisch stach.

Ketamin. Das musste es sein. Es brannte, die Hitze breitete sich in ihrem Bein aus, setzte sich in den Hüften fest, während Kay versuchte, sich gegen Coombs zu wehren. Jonesys Worte schossen ihr durch den Kopf: *schnell wirkend … blockiert die Nervenbahnen … Lähmung …*

*bewusstseinsverändernd.* Wie lange dauerte es? Was hatte er gesagt? Minuten? Oder nur Sekunden?

Coombs öffnete die Fahrertür. Die Innenleuchte brannte einen Moment lang. Sein Schatten huschte um die Motorhaube, und als er ihre Tür aufriss, wäre sie beinahe herausgefallen.

*Lauf!* Aber das Wort wirbelte durch ihren Kopf. Sie schwebte. Sie würde abdriften, wenn er sie losließ. Ihre Beine waren wie Gummi, als er sie eine kurze Rampe hinauf zu einer Tür führte. Er lehnte sie gegen die Mauer, hielt sie mit einer Hand fest, mit der anderen hantierte er mit einem Schlüssel herum.

Wo waren sie, um alles in der Welt? Alles verschwamm ihr vor den Augen.

Als er sie durch die Tür schob, sagte er etwas, aber sie verstand die Worte nicht. Etwas summte in ihren Ohren wie ein Hornissenschwarm. Coombs betätigte ein paar Schalter und Licht blendete sie. Ihre Kehle zog sich zusammen.

Dann zerrte er sie weiter – er schlurfte, denn sie hing schwer wie ein nasser Sack an ihm. Die Hornissen summten lauter und ihre Lunge fühlte sich schwer an. Sie kannte diesen Ort, wusste aber nicht, wo sie ihn einordnen sollte. Und als er sie hinlegte, erkannte sie auch den Geruch. *Was ist das?*

Sie lag auf dem Boden; die Fliesen fühlten sich kalt an ihrer Wange an. Sie beobachtete seine schwarzen Reeboks, während er etliche Male den Raum durchquerte. Er bewegte sich ständig hin und her. Was hatte er vor? Schließlich hörte Kay irgendwo Wasser rauschen. Es lief in eine Wanne oder ein Becken und ertränkte die Hornissen in ihrem Kopf.

Als er zurückkam, trug er kein Hemd mehr. Seine Haut war bleich. Licht und Bewegung wirbelten um ihn herum, als ob ein Dutzend Billy Coombs auf sie zukämen. *Halt die Augen offen. Konzentrier dich.*

Sie versuchte zu schreien, aber kein Laut drang über ihre Lippen. Sie wollte sich übergeben.

Seine Hände schoben sich unter ihre Schultern und packten sie unter den Armen. Der Raum machte Purzelbäume und Kay schluckte Galle. Er zerrte sie grunzend und fluchend über den Boden. Dann fummelte er an ihren Kleidern.

Das Wasserrauschen wurde um ein Vielfaches lauter, dann fühlte sie es – warm und wirbelnd. Für einen Augenblick dachte sie, er würde sie ganz ausziehen, aber sie spürte, wie die Bluse an ihrem Brustkorb klebte.

Sie versuchte, sich zu konzentrieren, aber die Realität schien sich zu verschieben. Licht und Farben wechselten. Sie dachte an Patricia Hagen. *So war es also?* Die Umarmung des Wassers, das Dröhnen ihres eigenen Herzschlags, das sie vollkommen einlullte, und die Muskeln schlaff von der Droge.

Mittlerweile war ihr gesamter Körper taub. Da war nur Wärme, während das Wasser immer weiter stieg. Kay fragte sich, ob sie überhaupt etwas spüren würde, wenn er sie schnitt. Ein leichter Tod. Still. In gewisser Weise beinahe friedlich, da die Droge ihren Überlebenswillen zunichte machte.

Dann kam das Messer. Es war klein und passte tatsächlich in seine Handfläche. Die geschärfte Klinge reflektierte das Licht und ein funkelnder Schein tanzte direkt vor ihren Augen.

Er ließ die Hand mit dem Messer sinken und lächelte. Seine Lippen bewegten sich, aber Kay vernahm keine Worte. Sie hörte nur das Rauschen des Wassers und ihr Herz.

Sie fühlte, dass er an ihrer Bluse zupfte, und die Klinge schnitt glatt durch den Stoff.

Sie blinzelte und sah Valley. Spencer. Ihre toten Körper. Vielleicht sollte es so sein. Vielleicht war dies *ihr* Tod und sie sollte ihn akzeptieren. Akzeptieren, dass das Schicksal letztlich Gerechtigkeit walten ließ.

»Nein, das tust du nicht.«

Waren das Coombs' Worte oder ihre eigenen? Als sie die Augen öffnete, verschwamm alles. In einem Moment erblickte sie seine Augen, im nächsten seinen Mund. Alles verschob sich.

»Mach dich nicht so einfach davon.« Sie las die Worte von seinen Lippen ab. Er wollte einen Kampf. Wollte sehen, wie sie sich wehrte.

Das Vergnügen würde sie ihm nicht machen.

*Schließ die Augen, Delaney.* Aber sie konnte nicht. Wie ein Voyeur wurde sie von der Gewalt ihres eigenen Todes magisch angezogen. Coombs legte das Messer an ihren Hals, und sie spürte die Liebkosung der Klinge, aber nicht ihre Schärfe. Aber dann bemerkte sie, wie das Blut warm aus ihr strömte und das Wasser verfärbte.

»... hätte dich erschießen sollen, als ich die Gelegenheit dazu hatte«, fuhr Coombs fort. »Du warst schon so weit weg. Wahrscheinlich erinnerst du dich gar nicht mehr daran, dass ich dort war, oder?«

*Mach die Augen zu. Nimm es hin.*

»In dieser Nacht in Bernies Vorgarten – du hast dich an sein Bein geklammert wie ein verdammter Pitbull. Wo bleibt denn jetzt deine Entschlossenheit und dein Feuer? Komm, zeig mir deinen Kampfgeist.«

Er gab ihr einen Schubs und ihre Eingeweide gerieten in Aufruhr.

»Ich hätte dich damals abknallen sollen. Mit deiner eigenen Knarre. Ich hätte auf den Abzug drücken sollen genau wie bei deinem Partner. Weißt du, was er gesagt hat, bevor er starb? Weißt du das?«

Kay schluckte. Kämpfte gegen die Droge an. Wehrte sich gegen den Ansturm von Farben und Licht und den Drang, sich zu übergeben.

»Absolut nichts. Der Hurensohn hat geheult. Gewimmert in seinem eigenen Blut. Der Hosenscheißer konnte nicht einmal seinem eigenen Tod ins Gesicht schauen.«

Sie wollte etwas erwidern, konnte sich jedoch nicht entsinnen, wie man die Worte formt. Sie wollte kämpfen, wusste jedoch, dass ihr Körper sie enttäuschen würde. Ihr Gehör war beeinträchtigt und das Blut floss langsamer durch ihre Adern. Sie lauschte der Luft, die ihre Lunge füllte.

»Aber du siehst ihm jetzt direkt ins Auge«, hörte sie Coombs sagen, während er den Reißverschluss seiner Hose öffnete. »Du fürchtest den Tod nicht, stimmt's?«, flüsterte er in ihr Ohr, sein Atem strich über sie hinweg. Und während sich die Realität auflöste, überlegte Kay, ob sie endlich Frieden finden konnte.

# 79

Finn trat das Gaspedal durch. Der Lumina raste den Jones-Falls-Expressway hinauf, über die Kreuzung an der Gay-Street-Überführung in Richtung Norden.

Der Nachtpförtner des Parkhauses hatte bei einem Rundgang das Klingeln von Kays Handy gehört; es hatte unter ihrem Wagen gelegen. Der Junge beschrieb Finn die dunkle Limousine, die das Gebäude verlassen hatte, kurz nachdem Kay es betreten hatte.

*Nicht einmal einen Block vom Präsidium entfernt.*

Finn hatte einen Streifenwagen zu Kays Apartment beordert, die Einheiten alarmiert, die vor Eales' und Patricia Hagens Häusern Stellung bezogen hatten, und eine Fahndung nach Coombs' kastanienbraunen Park Avenue herausgegeben. Dann hatte sich Finn in Bewegung gesetzt.

Als der Lumina am Gefängnis vorbeischoss, zeigte der Tacho auf fünfundsiebzig Meilen. Finn öffnete das Fenster, tastete unter dem Sitz nach dem Blaulicht und schob es aufs Wagendach. Er wusste nicht, wo er sonst nach Kay suchen sollte. Er funkte die Dienststelle des Nord-Distrikts an, beorderte noch mehr Streifenwagen zur Keystone 311 und verlangte, zu den dort bereits postierten Beamten durchgestellt zu werden. Die Verstärkung würde vor ihm eintreffen, aber wenn Kay tatsächlich in diesem Haus war ... Er sah Beggs' und Patricia Hagens nackte, ausgeblutete Körper vor sich und trat noch fester aufs Gas.

Das Funkgerät knisterte und ein Polizist vom Nord-Distrikt meldete sich.

»Ich bin auf dem Weg, aber ich möchte, dass Sie und Ihr Partner ins Haus gehen«, instruierte Finn den Uniformierten. »Vordereingang und Hintereingang. Dieses Haus muss gesichert werden.«

»Okay, wir gehen hinein.«

»Und halten Sie diesen Kanal offen. Ich will mitbekommen, was sich bei Ihnen tut.«

Finn drehte die Lautstärke auf: Autotüren knallten, dann Stille, und schließlich ein Klopfen. Er konzentrierte sich auf den Verkehr, aber im Geiste stand er neben seinen Kollegen an der Tür von 311.

Das Funkgerät zischte. Das Klopfen wurde lauter. Dann: »Keine Reaktion, Detective, und im Haus brennt auch kein Licht.«

»Brecht die Tür auf«, befahl Finn.

Aber schon während er die Geräusche verfolgte, wusste Finn, wie gering die Chance war, dass Coombs das Risiko einging, noch einmal in dieses Haus zurückzukehren.

*Wohin, zum Teufel, hast du sie gebracht, du Drecksack?*

Baltimore war Coombs' Revier. Was hatte Kay gesagt? Dass er sich hier sicher fühlte, weil er die Straßen kannte und alles unter Kontrolle hatte.

*Er fühlt sich sicher.* Vielleicht so sicher wie in den Armen seiner toten Mutter.

Die Reifen des Lumina blockierten fast, als Finn auf die Bremse stieg.

»Ich weiß, wo du dich sicher fühlst, du Hurensohn.« Und als er sich durch den Verkehr in Richtung Süden schlängelte, betete er, dass ihn sein Gefühl nicht trog.

# 80

Kay hatte noch nie eine so absolute Ruhe empfunden.

Nichts an diesem Ort war ihr vertraut, trotzdem fühlte sie sich wohl. Die Zeit ging in die vierte Dimension über; Vergangenheit, Gegenwart und Zukunft waren eins. Die Bilder kamen in Wellen. Bernards Vorgarten. Spencers Blut. Der Kater Harris. Patricia Hagens nackter Körper im Laub. Finns Gesicht, als er sich in ihr verströmte.

Und dann war da Valley. Das Mädchen saß auf der blanken Matratze, umringt von Kartons und Möbeln aus zweiter Hand. Sie lachte über etwas – die Scheu und das Misstrauen waren wie weggeblasen.

»Dies ist deine Zukunft«, machte Kay dem Mädchen

klar. »Deine Vergangenheit kannst du nicht ändern, aber die Zukunft … du kannst etwas aus deinem Leben machen.«

Valley stand auf, legte eine warme Hand an Kays Wange, dann löste sie sich auf.

Kay sah sich nach dem Mädchen um, aber das war verschwunden. Plötzlich war sie ganz woanders. Kein Boden, keine Wände, kein Horizont. Nur ein wirbelndes Grau. Dann Spencer. Hinter ihm leuchtete ein Licht und Kay blinzelte. Er trug eines seiner braunen Sportsakkos – eines von der Art, in der ein Cop immer wie ein Cop aussah. Ausgefranste Manschetten und die abgeschabte Stelle über der rechten Hüfte, die jahrelang die Dienstwaffe verdeckt hatte. Seine Krawatte war gelockert und hing schief.

»Aber du bist tot.« Die Worte bildeten sich in ihrem Geist.

Mit einem Mal war Spence wieder fort.

Kay drehte sich. Suchte. Das Licht wurde heller. Rein und weiß. Und er war zurück, saß im Präsidium an seinem Schreibtisch, der ihrem gegenüberstand, und hatte die Füße auf die Ecke gelegt.

»Ich habe dich getötet«, sagte sie.

»Quatsch. Die einzige Person, die du getötet hast, warst du selbst. Spiel nicht die Mutter Teresa bei mir, Delaney. Märtyrertum steht dir nicht.«

Das Licht hinter ihm pulsierte und dann stand er vor ihr: die Uniform ordentlich gebügelt, Streifen am Revers, die Kappe unter dem Arm. Genau so, wie sie ihn zu Grabe getragen hatten.

»Und sieh dich jetzt an. Du bist drauf und dran, das Handtuch zu werfen. Was, verdammt noch mal, machst du eigentlich?« Sie hörte die Worte, aber sein Mund bewegte sich nicht. Und wo waren ihre eigenen Worte?

»Du bist ein verflucht guter Cop, Delaney. Du bist diesem Bastard auf die Schliche gekommen. *Du.* Willst du diesen Scheißkerl etwa gewinnen lassen?«

Dann saß er am Steuer ihres Dienstwagens, Zigarettenrauch kräuselte sich um ihn herum. »Ich hab dir alles beigebracht, und jetzt wirfst du es diesem kleinen Arschloch zum Fraß vor?«

Das Wort *Absolution* geisterte durch ihre Gedanken und fühlte sich an, als würde es ihren Körper durchdringen. Sie schmeckte förmlich seinen Klang.

»Es gibt nur einen Menschen, der dir vergeben muss, und der bist du selbst.«

Das Licht pulsierte schwächer.

Die Erlösung überkam sie in einem strahlenden blauen Blitz.

»Du bist ein guter Cop, Delaney.«

Sie kauerte im Blau-Grau und suchte. Doch Spence war weg. Eine andere Stimme lockte sie jetzt. Sie drang heiß an ihr Ohr. Die Worte verzerrt.

Das Wasser strudelte, und sobald sie die Augen öffnete, tat das Licht ihr weh. Ein Schatten regte sich, und Kay strengte sich an, keine Reaktion zu zeigen. Coombs war über ihr, im Wasser mit ihr.

Was hatte er mit ihr gemacht? Warum war sie nicht tot?

Ihr Puls klopfte gegen die Schnur, mit der ihre Handgelenke gefesselt waren. Er hatte ihre Arme über dem Kopf irgendwo angebunden. Die Muskeln waren gedehnt und die Schnur stramm gespannt, so dass sie nicht unter Wasser rutschen konnte. Sie beobachtete, wie sich Coombs' Lippen bewegten, aber die Laute waren verworren.

Als sie seine Hand spürte, weigerte sie sich zurückzuzucken. Sie duldete reglos, dass seine Finger über ihren Hals krochen und ihre Brust durch den dünnen BH begrabschten. Er kniff fest zu, und Kay vermutete, dass es schmerzhaft sein müsste – aber da war nichts.

Sie hörte ihn stöhnen.

Am liebsten hätte sie ihm ins Gesicht gespuckt, etwas geschrien, aber ihr Mund konnte die Worte nicht formen. Er lächelte, als ahnte er, was in ihr vorging. Sein Adamsapfel hob und senkte sich etliche Male beim Schlucken. Sein heißer, nackter Oberkörper presste sich an sie.

Und plötzlich wusste Kay, was sie tun musste.

Sie hielt seinem Blick stand – die blauen Augen bohrten sich in sie und kamen näher und näher. *Komm schon, du Hurensohn. Nur noch ein paar Zentimeter.* Seine Wange berührte ihre, sie roch seinen Atem. Sein Haar kitzelte ihre Stirn, als er ihren Duft tief einatmete. Und Kay sah, wie sein Herz durch die Arterien am Hals pulsierte.

Im Geiste griff sie ihn an, bohrte wie ein Hund die Zähne tief in sein weiches Fleisch und riss ihm die Kehle auf, bis das Blut aus der verletzten Halsschlagader heiß auf sie spritzte.

Aber sie gab nur ein leises, erbärmliches Wimmern von sich – ihr Körper ließ sie im Stich. Die Muskeln bebten lediglich ein klein wenig, als sie versuchten, die Befehle des Gehirns auszuführen. Die Droge hatte alle Verbindungen unterbrochen.

Trotzdem wich Coombs zurück. Nur wenige Zentimeter, aber immerhin so weit, dass sie wieder in seine Augen schauen konnte. Sein Blick war voller Verständnis, als wüsste er, was sie ihm am liebsten antun würde. Sein dünnes Lächeln wurde breiter.

# 81

Roach hörte Krach von oben. Ein Poltern, dann noch eines und wieder eines. Danach herrschte Stille.

Bestimmt trieben sich die Nachbarskinder auf dem Grundstück herum und stachelten sich gegenseitig zu Mutproben an. Das Bestattungsinstitut war zwar abgeschlossen, ein paar Fenster waren sogar schon mit Brettern zugenagelt. Dennoch würden die kleinen Halunken alles klauen, was nicht niet- und nagelfest war, wenn der Immobilienmakler das Grundstück nicht rasch absicherte.

Zum Glück hatte der alte Hagen den Ersatzschlüssel nicht aus dem Versteck auf dem Sims über dem Lieferanteneingang geholt. Als Roach vor einer halben Stunde in den Keller gekommen war, war ihm ein wohliger Schauer über den Rücken gelaufen – dies alles war ihm so vertraut: die Gerüche, die Stille, die Ruhe des Todes, die noch immer nachklang.

Er erinnerte sich, wie Bernard ihn das erste Mal hier hereingeschmuggelt und ihm verboten hatte, die Toten anzufassen. Als er trotzdem das kalte graue Fleisch berührte, musste er an seine Mutter denken.

Und danach kam er öfter nach der Schule hierher, wenn Bernard länger arbeiten musste, saß oben in einem der Räume, in denen ein Sarg und mehrere Reihen mit Klappstühlen standen. Das Zermoniell des Todes war ihm immer irgendwie obszön erschienen.

Der Einbalsamierungsraum im Keller hingegen übte schon damals eine ungeheure Faszination auf ihn aus. Dort zwischen den Stahltischen und den Apparaten des Leichenbestatters gab es keine Lügen, keinen Betrug. Bernard hatte ihm einmal einige Apparate gezeigt: den

Portiboy, mit dessen Hilfe den Toten das Blut ausgesaugt wurde, die Drainage-Instrumente und den Trokar, einen sechzig Zentimeter langen Metallschaft mit rasiermesserscharfer Spitze, der durch einen Gummischlauch mit einem Saugapparat verbunden war. Sein Bruder erklärte ihm, dass Hagen dieses Gerät dazu benutzte, die Flüssigkeiten aus den Körperhöhlen zu pumpen, die größeren Organe zu perforieren und zu entleeren. Roach hatte sich immer gewünscht, einmal dabei zusehen zu können. Nur ein einziges Mal.

Als er jetzt auf Delaney herunterschaute, spielte er mit dem Gedanken, den Apparat auszuprobieren. *Vielleicht später.* Vorher mussten andere Dinge erledigt werden. Die Wirkung des Ketamins würde bald nachlassen – spät genug. Er hätte ihr weniger spritzen sollen und wissen müssen, dass ihr Körper auf die Droge empfindlicher reagiert. Als Cop war sie wahrscheinlich ihr ganzes Leben lang clean gewesen.

Im Moment bewegten sich nur ihre Augen. Er genoss die Panik, die er darin erkannte, trotz ihrer Bemühungen, sie zu verbergen. Doch das, was dahinter lag, erregte ihn am meisten. Delaneys altes Feuer. Der Funke, den er in Bernards Vorgarten entdeckt hatte. Das machte ihn hart.

Das Messer in seiner Hand lockte ihn. Der Drang entfaltete sich. Er drückte das Spyderco an seinen Schwanz – der mit Perlmutt verzierte Griff war bereits angewärmt. Er beobachtete Delaneys Abwehrreaktion. Vielleicht sollte er sie noch einmal schneiden, nur um sie noch ein wenig mehr anzustacheln.

Ihre Hände waren an dem Tisch festgebunden, der fest im Boden verankert war. Roach ließ seinen Blick über die weiße Haut an der Innenseite ihrer Arme schweifen. Er legte die Klinge an ihr Handgelenk und zeichnete mit der

Spitze den Verlauf der blauen Ader nach. Sie konnte sich nicht rühren, aber unter seinem Körper in der stählernen Wanne spürte er, dass sie sich danach sehnte, ihn mit aller Kraft von sich zu stoßen. Er freute sich über ihr ersticktes Wimmern. Am liebsten hätte er sie geküsst, aber er konnte ihr nicht trauen.

Er führte die Klinge noch weiter, streichelte ihre Achselhöhle und überlegte, was sie sagen würde, wenn sie dazu imstande wäre. Er ließ die geschärfte Klinge über ihre Taille und den Nabel bis zum Bund ihres Höschens gleiten.

Jetzt reizte er sie mit der Klinge und beobachtete, wie sie versuchte, sich zu bewegen. Ihr Kopf rollte auf die Schulter. Sie hatte keine Kraft, ihn aufrecht zu halten, versuchte aber, seine Hände im Auge zu behalten. Angst, Frustration und Wut verfinsterten ihr Gesicht. Gott, es war wunderschön.

Er wollte sich über sie stellen, ihr seine Macht und Stärke zeigen und zusehen, wie sie ihren eigenen Tod erkannte. Nie hatte er sich so stark gefühlt. Aber gerade als er sich in der Wanne erheben wollte, bemerkte er, wie Delaneys Blick zur Tür wanderte.

## 82

Billy Coombs sprang mit einer einzigen geschmeidigen Bewegung aus dem Becken. Wie eine Katze. Er war splitternackt, wie Kay jetzt auffiel. Auf seiner kalkweißen Haut glitzerten Wassertropfen, seine Erektion war zwar kümmerlich, aber offenkundig.

»Lieber Himmel, Bernie! Du hast mich zu Tode erschreckt.« Seine Stimme hallte in dem kahlen Raum wider.

Bernard schlurfte herein. Sein Anzug war feucht und zerrissen, und er zog das rechte Bein nach. Da es ihr unmöglich war, den Kopf zu heben, konnte sie sein Gesicht nicht richtig erkennen. Sie wusste nicht, ob er seinen Bruder oder sie im Visier hatte.

»Ich hab heute Nachmittag davon gehört«, sagte Coombs und ging zu seinen Kleidern. Seine Bewegungen wirkten ruckhaft. Nervös.

Was sah er?

»Es war brillant. Aber du musst die Stadt verlassen. Ich glaube, ich kenne jemanden, der dir helfen kann.«

Als Coombs sich hinkauerte und nach seinem Hemd griff, das ordentlich gefaltet auf der ebenso penibel zusammengelegten Hose lag, kam Bernards Gesicht endlich in Kays Sichtfeld. Rasende Wut malte sich darin – sie kannte ihn bereits in dieser Verfassung.

Coombs richtete sich mit dem Hemd in den Händen auf, aber er erhielt keine Gelegenheit, es anzuziehen.

Bernards Hieb kam schnell. Kay konnte kaum verfolgen, wie er die Faust schwang, ehe sie auf Coombs' Kiefer traf. Coombs' Kopf schnellte herum und Blut spritzte aus seinem Mund an die Wand.

Er fuhr sich mit der Hand über die blutende Lippe – noch immer hielt er das Messer fest. »Du Hurensohn. Du hast mich geschlagen!«

»Ach ja?« Der zweite Schlag kam blitzschnell und traf Coombs unter den Rippen. Kay hörte das unheilvolle Knacken und seine dürre, nackte Gestalt krümmte sich. Er versuchte, sich von Bernard wegzudrehen, doch der dritte Hieb ging in sein Kreuz.

Coombs taumelte und fiel gegen eines der Regale. Kay

hörte, wie das Messer klappernd zu Boden fiel, konnte aber nicht sehen, wo es landete.

Kay streckte die Hände und zog an den Fesseln, hatte aber immer noch kein Gefühl.

Sie beobachtete, wie sich Coombs keuchend umdrehte – ein rotes Mal zeichnete sich bereits unter seinem Brustkorb ab. Seine Stimme klang matt und ängstlich, fast verzweifelt. »Zum Teufel, Bernard, was machst du? Bist du auf Droge?«

»Du verdammter, doppelzüngiger Mistkerl. Warum hast du sie umgebracht, Roach?«

Bernard holte erneut aus, aber diesmal war Coombs vorbereitet. Er duckte sich. Der Schlag ins Leere ließ Bernard ungeschützt und Coombs boxte ihn in die Magengrube. Der große Mann zuckte nicht einmal mit der Wimper. Als Bernard jetzt zuschlug, war da noch mehr Blut, und Coombs krachte gegen das nächste Regal. Glas und Stahlpfannen stießen gegen die Kacheln. Plötzlich stank es intensiv nach Formaldehyd.

Coombs verlor das Gleichgewicht. Noch zwei gezielte Schwinger, und er landete auf dem Boden. Er schlitterte über die feuchten Kacheln und die Glasscherben. Als er wieder auf die Füße kam, blutete er an mehreren Stellen.

Bernard ließ immer noch nicht von ihm ab. »Verflucht noch mal, warum hast du sie umgebracht?«

Schräg hinter Bernards breitem Rücken konnte Kay einen Blick auf Coombs' Panik erhaschen, aber er gab nicht auf. Als er versuchte, sich zu verteidigen, setzte ihm Bernard noch heftiger zu. Coombs stürzte noch einmal; sein dürrer Körper glitt über den Boden. Aber als er sich diesmal aufrichtete, war er bewaffnet. In einer blutigen Hand schwang er den sechzig Zentimeter langen Metallschaft mit der scharfen Spitze. Kay hatte gesehen, wie Hagen dieses Gerät in der Hand gehabt hatte. Coombs stocherte mit dem Ding in die Luft und bedrohte Bernard, aber der Schlauch schränkte seine Reichweite ein.

»Ich warne dich, Bernie. Bleib ruhig.«

»Patsy hat mir gehört, Roach. Mir! Nicht dir.«

Kay zerrte wieder an den Fesseln und hieß den plötzlichen Schmerz willkommen. Sie versuchte, ihre Hände zu befreien.

Coombs stach wieder in die Luft. »Bleib mir vom Leib, Bernie. Ich warne dich.« Und als wollte er seiner Drohung Nachdruck verleihen, fasste er hinter sich und betätigte einen Schalter.

Ein gedämpftes Surren ertönte in der Ecke. Der Motor der Pumpe. Dann ein Röcheln. Bernard machte einen Schritt und blockierte ihr die Sicht, und sie bekam nichts mehr mit von Coombs' Versuchen, seine Haut zu retten. Sie war sich nicht sicher, was als Nächstes geschah, als die beiden Brüder aufeinander prallten. Bernard sprang zur Seite und der glänzende Schaft sprang ihr ins Auge. Dann drehte sich Bernard. Einer von beiden fluchte. Wieder ein Handgemenge. Coombs' bloße Arme ruderten durch die Luft. Und schließlich ein ersticktes Grunzen.

Durch Bernards Beine hindurch erblickte sie Coombs. Nackt, mit Blut verschmiert. Für einen Moment schien er in der Luft zu schweben, dann ließ Bernard ihn fallen.

Kay versuchte wegzuschauen, konnte aber nicht.

Coombs war eine bleiche, zuckende Masse. Seine Muskeln verkrampften und spannten sich an. Seine Augen waren weit aufgerissen und der Mund stand offen. Und dann bemerkte Kay, dass der Stahlschaft aus seinem Bauch ragte. Der Gummischlauch tanzte und zuckte.

Coombs umklammerte das Gerät. »Himmel, Bernie«, stieß er heiser hervor. »Was, zur Hölle …«

Bernard stand über ihm. Stille. Nur das Röcheln und

Surren des Portiboy. Der massige Mann schien sich das Schauspiel anzusehen, bis Coombs aufhörte zu zucken. Dann straffte Bernard Rücken und Schultern. Kay glaubte, einen Seufzer zu hören.

Schließlich drehte er sich zu ihr.

Er hatte Blutspritzer auf dem Hemd und an den Händen – auch ein paar Tropfen auf der Wange. Er sah Kay ins Gesicht, mied aber ihren Blick. Sie versuchte, seinen Namen auszusprechen, die Trance zu durchbrechen, die ihn befallen zu haben schien. Aber sie wusste noch immer nicht, wie man die Worte formte.

Und dann, als Bernards Blick von ihr zu dem Messer seines Bruders wanderte, das noch auf dem Boden lag, wünschte Kay, Billy hätte sie getötet.

## 83

Es war zu still.

Als Finn auf das Grundstück des Parkview Funeral Home einbog, fürchtete er, dass seine Vorahnung falsch gewesen sein könnte. Coombs' Buick war nirgendwo zu sehen, trotzdem stieg Finn aus, lief um das Gebäude herum und entdeckte die aufgebrochene Seitentür. Er hatte kaum einen Fuß über die Schwelle gesetzt, als er ein ohrenbetäubendes Scheppern und Klirren von Glas hörte. Dann wurden Stimmen laut.

Er führte das Funkgerät an den Mund, öffnete die Frequenz und forderte unverzüglich Verstärkung an.

Finn nahm die mit Teppich ausgelegte Treppe, die Hagen ihn und Kay erst vor wenigen Tagen hinuntergeführt hatte. Hinunter in den Einbalsamierungsraum, mit dem Gestank nach Chemikalien und Tod. Er bewegte sich vorsichtig. *Erst die Situation einschätzen. Die Örtlichkeiten erkunden. Überlegen, was einen erwarten könnte.*

Noch zwei Stufen. Finn schickte ein stummes Stoßgebet zum Himmel und machte Gott Versprechungen, die er wahrscheinlich nie einhalten konnte. *Bitte, lass sie noch am Leben sein.*

Unten angekommen, presste er den Rücken an die mit Samttapete beklebte Wand und rückte langsam zur Tür vor. *Es ist zu still.* Ein schnelles Ducken und ein Blick um die Ecke: alles sicher. Am Ende des Korridors flutete Licht aus dem Einbalsamierungsraum. Finn schlich näher heran, die Dienstwaffe schussbereit in seiner Hand.

Noch sechs Meter. Fünf. Finn straffte sich. Mit dem Überraschungsmoment auf seiner Seite konnte er hoffentlich eine Geiselnahme verhindern. Die Vorstellung von Kay mit einem Messer an ihrer Kehle spornte ihn an. Er umklammerte seine Waffe etwas fester und vergegenwärtigte den einen Schuss, mit dem er Coombs ausschalten würde.

*Die Situation einschätzen.*

Er holte noch einmal tief Luft und spähte vorsichtig um den Türrahmen. Erst sah er Glasscherben, die umgeworfenen Pfannen und Instrumente, Pfützen aus chemischen Flüssigkeiten und Blut auf den weißen Fliesen. Dann fiel ihm die Leiche ins Auge. Männlich. Nackt. Blutverschmiert. Ein dünnes Stahlrohr ragte aus dem Bauch des Opfers. Nur das Geräusch, dieses Röcheln und Schmatzen, konnte Finn nicht einordnen.

Von seinem Standort aus war nicht zu erkennen, ob der Tote Coombs war. Da erklang noch eine Stimme, ein gedämpftes Murmeln. Auch männlich ... oder? Finn bewegte sich langsam um den Türrahmen herum; sein Blick zuckte hektisch hin und her. Und dann sah er ihn.

Eales' massige Gestalt war unverkennbar. Er kehrte der Tür den Rücken zu und beugte sich über eine breite Wanne. Blitzschnell erfasste Finn die Lage. Blut auf Eales' Hose, an den Schuhen und Händen. Dann Kay. Eales stand vor ihr, so dass nur wenig von ihr zu sehen war: ein blasses Gesicht und Blut an ihrem Hals.

Erst jetzt fiel Finn das Messer auf.

»Eales!« Finn zielte auf den Koloss. »Lassen Sie das Messer fallen und treten Sie zurück von ihr! Sofort!«

Eales drehte sich langsam um.

»Weg von der Wanne, Bastard, oder ich knall Sie ab.«

Und in diesem Moment, als Finn den Finger um den Abzug krümmte, hoffte er sogar, dass Eales etwas Dummes machte. Dass er ihm eine Rechtfertigung lieferte, ihn ein für alle Mal kaltzustellen. Für Kay. Für ein Jahr in der Hölle. Und für sich selbst.

»Nur zu, Eales. Geben Sie mir einen Grund.«

Aber das Messer fiel auf die Fliesen und Eales kam zwei Schritte auf Finn zu und hob die Arme.

»Hinlegen. Flach auf den Boden.«

Eales gehorchte und Finn kickte das Messer außer Reichweite. Auf der Klinge war Blut. Er sah zu Kay.

Ihr Mund war geöffnet, als wollte sie etwas sagen. Dann schloss sie die Augen. Und in diesem grauenvollen Moment begriff Finn, dass er zu spät gekommen war.

# 84

»Kay? Kay, sprich mit mir.«

Finn kauerte neben ihr. Erst nahm sie ihn nur verschwommen wahr, dann immer deutlicher. Sie konzentrierte sich auf seine Augen und erkannte seine Angst.

Sie nickte matt, spürte seine Hand an ihrem Hals, und dann wurde ihr klar, dass er sie für tot hielt.

Die Welt war gekippt und hatte sich schneller als ein Karussell gedreht, als Finn in der Tür aufgetaucht war. Und alles Blut schien aus ihr zu weichen, kurz bevor sie das Bewusstsein verloren hatte.

»Bleib liegen, du Stück Scheiße«, knurrte Finn Eales an.

Finn hielt den Koloss, der bäuchlings auf dem Boden lag und das Gesicht auf die Fliesen drückte, immer noch mit der Waffe in Schach. Aber er ließ Kay nicht aus den Augen.

»Bist du okay?« Finn berührte sie – seine Hände tasteten sie ab. Gesicht, Hals, Arme. Er inspizierte beide Handgelenke.

Kay brachte ein Nicken zustande und würgte mit zittriger Stimme ein »Ja« heraus.

Sie zappelte ein wenig im Wasser, versuchte sich aufzurichten.

Sie entsann sich, wie Eales mit leerem Blick auf sie zugekommen war. Als er die fleischige Hand mit dem Messer nach ihr ausstreckte, fürchtete sie das Schlimmste. Aber er hatte lediglich die Fesseln aufgeschnitten. Die Klinge hatte nur Sekunden, bevor Finn durch die Tür gestürmt war, die Schnur durchtrennt.

Sie würde nie erfahren, ob Eales beabsichtigt hatte, sie zu befreien, oder ob er vorhatte, sie als Geisel zu nehmen. Und sie wollte es auch gar nicht wissen.

»Das ist er, stimmt's?« Finn deutete mit dem Kinn auf Coombs' verkrümmten Körper. Das Gesicht war der Wand zugedreht.

»Ja.«

»Bist du sicher, dass dir nichts fehlt? Hat er ... er hat nicht ...?« Finn schüttelte den Kopf, als wäre es ihm unmöglich, das Wort auszusprechen.

»Ich glaube nicht.«

Eales hustete.

»Sie bleiben liegen, verstanden?«, schrie Finn. »Wenn Sie auch nur einen Mucks von sich geben, dann blase ich Ihnen das Gehirn aus dem Schädel, kapiert?«

Eales nickte.

Kay hörte Sirenen vor dem Haus. Sie strengte sich wieder an. Diesmal schaffte sie es, sich aufzusetzen. Nach und nach kehrte die Kraft in ihre zitternden Muskeln zurück. Finn legte den Arm um ihre Taille; er hob sie hoch und aus der Wanne, wobei er nach wie vor die Waffe auf Eales gerichtet hielt. Selbst als er Kay auf den Wannenrand setzte, nahm er die Glock in die linke Hand, um sein Jackett ausziehen und es Kay um die Schultern legen zu können.

Ein ganzer Trupp Uniformierter polterte die Treppe herunter, und Kay hörte, wie sie durch den Korridor rannten.

»Alles klar hier!«, schrie Finn und steckte seinen Revolver ins Halfter, als die Kollegen hereinstürmten. Er nickte zu Eales. »Lest dem Arschloch seine Rechte vor und ruft einen Krankenwagen. Und wir brauchen hier einen Gerichtsmediziner.« Coombs' Leiche lag immer noch in der Ecke und der Apparat gurgelte unermüdlich. Finn fand Kays Schuhe und half ihr, sie anzuziehen, während die Polizisten Eales Handschellen anlegten. Die Szene erschien Kay vollkommen unwirklich.

Sie stand auf, und Finn stützte sie, half ihr, über die Glasscherben und durch die Pfützen zu Coombs' Leiche zu gehen. Sie stand über ihm und war selbst überrascht, dass ihr nichts dazu einfiel. Sie starrte nur auf seinen schmächtigen Körper und staunte, wie klein und zerbrechlich Coombs ihr jetzt vorkam. Wie menschlich er aussah.

Er war nur ein Mensch.

Kay deutete auf den Portiboy und Finn schaltete die Maschine aus. Die schmatzenden, röchelnden Geräusche verstummten.

»Komm«, meinte Finn, als er wieder an ihrer Seite war. »Lass uns hier verschwinden.«

Er zog sie weg von Coombs' halb ausgesaugter Leiche und führte sie die Treppe hinauf. Jemand las Bernard seine Rechte vor. Kay schauderte, als die kühle Nachtluft ihre nasse Haut streifte.

»Und dir fehlt auch bestimmt nichts?« Finn drehte sie zu sich. Die Angst, die sie in seinen Augen gesehen hatte, verblasste allmählich.

Sie nickte und ließ sich dankbar von ihm umarmen.

Finn löste sich erst wieder von ihr, als Bernard durch die Seitentür abgeführt wurde. Kay blickte dem großen, massigen Mann nach, der über den Rasen schlurfte und in den nächststehenden Streifenwagen bugsiert wurde. Sobald die Wagentür zuschlug, spürte sie, wie Eales sie anstarrte. Überall flackerte Blaulicht, aber Kay wusste, dass Eales sie beobachtete.

Sie war sich darüber im Klaren, dass sie Bernard Eales ihr Leben verdankte, auch wenn sie das vermutlich niemandem verständlich machen konnte. Und als der Streifenwagen losfuhr und sie sein knappes Nicken sah, war ihr bewusst, dass sie den Blick aus seinen Augen nie wieder vergessen würde.

Diesmal schlang Kay die Arme um Finn und hielt ihn lange fest, während um sie herum hektische Aktivität herrschte.

*»Es gibt nur einen Menschen, der dir vergeben muss, und der bist du selbst«*, das waren Spencers Worte gewesen ... nein, sie selbst hatte das gedacht. Sie hatte nicht mit den Toten gesprochen oder eine höhere Ebene erreicht. Zumindest klammerte sie sich an diese Wahrheit, denn im Moment konnte sie keine andere Erklärung verkraften. Und dort, auf dem Rasen vor Hagens Bestattungsinstitut, spürte Kay die subtile Veränderung. Den Schritt zur Vergebung – zur Vergebung für Spencers Tod. Für Valleys Tod. Für den Tod von Coombs' Opfern. Es war immer noch ein weiter Weg für sie, aber endlich konnte Kay glauben, dass es möglich war, die Schuld zu überwinden.

Ende

# Dank

Bei den Recherchen zu diesem Buch und während des Schreibens konnte ich mich auf das Fachwissen, die Klugheit und die Erfahrung vieler stützen. Ganz besonders zu Dank verpflichtet bin ich:

Vickie L. Walsh, Chef-Staatsanwältin für Bezirksgerichtsverfahren, Staatsanwaltschaft von Baltimore City,
Mary G. Ripple, Dr. med., stellvertretende Leiterin der gerichtsmedizinischen Abteilung des Staates Maryland,
Detective Joseph Dugan, Morddezernat, Baltimore Police Department,
Detective Mike Hammel, Morddezernat, Baltimore Police Department,
Detective Robert F. Cherry Jr., Morddezernat, Baltimore Police Department,
Detective Lynette Nevins, Morddezernat, Baltimore Police Department,
Bruce Tannahill, Tannahill Bestattungsinstitut, Owen Sound.

Für eventuelle Fehler bin ich ganz allein verantwortlich.

Außerdem geht mein Dank an meine Leser – Terri Rowe, Jerry »Chopomatic« Hatchett, Patricia Lewin, Jo Gillan, Jackie Gibbons sowie an Pam Myette und Manina Jones – für die Zeit, die sie mir gewidmet haben, ihre Geduld und ihren Sinn fürs Detail.

Mein ganz besonderer Dank gilt Annelise Robbey und Meg Ruley – die das Potenzial erkannten, hegten und pflegten und es sein ließen, was es war – für ihr Vertrauen und ihre Ermutigungen. Und last, but not least möchte ich mich bei Amy Pierpont für ihre Beratung und unendliche Geduld bedanken.

»Iris Johansen trifft nicht daneben.«
*Kirkus Reviews*

Es sollte aussehen wie eine Naturkatastrophe. Doch Fotoreporterin Alex Graham weiß: Der Dammbruch in Colorado, der über 100 Opfer gefordert hat, war ein Sabotageakt. Ihr Wissen bringt Alex in Lebensgefahr. Judd Morgan, ein halbkrimineller Bodyguard, soll Alex entführen, in Sicherheit bringen und von weiteren Nachforschungen abhalten. Bald erweist sich Morgan als der einzige, dem sie noch trauen kann …

**Der Geruch der Angst**
Roman
ISBN-13: 978-3-548-26123-2
ISBN-10: 3-548-26123-X



UB280

»Hochspannung«
*Münchner Merkur*

Eine Serie bizarrer Ritualmorde nach dem Vorbild der frühchristlichen Märtyrer erschüttert Rom. Nic Costa, der junge Polizist und Kunstliebhaber, findet heraus, daß alle Opfer eines gemeinsam haben: Sie kannten die junge Wissenschaftlerin Sara Farnese...

»Ein packender Thriller«
*Rhein-Neckar-Zeitung*

**Das Blut der Märtyrer**
Roman
ISBN-13: 978-3-548-26238-3
ISBN-10: 3-548-26238-4

ULLSTEIN

UB292

»Die Alan-Banks-Krimis sind zur Zeit die beste Serie auf dem Markt.«
*Stephen King*

Mitten auf der Straße wird die brutal zugerichtete Leiche eines Mannes gefunden. Inspector Alan Banks bleibt keine andere Wahl, als drei junge Pakistanis zu verhaften, die Zeugenaussagen zufolge kurz vor seinem Tod eine Schlägerei im Pub mit ihm angezettelt hatten. Doch ist das wirklich die richtige Spur? Alan Banks scheint auf einem Irrweg, während in der Zwischenzeit auch noch seine langjährige Ehe in die Brüche zu gehen droht ...

**Das blutige Erbe**
Roman
ISBN-13: 978-3-548-26157-7
ISBN-10: 3-548-26157-4

»Für jeden anspruchsvollen Thriller-Fan ist dieses Buch ein Muß. Genial!«
*Stern*

US-Marshal Teddy Daniels setzt von Boston über nach Shutter Island. Aus dem dortigen Ashecliffe Hospital für psychisch kranke Straftäter ist eine Patientin verschwunden. Gerade als Daniels und sein Partner mit den Ermittlungen beginnen, bricht ein verheerender Hurrikan los. Die Verbindung zum Festland reißt ab, die Insel versinkt im Chaos ...

**Shutter Island**
Roman
ISBN-13: 978-3-548-26194-2
ISBN-10: 3-548-26194-9

ULLSTEIN

UB262

»Nichts für schwache Nerven und empfindliche Mägen«
*Denver Post*

Sieben Jahre ist der Alptraum her, den der Schriftsteller Andrew Thomas in der Gewalt seines psychopathischen Zwillingsbruders Orson durchlitt. Seitdem ist Andrew in Alaska untergetaucht – polizeilich gesucht für Morde, die er nicht begangen hat. Bis er erfährt, daß seine Exfreundin grausam ermordet wurde. Andrew weiß: Orson ist tot, doch er hatte einen Helfer, den Killer Luther Kite. Und Luther wird töten, bis Andrew ihn aufhält …

**Blutzeichen**
Thriller
ISBN-13: 978-3-548-26254-3
ISBN-10: 3-548-26254-6

ULLSTEIN

»Das Beste, was Stephen King je geschrieben hat.«
*The New York Times*

Sie scheint eine ganz normale Krankenschwester zu sein, bis sich eines Tages herausstellt, daß sie ihren Lieblingsautor Paul Shledon entführt und drogenabhängig gemacht hat. Er soll für sie ganz allein einen Kriminalroman schreiben, in dem Misery Chastain, seine Serienheldin, die Hauptperson ist. Aber sie weiß nicht, daß Paul diesen Roman schon geschrieben hat – mit einem fürchterlichen Schluß ...

»Man fühlt sich von Zeile zu Zeile mehr hineingezogen, wird süchtig nach der Droge Spannung.«
*Die Welt*

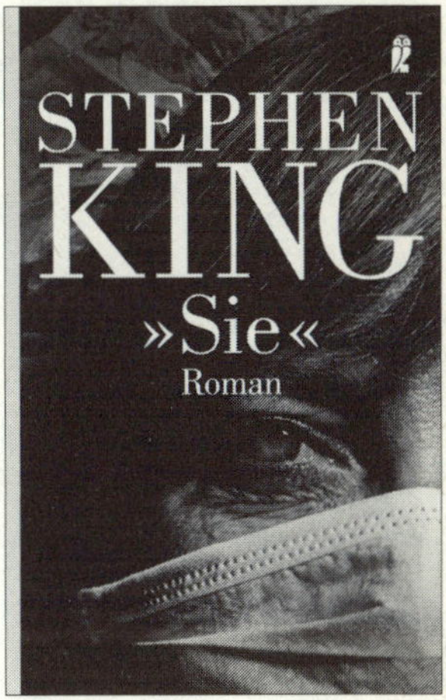


**»Sie«**
Roman
ISBN-13: 978-3-548-26313-7
ISBN-10: 3-548-26313-5

ULLSTEIN

UB304